RENÉGATS

DAVID GEMMELL

RENÉGATS

Traduit de l'anglais
par Laurent Calluaud

J'AI LU

Titre original :
KNIGHTS OF DARK RENOWN

Les vrais amis sont rares.
Mais sans eux, la vie n'aurait aucune saveur.

Renégats *est dédié, avec toute mon affection,*
à Val et Mike Adams, bons voisins et bons amis.
Et aussi à Ivan Kellham, Sue Blackman,
et à tout le personnel de Village Video, *à Hastings,*
pour avoir supporté un auteur bizarre qui,
pour fuir son traitement de texte,
se mettait parfois à servir derrière le comptoir.

Prologue

Il avait neuf ans et était tiraillé entre le chagrin et la joie. Il volait sous les étoiles, au-dessus d'une terre nimbée par le clair de lune. C'était un rêve. Un rêve. Même à cet âge, il savait que les gens ne volent pas pour de vrai. Songe ou pas, à cet instant il était libre.

Personne pour le punir d'avoir chapardé un gâteau au miel. Nul coup pour avoir marqué de son doigt l'argenterie pourtant astiquée durant des heures.

Quelque part – il ignorait où –, sa mère gisait, figée dans la mort, et son chagrin était pareil à des lames chauffées à blanc plantées dans son âme. Cependant, comme n'importe quel autre enfant, il chassa la douleur de son esprit et se tourna vers les étoiles, brillantes comme des diamants. Elles semblaient tellement proches qu'il tenta de s'élancer vers elles. Blanches et froides, elles demeurèrent hors d'atteinte. Il ralentit son vol et baissa les yeux.

La terre de la Gabala était si petite maintenant, et le monde si vaste. La forêt Océane s'étendait telle une fourrure de loup, et les montagnes faisaient comme des rides sur la peau d'un vieillard. Il perdit de la hauteur, piqua vers le sol et hurla tandis que les montagnes se rapprochaient en rugissant, déchiquetées et menaçantes. Puis sa chute vertigineuse ralentit et il plana à nouveau. Au-delà du port de Pertia, sur l'océan, il pouvait distinguer les longues trirèmes aux voiles carrées, rames dressées, et plus loin les lueurs des villes et des cités. On avait allumé quatre énormes braseros sur les murailles de la forteresse de Mactha, qui scintillaient comme les bougies d'un gâteau. Il s'écarta rapidement des lueurs et prit la direction des lointaines montagnes.

Il ne souhaitait pas retourner chez lui, préférant planer pour toujours, loin des tortures de l'esclavage. Du vivant de sa mère, on s'occupait de lui, non comme d'un esclave mais comme d'un enfant, Lug, la chair de sa chair. Sa mère lui avait toujours ouvert les bras.

Le chagrin et la douleur le submergèrent à nouveau. Lorsque sa mère était tombée malade, on lui avait fait comprendre qu'elle avait besoin de repos... Cela n'avait servi à rien. On avait fait chercher Gwydion, le guérisseur, mais il était parti pour la cité de Furbolg. Lug avait regardé le visage de sa mère se creuser, et elle, si vivante et aimante, se changer en une créature squelettique aux yeux qui le fixaient sans le reconnaître, aux bras si faibles qu'ils ne pouvaient plus s'ouvrir à lui.

Il l'avait embrassée en lui souhaitant bonne nuit, puis on l'avait conduit dans une chambre qu'il partagerait désormais avec cinq autres garçons. Le matin suivant, une fois ses corvées terminées, Lug avait couru jusqu'à la chambre de sa mère, pour s'apercevoir qu'on l'avait recouverte d'un linge blanc. Elle était morte, pendant qu'il dormait. Il avait ôté le voile de son visage. Les yeux étaient clos, la bouche ouverte. Il n'y avait aucune trace de mouvement ni de respiration.

Patricaeus, le vieil esclave domestique, l'avait trouvé là et l'avait ramené dans sa propre chambre. Lug était conscient de la présence du vieil homme, mais il ne pouvait bouger. Paralysé par le choc. On l'avait bordé dans le lit de Patricaeus, il avait senti le contact des couvertures chaudes autour de ses épaules, sans pourtant parvenir à fermer les yeux... Le vieillard avait caressé son visage et fermé doucement ses paupières.

Lug avait dormi longtemps. Puis quelque chose en lui s'était rompu net, libérant son esprit qui s'était élevé dans le ciel nocturne.

Il frissonna sans ressentir le froid, espérant ramener sa mère à la vie. Son regard fut alors attiré par un mouvement, plus loin en contrebas. Neuf cavaliers chevauchaient dans la nuit sur de grands destriers blancs. Lug se rapprocha et vit qu'il s'agissait de chevaliers en armures d'argent, leurs capes immaculées drapant les selles. Ils se rangèrent en ligne dans un pré, et une brume laiteuse – écume fantomatique – s'enroula autour des sabots. Non loin, sur une colline, Lug distingua également un homme, au visage partiellement dissimulé par la capuche sombre d'un domino écarlate. Cet homme psalmodiait dans une langue inconnue de l'enfant. Les cavaliers demeuraient silencieux tandis que la brume se condensait.

Lug s'approcha davantage, contournant l'invocateur, et prit place sur une colline voisine, près d'un bosquet. Il s'enfonça en touchant le sol. Gagné par la panique, il s'éleva à nouveau, souhaitant recouvrer son corps matériel. Son souhait fut exaucé, et il s'assit dans l'herbe. La brume n'ayant pas encore atteint le faîte de la colline, il s'y installa pour observer les chevaliers.

Leurs armures scintillaient au clair de lune : heaumes ronds surmontés de grands plumets noirs, gorgerins argentés liés à des spallières recourbées, cuirasses, cuissards et grèves ciselés. Curieusement, ils ne portaient pas de boucliers.

Neuf cavaliers sur neuf étalons blancs...

Lug se souvint des histoires que lui contait Patricaeus dans la salle des esclaves, à la fête du solstice. Il sut alors qui il épiait.

Les légendaires chevaliers de la Gabala.

Lug ignorait leurs noms – hormis celui du Seigneur Chevalier : Samildanach, le plus grand bretteur du royaume. Le garçon parcourut le groupe des yeux. Là au centre, dominant les autres par la taille, son heaume d'argent orné d'ailes de corbeau étincelantes, se dressait Samildanach, silencieux... Il attendait.

Mais quoi ?

Lug reporta son regard sur l'homme qui psalmodiait, lorsque soudain les montures apeurées commencèrent à hennir. Leurs maîtres les calmèrent, et Lug resta bouche bée. À mesure qu'un immense portail noir se matérialisait face aux cavaliers, les étoiles s'éteignaient. Un mince rai gris argenté scinda le rectangle de ténèbres, et un vent glacial surgit en hurlant. La brume s'éleva alors telle une énorme vague, comme pour engloutir les chevaliers, alors que de sinistres cris montaient au-delà du portail noir.

« Suivez l'épée ! » rugit Samildanach, et Lug vit la lame du chevalier étinceler tel un flambeau. Il entendit les sabots marteler le sol tandis que les chevaux s'ébranlaient dans un grondement de tonnerre.

Puis ce fut le silence, et les ténèbres s'évanouirent, laissant à nouveau étinceler les étoiles.

Lug regarda en direction de la colline lointaine. L'invocateur avait disparu.

La brume s'épaissit et monta à l'assaut de la colline. Lug se redressa et tenta de s'envoler. Il n'y parvint pas. Son corps était solidement ancré dans la terre. Le vent froid l'effleura, et il frissonna.

Le rêve ne lui apportait à présent plus aucun réconfort, et il mourait d'envie de rentrer chez lui. Mais où, chez lui ? Combien de temps avait-il volé ?

Il entendit un bruit filtrant de la brume – une ondulation, un bruissement. Il se retourna et scruta le paysage, mais le brouillard grisâtre recouvrait tout. Lug remonta la colline en courant, le cœur battant. Il glissa, tomba dans l'herbe boueuse et roula sur le dos.

Une ombre noire s'éleva au-dessus de lui, et des griffes acérées jaillirent dans sa direction ; acculé, il roula à nouveau tandis qu'elles labouraient la chair de sa poitrine...

« Non ! » hurla-t-il quand la gueule écumante de la bête fondit vers son visage. Il leva le bras. Un flamboiement lumineux et doré jaillit de ses doigts et engloutit la créature. Elle hurla de douleur et disparut. Lug se laissa retomber sur l'herbe. Une nouvelle ombre l'enveloppa, et il se recroquevilla.

« N'aie pas peur », fit une voix.

Lug leva les yeux et vit la silhouette d'un inconnu. La lune brillait par-dessus son épaule, laissant ses traits masqués à contre-jour.

« J'ai peur, dit Lug. Je veux rentrer chez moi.

— Tu vas rentrer, mon garçon. Et tu oublieras ce... rêve.

— Quelle était cette bête ?

— Elle venait de l'autre monde, par-delà le portail. Mais elle est morte. Tu l'as détruite, mon garçon – j'étais certain que tu y parviendrais –, car le pouvoir est en toi. Adieu. Nous nous reverrons.

— Mais qui êtes-vous ?

— Je suis le Dagda. Dors maintenant, et rentre chez toi. »

Lug ferma les yeux et sombra dans l'inconscience. Lorsqu'il les rouvrit, il se trouvait allongé sur le lit de Patricaeus ; le vieillard était à son chevet, somnolant sur une chaise.

Lug se retourna. Le lit grinça, réveillant le vieillard.

« Comment te sens-tu, Lug ?

— Qu'est-ce que je fais là, monsieur ? Où est ma mère ?

— Elle est morte, mon garçon, répondit Patricaeus tristement. Nous l'avons enterrée cet après-midi. » Le garçon se redressa. La couverture glissa, révélant sa poitrine.

« Par les dieux ! murmura Patricaeus. Que t'est-il arrivé ? »

Lug baissa les yeux ; son torse portait quatre entailles superficielles. Le sang imbibait les draps. Lorsque Patricaeus ôta les couvertures, il s'aperçut que les jambes du garçon étaient maculées de boue séchée.

« Explique-moi ça, Lug. Où es-tu allé tandis que je dormais ?

— Je n'en sais rien, fit Lug. Je n'en sais vraiment rien. Je veux ma mère ! S'il vous plaît. »

Le vieillard s'assit à côté du garçon en pleurs et le prit dans ses bras.

« Je suis désolé, Lug. Vraiment désolé. »

Chapitre 1

Le cavalier fit halte au sommet du défilé. Le vent tourbillonnait autour de lui, hurlant entre les cimes des montagnes. Loin en contrebas, les terres de la Gabala étalaient leurs paysages verdoyants : ruisseaux sinueux et rivières miroitantes, collines et vallons, bois et forêts – tout était tel qu'il se le rappelait, faisant écho à ses rêves, exigeant son retour.

« Nous sommes chez nous, Kuan », murmura-t-il, ses paroles aussitôt emportées par le vent. Le grand étalon gris ne l'entendit pas. Le cavalier talonna les flancs du cheval, puis il s'inclina en arrière et sa monture entama la longue descente. Le vent décrut lorsqu'ils s'approchèrent de l'avant-poste abandonné, dont les vantaux de chêne et de bronze pendaient sur leurs gonds brisés. L'aigle de la Gabala, qui les surplombait jadis, en avait été arraché à coups de hache, et seul un fragment d'aile demeurait encore sur le bois pourrissant, sa patine marron et vert le rendant quasi invisible.

Le cavalier mit pied à terre. C'était un homme de grande taille, portant un long manteau à capuchon. Une lourde écharpe enveloppait son visage et maintenait la capuche en place. Il mena l'étalon à l'intérieur du fort en ruine et fit halte face à la statue de Manannan. Le bras gauche, cassé, gisait sur les pavés. Quelqu'un avait frappé le visage au moyen d'une hache ou d'un marteau : le nez était fracassé, le menton fendu.

« Ils oublient vite », fit le nouveau venu. Au bruit de sa voix, l'étalon avança, flairant son dos. Le cavalier se tourna, retira ses épais gants de laine et flatta l'encolure de l'animal. Il faisait plus chaud ici. Il défit l'écharpe avant de la nouer autour du pommeau de la selle. Lorsqu'il rejeta la capuche en arrière, le soleil darda des éclairs sur son heaume d'argent.

« On va te trouver à boire, Kuan », dit-il en se dirigeant vers le puits fortifié au centre de la cour. Le seau était déformé par le soleil, et des craquelures béaient sous les bandes de fer. La corde, sèche comme de l'amadou, était encore utilisable, à condition de la manier avec soin. Il fouilla les dépendances désertes et revint avec une jarre en terre cuite et une écuelle creuse. Il plaça la jarre dans le seau qu'il fit descendre dans le puits. Lorsqu'il remonta précautionneusement le seau, l'eau ruissela par les craquelures. Mais la jarre était pleine, il put la retirer et boire à longs traits. Il posa l'écuelle sur les pavés et la remplit. L'étalon baissa la tête et but à son tour. Le cavalier détacha la sangle de la selle, versa encore un peu d'eau dans l'écuelle, puis gravit les marches des remparts et s'assit au soleil.

C'était la fin de l'empire, il le savait. Plus de champs de bataille gorgés de sang, de hordes vociférantes, ou de fracas discordant de l'acier. Rien que la poussière volant sur les pavés, des statues démembrées, des seaux déformés, et un silence de mort.

« Tu aurais détesté cela, Samildanach, dit-il. Ça t'aurait brisé le cœur. »

Mais il n'y avait pas de place pour ce genre de sentiment... Toute la tristesse qu'il éprouvait se concentrait sur lui alors qu'il regardait sa statue.

Manannan, chevalier de la Gabala. L'un des neuf. Plus puissants que des princes, des hommes hors du commun. Il chercha dans sa bourse et en tira un miroir argenté qu'il tint devant son visage.

Le Chevalier Déchu détailla ses yeux d'un bleu intense, puis le visage carré protégé d'acier argenté. Tranché lors d'une escarmouche, dans le nord, le plumet du heaume avait disparu. La visière était relevée, entaillée par la lame d'une hache lors de la Guerre fomorienne. Le chiffre runique qui le désignait avait été arraché du front lors d'une bataille, dans l'est. Il ne se souvenait plus du coup porté ; perdu dans la multitude de ceux reçus durant les six années écoulées, solitaires, depuis que le portail s'était refermé. Son regard erra sur les anneaux de plate qui cerclaient sa gorge et il s'imagina la barbe qui poussait en dessous, lentement – si lentement –, et qui l'étoufferait bientôt...

Quelle mort pour un chevalier de la Gabala, emprisonné dans son propre heaume, étranglé par sa barbe ! Tel était le prix de la trahison, se dit Manannan. Telle était la peine pour sa lâcheté.

Lâcheté ? Il répéta le mot dans son esprit. Durant ces dernières années d'errance solitaire, il avait maintes fois prouvé son courage physique à l'épée, pendant la charge, ou dans la longue attente qui précède l'assaut. Mais ce n'était pas son corps qui l'avait abandonné lors de cette sombre nuit, six années plus tôt, lorsque le portail noir s'était ouvert et que les étoiles étaient mortes. C'était une faiblesse d'une autre nature qui l'avait privé de mouvement.

Lui, et pas les autres. Samildanach aurait affronté les feux de l'enfer avec une poignée de neige. Les autres aussi : Pateus, Edrin... Tous l'auraient suivi.

« Sois maudit, Ollathair, siffla le Chevalier Déchu. Maudite soit ton arrogance ! »

Manannan rangea le miroir dans sa bourse.

Il se reposa une heure et se remit en selle. La citadelle était à trois jours de cheval en direction de l'ouest. Il évita les villes et les villages, achetant sa nourriture dans des fermes isolées, dormant à la belle étoile. Le matin du quatrième jour, il arriva en vue de la citadelle.

Manannan conduisit son étalon à travers les arbres et pénétra dans ce qui était autrefois le jardin de roses, désormais à l'abandon. Çà et là, cependant, une fleur s'y épanouissait encore, perçant le chiendent. Le chemin pavé était presque entièrement recouvert d'herbe et de petites fleurs bleues. Quoi de plus naturel, songea le Chevalier Déchu – six années de terre fouettée par le vent s'étaient déposées sur les pierres soigneusement alignées. Il entra dans la cour par le portail latéral ouvert. Çà et là, l'herbe avait pris racine dans les craquelures des pavés, nourrie par la fontaine débordant de sa margelle en marbre.

Il mit pied à terre. Son armure d'argent grinçait, ses mouvements étaient lents. L'étalon demeura immobile.

« Rien n'est plus pareil, Kuan », murmura le chevalier tandis qu'il ôtait ses gants et caressait l'encolure de l'animal. « Ils sont tous partis. » Il mena sa monture à la fontaine et attendit qu'elle ait bu. Près de là, un volet de bois fut pris dans une bourrasque et claqua contre le chambranle de la fenêtre. La tête du cheval se redressa, oreilles plaquées contre son crâne.

« Ce n'est rien, mon vieux », le rassura Manannan. « On ne court aucun danger ici. »

Tandis que l'étalon se désaltérait, il desserra la sangle de la selle, prit le sac sur le dos de l'animal et le jeta sur son épaule. Il gravit l'escalier jusqu'à la double porte et pénétra dans le vestibule. La poussière s'y était accumulée, et le long tapis puait le moisi et la corruption. Les statues le fixaient de leur regard aveugle.

Il sentit le fardeau de sa culpabilité peser davantage et dépassa rapidement les effigies pour gagner la chapelle située à l'arrière de la bâtisse. Les gonds grincèrent lorsqu'il poussa de toutes ses forces sur la porte en forme de feuille. La poussière avait épargné l'endroit et son petit autel, mais les chandeliers en or avaient disparu, ainsi que les calices en argent et les tentures de soie. Toutefois, il se dégageait de la chapelle une impression de paix. Il posa son sac et défit les lanières de cuir. Il s'approcha alors de l'autel, ôta baudrier et fourreau, dessangla sa cuirasse en la faisant glisser sous les spallières proéminentes. Puis il posa délicatement l'armure sur l'autel. Spallières et haubergeon l'y suivirent. La cotte de maille à manches courtes lui manquerait : elle lui avait plus d'une fois sauvé la vie. Il posa ses tassettes, ses cuissards et ses grèves sur la pierre, ses gantelets noir et argent sur la cuirasse.

« Qu'on en finisse », dit-il, levant la main pour détacher son heaume. Ses doigts s'immobilisèrent lorsque la peur l'envahit. Ollathair avait lancé le sortilège dans cette même salle six ans auparavant : en l'absence du sorcier, la tranquillité de la chapelle suffirait-elle à en annuler les effets ? Manannan recouvra son calme. Ses doigts effleurèrent la serrure à ressort. La barre ne bougea pas. Il appuya plus fort, avant de laisser retomber sa main. Toute peur s'évanouit laissant place à une colère sourde : « Que veux-tu encore de moi ? » hurla-t-il. S'effondrant à genoux, il pria qu'on le libère. Ses pensées pouvaient s'envoler aux quatre vents, elles n'atteindraient pas leur destination... Épuisé, le chevalier sans armure se releva. Il reprit son sac et se vêtit prestement d'un pantalon de laine étroit et d'une tunique de cuir, puis passa le baudrier par-dessus son épaule et serra l'épée dans son fourreau contre son flanc droit. Il enfila pour finir une paire de bottes en daim et ramassa sa couverture. Le sac fut abandonné sur place.

L'étalon broutait l'herbe près du mur opposé. L'homme qui jadis avait été chevalier dépassa l'animal et entra dans la forge. Elle aussi était couverte de poussière, ses outils rouillés et inutilisables, ses grands soufflets en lambeaux, son foyer ouvert transformé en nid pour les rats.

Manannan ramassa une lame de scie rouillée. Eût-elle étincelé, qu'elle ne lui aurait servi à rien. L'acier argenté du heaume, en soi robuste, avait été rendu imperméable à toute attaque par le puissant enchantement d'Ollathair. Sauf à la chaleur. Un jour, tandis qu'un forgeron tentait de faire fondre la barre, il avait souffert le martyre deux heures durant. À la fin, l'artisan vaincu était tombé à genoux.

« Je pourrais y arriver, messire, mais cela n'aurait aucun sens. La chaleur liquéfierait votre chair, ferait bouillir votre cerveau. C'est un sorcier qu'il vous faut, pas un forgeron. »

Il avait donc cherché l'aide de sorciers et de prétendus magiciens, de devins et de femmes Wyccha. Aucun ne put s'opposer au sortilège de l'Armurier.

« J'ai besoin de toi, Ollathair ! s'exclama le Chevalier Déchu. De ta sorcellerie et de tes talents. Où es-tu parti ? »

Ollathair était avant tout patriote. Il n'aurait quitté le royaume que contraint et forcé. Et nul n'aurait pu ainsi contraindre l'Armurier des chevaliers de la Gabala. Manannan s'assit au milieu des vestiges rouillés des équipements d'Ollathair et tenta en silence de se rappeler leurs conversations d'autrefois.

Si l'on considérait la taille de l'empire jadis sous son contrôle, les terres de la Gabala n'étaient guère étendues. À peine plus de mille kilomètres séparaient la frontière fomorienne, au sud, des voies côtières de Cithaeron. Quatre cents kilomètres à peine d'est en ouest s'étendaient entre les steppes nomades de la mer occidentale et Asripur. Une chose était certaine : Ollathair éviterait les villes ; il avait toujours abhorré les monstruosités marmoréennes de Furbolg.

Alors où ? Et sous quel déguisement ?

Ollathair n'était qu'un nom choisi par l'Armurier. Lorsqu'il souhaitait voyager seul et incognito, il en utilisait un autre. Manannan l'avait découvert par hasard dix ans plus tôt, lors d'une visite au plus septentrional des neuf duchés. À l'époque, il logeait alors dans une auberge dont le propriétaire exhibait un petit oiseau de bronze étincelant qui chantait en quatre langues. Lorsque l'aubergiste levait la main, l'oiseau décrivait des cercles dans la pièce et un doux parfum emplissait l'air.

Manannan s'était approché de l'homme, qui s'était incliné bien bas en voyant l'armure de la Gabala.

« Où as-tu trouvé cet oiseau ? lui avait-il demandé.

— Je ne l'ai pas volé, messire, je vous le jure. Sur la vie de mes enfants.

— Je ne suis pas ici pour te juger. Je te posais seulement une question.

— C'est un voyageur, messire... Il y a deux jours. Un homme courtaud, laid à faire peur. Il n'avait pas d'argent et a payé sa chambre avec cet objet. Puis-je le garder ?

— Garde-le, vends-le ; ça ne me regarde pas. Quelle direction a prise ce voyageur ?

— Le sud, messire. Sur la Route Royale.

— Et a-t-il donné son nom ?

— Oui, messire... C'est la loi. Et il a signé le registre. Le voici. » Il avait présenté le livre relié de cuir au chevalier.

Manannan avait rattrapé Ollathair le lendemain après-midi sur une longue bande de route dégagée. L'Armurier montait un gros poney.

« N'aurais-je donc jamais la paix ? avait soupiré Ollathair. Quel est le problème ?

— Aucun problème, à ce que je sache, lui avait répondu Manannan. Notre rencontre est une pure coïncidence. J'ai vu une de vos œuvres à l'auberge ;

un peu cher payé pour une simple nuit, vous ne croyez pas ?

— Il a un défaut ; il ne durera pas la semaine. Maintenant, passe ton chemin et laisse-moi profiter d'un instant de sérénité. Je te verrai dans une semaine à la citadelle. »

En voyant les toiles d'araignée et la moisissure autour de lui, Manannan frissonna.

Ollathair avait peut-être choisi un autre nom. Ollathair était peut-être mort.

Sans autre indice, le Chevalier Déchu n'avait pas le choix. Il chevaucherait vers le nord en quête d'informations sur un artisan nommé Ruad Ro-fhessa.

*
**

Le garçon agrippa les pinces à épiler, souleva la minuscule lamelle de bronze et inspira profondément. Il se lécha les lèvres tandis qu'il se penchait sur l'établi, les mains tremblantes.

« Vas-y doucement, fit l'homme assis près de lui. Reste calme et respire profondément. Tu es trop tendu. » Le garçon acquiesça et roula les épaules pour dénouer ses muscles contractés. Son geste se fit plus sûr et la pièce de bronze trouva sa place à l'arrière de la maquette. « Bravo ! » s'exclama l'homme d'un air triomphant tout en examinant de son œil valide le faucon métallique. « Maintenant, prends l'aile et soulève-la... Fais très attention ! »

Le garçon obtempéra et l'aile luisante aux plumes de bronze se déploya sans peine. « Tu peux la lâcher. » L'aile se replia d'un coup sec contre le corps écailleux.

« Ça y est, Ruad. J'ai réussi ! s'écria le garçon en tapant des mains.

— C'est vrai, tu as réussi, approuva l'homme qui se fendit d'un large sourire découvrant ses dents tordues.

En une année seulement, tu as fait ce qui à ton âge m'en avait pris trois. Mais tu as un meilleur professeur !

— Est-ce qu'il va voler ? » demanda le garçon. Ruad Ro-fhessa ébouriffa les cheveux blonds crépus de l'adolescent. Il haussa ses larges épaules, puis se leva et étira son dos.

« Tout dépendra de ton habileté à puiser la magie de l'air. Viens, allons nous asseoir quelques instants. » Ruad s'éloigna du banc et traversa l'atelier jusqu'à une grande pièce où deux fauteuils étaient disposés face à un feu de cheminée. Il s'assit, étendit ses jambes courtaudes en direction du brasier et croisa ses bras massifs sur son torse. Les flammes dansaient sur le bandeau en bronze qui lui recouvrait l'œil gauche et coloraient les stries argentées de sa chevelure noire. Le garçon vint le rejoindre ; il était grand pour son âge, presque trop grand pour la tunique de sa maison.

« Tu t'es bien débrouillé, Lug, dit Ruad. Un jour, toi aussi tu seras maître artisan. Je suis très content de toi. » Lug rougit et détourna le regard. Ruad était avare de compliments, c'était la première fois qu'il lui demandait de venir le rejoindre pour s'asseoir près du feu.

« Est-ce qu'il va voler ?

— Sens-tu la magie dans l'air ? rétorqua Ruad.

— Non.

— Ferme les yeux et pose ta tête contre le dossier. » Ruad agrippa un tison, ranima les flammes et ajouta au brasier trois nouvelles bûches. « Nombreux sont les courants de la magie, profondes les Couleurs et parfois surprenantes. Il te faut commencer ton apprentissage des Couleurs. Pense au Blanc, qui est la paix. L'harmonie. Visualise la Couleur, suis son cours. La vois-tu ?

— Oui, murmura Lug.

— Pour répondre à la colère, à la haine ou à la douleur, autre que celle de la chair, il y a le Blanc. Invoque-le. Le Bleu du ciel, le pouvoir de l'air, rêve des créatures volantes. Bleu est la Couleur qui les appelle sur leurs ailes hésitantes. Tu vois le Bleu ?

— Oui, maître.

— Alors invoque-le. » Ruad ferma l'œil et aida le garçon dans sa quête. « Tu l'as attrapé, Lug ?

— Oui, maître.

— Que ressens-tu ?

— Je sens le ciel qui m'appelle. J'aimerais avoir des ailes. »

Ruad sourit. « Retournons voir le faucon. Accroche-toi à ces impressions. »

Une fois parvenu à l'atelier, le garçon sortit un petit couteau. « Suis-je prêt ? demanda-t-il.

— Nous verrons, répondit Ruad. Libère la magie du Bleu. »

Lug s'entailla la paume droite et tendit la main au-dessus du chef métallique de l'oiseau. Une goutte de sang éclaboussa le bec.

« Les ailes maintenant, ordonna Ruad. Vite. » Lug suivit ses instructions et recula d'un pas. « Applique ton doigt sur la coupure pour arrêter le saignement. » Lug obéit, ses yeux bleus demeuraient fixés sur l'oiseau. Il n'y eut d'abord aucun mouvement, puis la tête dorée se contracta, les anneaux de plate grincèrent les uns contre les autres. Les ailes se déployèrent lentement, et le faucon fila vers le ciel à travers la fenêtre. L'homme et le garçon se précipitèrent dehors pour voir l'oiseau s'élever de plus en plus haut, au-dessus des montagnes. Soudain il vacilla, et une plume de bronze se détacha du faucon... Puis une autre... Et une autre encore. Le vol perdait de sa grâce.

« Non ! » s'exclama Lug, levant une main déliée vers l'oiseau en difficulté. Ruad, stupéfait, observa deux fragiles plumes de bronze qui venaient de se détacher inverser leur course et se recoller aux ailes. Durant quelques secondes, le faucon se rétablit. Mais les ailes se refermèrent d'un coup sec et l'oiseau tomba à pic, inanimé et brisé. Lug se lança vers lui, ramassant les plumes, enserrant délicatement le corps déformé entre ses bras.

Ruad Ro-fhessa s'approcha silencieusement du garçon et posa les mains sur ses épaules. « Que cela ne te décourage pas, Lug. Mon premier oiseau n'a même pas atteint la fenêtre. C'était un exploit.

— Mais je voulais qu'il vive, répliqua-t-il.

— Je sais. Et il a vécu ; il a trouvé le ciel. La prochaine fois, nous vérifierons plus attentivement les articulations du cou.

— La prochaine fois ? répéta Lug tristement. La semaine prochaine, j'aurai l'âge. Il n'y a pas de place pour moi dans la maison. Je vais être vendu.

— Ce n'est que la semaine prochaine. On ne sait pas ce qui peut arriver entre-temps, répondit Ruad. Rapporte l'oiseau à la forge, nous verrons ce qu'on peut récupérer.

— Je crois que je vais m'enfuir... Pour rejoindre Llaw Gyffes.

— Main-Ferme ne me semble guère être un homme facile à suivre, mais nous reparlerons de cela un autre jour. Aie confiance, Lug. Et maintenant, occupons-nous de cet oiseau. »

Ruad observa le garçon arpenter la colline en quête des fragments métalliques. Même si cela n'avait duré que quelques secondes, les plumes étaient tombées puis avaient inversé leur course. Pourtant Lug n'avait atteint que le Jaune, la plus faible des Couleurs.

De retour à l'atelier, ils posèrent les fragments de bronze et s'assirent devant l'âtre. Lug restait silencieux et triste.

« Dis-moi, fit Ruad doucement. Qu'as-tu ressenti lorsque tu as crié vers le ciel ? »

L'adolescent leva les yeux. « Du désespoir, répondit-il simplement.

— Non, je veux dire au moment où tu as crié. »

Lug haussa les épaules. « Je ne comprends pas ce que vous voulez dire, maître. Je voulais... qu'il continue de voler.

— As-tu remarqué ce qui s'est passé quand tu as hurlé ?

— Non. Il est tombé.

— Pas tout de suite, poursuivit Ruad. Il a tenté de se ramasser ; d'une certaine manière, tu étais encore relié à lui. Tu dis pourtant n'avoir rien éprouvé. Quelle Couleur ressentais-tu ? Le Bleu ? »

Lug demeura un instant immobile, cherchant à se rappeler. « Non, le Jaune. Je ne peux pas atteindre les autres Couleurs sans votre intermédiaire, maître.

— Peu importe, Lug. J'y réfléchirai. Il va bientôt falloir que tu rentres car tu n'es libre que jusqu'à la tombée de la nuit, n'est-ce pas ?

— Il me reste encore un peu de temps, répondit l'adolescent. D'après Marshin, la famille ne reviendra pas de Furbolg avant demain. Ils auront des invités pour les enchères.

— Ça ne se passera peut-être pas aussi mal que tu le crois, suggéra Ruad. Il y a de nombreuses bonnes maisons. Dame Dianu aura peut-être besoin d'un serviteur – ou le seigneur Errin. Tous deux sont connus pour bien traiter leurs esclaves.

— Pourquoi faudrait-il que je sois esclave ? l'interrompit Lug. Pourquoi ? L'empire s'est effondré. D'anciens esclaves gouvernent désormais les terres. Pourquoi moi devrais-je le rester ? C'est injuste !

— La vie a pour fâcheuse habitude de se montrer injuste, mon garçon. La guerre fomorienne était la dernière, tu en es la victime. Mais tu auras l'occasion de racheter ta liberté ; ce n'est pas une existence si terrible.

— Avez-vous déjà été esclave, maître ?

— Uniquement de mon art, admit Ruad. Mais ça ne compte pas. On t'a capturé... il y a quoi, cinq ans ? Tu avais quel âge ? Dix, onze ans ? On n'y peut rien, Lug. Les guerres coûtent de l'argent, pillages et esclavage en couvrent les frais. La Gabala a mené cette guerre par fierté nationale, afin d'avoir le droit de céder son empire avant qu'on ne le lui vole. Tu étais l'une des dernières victimes. C'est injuste, je le sais, mais l'on n'accomplit rien à se plaindre. Crois-moi, mon garçon. Les hommes se répartissent en trois catégories : les gagnants, les perdants et les battants. Les Couleurs bénissent les gagnants ; quoi qu'ils fassent, la vie les traite comme des dieux. Les perdants gaspillent leur énergie à geindre comme des enfants que l'on gronde ; ils n'accompliront jamais rien. Les battants aiguisent sans cesse leur épée et gardent leur bouclier à portée de main ; seule compte la raison du combat, et ils se battent jusqu'à leur dernier souffle.

— Mais je ne veux pas être un guerrier ! protesta Lug.

— Écoute ce que je dis, mon garçon ! lâcha Ruad d'un ton sec. Concentre-toi. Qui te parle de devenir spadassin, je te parle de la vie. Ton intelligence est à la fois épée et bouclier ; c'est une question de perspective. Si tu veux quelque chose, prépare ton action. Pense à tout ce qui pourrait mal tourner et songe aux moyens d'y remédier. Et agis pour finir. Inutile d'en parler indéfiniment. Agis ! Attelle ton esprit à la tâche. Car tu possèdes un esprit vif et un grand talent. J'ignore comment tu as maintenu l'oiseau en l'air tout à l'heure, mais le pouvoir est en toi. Cherche-le. Sers-t'en. Et ne laisse jamais le désespoir envahir ton cœur. M'as-tu compris ?

— J'essaierai, maître.

— Je me contenterai de cette réponse. Maintenant rentre chez toi, je vais examiner l'oiseau. »

Lug se leva et sourit. « Vous avez été si bon envers moi, maître. Pourquoi prendre cette peine ?

— Pourquoi pas ?

— Je ne sais pas. À Mactha, on dit que vous n'êtes qu'un ermite qui fuit la compagnie des hommes. On dit que vous êtes... grossier et bourru, grincheux et irascible. Mais moi, je n'ai jamais pensé ça de vous. »

Ruad se redressa et posa sa grosse poigne sur l'épaule du garçon. « Je suis sans doute tel qu'ils me décrivent, Lug. Ne te méprends pas là-dessus. Je n'aime pas les gens ; je ne les ai jamais aimés. Ils sont cupides, avides, égoïstes et intéressés. Cependant, je sais comment développer les talents, mon garçon, les faire fructifier – comme un jardinier avec des fleurs. Tu te souviens du jour où je t'ai surpris caché dans les buissons, derrière l'atelier ?

— Oui, dit Lug avec un large sourire. J'ai cru que vous alliez me tuer.

— Chaque jour de Tiern pendant sept semaines, tu t'es caché là pour me regarder travailler. Tu as fait preuve de patience, une qualité rare chez les jeunes. Voilà pourquoi j'ai décidé de commencer à t'enseigner les Couleurs. Tu as bien étudié. Si la Source le veut, tu continueras sur cette voie. Va-t'en maintenant !

Après le départ du garçon, Ruad rassembla les vestiges de l'oiseau métallique et examina les points qui avaient lâché, juste en dessous du col. Les ailerons étaient à peine trop fins. Lug avait la main habile et l'œil sûr, mais son âme n'était pas encore accordée à la magie du ciel. Toutefois, Ruad savait que la magie était le pendant d'une certaine harmonie, et un esclave allant sur sa majorité en était certainement dénué. Il pouvait finir vendu à un capitaine de vaisseau et passer le reste de sa vie en cale, ou cédé à un prince, castré et servant dans un harem. Il existait bien d'autres destins largement moins enviables pour un bel adolescent. Les risques n'étaient cependant pas si grands. Une grande majorité de jeunes esclaves intelligents étaient achetés par des maîtres bienveillants. Ils les employaient à bon escient dans leurs commerces et leur donnaient l'occasion de racheter leur liberté à l'âge de trente ans.

Mais qui pourrait blâmer un jeune garçon de craindre le pire ?

Ruad verrouilla la porte et sella sa vieille jument baie. Il ne se rendait que rarement à Mactha, mais il avait besoin de provisions : sel, sucre, herbes et viande séchée, et surtout des lingots de bronze et d'or.

Bien qu'idéal pour exercer un apprenti, le bronze n'absorbait pas la magie aussi bien que l'or. D'or fomorien, l'oiseau de Lug aurait volé par-dessus les plus hautes montagnes et serait revenu dès qu'il en aurait mentalement reçu l'ordre. Mais l'or était plus rare qu'une femme vertueuse.

Ruad hissa son corps disgracieux en selle et mena la vieille jument sur le chemin qui serpentait entre les pins. Le trajet dura deux heures, et la vue des bâtiments en pierre blanche de Mactha ne lui procura aucun plaisir. Il fit un signe au garde de la porte nord et chevaucha jusqu'à l'écurie de louage de Hyam. Assis près de la clôture de l'enclos, le vieil homme marchandait âprement avec un commerçant nomade.

L'artisan dessella la jument et la conduisit jusqu'à l'auge de foin. Puis il la bouchonna et revint à la clôture. La discussion s'enfiévrait.

« Attendez ! Attendez ! dit Hyam en agitant ses doigts fins face au visage du Nomade. Nous allons demander l'avis de ce voyageur. » Il se tourna vers Ruad et cligna de l'œil. « Messire, ayez la bonté d'examiner les deux chevaux attachés à la barrière et de me donner une honnête estimation de leur valeur. Je respecterai votre décision, quelle qu'elle soit. »

Les doigts de Hyam dansaient rapidement et formaient d'antiques signes du jargon des voleurs. L'artisan à la forte carrure se dirigea vers le premier animal, un étalon alezan de dix-sept paumes qui devait avoir huit ans. Il fit courir ses mains sur ses puissantes jambes et sur ses flancs, puis passa au hongre. C'était un animal de seize paumes, peut-être de cinq ans plus âgé que l'étalon, et qui montrait des signes évidents de lordose. Hyam lui avait fait signe d'estimer la paire à quarante demi-raqs d'argent.

« Je dirais trente-huit demi-raqs d'argent, déclara finalement Ruad.

— Je suis ruiné ! glapit Hyam en trépignant. Comment un honnête homme peut-il endurer cela ?

— Vous étiez d'accord pour respecter la décision de cet homme, lui rappela le Nomade. Et même si le prix est plus élevé de cinq pièces que ma proposition initiale, je l'accepte.

— Les dieux veulent ma perte, pleurnicha Hyam en secouant la tête. Mais je me suis fait prendre à mon propre piège ! Je croyais que cet homme s'y connaissait en chevaux. Prenez-les ; vous ne pouvez pas rêver meilleur marché. »

L'homme sourit et compta l'argent ; puis il fit sortir les chevaux de l'enclos. Hyam glissa les pièces dans une bourse et se rassit, le sourire aux lèvres.

« Tu n'es qu'un gredin, fit Ruad. L'étalon a un tendon enflammé ; il boitera avant la fin de la semaine. Et le hongre ? Il n'est plus bon à rien.

— Ce n'est pas étonnant, fit doucement le vieil homme. Ils viennent des écuries du duc, tu sais comment il traite ses chevaux.

— Comment t'en sors-tu, Hyam ?

— Ça pourrait aller mieux, répondit ce dernier en lissant son crâne chenu et dégarni. Mais le pire est à venir.

— Pour toi, comme pour tous les vendeurs de chevaux, les temps sont toujours durs, dit Ruad en riant.

— Impossible de le nier, Ruad, mon ami. Mais, crois-moi, la situation est cette fois-ci différente. On le voit à travers tout Mactha. Depuis ta dernière visite, le nombre de mendiants a augmenté. Et les prostituées ? La ville est pleine de nouvelles filles. Il y a dix ans je ne m'en serais pas plaint, mais aujourd'hui ? Maintenant je vois ce qui se cache derrière tout ça. Ce sont pour beaucoup d'honnêtes femmes qui ont perdu leur mari ou leur maison. Si tu vas dans les rues commerçantes, tu verras les échoppes fermées et les fenêtres murées. Le prix des esclaves a chuté... Ce n'est jamais bon signe. Les mendiants se battent entre eux pour occuper les meilleurs emplacements, et le nombre de cambriolages a doublé depuis l'année dernière.

— Et que fait le duc ? »

Hyam se racla la gorge et cracha. « Il se fiche complètement de Mactha. Je reçois des nouvelles des quatre coins du duché. Partout, il a presque doublé les impôts. Les fermiers lui doivent vingt pour cent de leurs récoltes ou de leurs poulains. Et comme la moitié des fermiers louent leurs terres aux nobles, ils doivent se contenter de dix pour cent pour nourrir leur famille et mettre de côté pour l'an prochain. »

Plusieurs hommes s'étaient rassemblés pour regarder les chevaux. D'un geste, Hyam fit taire Ruad et ils poursuivirent leur conversation par signes.

« Il y a de la folie dans l'air, mon ami. Le duc a condamné trois hommes au pal le mois dernier. Leur crime ? Avoir écrit au roi pour se plaindre des nouveaux impôts. Le roi a envoyé le comte Tollibar, cousin du duc. La justice se retourne maintenant contre les trois hommes qui l'ont invoquée. Tout cela me semble être d'un lyrisme très macabre.

— Le pal a pourtant été proscrit il y a plus de vingt ans.

— Oui, mais à cette époque, les chevaliers parcouraient la contrée et le vieux roi régnait. Ne te retourne pas sur le passé, Ruad. Il est mort, disparu, tout comme les chevaliers.

— Les conseillers ne sont certainement pas tous morts ! protesta Ruad. Qu'est-il advenu de Kalib ?

— Empoisonné, à ce qu'on dit.

— Rulic ?

— Tué lors d'un accident de chasse. Je dois faire des provisions pour l'hiver, Ruad, j'ai un mauvais pressentiment.

— Surveille ma jument », répliqua Ruad à voix haute. Il fendit la foule qui s'était assemblée pour l'enchère aux chevaux et se dirigea vers les rues commerçantes. Comme Hyam l'avait dit, de nombreux marchands avaient fermé boutique. C'était mauvais signe.

Une jeune femme s'approcha de lui : « À votre service, messire. »

Il lui sourit. « Les affaires doivent être difficiles pour que tu abordes quelqu'un d'aussi laid... »

Elle ne lui rendit pas son sourire. « C'est seulement trois quarts de raq en cuivre », dit-elle en évitant son regard.

Il lui saisit les mains et les retourna. Elles étaient propres, les ongles récurés. « Pourquoi pas ? » lui dit-il. Et il la suivit dans un dédale de ruelles jusqu'à une morne bâtisse à la porte brisée. L'intérieur était propre mais miteux, et un bébé dormait sur une pile de couvertures contre le mur du fond. Elle le mena vers une paillasse et s'allongea rapidement, remontant sa robe de laine autour de ses hanches. Ruad était sur le point de déboucler sa ceinture lorsqu'il entendit bouger derrière lui. Il fit un pas de côté, si bien que le gourdin passa en sifflant près de son épaule sans le blesser. Tout en se retournant, il asséna un puissant coup de poing dans l'estomac de son adversaire qui se plia en deux, puis abattit le tranchant de sa main droite sur la nuque. L'inconnu était inconscient avant de toucher le sol.

La femme se redressa, main devant sa bouche.

« On avait besoin d'argent. Vous ne l'avez pas tué, n'est-ce pas ?

— Non, répondit Ruad, et tu auras ton argent quand tu l'auras gagné. »

Il déboucla sa ceinture.

Peu après, Ruad quitta l'habitation obscure pour la rue ensoleillée, pupille rétrécie, sens en alerte. La femme l'avait déçu. Lorsqu'il s'était approché d'elle, elle avait fondu en larmes. Ruad s'était mis en colère et, chez lui, la colère ne stimulait pas les désirs sexuels. Contrairement à d'autres hommes. Il s'était rhabillé et l'avait quittée.

Il regagna la grand-rue, se frayant un passage à travers les mendiants. Hyam avait raison : Mactha devenait une véritable plaie.

La rue du Minerai était presque déserte, Ruad fut surpris en constatant que l'on clouait des planches en travers des fenêtres de l'établissement de Cartain. La porte principale était ouverte. Il entra. L'ancien Nomade supervisait le remplissage de plusieurs grosses caisses. Il remarqua Ruad et lui fit signe de le retrouver dans la pièce de derrière.

Cartain l'y rejoignit, versa un gobelet de jus de pomme, et l'offrit à l'artisan hébété.

« Tu pars toi aussi ? Pourquoi ? »

Le marchand, grand et maigre, s'assit à son bureau, ses yeux sombres et bridés fixés sur Ruad. « Sais-tu pourquoi je suis riche ? demanda-t-il en caressant son nez aquilin.

— J'ai toujours détesté que l'on me réponde par une autre question », fit Ruad d'un ton brusque.

Cartain sourit, dévoilant une dent en or. « Je t'aime bien, Ruad, mais réponds.

— Tu revends cher ce que tu achètes bon marché... Maintenant, pourquoi tu t'en vas ?

— Si je suis riche, répondit en souriant le marchand à un Ruad gagné par l'exaspération, c'est parce que j'arrive à saisir le vent. Quand il fraîchit, il y a de l'argent à gagner ; quand il tourne, il y a de l'argent à gagner. Mais quand il s'arrête de souffler, il est temps de partir.

— Tu es agaçant, lui dit Ruad, mais tu vas me manquer. Comment vais-je colporter mes jouets ?

— Je t'enverrai quelqu'un. On court toujours après tes œuvres. Tu as quelque chose pour moi ?

— Peut-être bien. Mais il me faut des lingots d'or et du bronze... Et un peu de ton huile d'orient.

— Quelle quantité d'or ? demanda Cartain, se carrant dans son siège et détournant le regard.

— Tu tireras trois cents raqs de mon petit virtuose. J'en prendrai l'équivalent de cent.

— Montre. »

Ruad ouvrit sa bourse en cuir et en sortit un petit oiseau aux yeux d'émeraude. Il caressa son dos et le posa sur la paume de sa main. Puis il l'éleva jusqu'à ses lèvres et murmura un mot. Les ailes métalliques de l'oiseau se déployèrent et il s'envola, décrivant des cercles dans la pièce. Une douce musique émana de son bec et un parfum entêtant emplit l'atmosphère.

« Merveilleux, commenta Cartain. Tout bonnement exquis. Combien de temps durera la magie ?

— Trois ans. Peut-être quatre. » Ruad leva la main et l'oiseau écarta les ailes avant de venir se poser sur sa paume. Il tendit le jouet à Cartain.

« Et les mots commandant l'oiseau ?

— Le nom de son créateur.

— Parfait. Tu es un maître. Un roi dans le lointain orient aimerait qu'un aigle géant l'emporte dans les cieux. Il paierait en diamants aussi gros que des crânes.

— C'est impossible, dit Ruad.

— Je ne te crois pas, cher partenaire. Tout est possible. »

Ruad secoua la tête. « Tu n'as pas conscience des limites. La magie est une puissance finie. Jadis, Zinazar a cherché à l'accroître ; pour cela, il a utilisé le sang de l'innocence. Ça n'a pas marché à l'époque, ça ne marchera pas davantage maintenant.

— Mais supposons qu'un millier de personnes soient volontaires pour offrir leur sang...

— On ne trouvera jamais mille personnes dans le monde entier capables de boire les Couleurs. Oublie les diamants, Cartain. Quelle fortune peut posséder un homme ? »

Cartain gloussa. « Il peut posséder toute la fortune du monde – plus une pièce de cuivre. »

Ruad vida son verre de jus de pomme. « Dis-moi vraiment pourquoi tu pars, et évite de me parler du vent, s'il te plaît. »

Le sourire de Cartain s'évanouit. « Les temps à venir s'annoncent durs, et je ne veux pas avoir à les subir. Mes émissaires m'ont rapporté des malveillances commises dans la capitale. En soi, cela n'aurait aucune importance pour un Nomade comme moi, mais la gestion défaillante du roi Ahak ne lui a laissé qu'un maigre trésor. Plusieurs marchands nomades ont déjà été arrêtés, accusés de trahison et torturés à mort. Leurs fortunes ont été confisquées par le roi. Le vieux Cartain ne servira pas de pitance au trésor du vautour !

— J'ai moi aussi eu des problèmes avec le souverain, dit Ruad. Il est arrogant et obstiné, mais ce n'est pas un despote.

— Il a changé, mon ami, répondit Cartain. Il s'est entouré d'hommes mauvais – jusqu'à recruter des hommes pour former ce qu'il nomme les chevaliers de la nouvelle Gabala... Ils sont terribles... On raconte que le roi était gravement malade, qu'un sorcier l'a guéri, mais que son âme est morte. Je ne sais pas. Les histoires de ce type pullulent. Mais on a toujours critiqué les rois. En tout cas, je suis sûr que le climat est mauvais pour les Nomades et ceux qui ont du sang nomade dans leurs veines. J'ai déjà vu ce genre de choses avant – ailleurs. Rien de bon n'en sortira.

— Et où pars-tu ?

— Je vais traverser la Mer Intérieure jusqu'à Cithaeron. J'ai de la famille là-bas... et une jeune femme.

— Ici aussi tu as une femme, si ma mémoire est bonne...

— Un homme riche ne peut jamais avoir trop de femmes ! Pourquoi ne m'accompagnerais-tu pas ? Nous pourrions amasser une sacrée petite fortune.

— Je ne désire pas la fortune. Fais envoyer mes articles dans les montagnes demain.

— Entendu. Prends garde à toi, artisan. Les secrets ont la fâcheuse habitude d'éclater au grand jour tôt ou tard, et le tien, j'en ai peur, ne fera pas exception. Cette fois-ci, tu pourrais y perdre plus qu'un œil. »

Ruad quitta le marchand et retourna vers les écuries. Il s'arrêta pour manger dans une petite auberge.

Le départ de Cartain l'ennuyait, l'inquiétait. Le marchand avait beau être fourbe, on pouvait lui faire confiance. Les hommes dans son genre étaient rares, et Ruad avait besoin de lui. Il termina son repas et contempla les amoncellements de nuages.

Tous les secrets éclatent tôt ou tard au grand jour.

C'était une réalité ; il résoudrait ce problème un autre jour. Ruad régla l'aubergiste et, muni d'un sac de provisions, revint à l'écurie. Hyam était parti, son plus jeune fils sella la jument. Le garçon avait l'air éveillé et le sourire radieux.

« Vous devriez acheter un nouveau cheval, fit-il. Celui-ci est épuisé. »

Ruad se mit en selle et lui sourit. « Ton père m'a vendu cette bête il y a deux mois en me jurant sur la tête de ses fils qu'elle galoperait pour toujours.

— Je veux bien le croire, répondit le garçon, mais mon père a perdu de sa vigueur. J'ai là un hongre noir engendré par Buesecus, et même un homme de votre corpulence pourrait le chevaucher toute une journée sans voir une trace de sueur sur son flanc.

— Montre-le-moi », dit Ruad, suivant le garçon dans l'enclos. Le hongre noir avait presque dix-sept paumes au garrot, un dos solide et de bonnes jambes.

Ruad mit pied à terre. « C'est vrai ? demanda-t-il au cheval. Ton père était Buesecus ? »

Le hongre balança la tête de côté. « Non, répondit-il. Ce garçon est aussi fieffé menteur que son père. »

Les yeux écarquillés et remplis de terreur, le garçon recula.

Ruad secoua la tête. « Et dire que tu avais l'air si innocent !

— Vous êtes un sorcier ? balbutia l'enfant.

— Oui. Et tu m'as offensé, dit Ruad en jetant au garçon un regard glacial.

— Je suis désolé, messire. Sincèrement. Veuillez me pardonner. »

Ruad tourna les talons et remonta en selle. « Ton père est peut-être vieux, mon garçon, mais il n'a jamais été stupide. » Il éperonna sa jument et partit en direction des montagnes. Le garçon, crédule, méritait cette duperie. Même enfant, Hyam aurait vu la différence entre de la magie et un tour de passe-passe.

Tous les secrets éclatent tôt ou tard au grand jour.

Il se calma et plongea dans les Couleurs. Trouver le Blanc et apaiser ses peurs lui prit du temps. Au sommet d'une colline, il se tourna sur sa selle et contempla Mactha. Le soleil descendait derrière les montagnes et baignait la ville de pourpre.

Ruad frissonna mais avant qu'il puisse se ressaisir une vision l'ébranla : huit chevaliers en armure rouge, aux visages d'un blanc spectral, aux yeux injectés de sang, chevauchaient à travers ciel en brandissant des épées noires...

Ruad arracha difficilement son esprit à cette vision. Essuyant la sueur qui couvrait son visage, il donna une tape à sa monture et partit au galop.

Chapitre 2

Six soldats gisaient près de la voiture, morts. Les deux femmes affrontaient côte à côte leurs agresseurs. Agrain attendait, ses hommes derrière lui, toisant les femmes d'un regard appréciateur.

Elles étaient manifestement sœurs et patriciennes. La plus grande, vêtue d'une jupe gonflante en soie verte et d'un chemisier blanc au col froncé, brandissait une épée courte qu'elle avait ramassée par terre. L'autre se tenait à ses côtés. Ses grands yeux gris ne montraient aucun signe de peur. Toutes deux étaient splendides. La fille à l'épée avait des cheveux courts et bouclés, sombres et éclatants comme de la fourrure. Les longs cheveux de jais de sa sœur se recourbaient au niveau des épaules ; elle portait une robe flottante de soie cendrée maintenue à la taille par une ceinture passementée d'or.

Agrain sentit l'excitation le gagner. Il n'avait encore jamais pris du bon temps avec des sœurs, et celles-ci certainement allaient se débattre, griffer. Sa gorge se serra. Laquelle en premier ? La grande et fière, ou la petite bien faite aux yeux gris arrogants ?

L'un de ses hommes s'élança en avant ; l'épée de la plus grande fendit violemment l'air. À la dernière seconde, l'homme se jeta de côté. La lame déchira son pourpoint de cuir marron. Il revint à quatre pattes, sous les quolibets de ses camarades. Bien, pensa Agrain, l'escrimeuse sera la première.

À cet instant, Agrain entendit un cheval approcher au trot ; lorsqu'il se tourna, il vit un cavalier descendre la pente dans leur direction. Il était grand, tout comme son cheval et, bien qu'il fût vêtu d'une tunique et d'un pantalon, l'homme portait un heaume à la visière relevée. L'étalon gris marqua l'arrêt à une dizaine de pas des douze hors-la-loi

« Bien le bonjour, mesdames, dit l'homme. Auriez-vous besoin d'aide ? »

Agrain fit un pas vers lui. « Passe ton chemin, siffla-t-il, ou moi et mes hommes on te donne en pâture aux corbeaux.

— Je ne m'adressais pas à toi, espèce de rustre, répondit le cavalier doucement, aurais-tu oublié les bonnes manières ? »

Agrain rougit et dégaina ses deux épées courtes tandis que les onze hors-la-loi formaient un cercle. Le cavalier mit pied à terre et tira de son fourreau une longue épée qui étincelait dans la lumière ; il la saisit à deux mains.

C'est alors qu'un tonnerre de sabots résonna dans la clairière.

« On s'en va ! » hurla Agrain, et les hors-la-loi déguerpirent dans les broussailles alors qu'arrivait une troupe de soldats.

Manannan rengaina son épée et s'approcha des femmes. Il s'inclina.

« Êtes-vous blessées ? demanda-t-il.

— Non, messire, répondit la plus petite. Grand merci pour votre galanterie. Je m'appelle Dianu, et voici ma jeune sœur, Sheera. »

Manannan se tourna. « Mes compliments pour vos talents d'escrimeuse, madame. Vous avez un poignet bien habile. »

Un homme svelte, aux cheveux blonds, les rejoignit ; il était rasé de près et portait un mince arc de corne au lieu d'une épée. Ses vêtements de cuir ocre, quoique dépourvus d'ornementations, étaient coupés de main de maître. Il avait les yeux bruns, mouchetés d'or, ce qui leur donnait un air fauve. Il enlaça Dianu et l'embrassa sur la joue, puis il se tourna vers Manannan ; son sourire était chaleureux et amical, son regard franc et honnête.

« Merci, messire. Votre courage vous fait honneur.

— Tout comme votre ponctualité, répliqua Manannan en tendant la main.

— J'aurais souhaité arriver plus tôt ; ces loyaux soldats seraient encore en vie. Mais je me présente : seigneur Errin de Laene.

— Vous avez grandi depuis notre dernière rencontre. Vous deviez alors être page du duc de Mactha.

— C'est exact ; l'année où il a remporté la lance d'argent. Je suis navré, messire, mais je ne me souviens pas de vous.

— Mon nom est Manannan. J'étais vêtu quelque peu différemment à l'époque et n'avais pas de barbe. À présent, veuillez m'excuser, mais je dois partir.

— Il n'en est pas question ! fit Dianu. Vous ne pouvez traverser seul cette forêt. Ce brigand, cet Agrain, il doit nous observer en ce moment même. Vous iriez au-devant du danger.

— Lui aussi, madame, s'il croise de nouveau mon chemin ! Mais n'ayez crainte pour moi. Je ne possède aucune richesse, et Kuan peut galoper vite et longtemps.

— Vous êtes le bienvenu chez moi, messire chevalier, intervint Errin. Mes domaines sont à moins d'une demi-journée à cheval. Un abri pour la nuit et un bon repas vous seraient offerts.

— Merci, mais non. Je suis à la recherche d'un homme. » Manannan salua les femmes et se dirigea vers son cheval.

Dianu le regarda partir. « Quel homme étrange, dit-elle. Il n'aurait jamais pu les vaincre tous, et pourtant il était prêt à les affronter.

— Je ne me souviens pas de lui, murmura Errin d'un ton songeur. C'était peut-être une sentinelle ou un soldat de rang.

— Il devait être plus que cela, remarqua Sheera. Il a la démarche d'un prince.

— J'ai peur qu'il ne demeure un mystère, dit Errin. Allons, venez, quittons cette maudite forêt avant qu'Agrain ne revienne avec davantage d'assassins. »

*
**

Ruad demeura une semaine entière dans l'atelier de sa cabane, à fondre ses lingots, modelant des fils d'or et d'argent, des feuilles délicates et de curieux anneaux. La huitième nuit, il émergeait d'un sommeil léger lorsqu'il entendit des chevaux galoper sur le sentier. Il se leva, s'étira, jeta une cape autour de ses épaules, traversa la cabane et sortit dans la cour.

Six cavaliers faisaient halte devant son logis.

« Qui cherchez-vous ? s'enquit Ruad, qui peinait à reconnaître ces hommes.

— Qui a dit que nous cherchions quelqu'un ? demanda l'un des cavaliers en se penchant en avant sur sa selle.

— Il est tard pour aller chasser, tenta Ruad, et je suis fatigué. Alors dites-moi ce que vous voulez...

— Il est ici, siffla le cavalier. Je ne vois pas dans quel autre endroit il pourrait se cacher. Je vais fouiller la cabane. » Il mit pied à terre et traversa la cour d'un pas décidé. Ruad s'écarta, mais lorsque l'homme arriva à sa hauteur, sa main gauche fondit en un éclair sur sa gorge et le souleva dans les airs.

« Il ne me semble pas vous avoir entendu m'en demander la permission », constata Ruad d'un ton affable. Les pieds du cavalier s'agitaient sans effet et ses doigts luttaient contre la poigne de fer de Ruad.

« Lâchez-le ! » ordonna un autre homme en éperonnant son cheval. À cet instant la lune se dégagea de la couche nuageuse, permettant à Ruad de reconnaître celui qui avait parlé.

« Je n'aurais jamais cru qu'un homme aussi cultivé que vous puisse s'entourer d'une pareille racaille, seigneur Errin », dit Ruad en laissant choir sa victime. L'homme roula sur le sol, haletant.

« Je suis désolé de troubler ton repos, artisan, mais un esclave s'est échappé aujourd'hui après les enchères, et on prétend l'avoir souvent vu en ta compagnie. Nous pensions qu'il s'était réfugié ici.

— Cet esclave porte-t-il un nom, seigneur Errin ?

— Lug, il me semble, un nom plutôt laid pour un si beau garçon.

— L'avez-vous acheté ?

— Oui, je voulais en faire présent au duc. Je crains que ce ne soit désormais plus possible. Il va falloir marquer son crâne au fer rouge et probablement lui trancher les jarrets.

— Un bien sévère châtiment, en vérité, fit Ruad, mais justifié. Fouillez ma cabane, je vous en prie, et permettez-moi de m'en retourner coucher.

— Je ne pourrais douter de ta parole, artisan. Si tu me jures qu'il n'est pas ici, nous te laisserons tranquille.

— Alors je vous le jure, seigneur Errin. Car je n'ai pas vu ce garçon depuis le jour de Tiern. Bonne nuit à vous. » Ruad s'approcha de l'homme à terre qui tentait de se redresser ; le saisissant par les cheveux, il le remit debout, le reconduisit à son cheval et le posa sans cérémonie en travers de la selle. Le seigneur Errin sourit, tira sur les rênes de l'étalon et sortit de la cour au galop.

L'homme à la gorge meurtrie demeura en arrière, puis avança vers Ruad.

« Si je te retrouve... » gronda-t-il. Ruad lui coupa la parole.

« S'il te plaît, dit-il en écartant les mains, ne me promets rien, et surtout pas que l'on se reverra. Les insultes me mettent en colère. Quant aux menaces, elles m'ennuient. Et quand je m'ennuie, je me montre parfois violent. Ni toi ni moi n'avons intérêt à ce que cela se produise, demi-portion. » Le cavalier tira brusquement sur les rênes et d'un coup d'éperons partit au petit galop.

Après qu'il eut disparu, Ruad se rendit au puits, tira un seau d'eau fraîche et s'assit sur le banc de bois pour se désaltérer et contempler les étoiles.

Les craintes de Lug étaient donc légitimes. Le duc aurait fait un bien piètre maître. L'artisan ferma les yeux et fouilla les Couleurs. Le garçon avait peur, ses émotions s'affolaient. Ruad n'avait jamais aimé se servir du Rouge, car il menait invariablement sur des chemins où le mal dominait. Mais le Rouge était fort, et il connaissait la peur. L'artisan trouva le courant et se concentra sur Lug. Au bout de quelques secondes, il se retira brutalement du flux et se retourna.

« Sors de là, mon garçon », cria-t-il. La porte du bûcher s'ouvrit et Lug apparut. « Tu as failli me faire mentir !

— Maître, je n'avais nulle part où aller. Mais demain j'irai trouver Llaw Gyffes... s'il veut de moi.

— Suis-moi à l'intérieur, répondit Ruad avec douceur. J'ai quelques... jouets... qui pourront t'aider durant ton voyage. »

Une fois à l'intérieur de la cabane, Ruad attisa les braises et suspendit une vieille poêle en fer au-dessus des flammes. Il y versa un peu de graisse, et lorsqu'elle commença de grésiller, cassa quatre œufs dans la poêle.

« Je suppose que tu as faim, jeune Lug.

— Oui, maître. Merci. Mais sauf votre respect, j'ai atteint hier ma majorité. Je ne m'appelle plus Lug ; je suis un homme, et ne peux plus porter un nom d'enfant.

— Effectivement, acquiesça Ruad. Quel nom as-tu choisi ?

— Lámfhada, maître. Je convoite ce nom depuis longtemps.

— Long bras. Oui, c'est un beau nom. Le premier chevalier de la Gabala s'appelait Lámfhada. Si tu parviens à lui rendre ne serait-ce qu'une fraction de sa renommée, tu pourras t'estimer heureux.

— Je ferai de mon mieux, maître. Mais je ne suis pas un héros. »

Ruad fit glisser les œufs dans une assiette en bois. Puis il coupa plusieurs tranches d'un pain noir qu'il avait cuit la veille et servit Lámfhada.

« Ne te juge pas trop durement. Je ne connais aucun chevalier qui soit sorti du ventre de sa mère armé de pied en cap. Tous étaient au départ gringalets.

— Vous avez connu beaucoup de chevaliers ? demanda Lámfhada.

— Beaucoup, acquiesça Ruad en se versant un gobelet d'eau et en se coupant une tranche de pain.

— Pourquoi sont-ils partis, maître ?

— Tu es plein de questions, jeune homme... Et puis cesse donc de m'appeler “maître”. Tu es un homme désormais, tu peux m'appeler “artisan”. Ou Ruad, puisque tu as fabriqué l'oiseau.

— Vous m'autoriseriez à citer votre nom de baptême ? murmura le garçon.

— Ce n'est pas mon nom de baptême, lui révéla Ruad, mais je serais heureux que tu l'utilises. » Le garçon hocha la tête et finit son repas, sauçant les dernières traces de jaune dans son assiette.

« J'espère que ma présence ici ne vous causera pas de problèmes. Ils vont prendre conseil auprès du devin, Okessa, pour me retrouver ; il saura que j'étais ici.

— Non, répondit Ruad, souriant de toutes ses dents tordues. Aucun de leurs devins ne pourra jamais percer mes secrets... pas même Okessa. Ne crains rien pour moi. Maintenant, laisse-moi t'offrir quelque chose. Viens. » Il conduisit le fuyard jusqu'à l'atelier, où il ouvrit un coffre en chêne qui gisait contre le mur du fond. Il en tira une paire de bottes en daim liserées d'or. « Essaie-les », dit-il au garçon.

Lámfhada ôta ses sandales et enfila les bottes. « Elles sont un peu grandes. »

Ruad appuya ses doigts sur les orteils du garçon.

« Avec de grosses chaussettes, elles devraient être plus confortables, et elles te dureront quelques années.

— Elles sont magiques, Ruad ?

— Évidemment qu'elles sont magiques, fit l'artisan d'un ton sec. Ai-je l'air d'un cordonnier ?

— Qu'est-ce qu'elles peuvent faire ?

— Je vais t'écrire leur mot de commande, et quand tu le prononceras, elles te donneront force et vitesse. Tu seras capable de distancer n'importe quel homme et même un cavalier sur terrain accidenté.

— Je ne sais comment vous remercier. Elles n'ont certainement pas de prix.

— Elles ont malheureusement un défaut. Eh oui, même moi je commets des erreurs, jeune Lámfhada. Leur magie est limitée. Une heure, peut-être deux ; et puis elles redeviendront des bottes ordinaires. Mais ce sont de bonnes bottes.

— N'est-il pas possible de restaurer la magie ? » demanda le garçon.

Ruad sourit. « Essaie, ce sera un bon entraînement. Il faut le pouvoir du Noir, qui est la magie de la terre.

Mais capricieux est le Noir qui ne se laisse pas facilement extraire... On ne le trouve que la nuit, à la lueur de la lune. J'ai utilisé des fils d'or, aucun métal ne s'harmonise mieux avec les courants. La seule difficulté est le contrôle. Trop d'or, et la puissance serait telle qu'aucun homme ne pourrait les mettre sans perdre l'équilibre ; un bond t'emporterait si haut que la chute te tuerait. Trop peu, le pouvoir se dissiperait en moins d'une heure. Ce problème m'a causé du souci pendant une décennie.

— Et le mot de commande ? » s'enquit Lámfhada.

Ruad prit un morceau de charbon et l'écrivit sur la table. « Tu sais comment le prononcer ? Ne le fais pas !

— Je le sais, dit le fuyard en fixant le visage de Ruad. C'est votre nom de baptême, n'est-ce pas ?

— En effet, mon garçon, et nul ne doit le connaître. Voilà pourquoi je t'ai demandé de ne jamais parler du travail que tu faisais ici.

— Vous m'avez fait confiance, Ruad. Je ne vous trahirai pas. Mais comment se fait-il que l'on vous croie mort ? Et pourquoi laisser courir cette rumeur ?

— Toi et moi sommes pareils, mon garçon, lui dit Ruad. Tous les hommes sont des esclaves. Ma seule joie est que je comprends mieux que quiconque la magie. J'aime créer de belles choses. Les chevaliers de la Gabala étaient splendides, leurs armures sans égales, leurs cœurs aussi purs que peut l'être le cœur des meilleurs hommes. Mais il existe dans le monde d'autres puissances, alignées sur le Rouge, liées aux ténèbres. Ces puissances lorgnaient mes œuvres ; d'ailleurs, elles les recherchent toujours. Mais tu ne me comprends pas... Comment le pourrais-tu ?

— Des hommes mauvais voulaient profiter de vos talents, dit Lámfhada. Ça, je le comprends.

— En effet. Voilà cinq ans, les gens du roi m'ont capturé et envoyé à Furbolg ; ils m'ont brûlé un œil.

Le souverain voulait des armes magiques, j'ai refusé de lui en donner.

— Comment vous êtes-vous échappé ?

— En mourant. Mon corps a été jeté dans une fosse, à l'extérieur des murs du château. »

Lámfhada fit le signe de la corne protectrice et frissonna, mais Ruad gloussa. « En faisant *semblant* de mourir ! Plus de pouls. Plus de respiration. Ils m'ont enterré – heureusement – dans une tombe peu profonde. J'ai pu creuser et me réfugier chez un ami. Il a pris soin de moi huit jours durant ; enfin on m'a fait sortir clandestinement de la ville et je suis arrivé ici.

— Un jour, maître, ils vous retrouveront. Pourquoi ne pas venir avec moi rejoindre Llaw Gyffes ?

— Parce que je ne suis pas prêt, jeune homme. Et je crains d'avoir un tort à réparer. Mais toi, il faut que tu partes. Vis ta vie. Sois libre... du moins aussi libre que peut l'être un homme.

— Si seulement les chevaliers étaient encore là, fit tristement Lámfhada.

— Il est vain de rêver à ce qui ne pourra jamais être, murmura Ruad. Maintenant, il est temps que tu t'en ailles. » Il ouvrit un tiroir sous le banc et en tira un long couteau au fil aiguisé comme un rasoir. « Tu pourrais avoir besoin de ça.

— Lui aussi est magique ?

— De la pire magie qui soit. D'un seul coup, tu peux détruire toute une vie de rêves et d'espoirs. »

*
**

Llaw Gyffes se tenait seul sur la crête de la colline boisée, à la lisière de la forêt, une main posée sur le tronc massif d'un chêne tordu, l'autre agrippée à sa large ceinture de cuir. Il avait commencé à pleuvoir, mais le grand homme ne semblait pas s'en soucier. Il tenait les yeux rivés sur la plaine déchiquetée au-delà de la forêt, où plusieurs biches paissaient près d'un troupeau de mouflons. Au loin, six cavaliers avançaient parmi les rochers. Llaw les observa un moment. À l'évidence ils cherchaient une piste, non pour chasser les biches, car le petit troupeau parfaitement visible de leur position ne suscitait pas leur intérêt. Il était trop tôt pour courir les loups gris, qui erraient encore dans les hauteurs. Il s'agissait donc d'un homme.

Le ciel s'obscurcit et la pluie se mit violemment à tomber, dégoulinant sur la chemise de cuir huilé de Llaw, trempant ses jambières en laine vertes. Il leva la main, agrippa une branche épaisse, se hissa dans le sanctuaire arboré et grimpa prestement jusqu'aux rameaux les plus élevés. L'on y avait fixé une plateforme grossière et au-dessus des branches tressées pour former une dense toiture. Il s'assit et écarta les feuilles pour voir les cavaliers. Bien que plus proches maintenant, il ne pouvait encore mettre un nom sur leurs visages.

Il repoussa une mèche blonde tombée sur ses yeux et s'installa plus confortablement. Pourquoi devrait-il se soucier de leur proie ? Nul ne s'était inquiété lorsqu'on avait capturé Llaw Gyffes. Personne n'avait pris sa défense. Il ravala prestement la colère qu'il sentait monter en lui. Cela ne sert à rien. Tu ne peux pas leur en vouloir, Llaw. Son destin avait été scellé dès l'instant où il avait fracassé le crâne de ce bâtard !

Il avait suffi d'un instant pour que sa vie bascule. Un battement de cœur, et le forgeron était devenu hors-la-loi.

Les soldats du duc cherchaient un marchand nomade accusé de trahison ; ils avaient déjà saccagé plusieurs maisons – pillant à leur guise – lorsqu'ils étaient tombés sur Lydia. L'officier responsable de la fouille avait ordonné à ses hommes de sortir, mais lui était resté à l'intérieur. Quelques secondes plus tard, de nombreux voisins avaient entendu le hurlement de Lydia, aucun n'était intervenu. Seul un jeune esclave avait trouvé le courage de courir prévenir le forgeron. Llaw avait lâché ses outils pour se précipiter dans les ruelles étroites. Deux soldats étaient en poste devant sa porte ; ses énormes poings les avaient assommés avant qu'ils n'aient pu dégainer leurs épées. L'un avait la mâchoire brisée, l'autre trois côtes cassées. Lorsque le forgeron avait ouvert d'un coup de pied la porte, éclatant les gonds de bronze, Lydia gisait sur le lit, le regard éteint ; l'officier bouclait sa ceinture.

Tandis que Llaw Gyffes surgissait dans la pièce, l'officier avait tiré son épée et allongé une botte. Écartant la lame d'un revers de la main, Llaw lui avait asséné un féroce coup au visage et l'officier était tombé à genoux. L'épée avait glissé de ses doigts. Llaw s'était approché du corps de sa femme et avait vu les meurtrissures pourpres sur sa gorge. Laissant échapper un cri d'horreur étranglé, il s'était tourné vers l'assassin inconscient, le rouant de coups jusqu'à ce que son crâne malmené éclate et que Llaw se retrouve agenouillé au-dessus d'une créature sans forme. Il s'était relevé en chancelant, mains couvertes de sang et de cervelle, et était sorti de la maison en titubant, pour déboucher au milieu d'une escouade de soldats. Llaw n'avait fait aucune tentative pour se défendre et on l'avait traîné en prison, à Mactha.

Deux mois durant il avait moisi dans une oubliette insalubre, enchaîné au mur. On l'avait nourri de pain véreux et d'eau croupie, baignant dans ses excréments. Il avait été traduit tel quel au tribunal.

Le procès s'était tenu dans la grande salle du duc, et Llaw avait reconnu maints visages dans les balcons, à sa gauche et à sa droite : amis, voisins, associés. Le duc siégeait sur une estrade, flanqué de ses chevaliers, tandis que le procureur exposait les faits. La colère de Llaw avait explosé lorsqu'il avait entendu la version déformée des événements : il y avait eu un bruit suspect dans la maison du forgeron et une escouade de soldats dirigés par le neveu du duc étaient entrés, pour constater que le forgeron, Llaw Gyffes, avait étranglé son épouse... Maradin avait vaillamment tenté de maîtriser le prévenu, mais la force du forgeron était prodigieuse et il s'était battu comme un démon, tuant Maradin et blessant grièvement deux autres soldats.

Le duc s'était penché en avant et avait jeté à Llaw un regard torve. « Qu'as-tu à répondre ?

— Je crains que ma réponse n'ait guère d'importance, avait rétorqué Llaw. Cette salle est remplie de gens qui connaissent la vérité. Ce... Maradin... a violé et assassiné ma Lydia... il a payé pour son crime. Telle est la vérité.

— Alors montre-moi des témoins. Où sont-ils ? »

Llaw avait levé les yeux et scruté les balcons. Personne n'avait soutenu son regard.

« Tu viens de prouver ton mensonge, avait déclaré le duc. Demain matin, tu seras écartelé et empalé. Emmenez-moi ce misérable. »

Llaw avait été à nouveau enchaîné au mur de son oubliette. Mais le malaise qui l'avait étreint durant sa captivité avait disparu. À sa place brûlait une haine sans bornes. Se cramponnant aux chaînes, il avait tiré dessus dans l'espoir de les voir céder. Celle de sa main droite avait du jeu. Il avait fait peser toute la force de son bras sur le métal, l'avait tendu, puis relâché. Il s'était adossé au mur et avait inséré les doigts dans l'étrier fixant la chaîne à la pierre. Celui-ci semblait disjoint et il sentait que les boulons étaient rouillés.

Par trois fois il avait tenté de le déloger. L'étrier, maintenant courbé, avait presque la forme d'un fer à cheval, mais il tenait toujours. Il avait éprouvé la chaîne de gauche, mais elle ne bougeait pas. Prenant quelques profondes inspirations, il avait rassemblé ses forces et cramponné une fois de plus sa main droite autour des liens. Les muscles de ses épaules s'étaient gonflés alors qu'il luttait pour tendre le bras... le métal avait grincé et, avec une abominable lenteur, les boulons s'étaient détachés du mortier qui les liait et la chaîne s'était libérée d'une secousse. Llaw s'était tourné ; il pouvait désormais utiliser ses deux mains avec la chaîne de gauche. Prenant appui contre le mur de son pied droit, il avait finalement arraché l'étrier.

Maintenant libéré du mur, il lui restait encore la porte renforcée. Il avait ramassé ses chaînes, s'en était approché et avait écouté. Aucun bruit ne provenait du couloir.

Il était revenu au mur et avait replacé approximativement les étriers.

« Garde ! avait-il crié. Garde ! » Il avait entendu un bruit de pas.

« Qu'est-ce qu'il y a ? Pourquoi tu cries ?

— Garde !

— Bon sang, tu vas te taire ? »

Mais Llaw avait continué de crier aussi fort que possible. Finalement, une grille s'était ouverte au centre de la porte et le garde avait jeté un œil pour constater que le prisonnier était toujours attaché au mur.

« Tais-toi, fils de chien, ou je vais venir te couper la langue !

— Pas assez de cran, avait sifflé Llaw. Tu n'es qu'un bouseux sans rien dans le ventre ! »

La grille s'était refermée brutalement et Llaw avait entendu que l'on relevait la barre. Puis la porte s'était ouverte et la lueur des torches l'avait obligé à cligner des yeux.

« Je sais ce que tu veux, avait murmuré l'homme en avançant. Tu veux que je te tue. Tu ne supportes pas l'idée d'être démembré ; tu refuses de penser au pieu aigu qui va te pénétrer le corps pour te déchirer et lacérer les chairs. Eh bien non, je ne te tuerai pas ! Je vais juste te faire regretter de ne pas être mort. » Il avait décroché un fouet de sa ceinture.

Llaw s'était jeté en avant ; son corps avait percuté le garde stupéfait. Ils avaient roulé à terre, les mains de Llaw enserrant le cou du garde jusqu'à ce que les vertèbres craquent et que se crispe le corps. Llaw s'était redressé et avait regardé le cadavre. Il n'éprouvait aucun regret ; la mort de Lydia et l'injustice du procès s'étaient alliées pour altérer l'âme du forgeron. Il avait ramassé ses chaînes et gagné le couloir. Un peu plus de cinq mètres à sa gauche se dressaient latable et la chaise où était posté le garde. Les clefs des chaînes pendaient au mur. Llaw avait défait ses menottes et posé les chaînes sur la table.

Mais il n'était pas encore libre. Ne connaissant rien aux oubliettes, il ignorait comment s'échapper. Tout juste savait-il qu'il se trouvait au quatrième sous-sol et que l'escalier conduisait à la grande salle. Sortir par là était peine perdue. Les autres escaliers aboutissaient bien quelque part, mais où ? Il s'était assis à la table pour réfléchir. Parvenir jusque-là pour rester prisonnier lui minait le moral. Il avait regagné sa cellule et dépouillé le garde de sa livrée. Un couteau aussi effilé qu'un rasoir était glissé dans la ceinture du cadavre. Lentement et douloureusement, Llaw avait taillé sa barbe dorée, ne laissant que la moustache. Puis, après avoir revêtu la tunique du garde, il était revenu à la table. Le couloir, long d'une vingtaine de mètres, comptait de chaque côté six portes barricadées. Llaw les avait toutes ouvertes, avait libéré les prisonniers et leur avait ôté leurs fers.

Barbouillés de crasse, plaies purulentes couvrant pour la plupart leurs membres squelettiques, ils avaient envahi le couloir en titubant.

« Vous tenez une chance de recouvrer votre liberté, avait murmuré Llaw. Suivez-moi en silence. »

Il avait grimpé l'escalier au pas de course, insensible aux prisonniers qui traînaient les pieds. À l'étage supérieur, un garde assis à une table roulait paresseusement des dés. Llaw avait fait signe aux prisonniers de s'arrêter et s'était approché hardiment du garde, qui avait jeté un œil à une chandelle graduée.

« Tu es en avance, avait fait l'homme en souriant, mais je ne vais pas me plaindre. » Ramassant les dés, il s'était levé, avait été cueilli par un coup de massue et s'était affalé sur son siège, sa tête heurtant la table. À nouveau, Llaw avait ouvert les portes des cellules et libéré les détenus. Leurs crimes ne lui importaient guère ; seule comptait son évasion.

« Maintenant, faites ce que bon vous semble, leur avait-il dit.

— Comment on sort d'ici ? avait demandé un barbu râblé à la joue barrée d'une vilaine cicatrice.

— Grimpez cet escalier et libérez les autres. Il reste deux étages.

— Et toi, qu'est-ce que tu vas faire ?

— J'ai d'autres plans.

— Quel est ton nom ? avait demandé un autre homme.

— Llaw Gyffes.

— Main-Ferme ? Je m'en souviendrai, l'ami », avait promis le barbu.

Llaw avait hoché la tête et s'était éloigné dans l'obscurité ; il avait gravi l'escalier étroit débouchant sur un vestibule aux fenêtres masquées par des rideaux. Il avait écarté les tentures et observé la cour située à moins de trois mètres en contrebas. Le grand portail était ouvert ; deux sentinelles discutaient dans l'ombre. Sur les murailles, cinq archers. Au-delà du portail il avait distingué les lumières de Mactha et les montagnes lointaines qui brillaient sous la lune. Il s'était laissé glisser par la fenêtre et avait atterri sans bruit sur le pavé. Soudain, un hurlement l'avait pétrifié, venant de l'intérieur du château.

« Les prisonniers s'évadent ! »

Llaw avait couru vers le portail.

« Qu'est-ce qui se passe ? avait demandé une sentinelle.

— Les prisonniers s'enfuient, lui avait dit Llaw. Allez vite dans la grande salle et surveillez les escaliers ! »

Les deux gardes s'étaient rués vers les portes ; Llaw avait avisé les hommes sur les murailles. « Allez les aider, avait-il crié. Tenez la grande salle ! »

Les archers avaient couru rejoindre leurs camarades et Llaw était sorti de la forteresse d'un pas tranquille. Il avait contourné Mactha et s'était dirigé vers les lointaines montagnes.

Plus tard, il avait appris que les vingt-trois hommes libérés avaient ouvert les cellules de quarante autres prisonniers. Trente étaient morts lors des combats à l'intérieur du château, vingt-deux avaient été repris durant les trois premiers jours, onze étaient parvenus pourtant à s'échapper.

Sept mois plus tard, alors que Llaw se trouvait dans son arbre, les chasseurs traquaient à nouveau un fuyard.

L'évadé souhaita qu'ils le rattrapent.

Il ne voulait pas que des hommes en armes chevauchent dans sa forêt, dérangent le gibier et le mettent lui-même en péril.

*
**

Accroupi derrière deux rochers dentelés, Lámfhada observait les cavaliers. La pluie cinglait leur front mais ils avançaient toujours, menés par le traqueur, Nomade desséché aux yeux bridés. Le Nomade était un magicien, Lámfhada en était persuadé. Autrement, comment pourrait-il suivre sa piste sur la roche et les éboulis ?

Le jeune homme jeta un coup d'œil par-dessus son épaule, observant les montagnes et la lisière de la forêt. Elle était encore à près de deux kilomètres, sur un terrain en pente, mais il y serait en sécurité. La pluie le glaçait jusqu'aux os et son ventre affamé grognait des reproches. Pourquoi avait-il décidé de s'enfuir, là, dans cette terre désolée ? Il maudit sa stupidité. Comparé à ça, servir le duc était-il si terrible ? Oui... Il le savait bien. Le duc fouettait souvent ses serviteurs. Au solstice d'hiver, il avait ordonné qu'un vieil esclave soit écorché vif à cause d'une indiscrétion. Non, pensa Lámfhada, mieux valait être fuyard.

Le traqueur nomade s'arrêta à quelque deux cents pas des rochers et pointa brusquement le doigt. Lámfhada cligna des yeux et se recroquevilla tandis que les cavaliers éperonnaient leurs montures et arrivaient au galop. Le jeune homme bondit hors de sa cachette et fonça vers les montagnes, glissant et dérapant sur la boue et les rochers graisseux. Les chevaux le talonnaient dans un grondement de tonnerre. Il entendait les cris des cavaliers.

Pris de panique, Lámfhada hurla le nom de commandement magique et sentit instantanément son poids s'alléger et ses enjambées croître. Il flottait presque au-dessus des pierres. Il fit un écart sur la gauche et bondit de trois mètres jusqu'à un rocher, puis coupa sur la droite et grimpa un étroit sentier menant aux arbres. Les cavaliers ne pourraient pas le suivre directement et seraient forcés de contourner la roche, perdant ainsi du terrain. La chasse reprenait.

Le seigneur Errin éperonna son hongre noir géant et le lança au galop, fondant sur le fuyard. Il peinait à croire que le jeune homme pût se déplacer aussi vite. S'il l'avait su, jamais il ne l'aurait offert au duc ; le gardant pour lui, il l'aurait fait participer aux courses de Furbolg. Trop tard désormais, songea Errin qui rejoignait le garçon.

En entendant le bruit des sabots, Lámfhada coupa à gauche, escaladant à quatre pattes un monticule d'éboulis. Errin jura et mena le hongre sur la pente traîtresse, mais le cheval trébucha et tomba sur l'arrière-train. Un autre cavalier arriva au galop.

« Donne-moi ton arc », cria Errin, prenant l'arme et encochant une flèche. Lámfhada était presque horsde danger lorsque Errin tira sur la corde, inspirant profondément, relâchant lentement l'air de ses poumons et, entre deux respirations, libéra la flèche. Le trait fila vers sa cible et toucha le jeune homme dans le haut du dos. Il chancela sans pourtant tomber et atteignit le couvert des arbres.

« On doit suivre, monseigneur ? demanda le Nomade.

— Non, nous ne sommes pas assez forts pour affronter les rebelles. De toute manière, la flèche est profondément enfoncée ; il ne survivra pas. » Errin rendit l'arc au cavalier et redescendit les éboulis avec son hongre. « Le garçon a crié quelque chose. Qu'est-ce que c'était ? » demanda-t-il.

Le Nomade haussa les épaules. « On aurait dit un nom, seigneur : quelque chose comme "Ollathair".

— C'est bien ce que j'ai entendu. Pourquoi un fuyard invoquerait-il le nom d'un sorcier mort ? Et pourquoi sa vitesse a-t-elle autant augmenté ? » Le Nomade haussa de nouveau les épaules et Errin sourit. « Tu ne t'en soucies guère, Ubadaï, si je ne m'abuse ?

— Non, seigneur, acquiesça le Nomade. Je le traque. Je fais très bien mon travail.

— Très bien en effet. Mais cela m'intrigue ; je poserai la question à Okessa lorsque nous serons rentrés. » Le Nomade se racla la gorge et cracha. Errin gloussa. « Il ne t'aime pas non plus, mon ami. Mais fais attention, car c'est un homme puissant qu'il vaut mieux ne pas compter parmi ses ennemis.

— On juge l'homme par ses ennemis, seigneur. Mieux vaut des puissants que des faibles. »

Errin lui sourit et reconduisit le groupe vers la protection de Mactha.

Juste au-delà de la lisière, Lámfhada fit halte en titubant, gagné par une grande lassitude. Il essaya de continuer son chemin, mais sa vue se troubla et les arbres semblèrent bouger et se balancer devant lui. Le sol se déroba et ses yeux se fermèrent.

Surgissant de derrière un gros pin, un homme élancé s'approcha du jeune homme à terre. Il était vêtu d'une chemise de soie bleu ciel, d'un pantalon de cuir et de chaussures aux boucles d'argent, ainsi que d'une élégante cape de mouton jetée sur ses épaules. Un ruban d'argent retenait sur sa nuque ses longs cheveux et ses yeux étaient violets. Il s'agenouilla auprès de Lámfhada, vit le sang qui coulait de la blessure et détourna la tête.

« Alors, tu te décides à l'extraire, oui ou non ? » fit une voix inconnue. L'homme se releva brusquement et se tourna pour distinguer le nouvel arrivant, un grand guerrier aux larges épaules, aux cheveux blonds et à la barbe dorée.

« Je ne connais rien à la médecine. Je crois qu'il est mort. »

Llaw Gyffes sourit largement. « Ton visage est pâle comme un linge. » Il ignora l'homme, se dirigea à grandes enjambées vers le garçon et déchira sa chemise. La flèche était profondément enfoncée, logée sous l'omoplate, et la chair autour de la blessure était déjà gonflée et boursouflée. Llaw saisit la hampe.

« Attendez ! fit son compagnon. Si la pointe est dentelée, elle va le réduire en bouillie.

— Alors prie pour qu'elle ne le soit pas », répliqua Llaw en arrachant subitement la hampe. Lámfhada grogna mais ne se réveilla pas. Llaw leva la flèche ; la pointe n'était pas dentelée. Le sang s'écoulait à flots de la blessure et Llaw l'épongea avec un morceau de tissu. Il souleva l'adolescent et posa son corps sur son épaule droite avant de pénétrer dans la forêt peuplée d'ombres.

L'autre homme lui emboîta le pas. « Où allons-nous ? demanda-t-il.

— Il y a un village à une heure de marche. Ils ont un apothicaire et une femme Wyccha.

— Je m'appelle Nuada. »

Llaw continua sans répondre.

Le soleil se couchait derrière les montagnes lorsqu'ils arrivèrent sur la crête de la petite éminence qui surplombait le village. Il était composé de sept cabanes et d'un long bâtiment au sud, tandis que la partie nord était constituée d'un enclos où étaient regroupés cinq poneys.

Llaw se tourna vers son compagnon. « Vérifie si le garçon est toujours vivant », commanda-t-il.

Nuada prit délicatement le bras de Lámfhada et lui tâta le pouls. « Il l'est, mais les battements du cœur sont irréguliers. »

Llaw ne fit aucun commentaire et entreprit de descendre la colline. Quand ils furent assez près, deux hommes sortirent de la première hutte, armés d'un arc long et d'un couteau à la ceinture. Llaw leur fit signe. Ils le reconnurent et rangèrent leurs flèches dans leurs carquois.

Llaw conduisit Lámfhada jusqu'à la plus éloignée des cabanes, gravit les marches du porche rudimentaire et frappa à la porte. Une femme d'âge mûr ouvrit. En voyant son fardeau, elle s'écarta ; il entra dans la cabane et se dirigea droit vers le lit étroit accolé à la fenêtre donnant à l'est.

La femme l'aida à allonger l'adolescent et retira la compresse imbibée de sang. La blessure se remit à saigner et elle l'examina attentivement. « Elle n'a pas transpercé le poumon, fit-elle. Laisse-le-moi ; je vais m'occuper de lui. »

Llaw ne répondit rien. Il se leva, étira sa nuque, puis remarqua que Nuada attendait sur le seuil.

« Qu'est-ce que tu veux ?

— Un bon repas ne serait pas de refus, dit Nuada.

— Tu as de quoi payer ?

— D'ordinaire, je gagne mon dîner en chantant, déclara Nuada. Je suis poète et conteur de sagas. »

Llaw secoua la tête, l'écarta de son chemin et sortit dans le crépuscule grandissant. Nuada le rejoignit. « Je suis un *bon* poète. On m'a accueilli dans le palais de Furbolg et j'ai chanté devant le duc de Mactha. J'ai aussi voyagé dans les pays d'orient.

— Les bons poètes sont des poètes riches, dit Llaw. C'est dans la nature des choses. Mais peu importe ; je suppose que les villageois apprécieront tes chansons. Connais-tu la saga de Petric ?

— Évidemment, mais je préfère les histoires plus récentes. C'est la raison de ma présence ici : je rassemble du matériel.

— Suis mon conseil, donne-leur du Petric », lui répéta Llaw en s'éloignant vers la grande salle.

Nuada courut pour le rattraper. « Tu n'es pas très sociable, l'ami.

— Je n'ai pas d'amis, lui dit Llaw. Je n'en ai pas besoin. »

La salle faisait une vingtaine de mètres de long. Deux foyers en pierre étaient disposés en son centre, l'un face à l'autre. On comptait une douzaine de tables et, à l'extrémité de la salle, un long étal à tréteaux derrière lequel étaient disposés plusieurs tonneaux. À coups de coude, Llaw se fraya un chemin à travers la foule et prit une chope maintenue par un crochet au mur. Il la remplit de bière tirée d'un tonnelet placé sur l'étal. Quand Nuada vit qu'il ne déboursait pas d'argent, il prit lui aussi une chope.

« Qu'est-ce que tu comptes faire avec ça ? demanda un homme basané en enfonçant un gros doigt dans la poitrine de Nuada.

— Me servir à boire, répondit le poète.

— Certainement pas avec mon pot, dit-il en saisissant la chope.

— Toutes mes excuses », fit Nuada. En se tournant, il vit non loin de là le guerrier blond discuter avec un homme. Celui-ci – trapu et ventripotent – regarda le poète, puis sourit et s'approcha de lui.

« Alors comme ça, tu contes des sagas ? lui demanda-t-il.

— C'est exact, messire.

— Tu viens de loin ?

— De Furbolg. J'ai chanté à la cour.

— Parfait. Tu dois avoir des nouvelles, alors. Je vais te présenter. Quel est ton nom ?

— Nuada. Ou parfois Main d'Argent, lorsque je joue de la harpe.

— Nous n'avons pas de harpe, mais nous t'offrirons le gîte et le couvert si tu nous racontes ce qui se passe dans le monde. Mais attention, rien de trop fleuri, le prévint-il. Reste simple. »

Llaw Gyffes s'assit sur un banc contre le mur et étira ses longues jambes. Il sourit, éprouvant un instant de la sympathie envers le poète. Ce village n'était ni Furbolg ni Mactha. Cet élégant conteur de sagas allait exercer son art devant un parterre de réprouvés, de coupe-jarrets, d'hommes qui faisaient la distinction entre roman et réalité. Il observa Nuada grimper sur une large table, puis le maître des lieux demander le silence pour présenter le poète. Les conversations cessèrent immédiatement, puis reprirent quand Nuada commença à parler. Les hommes se détournèrent, et une plaisanterie de fond de salle déclencha des rires gras.

La voix de Nuada s'éleva soudain au-dessus du vacarme, riche et sonore.

« Lorsqu'un héros meurt, les dieux lui offrent un présent. Mais celui-ci est à double tranchant. Toi ! tonna-t-il, pointant du doigt un homme corpulent vêtu d'un pourpoint en peau de loup. Connais-tu ce présent ? Oui, toi, le porc en habit de loup ! » Une vague de rires retentit. Le visage de l'homme vira au rouge et sa main se tendit vers la dague passée à sa ceinture. Nuada se tourna et désigna un autre homme. « Et toi ? Sais-tu ce qu'est ce présent ? » L'homme secoua la tête. « Eh bien je vais te le dire. Lorsqu'un héros meurt, son âme vagabonde, invoquée çà et là par les conteurs de sagas et les poètes. Lorsqu'ils parlent de lui devant une foule – y compris devant une meute de mendiants comme celle réunie ici – son âme apparaît. C'est de la magie ! qu'aucun sorcier ne pourrait créer. Mais pourquoi est-elle à double tranchant ?

« Parce que ce héros va se tenir au milieu de vous et voir que vous n'avez cure de ses exploits. Ils n'ont pas plus d'importance que des ombres à vos yeux.

« Près de ce feu se tient Petric, le plus grand des guerriers, le plus noble des hommes. Il a combattu le mal, lutté pour quelque chose de plus important que la gloire. Et que voit-il lorsqu'il observe autour de lui ? Ricanements et fainéants, fuyards et débauchés. Un tel homme mérite bien mieux. »

Llaw Gyffes jeta un œil nerveux en direction du feu sans distinguer rien d'autre que les flammes dansantes. La salle était maintenant calme, et le poète demeura un long moment silencieux ; puis sa voix reprit doucement.

« C'est à l'orée d'une ère différente, commença Nuada, que Petric sortit de la forêt. Il était grand... »

Llaw écouta l'histoire familière. Aucun bruit ne perturba le récit et la magie de Nuada opéra. Lorsque à la fin il narra la vaillance de Petric et la traîtrise qui provoqua sa mort dans le Défilé des Âmes, tous les yeux étaient fixés sur le poète. Mais son récit ne s'arrêta pas quand les démons ailés fondirent sur son corps. Il raconta comment l'âme guerrière de Petric s'éleva de sa dépouille mortelle et poursuivit ses batailles dans un ciel fantomatique, son épée transformée en rayon de lune, ses yeux en étoiles étincelantes. Lorsque la voix de Nuada finalement se tut, un tonnerre d'applaudissements retentit.

Puis une heure durant il conta les histoires de héros antiques et termina par le récit des chevaliers de la Gabala et leur expédition pour annihiler l'essence du mal. Le cynisme de Llaw fut balayé par l'éloquence du poète et, malgré lui, il applaudit la fin de l'histoire aussi fort que les autres.

Le maître des lieux apporta une chope de bière à Nuada, qu'il vida prestement. Puis il ordonna qu'on amène une chaise qu'il plaça au milieu de la table. Il s'y assit pour poser ses questions.

Les hommes se rassemblèrent autour d'eux et interrogèrent le poète sur ce qui se passait à l'extérieur. Il leur parla des purges dans la capitale, des marchands nomades chassés comme des rats, des augmentations de prix et rationnements de nourriture dans le nord. Il parla de la grande race et de l'étalon, Lancier, gigantesque destrier gris qui avait battu les meilleurs chevaux de l'empire.

Enfin il descendit de la table et rejoignit Llaw Gyffes.

« Tu es doué, dit le hors-la-loi. Petric était-il vraiment ici ? »

Nuada sourit. « Si tu as senti sa présence, il était là.

— Comment un homme aussi doué que toi peut-il se retrouver dans un endroit pareil ? Tu devrais être riche et vivre dans un palais. »

Nuada haussa les épaules et ses yeux violets s'étrécirent. « J'ai jadis vécu dans un palais, et mangé dans des assiettes d'or. » Il caressa la soie bleue de sa chemise. « Autrefois, je n'aurais porté cette chemise qu'un seul jour et l'aurais ensuite donnée à un esclave ou jetée au feu. »

Llaw sourit. « Mais tu vas me dire que tout cela n'était rien comparé à une vie libre dans la forêt ?

— Pas du tout. Regarde-moi ! Que vois-tu ?

— Un homme plutôt beau, avec de longs cheveux noirs et des yeux étranges. Que devrais-je voir d'autre ?

— Je suis un Nomade. Mon père était l'un des plus riches marchands de Furbolg. »

Llaw hocha la tête. « Je comprends ; on t'a tout pris.

— Pire. Ma famille a été massacrée. Je n'étais pas chez moi quand les soldats sont venus ; j'étais avec... une amie. Elle m'a fait sortir de la ville en cachette.

— Il est vrai que les temps sont difficiles. Qu'est-ce qui t'a fait choisir cette forêt ?

— J'ai entendu dire qu'une rébellion s'y fomentait, conduite par un héros, je suis venu apprendre son histoire. Je m'en irai ensuite dans les royaumes orientaux, où les gens sont encore sains d'esprit.

— Tu ne trouveras aucune rébellion ici. Des hors-la-loi et des voleurs, peut-être, mais pas de héros. »

Durant un moment Nuada ne dit rien, puis il se pencha vers le hors-la-loi.

« À Furbolg une nouvelle saga est née, qui se propage dans de nombreuses villes. Elle parle d'un héros qui a défié duc et roi. Il a tué le neveu du duc et a été condamné à mort, mais il s'est échappé des oubliettes de Mactha après en avoir libéré les détenus. Son nom est synonyme dans tout le pays de lutte contre la tyrannie. »

Llaw gloussa. « De lutte contre la tyrannie ? Quelles inepties me contes-tu là, poète ? Lutter contre les tyrans, c'est comme cracher en l'air.

— Tu as tort. Cet homme existe, et je le trouverai.

— Et il a un nom, ce parangon ?

— Il s'appelle Main-Ferme. Llaw Gyffes. » Quand il prononça son nom, les yeux de Nuada brillèrent. « Bonne chance dans ta quête, poète.

— Alors tu ne le connais pas ?

— Non, je ne connais pas l'homme dont tu parles. Viens, allons manger. »

Chapitre 3

Le Chevalier Déchu empruntait les sentiers isolés, loin de tout village. Il vivait du gibier qu'il chassait à l'arc long et cueillait les herbes dont il avait besoin dans les clairières des bois et les prairies. Le temps lui était désormais compté, la pression sur sa gorge se faisait plus forte. Mais il n'avait nulle part entendu parler d'un artisan aux talents particuliers, et le nom de Ruad Ro-fhessa n'évoquait rien à personne. Il ne restait que la grande ville de Mactha, au nord, mais il répugnait à devoir s'y rendre, car même si son ancien page l'avait oublié, le duc, lui, se souviendrait de lui.

Il s'était arrêté deux semaines plus tôt dans une ville pour acheter des réserves de sel, une cruche de cognac scellée à la cire et un sac de céréales pour son étalon. L'herbe était abondante, mais un cheval nourri d'avoine pouvait distancer n'importe quel animal sauvage. C'était une petite ville : une quinzaine de maisons, un forgeron et une échoppe, et ses achats lui avaient coûté le double de ce qu'il avait prévu. Mais il avait payé son dû et était parti camper en dehors de la ville, dans une prairie boisée près d'une rivière.

Il faisait chaud et la sueur dégouttait sur le cuir chevelu, sous le heaume suffocant. Tandis qu'il ouvrait la cruche et buvait avidement le cognac, il se remémora l'épisode le plus terrifiant de son enfance. Il avait escaladé un arbre mort et s'y balançait d'un côté à l'autre quand une branche avait cédé sous son poids. Il avait alors plongé à travers les feuilles et était tombé dans le cœur pourri du tronc, où ses pieds avaient pulvérisé une fourmilière. Bras immobilisés contre ses flancs, il était cerné par le tronc comme par un cercueil dressé à la verticale. Il avait appelé à l'aide, mais il était loin de chez lui et n'avait prévenu personne de sa sortie. Les fourmis avaient commencé à grouiller sur sa peau, sur son visage, ses paupières, dans ses oreilles... Il avait hurlé et hurlé encore, tandis qu'elles lui rentraient dans la bouche. Les bras immobilisés, il lui était impossible de se dégager et il avait dû attendre des heures avant qu'un forestier entende ses faibles cris. Puis six hommes avaient peiné une heure durant pour le libérer à coups de hache. Depuis ce jour, il évitait les espaces confinés. Cette phobie l'avait accompagné jusqu'à l'âge adulte.

Lorsque le portail noir s'était ouvert, le cauchemar avait aussitôt resurgi, le noyant sous un raz-de-marée de terreur.

De nouveau il était piégé, cette fois-ci par un cylindre d'acier argenté verrouillé aux plaques de son armure de la Gabala. Il ne pouvait essuyer la sueur qui perlait sur son crâne... Et qui ressemblait à des fourmis grouillant sur sa peau. Il avala une autre gorgée de cognac.

Où était Ollathair ? Manannan avait souvent essayé de le contacter par l'intermédiaire du joyau de l'épée, mais en vain. Il était vrai cependant que l'Armurier devait se trouver à moins d'une journée à cheval du porteur pour que cela fonctionne.

« Sois maudit, sorcier ! Où te caches-tu... ? »

Durant les six années de son exil volontaire, Manannan avait inlassablement écouté toutes les rumeurs en provenance de son pays, mais celles-ci concernaient principalement le nouveau roi, Ahak, monté sur le trône après sa victoire dans la dernière guerre fomorienne. Il avait négocié la dissolution de l'empire avec une intelligence rare, acceptant de signer des traités avec tous les territoires que la Gabala avait jadis dominés. Les chevaliers étaient ensuite entrés dans la légende et plus personne n'avait entendu parler de l'Armurier. Avait-il changé d'avis ? Était-il parti avec Samildanach ? Une brume fine et dense régnait lors de cette terrible nuit ; voilà comment Manannan avait pu discrètement se dérober.

Mais non... Ollathair avait dit qu'il devait rester pour rouvrir le portail lorsque le mal aurait été vaincu. Il avait dit qu'il attendrait cinq jours. Alors où pouvait-il bien se trouver après six années ?

Manannan s'assit dos contre un chêne épais et continua à boire. Après un temps, il entonna une chanson paillarde qu'il avait apprise en servant comme mercenaire dans l'orient lointain. C'était une bonne chanson : à propos d'une fille, de son mari et de ses deux amants, et des divers stratagèmes auxquels elle recourait pour que ces messieurs ne se croisent pas. Il ne se souvenait plus du dernier couplet. L'étalon s'en alla brouter l'herbe au bord de la rivière.

« Ce n'est pas très amusant de chanter seul, Kuan. Même en un si bel endroit, dit le Chevalier Déchu. Viens, reste près de moi et je te donnerai de l'avoine. Viens ! »

L'étalon leva sa grande tête grise et regarda son cavalier.

« Je ne suis pas ivre, mais heureux. Il y a une différence, même si je ne m'attends pas à ce qu'un cheval la comprenne. » Il tenta de se relever mais trébucha sur son fourreau. Il l'ôta de sa ceinture, le jeta dans l'herbe et se redressa. « Tu vois ? Je tiens debout.

— Regardez-moi ça, les gars... C'est vrai qu'il tient debout ! »

Le Chevalier Déchu se tourna et regarda ébahi les nouveaux arrivants. Quatre hommes, dont trois barbus et le dernier, un adolescent d'une quinzaine d'années. « Soyez les bienvenus, messires. Puis-je vous offrir à boire ?

— Oh, je crois que vous pouvez faire mieux encore, messire. Nous aurions besoin d'argent et d'un bon cheval. »

Le Chevalier Déchu s'affala par terre et gloussa. « Je n'ai qu'un cheval, et il n'est pas à vendre.

— Mais nous n'avons pas l'intention de l'acheter, messire, articula le premier homme, un gaillard aux épaules carrées et à la barbe noire fourchue.

— Je comprends, répondit lentement le Chevalier Déchu. Mais il n'est pas à voler non plus. Allez-vous-en maintenant !

— Ce n'est pas très amical de votre part, messire, et ce genre d'attitude risque de vous coûter cher... Regardez autour de vous ; nous sommes quatre, tous armés et en pleine possession de nos moyens.

— Je vous ai d'abord proposé ma cruche », fit le Chevalier Déchu. Il tira son épée du fourreau et se mit debout en prenant appui sur le chêne. « Je vous préviens, dit-il d'une voix pâteuse, je suis un chevalier de la Gabala. Tous ceux qui m'ont affronté l'ont payé de leur vie.

— Eh bien, mes garçons, se moqua le premier homme, voilà un spectacle intéressant : un véritable chevalier, qui plus est de la Gabala. Étrange qu'il ne porte pas d'armure à part ce heaume bosselé. Encore plus curieux qu'il soit ivre. Je ne doute pas de votre parole, messire, mais les boissons fortes n'étaient-elles pas prohibées par votre ordre ?

— Si fait, admit le Chevalier Déchu. Nous étions... » Il chercha ses mots.

« Purs ? suggéra le bandit.

— Voilà ! Purs. De nobles chevaliers. » Il s'esclaffa. « Aussi nobles que les dieux ! Et fiers. Fiers. Oui. Tous partis maintenant. Disparus, dit-il en agitant la main en l'air. Partis combattre le seigneur des démons.

— Apparemment vous ne les avez pas accompagnés, messire.

— Non, j'avais... peur. Le portail noir. C'est Ollathair qui l'avait invoqué, et je n'ai pas pu le franchir. Je n'ai pas pu, vous comprenez. Quelque chose en moi s'est... brisé. Nous étions tous prêts, et le portail s'est ouvert. Les autres : Edrin, Pateus... ils sont tous entrés. Mais pas moi. Non. Pas moi. Tous disparus !

— Vous êtes donc – veuillez d'avance pardonner mon franc-parler, messire – un couard ?

— Oui, oui. C'est moi : le chevalier couard. Pourtant, cette vérité ne me blesse plus autant qu'autrefois. Vous êtes sûrs de ne pas vouloir goûter de ma cruche ?

— Merci, mais non. Nous allons néanmoins vous soulager de votre cheval et de votre bourse.

— J'aimerais vraiment que vous vous en absteniez, répondit le Chevalier Déchu. Nous nous connaissons depuis peu et déjà je vous apprécie.

— Tuez-le », ordonna soudain l'homme. Ses trois comparses tirèrent leurs couteaux et s'élancèrent à l'assaut tandis qu'il faisait mouvement vers l'étalon. Le Chevalier Déchu se dérouilla les poignets et l'épée longue s'éleva en sifflant. Le soleil étincelait sur sa lame. Le premier homme tenta de s'arrêter mais il était trop tard et la lame s'abaissa en chantant pour lui trancher la jugulaire avant de fracasser sa clavicule et d'ouvrir une grande entaille jusqu'à ses poumons. Il mourut avant de toucher terre. La lame se dégagea et frappa de revers le second homme en lui ouvrant l'abdomen par la colonne vertébrale ; celui-là eut le temps de hurler. L'adolescent contourna le chevalier et se jeta en avant en brandissant son couteau. Sans se retourner, le Chevalier Déchu tomba à genoux et fit pivoter son épée pour glisser la lame entre son bras droit et son flanc. Le garçon ne vit pas le danger avant d'être quasiment sur l'homme agenouillé. L'épée lui fendit le torse, scindant le cœur en deux.

Manannan libéra son épée et se releva. Pendant les quelques secondes qu'avait duré le combat, le chef des brigands avait rejoint Kuan et saisi les rênes. L'étalon se cabra et fit claquer ses sabots postérieurs sur le visage du voleur, si bien que celui-ci tituba et tomba lourdement. Une ombre vint le recouvrir ; il leva les yeux.

« C'était une initiative stupide, et tes amis en ont payé le prix. » L'homme se mit à genoux, les yeux écarquillés, incrédule, contemplant les cadavres.

« Mon fils ! cria-t-il, se précipitant vers le garçon. Tu as tué mon fils ! » Il berça le corps quelques secondes, puis se leva et dégaina son couteau. Le Chevalier Déchu ne dit rien, car il savait qu'aucun mot ne pourrait le dissuader d'attaquer. Le voleur poussa un cri perçant et se jeta sur lui.

L'épée longue chanta...

Maintenant dessaoulé, le Chevalier Déchu se mit en selle. « Allons-nous-en, Kuan, cet endroit n'a plus rien de beau. »

À compter de ce jour, il évita les villes, les villages et même les cabanes isolées jusqu'à ce qu'il atteigne le duché de Mactha. S'il devait trouver Ollathair, ce serait là, dans sa terre natale. Le Chevalier Déchu tira son épée et fixa le pommeau en rubis. « Ollathair », murmura-t-il. Le joyau soudain miroita et s'assombrit, une image se forma en son cœur ; là, près d'un puits, se tenait l'Armurier.

Et des hommes en armes se dirigeaient sur lui. Leurs épées scintillaient sous la lune...

« Non ! » hurla le Chevalier Déchu. Et l'image s'évanouit.

*
**

Errin sortit de son bain et se glissa dans une robe épaisse que lui tendait Ubadaï. Le corps rougi par l'eau bouillante, il marcha jusqu'à la fenêtre et se laissa caresser par la fraîche brise nocturne. Ubadaï versa un gobelet de vin coupé d'eau et l'apporta à son maître, mais celui-ci lui fit signe de le reposer.

« Pas d'alcool ce soir, dit-il.

— Une chose ennuyer vous, seigneur ?

— Pourquoi restes-tu à mon service, Ubadaï ? Je t'ai affranchi voilà deux ans, tu pouvais partir où bon te semblait : dans les steppes, de l'autre côté de la mer, à Cithaeron, ou dans l'est. Alors pourquoi restes-tu ?

Ubadaï haussa les épaules. Aucune émotion ne transparaissait dans ses yeux sombres et bridés. « Vous devoir boire. Beaucoup boire. Sinon vous écrouler peut-être.

— Je ne pense pas. Va. Laisse-moi. »

Errin regarda le Nomade tourner les talons et sortir de la pièce à grands pas. Puis il considéra le vin et frissonna. Après avoir fermé la fenêtre, il traversa la pièce où un feu brûlait dans l'âtre de pierre, tira une lourde chaise près du foyer, s'assit et contempla les flammes.

Sa rencontre avec le devin Okessa le hantait et lui revenait sans cesse en mémoire. Il n'avait jamais aimé cet homme, dont le crâne rasé et le nez crochu lui donnaient l'air d'un vautour. Ses yeux semblaient toujours briller d'une lueur malfaisante. Non, décidément, Errin n'aimait pas Okessa.

« Il est rare que vous preniez le temps de venir me consulter... avait dit le devin quand Errin était entré dans son laboratoire.

— Nos routes ne se croisent guère, avait répliqué Errin, parcourant du regard les étagères et les volumes qui y étaient rangés. Vous avez des livres intéressants. Je pourrais peut-être vous en emprunter quelques-uns.

— Bien sûr, monseigneur. J'ignorais que vous étiez versé dans les langues mortes.

— Je ne le suis pas.

— Alors ces livres ne vous seront malheureusement d'aucune utilité. Que puis-je faire pour vous ? »

Errin s'était assis dans un fauteuil à haut dossier, face au devin, qui avait délicatement posé sa plume d'oie sur le bureau et mis de côté le livre sur lequel il travaillait.

« Je suis venu vous demander conseil. Un jeune homme, un fuyard, a crié un nom. Je crois qu'il pouvait s'agir d'une sorte d'enchantement, car à cet instant sa vitesse s'est considérablement accrue. Je l'ai blessé, mais il est parvenu à s'enfuir dans la grande forêt.

— Ce mot ?

— Ollathair.

— En êtes-vous sûr ?

— Je le crois. Mon serviteur Ubadaï l'a entendu lui aussi. Que signifie-t-il ? »

Okessa s'était renversé dans son siège et avait caressé son long nez avec l'index de sa main droite, ses yeux pâles fixés sur Errin. « Un sorcier mort ; il a crié le nom d'un sorcier mort. Êtes-vous sûr que sa vitesse a augmenté ? La peur n'aurait-elle pas pu le pousser à courir plus rapidement ?

— C'est possible, mais je n'en suis pas convaincu. Je n'ai jamais vu un homme courir aussi vite, et comme vous le savez, j'étais maître des jeux à Furbolg l'automne dernier. Non, je crois que c'était un mot magique. Est-ce possible ?

— Tout est possible, seigneur Errin. Quelques... artefacts... d'Ollathair subsistent, je pense. Le roi au-delà de Cithaeron possède un faucon d'or, et le roi Ahak une épée gabalique qui peut couper n'importe quoi, même l'acier. Mais ces objets n'ont pas de prix.

Comment un fuyard aurait-il pu se procurer un tel artefact ? »

Okessa se leva et prit un volume relié de cuir sur une étagère. Il revint s'asseoir, ouvrit le livre et commença à en tourner précautionneusement les pages.

« Ollathair, avait-il dit enfin. Oui, le voilà. Fils de Calibal, quinzième Armurier des chevaliers de la Gabala. Ollathair a été l'apprenti de son père en 1157 à l'âge de treize ans. Il lui a succédé en 1170. Il devait donc avoir vingt-six ans. En 1190, les chevaliers ont disparu de la surface de la terre. Seules demeurent des légendes, dont la plus tenace est qu'ils sont allés en enfer afin d'y détruire l'essence du mal. Ollathair a été arrêté pour trahison l'année suivante et mis à mort dans les oubliettes de Furbolg. Il y a aussi une brève description de son interrogatoire. Non, je ne crois pas que vous ayez correctement entendu ce que disait le garçon.

— Ne pourrait-il pas exister plus d'un Ollathair ? s'était enquis Errin.

— Si c'était le cas, monseigneur, soyez certain que j'en aurais entendu parler. Puis-je faire autre chose pour vous ?

— Non, messire devin, mais je vous sais gré du temps et des efforts que vous m'avez consacrés, avait dit Errin en se levant.

— S'il vous plaît, ne partez pas si vite ; j'aimerais discuter de quelque chose. » Errin s'était rassis. « C'est à propos de vos gens de maison, monseigneur. Vous avez six serviteurs nomades, je crois.

— Oui, tous aussi loyaux envers moi qu'envers la couronne.

— La couronne voit les choses différemment. Le roi est sur le point de promulguer un édit pour que tous les Nomades soient emprisonnés et envoyés à Gar-aden.

— Mais c'est un désert !

— Vous contestez les souhaits du roi ? avait demandé Okessa d'une voix doucereuse.

— Je n'ai pas vocation à contester mon souverain ; c'était une simple observation. Cependant, les Nomades à mon service ne sont pas des esclaves, ils sont libres de voyager où ils le désirent.

— Ce n'est pas tout à fait exact, avait dit Okessa. Les Nomades ont été privés de leurs droits civiques et sont tous enjoints par le roi de se rassembler à Garaden. Ceux qui désobéissent seront débusqués et tués, leurs biens confisqués par la couronne ou les agents de la couronne. L'agent de Mactha sera le duc, évidemment.

— Puis-je savoir comment l'on va déterminer qui est nomade ? Ils sont parmi nous depuis des centaines d'années ; on dit même que de nombreuses familles nobles ont du sang nomade.

— Vous connaissez des familles répondant à cette définition ? avait répliqué Okessa, qui s'était penché en avant, les yeux brillants.

— Pas de manière certaine.

— Prenez bien garde à ce que vous avancez... Il est décrété que les Nomades sont un peuple impur, le royaume doit en être débarrassé.

— Merci pour ces informations, avait fait Errin, se forçant à sourire. Soyez assuré que j'agirai en conséquence.

— Je l'espère. À propos... La question concernant Ollathair m'intrigue. Dites-moi, connaîtriez-vous un artisan ou un propriétaire terrien borgne dans les environs de Mactha ?

— Je n'ai pas pour habitude de me mêler à la roture, messire devin, mais je vais me renseigner.

— Merci. Pourriez-vous vous en occuper assez rapidement ?

— J'y veillerai. »

Errin était allé droit chez le duc, qui l'avait emmené dans ses appartements privés de la tour ouest.

« Nous ne sommes pas en mesure de contester un décret royal, avait fait remarquer le duc. Sans compter que nous allons amasser des richesses considérables grâce à lui. Vous et moi sommes dans une position avantageuse. Nous n'avons pas de sang nomade dans notre famille ; nous ne pouvons donc qu'en bénéficier. »

Errin avait hoché la tête. Il avait toujours su que le duc était un homme dur et cruel, mais il lui avait prêté jusqu'alors une certaine noblesse de caractère. À cette heure, fixant les yeux noirs du duc, il n'y voyait qu'avidité. Le duc de Mactha souriait. Plus grand qu'Errin, qui avait jadis été son page, c'était un homme séduisant approchant la quarantaine, la barbe fourchue soigneusement taillée et peignée. « Ne vous tracassez pas pour ces paysans, Errin. La vie est trop courte.

— Je pensais à Ubadaï, mon serviteur. C'est un compagnon fidèle, qui m'a sauvé la vie. Vous souvenez-vous ? La chasse à l'ours, quand mon cheval a trébuché ? L'animal m'aurait réduit en bouillie si Ubadaï n'avait pas sauté de sa monture sur le dos de l'ours.

— Un geste courageux, mais n'est-ce pas ce que nous attendons de nos suivants ? Donnez-lui de l'argent et envoyez-le à Gar-aden. Parlons maintenant de choses plus agréables. Le roi vient à Mactha au printemps, et je veux que vous soyez le maître de cérémonie.

— Merci, monseigneur. Vous me faites un trop grand honneur.

— Ne soyez pas ridicule, Errin, vous êtes l'un des meilleurs organisateurs que je connaisse. Le pire escrimeur et le plus fin cuisinier ! » avait pouffé le duc. Errin s'était incliné et avait quitté la pièce.

À présent, devant le feu, son cœur était lourd et son esprit rempli de sombres prémonitions.

Okessa était un serpent. Il faudrait du temps à Errin avant d'oublier la malveillance qu'il avait lue dans ses yeux, lorsque le devin avait demandé s'il connaissait des familles nobles avec du sang nomade. À elle seule, cette question avait sauvé l'artisan borgne, Ruad Ro-fhessa. Errin ne livrerait jamais aucun homme aux mains du seigneur devin. Mais à quoi cela l'avançait-il ?

Perdu dans ses pensées, il ne remarqua pas qu'Ubadaï était entré. « Manger », dit le serviteur, posant un plateau d'argent près de la chaise d'Errin.

« Je n'ai pas faim. »

Ubadaï dévisagea longuement le visage pâle d'Errin. « Une chose mauvaise, hein ? Pas boire. Pas manger.

— Tu dois quitter Mactha... ce soir. Emmène tous les serviteurs nomades avec toi et réfugiez-vous dans la forêt. Au-delà, c'est la mer. Fuyez aussi loin que possible du royaume.

— Pourquoi ?

— Rester c'est mourir. Tous les Nomades doivent être conduits à Gar-aden. C'est un lieu de mort, Ubadaï ; je le sens. Préviens les autres serviteurs.

— C'est fait », l'assura Ubadaï.

*
**

Ruad ajusta le miroir d'argent et aiguisa sa lame sur le cuir qui pendait au mur. Satisfait de son tranchant, il s'humidifia le visage avec de l'eau chaude et rasa soigneusement sa barbe poivre et sel.

Le visage qu'il voyait méritait une barbe, pensa-t-il : une grosse barbe camouflante pour couvrir les joues creuses et masquer l'estafilade qui lui servait de bouche ainsi que ses dents tordues.

« Tu es plus laid que jamais », dit-il à son reflet. Il revint à sa table, poussa les restes de son petit-déjeuner et ôta de son œil le bandeau de bronze. Il le polit à l'aide d'un tissu doux jusqu'à ce qu'il luise. Après l'avoir remis en place, il se versa un gobelet de jus de pomme et contempla l'aube naissante. Les ombres des arbres décroissaient devant sa fenêtre.

Il était plus heureux ici que dans la citadelle, la vieille forteresse contenait trop de souvenirs de son père. Calibal avait été un père sévère pour ce fils non désiré, et rien de ce que faisait le garçon, laid et maladroit, n'arrivait à le satisfaire. Il avait employé chaque jour de ses jeunes années à tenter de gagner l'amour paternel. Il avait finalement réussi à maîtriser les Couleurs et s'était avéré meilleur magicien que Calibal. L'indifférence de son père s'était alors transformée en haine, et il s'était éloigné du garçon. Même sur son lit de mort, il avait refusé que son fils vienne à son chevet.

Pauvre Calibal, songea Ruad. Pauvre Calibal, si seul.

Il se leva et effaça ces souvenirs. Il travailla trois heures sur ses dessins puis sortit dans la prairie, au-delà des bois, pour s'asseoir et profiter du soleil automnal. Bientôt les nuages sombres allaient s'amonceler, le vent du nord gémir et les tempêtes couvrir les montagnes de glace et de neige. Déjà les feuilles rougissaient, les fleurs fanaient.

Au loin, une silhouette qui gravissait la colline attira son attention. Ruad attendit que Gwydion approche.

« On paresse au soleil ? l'interpella le nouvel arrivant, son visage rougi par l'effort de la montée, ses cheveux blancs coupés à l'épaule luisant de sueur.

— Tu devrais t'acheter un cheval, répondit Ruad en se relevant. Tu es trop vieux pour les balades en montagne. »

Le vieil homme sourit, inspira profondément et s'appuya sur son bâton. « Je n'ai pas la force de discuter, admit-il, mais une rasade de ton jus de pomme me ranimera. »

Ruad le conduisit chez lui et lui versa à boire pendant que Gwydion s'asseyait à table.

« Comment va ? demanda le vieil homme.

— Je n'ai pas à me plaindre, dit Ruad. Et toi ?

— Il y a toujours du travail pour les guérisseurs, même sur le déclin. »

Ruad coupa plusieurs tranches de pain noir et un morceau de fromage qu'il offrit à Gwydion. Tandis que son invité se restaurait, l'artisan marcha jusqu'à la porte et scruta la route de Mactha. Tout était calme.

« Okessa recherche des informations à propos d'un artisan borgne, fit Gwydion alors que Ruad revenait.

— Je n'en doute pas. J'ai commis une erreur.

— Tu as donné de la magie à ce garçon, Lug ?

— Oui.

— Ce n'était pas sage.

— Il faudrait toujours tempérer la sagesse par la compassion, remarqua Ruad. Tu as fait tout ce chemin pour m'avertir ?

— Oui et non, répondit Gwydion. J'aurais bien envoyé un message mais j'ai un problème urgent que tu pourras peut-être m'aider à résoudre.

— Tu veux parler du changement dans les Couleurs ?

— Ce n'est donc pas une simple illusion ? Parfait, dit Gwydion. Mes pouvoirs ne faiblissent donc pas aussi vite que je le croyais !

— Non. Le Rouge enfle, les autres Couleurs fléchissent. C'est le Vert qui souffre le plus, car c'est la Couleur la plus éloignée.

— Mais pourquoi ? demanda Gwydion. Je sais que les Couleurs bougent et dansent, mais là c'est trop. Le Vert n'est plus qu'un filet miroitant – j'ai du mal à soigner ne serait-ce qu'un veau malade. »

Ruad s'approcha de l'âtre, balaya les cendres et prépara un nouveau feu. « Je n'ai pas de réponse, Gwydion. Il y a un déséquilibre ; les Couleurs ont perdu leur harmonie.

— Tu crois que ça s'est déjà produit ? Je n'ai jamais entendu parler d'une telle chose.

— Moi non plus. Cela va peut-être s'arranger tout seul.

— Tu crois ? » demanda Gwydion. Ruad haussa les épaules. « J'ai un très mauvais pressentiment, murmura le vieil homme. Il y a eu trois meurtres à Mactha la semaine dernière. La peur règne, Ruad.

— C'est l'influence du Rouge ; il stimule les émotions. J'ai aussi ressenti une sorte d'impatience, un sentiment de colère qui m'affecte dans mon travail. Dernièrement je n'ai pas pu utiliser le Bleu, alors j'ai eu recours au Noir, mais même lui s'affaiblit. »

Lorsqu'un vent frais s'engouffra par la porte ouverte, le vieil homme grelotta. « Ranime ton feu, Ruad. Mes vieux os ne supportent plus le froid. »

Ruad saisit une longue branche dans le foyer et y fit courir ses doigts. Du feu jaillit instantanément du bois, qu'il jeta au milieu des brindilles. « Bien sûr, le Rouge a toujours son utilité », dit-il en ajoutant du petit bois au brasier.

Gwydion sourit. « Pas pour la guérison, qui est mon gagne-pain. »

Ruad ferma la porte et tira deux chaises face au foyer. Gwydion s'assit et tendit les mains vers les flammes dansantes. Ruad le rejoignit.

« Tu resteras bien pour la nuit. Tu es le bienvenu.

— Merci, accepta Gwydion.

— Et quelles autres nouvelles m'apportes-tu ? »

Le guérisseur trembla. « Rien de bon, j'en ai peur. Un voyageur de Furbolg m'a affirmé que la cité est en proie à la terreur : un meurtrier rôde dans ses rues. Jusqu'à présent, on a retrouvé les corps de onze jeunes femmes et de cinq jeunes hommes. Le roi a promis de traquer le meurtrier, mais sans succès. Et puis des rumeurs courent sur les Nomades. Plus d'un millier ont été conduits à Gar-aden dans ce qu'on décrit comme un village. Je le tiens de source sûre... » Gwydion grelotta. « C'est étrange, le feu ne me réchauffe pas autant que jadis. Crois-tu que ma mort est proche, Ruad ?

— Je ne suis pas devin, mon ami, répondit Ruad doucement. Tu parlais des Nomades...

— Il y a une fosse près des montagnes. On m'a dit qu'un millier de cadavres y gisent, et qu'il y a de la place pour un millier de plus.

— C'est impossible, murmura Ruad. Dans quel but ? Qui gagnerait à perpétrer un tel massacre ? »

Durant un moment Gwydion demeura silencieux, puis il se tourna vers l'artisan. « Le roi a décrété que les Nomades étaient impurs, qu'ils corrompaient l'intégrité du royaume. Il les accuse de tous les maux. As-tu entendu parler du noble Kester ?

— Je l'ai rencontré une fois, un vieillard irascible.

— Mis à mort, dit Gwydion. Son grand-père avait épousé une princesse nomade.

— Je n'ai jamais rien entendu de tel. Et n'y a-t-il personne pour s'opposer au roi ?

— Il y en avait, répondit Gwydion. Le champion du roi, le chevalier Elodan, a quitté son service. Il a pris le parti de Kester et a exigé le droit de défendre son honneur. Le roi a accepté, ce qui a surpris tout le monde, car il n'y avait pas plus fine lame qu'Elodan dans tout l'empire.

« Une foule immense s'est rassemblée pour le duel en champ clos, devant les murs de la cité. Le roi n'y a pas assisté, mais ses nouveaux chevaliers étaient là, et c'est l'un d'eux qui s'est avancé pour affronter Elodan. Le combat a été violent, mais, à ce qu'on m'a dit, tous ceux qui y étaient se sont immédiatement rendu compte qu'Elodan n'avait aucune chance face au nouveau champion. La fin a été brutale. L'épée d'Elodan a éclaté en morceaux et un coup dans son heaume l'a mis à genoux. Le chevalier rouge a alors calmement coupé la main droite d'Elodan.

— Un chevalier rouge, dis-tu ? murmura Ruad. Décris-le-moi.

— Je n'y étais pas, Ruad. Mais on m'a dit qu'ils n'apparaissaient que revêtus de leur armure, visière de leur heaume baissée.

— *Ils* ? Mais combien sont-ils ?

— Huit. Et implacables. Ils ont déjà livré à six reprises des combats singuliers pour défendre le roi, et à chaque fois un chevalier différent s'est présenté. Ils sont tous invincibles. » Le vieillard frissonna. « Ruad, que signifie tout cela ? »

L'artisan borgne ne répondit pas. Il ferma la fenêtre et tira les lourds rideaux en laine afin de bloquer tout courant d'air frais.

« Considère cette maison comme la tienne, dit-il à Gwydion. Si tu as soif, bois ; si tu as faim, il y a de la nourriture dans le garde-manger. »

Ruad se rendit dans l'atelier à grandes enjambées, ouvrit le coffre posé contre le mur du fond et entreprit de le fouiller. Il finit par trouver ce qu'il cherchait : une assiette ronde bordée d'or et d'argent, noire comme l'ébène. Il l'emporta jusqu'à son établi et la frotta avec un tissu doux.

Satisfait du résultat, il ferma son œil et sonda les Couleurs. Le Rouge faillit le submerger, mais il s'en arracha et chercha le Blanc. Les Couleurs miroitaient, reculaient... le Blanc n'était plus désormais qu'un mince ruban ; néanmoins il s'y accrocha et y trouva le calme.

Son œil s'ouvrit brusquement. Il prit sur le banc un couteau à lame courbe et se piqua le pouce. Il ne laissa qu'une seule goutte de sang tomber sur l'assiette. Au contact de l'ébène, elle disparut et l'assiette noire se transforma en miroir argenté dans lequel Ruad avisa son reflet.

« Ollathair », articula-t-il. Une brume couvrit son image, puis se dissipa comme sous l'effet d'un vent fantomatique, et Ruad se retrouva dans la grande salle de Furbolg. Le roi siégeait sur son trône, entouré de huit chevaliers en armure rouge. Ruad aiguisa son attention, discernant davantage de détails.

L'armure des chevaliers semblait étrange, similaire cependant à celle qu'il avait lui-même conçue pour la Gabala. Heaumes cylindriques, encastrés dans les gorgerins. Spallières parfaitement ajustées mais disposant d'une haute garde à l'encolure capable de bloquer n'importe quel coup de taille.

Soudain, alors qu'il poursuivait son examen, le plus grand des chevaliers pivota ; sa tête se dressa brusquement et Ruad aperçut à travers la visière une paire d'yeux injectés de sang qui l'observaient. L'épée fondit à la vitesse de l'éclair... Ruad se jeta en arrière à bas de son siège au moment où l'assiette explosait, des éclats de métal ardent cinglant l'air. L'un d'eux se ficha avec un bruit sourd dans l'encadrement de la porte avant de s'enflammer, alors que Ruad se relevait en tremblant. L'odeur du bois brûlé flottait dans l'air. Après avoir inspiré profondément et recouvré son calme, il fit le tour de la pièce et piétina les éclats enflammés.

Lorsqu'il eut terminé, il revint s'asseoir. Gwydion entra.

« J'ai peur de poser la question, dit le vieil homme, mais il le faut. Qu'as-tu découvert ?

— Le mal, dit Ruad. Et le pire est à venir.

— Peut-on le contrer ?

— Ni toi ni moi n'en sommes capables.

— Alors si Ollathair est impuissant à le combattre, ce doit être un mal terrible. »

Ruad sourit. « Je ne suis pas impuissant, mon ami. Je ne suis pas assez puissant, voilà tout.

— Existe-t-il dans le monde une force qui puisse y remédier ?

— Les chevaliers de la Gabala, répondit Ruad.

— Mais ils ont disparu.

— Exact. Et j'ai perdu la seule arme dont je disposais.

— Quelle arme ? demanda Gwydion.

— Le secret. Ils savent qui je suis et, pire, où je suis. »

Vers minuit, Ruad s'agita sur sa chaise. Il entendit Gwydion ronfler dans la pièce adjacente, et dehors le vent d'automne gratter le chambranle des fenêtres. Il ne se rappelait pas s'être endormi, mais il s'était réveillé en forme. Il s'étira et se leva. Le feu diminuait ; il pensa au vieil homme qui supportait difficilement le froid, et il sortit chercher quelques bûches dans la réserve. La nuit était froide et, hormis les soupirs du vent, silencieuse. Trois fois encore il approvisionna l'âtre en bûches, faisant monter le feu afin que la chaleur se maintienne jusqu'à l'aube.

Maintenant bien éveillé, il se hasarda au puits. Alors qu'il était sur le point de descendre le seau, il discerna sur sa gauche une ombre mouvante et s'immobilisa, sans tourner la tête. Puis il s'assit calmement sur la margelle et attendit.

Ils arrivèrent au pas de charge, sept spadassins, portant livrée du duc : un corbeau noir aux ailes déployées sur champ de sinople.

« J'ai besoin de vous ! » cria alors Ruad. De l'arrière de la maison monta un bruit de bois qui éclatait et trois silhouettes dorées bondirent dans la clairière. Semblables à des chiens de chasse mais plus grosses que des lions, elles s'élancèrent vers Ruad et se postèrent face aux hommes armés, mâchoires béantes, leurs crocs d'acier étincelant à la lueur de la lune.

« Bonsoir », fit Ruad, qui se leva face aux soldats.

Ceux-ci ne bougèrent pas un cil, les yeux rivés sur leur chef, jeune homme chétif qui brandissait une longue épée. Ce dernier se lécha nerveusement les lèvres, détachant son regard des chiens d'or. « Bonsoir, artisan. On nous a envoyés pour vous escorter à Mactha.

— Et dans quel but ?

— Okessa, le seigneur devin, a exigé votre présence. J'ignore ses raisons.

— Il vous a demandé de venir au cœur de la nuit ? Armés et prêts à vous battre ?

— Vous ramener séance tenante, artisan, c'est ce qu'il a dit, insista le jeune homme, évitant le regard de Ruad.

— Rentrez à Mactha et dites au seigneur Okessa que je n'obéis pas à ses ordres... Dites-lui aussi que je n'aime pas sa façon d'inviter les gens. »

Le jeune homme considéra les chiens d'or et leurs mâchoires d'acier écumantes. « Il serait plus sage de venir avec nous, artisan. En cas de refus, vous seriez déclaré réprouvé, hors la loi.

— Je crois, mon garçon, qu'il est temps pour vous de partir. » Ruad s'agenouilla près des chiens et leur murmura quelque chose que les soldats n'entendirent pas. Yeux flamboyant telles des étoiles rouges, les bêtes avancèrent, et poussèrent soudain un hurlement féroce. Tandis que les hommes paniquaient et s'enfuyaient au bas de la colline, les chiens d'or bondirent sur leurs talons, aboyant à la lune.

Gwydion sortit de la maison et vint se tenir près de l'artisan.

« Comment ont-ils fait pour te trouver si rapidement ?

— Je l'ignore, mais ça n'a plus d'importance maintenant. Je dois partir sur-le-champ.

— Je vais t'accompagner, si tu penses que je ne te ralentirai pas. »

Ruad sourit. « Je serais heureux de t'avoir à mes côtés.

— Ces chiens... ils ont défoncé le mur de la maison. Combien d'hommes vont s'en sortir vivants ?

— Tous. Je n'ai pas ordonné aux chiens de tuer. Ils vont les suivre jusqu'à ce qu'ils rejoignent leurs chevaux, et puis ils reviendront. Viens, tu peux m'aider à empaqueter mes affaires. Je ne veux rien laisser derrière moi qui pourrait servir au duc ou à Okessa. »

Ensemble, les deux hommes rassemblèrent les plus petits artefacts dans l'atelier de Ruad et les disposèrent dans un large sac en toile. Il y avait aussi des lingots d'or et d'argent dissimulés derrière le coffre. Ruad les chargea dans deux sacoches de selle qu'il transporta jusqu'au porche.

Les chiens revinrent au bout d'une heure et se figèrent comme des statues sous les étoiles.

« Puis-je m'approcher d'eux ? demanda Gwydion.

— Bien sûr ; ils ne te feront aucun mal. » Le vieil homme s'agenouilla près de l'animal de tête et fit courir ses doigts sur les plaques imbriquées de la nuque. « C'est un travail splendide. Tu as utilisé des rubis pour les yeux ?

— Oui. C'est trop théâtral, tu crois ? J'avais pensé utiliser des émeraudes, mais elles sont rares.

— Non, c'est parfait. Je présume que tu as moulé les pattes à partir d'os réels.

— Non, j'ai copié un dessin de mon père. Les chiens étaient sa spécialité. Je les ai juste agrandis. »

Ruad alla chercher les sacoches sur le porche et les posa sur le dos luisant de deux des chiens. Puis il attacha le sac en toile sur l'échine du troisième.

« Attends-moi là », dit-il à Gwydion. L'artisan rentra dans la maison et le vieux guérisseur vit une flamme éblouissante jaillir dans la pièce principale. Ruad sortit de la maison en flammes sans y jeter un seul regard.

« Partons », dit-il. Les chiens le suivirent à pas feutrés.

Chapitre 4

Lámfhada se réveilla, les yeux dans le vague, pris de vertige. Des lignes couraient au-dessus de sa tête – des lignes sombres, figurant la forme du couvercle en bois d'un cercueil.

« Non ! » gémit-il, tentant de se lever. Une main délicate l'obligea à se recoucher et des mots apaisants le calmèrent. Sa tête roula sur l'oreiller : une jeune femme aux yeux brun foncé lui caressait le front.

« Repose-toi, murmura-t-elle. Tu es en sécurité ici. Tu ne crains rien. Repose-toi. Je suis là. »

Lorsque ses yeux se rouvrirent, il s'aperçut que les lignes étaient en réalité des planches, supportées par une poutre centrale. Il tourna la tête, dans l'espoir que la jeune femme serait à ses côtés. Au lieu de cela, il vit un homme assis à son chevet, un charmant jeune homme vêtu d'une chemise bleu ciel. Yeux violets, cheveux tombant sur les épaules, il ne portait pas de barbe. Il sourit en croisant le regard de Lámfhada.

« Bienvenue dans le monde des vivants, mon ami. » Sa voix était douce, presque musicale. « Je m'appelle Nuada. C'est moi qui t'ai trouvé dans la forêt.

— Vous m'avez sauvé... murmura Lámfhada.

— Pas exactement ; il y avait quelqu'un d'autre avec moi. Comment te sens-tu ?

— J'ai mal au dos. » Lámfhada se lécha les lèvres. « Soif », dit-il.

Nuada lui apporta un gobelet d'eau et l'aida à relever la tête tandis qu'il buvait. « Tu as été blessé par une flèche qui s'est logée profondément. Tu as eu de la fièvre pendant cinq jours, mais Ariane affirme que tu vas t'en sortir. » Nuada continua à parler, mais l'adolescent succomba de nouveau au sommeil et rêva d'oiseaux en or volant autour du soleil.

Il se réveilla durant un orage, en entendant les volets cogner contre les fenêtres et la pluie s'écraser sur le toit en pente. Cette fois, c'était un autre homme qui était à son chevet – cheveux blonds, barbe dorée, les yeux couleur d'un nuage d'orage.

« Il est temps de te réveiller, mon garçon, lui dit l'homme. Tu me coûtes cher.

— Cher ?

— Tu crois qu'Ariane et sa mère font ça par amour ? Reste encore dans ce lit et je vais me retrouver sans le sou !

— Je suis désolé, dit Lámfhada. Je vous jure que je vous rembourserai.

— Avec quoi ? J'ai déjà vendu ta dague.

— Laisse-le tranquille, Llaw », fit une voix, et Lámfhada vit apparaître une femme d'âge mûr. « Il n'est pas encore rétabli. Il lui faudra sans doute quelques jours avant de pouvoir se lever. Allez, ouste !

— Avec cet orage ? Ta charité m'impressionne. Et la nourriture sent trop bon pour que je manque ce repas.

— Alors tiens-toi bien. » La femme vint au chevet de Lámfhada et posa une main calleuse sur son front. « Bien, la fièvre tombe. » Elle se pencha vers le garçon et sourit. « Tu vas te sentir faible encore quelques jours, mais tu recouvreras tes forces.

— Merci, madame. Où est... l'autre femme ?

— Partie chasser. Ariane ne rentrera pas ce soir ; elle a dû s'abriter de l'orage. Mais tu la verras demain.

— Encore quelques jours, l'interrompit Llaw. Il pense déjà à un joli minois ! Nourris-le de bouillon et je te parie qu'il va la demander en mariage.

— Et pourquoi pas ? répliqua la femme, un sourire aux lèvres. Tous les autres hommes l'ont fait, sauf toi, Llaw Gyffes.

— Je n'ai pas besoin d'une femme », répondit-il, rougissant alors qu'elle éclatait de rire.

Lámfhada se rendormit.

Lorsqu'il se réveilla, l'orage était passé. Il lui semblait se rappeler avoir été nourri, mais ses souvenirs étaient flous et sa faim, grande. Il se redressa et grimaça alors qu'une douleur aiguë lui transperçait le dos. La jeune femme agenouillée près de l'âtre frappait un silex contre un morceau de fer pour allumer des brindilles dans le foyer. Lámfhada vit une mince spirale de fumée récompenser ses efforts. Penchée au-dessus de l'âtre, Ariane soufflait pour attiser le feu. Lámfhada se surprit à contempler ses hanches et le pantalon en peau de daim tendu qu'elle portait.

« Ce n'est pas poli de regarder les gens, dit-elle sans se retourner.

— Comment sais-tu que je te regarde ?

— Le lit a grincé quand tu t'es assis. » Le feu à présent allumé, elle se leva doucement, puis se rendit à son chevet et approcha une chaise. Ses cheveux avaient la couleur du miel, ses yeux étaient d'un brun intense, sa bouche pulpeuse, son sourire un enchantement.

« Alors ? demanda-t-elle.

— Alors quoi ? balbutia-t-il.

— Est-ce que je suis assez bien pour le marché ?

— Je ne comprends pas.

— Tu me regardes comme une vache de concours ! » Il détourna les yeux. « Désolé. Je ne suis pas si grossier d'habitude. »

Elle sourit et lui prit la main. « Je ne me froisse pas si facilement non plus d'habitude. Je m'appelle Ariane. Et toi ?

— Lu... Lámfhada.

— Tu es sûr ? Tu as l'air confus.

— Certain. Je m'appelais Lug, mais je me suis donné un beau nom, un nom d'homme.

— Très sage. Lug ne sied guère à un si joli visage. Pourquoi t'es-tu enfui ?

— On m'a vendu au duc. J'ai préféré m'enfuir. On est où ici ?

— Dans la forêt Océane. Llaw Gyffes t'a amené chez ma mère. Tu as failli mourir. Il n'aurait pas dû arracher la flèche ; tu te vidais de ton sang.

— J'ignore pourquoi il m'a sauvé. On dirait que je lui cause des ennuis.

— Ne t'inquiète pas pour Llaw ; il est assez contrariant, et peu de gens parviennent à le comprendre. Qu'est-ce que tu sais faire ?

— Je sais cuisiner... nettoyer... et bien m'occuper des chevaux. Je joue aussi de la flûte.

— Tu sais chasser ? Coudre, tailler le bois ?

— Heu... non.

— Modeler l'argile ?

— Non plus.

— Et les herbes ? Tu saurais reconnaître de l'*amariane* ou de la *desarta* ?

— Je crains que non, concéda le jeune homme.

— Alors tu vas avoir la vie dure ici, Lámfhada. Tu vas être un poids mort.

— Je peux apprendre. Tu veux bien m'enseigner ?

— Tu crois que je n'ai rien de mieux à faire ?

— Si, bien sûr. Mais tu veux bien ?

— On verra. Tu as faim ?

— Une faim de loup ! » admit-il. Elle lui apporta de la venaison froide et du fromage, puis ramassa son arc et un carquois de flèches. « Où vas-tu ? »

Elle le regarda et sourit. « Ça ne se voit pas ? ironisa-elle en levant l'arc. Je vais cueillir des fleurs ! »

Quand elle fut partie, Lámfhada repoussa la couverture et sortit lentement du lit. Il chercha ses vêtements autour de lui et se rendit à pas feutrés jusqu'à l'âtre. Son pantalon était posé sur un dossier de chaise. Il l'enfila ; sa chemise était suspendue à un crochet planté dans le mur, et il vit que quelqu'un avait méticuleusement recousu le trou causé par la flèche. Une fois habillé, il s'assit près du feu ; il avait les jambes faibles et mal assurées. Il ajouta du bois au brasier et se rassit tranquillement, songeant aux terreurs de sa fuite et à l'impact de la flèche quand elle l'avait frappé dans le dos.

Il avait été sauvé par Llaw Gyffes, l'homme qu'il était venu rejoindre mais, comme Ariane l'avait fait remarquer, il avait peu à offrir au chef rebelle. Il se sentit un peu bête et, pire encore, inutile. La porte s'ouvrit et une bouffée d'air frais s'y engouffra.

« La jeunesse récupère vite, dit Nuada. Bien le bonjour ! »

Lámfhada sourit. « Je me souviens de vous... comme dans un rêve. Vous étiez assis à mon chevet. Nuada, c'est ça ?

— C'est ça. Je vois que tu as repris des forces, mais tu ne devrais pas trop tirer sur tes muscles. Tu étais vraiment très mal en point. Ariane m'a dit que tu t'appelais Lámfhada. C'est un joli nom. Un chevalier de la Gabala, rien moins que ça – l'un des premiers, je crois.

— Oui, c'est ce qu'on m'a dit. Vous êtes un rebelle ? »

Nuada gloussa. « Je suppose que oui. Mais je crains de ne provoquer aucune terreur dans les cœurs des soldats royaux. Les conteurs de sagas sont rarement de bons escrimeurs.

— Vous êtes poète ? »

Nuada s'inclina et s'assit près de l'adolescent. « En effet. Probablement le meilleur du royaume.

— Vous connaissez beaucoup d'histoires ?

— Des centaines. Quand tu te sentiras mieux, il faudra que tu viennes dans la grande salle. Je m'y produis tous les soirs. Je suis devenu célèbre ici, et les hommes viennent de tous les villages de la forêt pour m'entendre. S'ils avaient de l'argent, je serais riche.

— Parlez-moi des chevaliers de la Gabala.

— Vaste sujet, qui couvre deux cents ans. Alors tu pourrais préciser ? Tu veux peut-être l'histoire de Lámfhada ?

— Non, parlez-moi plutôt d'Ollathair, dit Lámfhada.

— Ah, un jeune apprenti intéressé par l'histoire de son temps... commenta Nuada. Tu connais les origines des chevaliers ?

— Non, pas vraiment. Ce n'étaient pas des rebelles au départ ?

— Pas exactement. L'ordre, fondé en 921 par le roi de l'époque, Albaras, était composé de juges ; neuf juges, arpentant le pays et réglant les conflits au nom du roi. Mais en 970, durant la guerre de la Rébellion, ils sauvèrent le roi de l'exécution et le conduisirent en secret jusqu'à Cithaeron. Lorsqu'il revint triomphalement en 976, il accorda des terres aux chevaliers afin qu'ils y bâtissent une citadelle et les affranchit de la juridiction des monarques. Ils demeurèrent juges et continuèrent de voyager à travers les neuf duchés du royaume. C'étaient des arbitres d'une impartialité scrupuleuse. Au fil des années, l'ordre acquit de nouvelles règles. Mais pas de richesses, car elles menaient à la corruption. Les femmes étaient interdites aux chevaliers de la Gabala, car les familles qu'ils auraient alors fondées auraient pu être prises comme monnaie d'échange afin d'extorquer aux juges des décisions favorables. C'était un honneur que d'être choisi, certes, mais le prix était aussi très élevé.

— Et Ollathair ? s'enquit Lámfhada.

— Patience, mon garçon. Les chevaliers étaient choisis par l'Armurier. Quand l'un d'eux mourait ou était tué, l'Armurier parcourait le pays pour lui trouver un successeur.

— Pourquoi l'Armurier ? Ce n'était pas un serviteur ?

— L'Armurier était le père de l'ordre. Il fournissait l'armure magique qu'ils portaient mais aussi l'armure spirituelle. Lui seul pouvait commander la Gabala. Ollathair était le dernier Armurier.

— Et qu'est-il arrivé aux chevaliers ?

— Personne ne le sait vraiment. Le roi a envoyé un messager à Samildanach, le Seigneur Chevalier, afin de le prier d'accéder à une faveur spéciale. Il semblerait qu'il ait demandé aux chevaliers de se rendre dans un monde de démons, où ils combattraient encore pour le bien du royaume... J'ignore ce qu'ils sont devenus. Cela s'est produit durant la première année après l'accession au trône du nouveau souverain. Peut-être les a-t-il empoisonnés, car ils ont statué contre lui lors de plusieurs litiges. Ou peut-être ont-ils été assassinés. À moins qu'ils ne se soient enfuis dans une terre étrangère... Enfin, quel que soit leur destin, l'Armurier Ollathair a été capturé par les hommes du roi et emprisonné. Il est mort à Furbolg. Mais pourquoi t'intéresser à un sorcier mort ?

— Je ne sais pas, mentit Lámfhada. Ça m'intéresse, voilà tout.

— Le royaume aurait bien besoin d'eux maintenant... des chevaliers, je veux dire, fit Nuada.

— C'est exactement ce qu'il nous faut », acquiesça Llaw Gyffes d'un air sardonique. Il referma la porte derrière lui et s'approcha du feu. « Une poignée de chevaliers avec de jolies armures ! Je suis sûr qu'ils convertiraient le roi.

— Ils étaient plus que de simples chevaliers, fit Nuada, et davantage que de simples héros. Ne les raille pas. »

Llaw se réchauffa les mains devant le feu. « Vous les poètes ne voyez jamais la réalité, pas vrai ? Tout n'est qu'un grand roman. Tu es venu ici en quête d'un chef rebelle et tu n'as trouvé qu'un forgeron hors-la-loi. Ça, c'est la réalité. Ces chevaliers n'étaient que des hommes, perméables tout comme nous à la cupidité, la luxure et le désespoir. N'en fais pas des dieux, Nuada.

— Je suis d'accord, Llaw Gyffes. Mais ce n'est pas une raison pour les ridiculiser, car ils étaient meilleurs que toi.

— Ce n'est pas difficile, concéda Llaw en donnant une tape sur l'épaule de Nuada. Mais je suis vivant, alors que bien des hommes meilleurs que moi sont morts. Et j'entends bien le rester, en m'occupant de mes propres affaires et en laissant à toi et tes sagas les faits héroïques. »

*
**

Le Chevalier Déchu gravit la colline et mit pied à terre face aux vestiges calcinés de la maison d'Ollathair. Kuan, l'étalon, était nerveux et apeuré ; lorsque la fumée âcre tourbillonna jusqu'à ses naseaux distendus, il hennit et renâcla. Le Chevalier Déchu lui flatta l'encolure.

« Tout va bien, Grand-Cœur. Ce ne sont que des ruines ; on ne court aucun danger ici. Attends-moi là. » Il se fraya prudemment un passage à travers les braises rougeoyantes, à la recherche d'un corps. Mais il n'y avait rien.

Il revint à l'étalon, défit le tapis de selle et décrocha du pommeau son sac de provisions. Il ne restait pas grand-chose : trois gâteaux au miel et un sachet d'avoine. Il donna l'un des gâteaux à Kuan et mangea le reste. Puis il tira l'eau du puits, but, et laissa le fond du seau à l'étalon afin que celui-ci étanche sa soif.

Ollathair était parti. Capturé par les hommes en armes ? Il en doutait. Auraient-ils détruit la maison ? Peut-être. Mais il n'y avait aucune trace de lutte. Il distingua des empreintes à côté du puits et s'agenouilla près d'elles. C'étaient des empreintes animales, profondes et nettes. Des lions ? Ici, si près de Mactha ? Il se releva et suivit les traces sur quelque distance. Des hommes qui courent, glissent et dérapent en dévalant la colline, les bêtes s'élancent à leur poursuite. Il sourit, puis éclata de rire, ce qui accrut la pression sur sa gorge et l'obligea à se calmer. Les bêtes étaient revenues vers la maison, où s'étaient tenus deux hommes. À nouveau le Chevalier Déchu s'agenouilla. Les empreintes de pattes devenaient brusquement plus profondes. Il réfléchit un instant puis remarqua que certaines des marques de bottes sortant de la maison étaient elles aussi profondes. Ollathair avait chargé des paquets sur les lions et était parti en direction des montagnes boisées... quatre, peut-être cinq heures plus tôt.

Kuan hennit. Sa tête se tourna vers le chemin qui menait à la ville. Le Chevalier Déchu se releva : un groupe de cavaliers galopait en direction de la maison éventrée. Il effaça prestement toutes les traces, puis resserra la sangle de Kuan et se mit en selle, déambulant au hasard afin de brouiller davantage les pistes.

Quand les cavaliers furent plus proches, il se rendit compte qu'ils portaient tous des cuirasses ornées du corbeau. Le groupe se composait d'une quinzaine d'hommes.

« Bien le bonjour, dit le Chevalier Déchu.

— Que faites-vous ici ? demanda un homme maigre au profil d'aigle.

— J'ai aperçu de la fumée et suis venu voir si l'on avait besoin d'aide. Je suppose que vous êtes là pour les mêmes raisons.

— Ce que je viens faire ici ne vous regarde pas. Qui êtes-vous ?

— Un homme de bonnes manières, messire, répliqua le Chevalier Déchu, peu enclin à engager la conversation avec des personnes manquant de savoir-vivre. »

Les cavaliers demeurèrent immobiles, attendant la réponse de leur capitaine. Son visage était rouge, et ses yeux s'étrécirent lorsqu'il talonna sa monture.

« Il sied mal à un étranger d'insulter un officier du duc. Présentez vos excuses, messire, ou je me verrai contraint de sévir. »

Le Chevalier Déchu se pencha sur le pommeau de sa selle. « La dernière fois que j'ai rencontré le duc, il venait de remporter la lance d'argent en récompense de ses prouesses aux joutes. Je l'entends encore me dire qu'un gentilhomme devrait apprendre trois choses : l'honneur, pour en faire bénéficier son nom ; le maniement de l'épée, pour préserver son honneur ; et l'humilité, pour voir toujours où l'honneur se trouve.

— Vous êtes un ami du duc ?

— Je suis l'homme qu'il a battu lors du tournoi, mais j'ai toujours été meilleur à l'épée qu'à la lance. »

Le capitaine réfléchit un instant, puis se décida brusquement. « Mes excuses si mes paroles vous ont offensé, messire, mais nous recherchons un hors-la-loi, et le duc m'a chargé de le capturer.

— J'accepte vos excuses. Permettez-moi de vous offrir les miennes. Je viens de loin, et j'ai peur que ma patience en ait pâti. Dites-moi, chercheriez-vous par hasard un homme costaud voyageant en compagnie de trois grosses bêtes ?

— C'est cela, messire. L'auriez-vous aperçu ?

— Il y a deux heures, par là, répondit le Chevalier Déchu en désignant un point loin de la forêt. Les créatures ressemblaient à des lions, mais je ne les ai pas vues de près.

— Merci à vous, messire chevalier. Allez-vous à Mactha ? Le duc y tient résidence et je suis certain qu'il serait enchanté de vous revoir.

— Peut-être... Bonne chance dans vos recherches. »

Tandis que les cavaliers s'éloignaient dans un vacarme du tonnerre, le Chevalier Déchu tira sur les rênes et talonna les flancs de Kuan. La forêt était à deux heures à cheval. Avec de la chance, il trouverait Ollathair avant la tombée de la nuit.

En chemin, il se rappela sa joute contre le duc. Ce dernier était un cavalier accompli et un lancier implacable. Si la pointe de son arme n'avait pas été couverte d'un bouchon en bois, la lance lui aurait transpercé le cœur ; en dépit de la protection, il avait eu deux côtes fêlées. Dommage que le caractère du duc ne fût pas aussi poli que ses talents étaient aiguisés. Ce n'était pas le duc qui avait prononcé les paroles dont il l'avait crédité mais le Seigneur Chevalier Samildanach, en reproche au duc.

Le Chevalier Déchu sourit en songeant à Samildanach : un véritable chevalier et un homme d'une grande humilité. Si le duc avait trouvé le courage de défier Samildanach, l'issue du combat aurait été considérablement différente.

Des souvenirs de son ami affluèrent, l'emplissant de tristesse...

Samildanach au tournoi contre le champion du roi de Cithaeron, ou en combat singulier contre le duc rebelle de Tarain, ou dirigeant les prières à la citadelle, ou dansant avec Morrigan au festin des âmes... C'était le meilleur chevalier de la Gabala, songea-t-il. Et le meilleur des amis.

« Je suis désolé de t'avoir trahi », murmura le Chevalier Déchu.

*
**

Furieux d'apprendre que les serviteurs nomades d'Errin s'étaient échappés, Okessa rapporta les nouvelles au duc et exigea qu'Errin soit arrêté. À son tour, le duc admonesta Errin mais crut celui-ci quand il lui promit que les serviteurs s'étaient échappés en lui volant deux cents raqs en or.

« Vous êtes un sot, Errin, fit le duc. Mais vous avez toujours été naïf. J'espère que vous vous rendez compte maintenant à quel point ces gens sont fourbes.

— En effet, monseigneur. Je maudis ma propre stupidité.

— Nous n'y pouvons rien. Okessa voudrait vous voir pendu, mais c'est un plaisir que je lui refuserai. Après tout, où trouverais-je un autre maître de cérémonie ? Et qui préparerait les cygnes au vin ? »

Errin sourit. « Et les cailles, mon seigneur.

— Et les cailles. Il serait bien plus simple de nommer un autre seigneur devin ! Au fait, un des chevaliers du roi doit arriver aujourd'hui afin de régler les derniers détails de la visite du souverain. Faites-lui bon accueil, s'il vous plaît.

— Bien entendu, monseigneur », répondit Errin, qui s'inclina et quitta la pièce. Okessa attendait dans le vestibule ; ses yeux brillaient de cruauté, et son crâne chauve luisait de sueur.

« Ne croyez pas que je sois dupe, siffla-t-il. Vous avez conspiré afin de permettre à ces Nomades d'échapper à la justice, de même que vous ne m'avez rien dit de ce que vous saviez sur Ruad Ro-fhessa. Mais j'aurai votre tête, seigneur Errin, et j'irai cracher sur votre tombe !

— Quel homme déplaisant vous faites, Okessa. Quant à ce Ruad, n'oubliez pas que j'étais venu vous voir à propos d'Ollathair. Comment aurais-je pu savoir qu'il était en vie et résidait dans le duché sous un faux nom ? On prétend que vous êtes devin. Vous deviez sûrement être en mesure de le retrouver. À moins que vos pouvoirs ne faiblissent ? »

Okessa eut un sourire forcé. « Nous verrons, seigneur Errin. J'ai tracé votre horoscope ce matin. Dans cinq jours, votre existence entrera dans une période critique, si critique que vous pourriez ne pas y survivre. Que pensez-vous de ça ? »

La gorge d'Errin se serra et il tenta à son tour de sourire. Mais il ne leurra pas Okessa, qui pouffa avant de s'éloigner d'un air digne. Errin leva une main tremblante devant son visage. Il s'en voulait d'avoir montré sa peur, mais il savait qu'Okessa ne lui avait pas menti. Pourquoi l'aurait-il fait ? Non, Errin était condamné à mort. Comment viendrait-elle ? Poison ? Asphyxie ? Une chute malencontreuse ? Une flèche perdue ?

Son premier réflexe fut de rentrer chez lui et de s'enfuir à Furbolg ; il y avait des amis. Mais comment le duc interpréterait-il sa fuite ? Non, il était piégé. Il regrettait qu'Ubadaï ne soit pas là pour le conseiller. Le petit Nomade savait flairer les problèmes et il l'aurait protégé jusqu'à la mort. Errin ne souhaitait pas spécialement que quelqu'un meure à sa place, mais il était plaisant de savoir qu'Ubadaï dormait devant sa porte. Il suffisait qu'une fourmi lâche un vent dans le pré pour que le Nomade se réveille aussitôt. Sans lui, Errin se sentait seul et vulnérable.

Porte barricadée, volets fermés et cadenassés, il dormit mal cette nuit-là. Le lendemain matin, il se baigna puis enfila une tunique verte en soie orientale brodée de fil d'or, des bottes souples ainsi qu'une cape de laine teinte en jaune bordée du plus doux des cuirs. La menace d'Okessa paraissait moins terrible par ce beau matin et, avec l'arrivée du chevalier royal, il était peu probable que le seigneur devin risque un assassinat. Errin était déterminé à faire bonne impression au chevalier. Compte tenu des circonstances, il lui fallait l'appui de tous les alliés possibles.

Le chevalier n'arriva pas avant le coucher du soleil, et Errin fut soulagé lorsque le garde de la tour de guet annonça qu'un cavalier approchait. Le maître des cérémonies et le duc se précipitèrent à la grille pour accueillir le chevalier portant armure cramoisie, visière baissée, montant un grand étalon noir de quelque dix-sept paumes. Le soleil se couchait derrière lui tandis qu'il progressait lentement vers le portail du château. Il s'arrêta sous la herse.

« Bienvenue, messire chevalier, fit le duc.

— Mon cheval devra être logé dans une écurie à part, répondit le chevalier, sa voix étouffée par le heaume. Il ne devra y avoir aucune autre bête.

— Bien sûr », fit le duc, perplexe. Il se tourna vers Errin, qui souffla des instructions à une sentinelle. Le soldat courut avertir le valet d'écurie.

« Nous vous avons préparé un savoureux festin, déclara le duc. Il sera prêt dans l'heure. Nous vous avons aussi réservé des appartements dans la tour nord. »

Le chevalier mit pied à terre. « Où est l'écurie ?

— Errin, fit le duc, ravalant sa colère, conduisez le messager du roi à l'écurie. Je vous retrouverai dans la grande salle. »

Tandis que le duc s'éloignait, Errin s'approcha du chevalier. « Le voyage a-t-il été difficile ?

— L'écurie, je vous prie.

— Certainement. Suivez-moi. » Errin traversa la cour en compagnie du chevalier et entra dans l'écurie, d'où l'on sortait les autres chevaux. Quand l'étranger pénétra dans le bâtiment, guidant son étalon, plusieurs chevaux se cabrèrent et se mirent à hennir. Les serviteurs eurent du mal à les maîtriser, mais la monture du chevalier resta immobile.

« Il est bien dressé », remarqua Errin.

Le chevalier rouge ne répondit pas et dépassa Errin, menant son destrier par les rênes. Errin tendit le bras pour tapoter l'arrière-train de l'animal, mais sa main eut un mouvement de recul en frôlant la chair de la créature : elle était froide comme la glace.

À l'intérieur de l'écurie, le chevalier dessella l'étalon et le fit entrer dans une stalle. La bête n'émit aucun bruit et ignora la mangeoire.

« Il y a des couvertures là-bas. Je vais en faire chercher, proposa Errin.

— Inutile.

— Permettez-moi de ne pas partager votre avis, messire chevalier. Ce cheval est glacé. »

Le chevalier rouge se tourna vers Errin. « Je vous défends de le toucher. Je n'aime pas que l'on pose ses mains sur ce qui m'appartient.

— Comme vous le souhaitez, dit Errin. Quel est votre nom ?

— Je suis le messager du roi. Je présume que vous, vous êtes Errin, maître de cérémonie.

— C'est exact.

— Conduisez-moi à mes appartements. Et faites-moi apporter une femme... Une jeune femme.

— Sauf votre respect, messire chevalier, je ne suis pas un protecteur. Il existe de nombreuses auberges à Mactha, où des créatures vendent leurs services. Je vous suggère de tenir compagnie au duc puis de vous y rendre après le festin de bienvenue. »

Le chevalier resta immobile un instant. « Vous avez raison, Errin, dit-il enfin. Le voyage m'a fatigué, mes manières s'en ressentent.

— Aucunement, messire. Laissez-moi vous montrer vos appartements », répondit froidement Errin.

Un feu brûlait dans la pièce principale, et un bain de siège avait été rempli d'une eau chaude et parfumée. Errin laissa le chevalier se préparer et rejoignit le duc dans la grande salle.

« Ce balourd n'a ni humour ni manières ! tonna le duc. Croyez-vous que le roi cherche à m'insulter ?

— Je ne le pense pas, monseigneur. Le roi vous a toujours tenu en grande estime, avec raison. Peut-être le chevalier est-il fatigué ; il s'est excusé dans l'écurie.

— Admettons, mais c'est un autre problème ! Son cheval doit avoir une écurie pour lui tout seul ! Est-ce un prince des chevaux ?

— C'est un étrange animal, monseigneur. Alors qu'on emmenait les autres chevaux, ceux-ci ont paru terrifiés par sa simple présence. Je crois que c'est cela qui le préoccupait

— Son attitude ne me plaît guère, Errin. J'ai bien envie d'écrire au roi pour me plaindre.

— Pourrais-je vous suggérer, respectueusement, de suspendre tout jugement jusqu'à ce que nous le revoyions ? Le souverain semble l'apprécier et lui faire confiance.

— Sages paroles, Errin. Mais il ferait bien de montrer un peu de savoir-vivre cette fois.

— Je suis certain qu'il le fera, mon seigneur. »

Alors qu'il terminait sa phrase, le chevalier rouge fit son apparition en haut de l'escalier. Il portait toujours son armure mais avait ôté son heaume. Son visage était pâle comme l'ivoire et d'une beauté extraordinaire, ses cheveux blancs et coupés ras. Il ne semblait avoir guère plus d'une vingtaine d'années. Errin s'avança et le salua d'un sourire. Vu de près, il paraissait plus âgé – la trentaine, peut-être davantage. Le chevalier s'inclina ; ses yeux étaient sombres et injectés de sang, et il semblait las au-delà de ce qu'il était possible d'imaginer.

« Vous sentez-vous bien, messire ? s'enquit Errin.

— Parfaitement, seigneur Errin.

— Cette armure doit vous épuiser. Ce soir nous allons festoyer et danser.

— Je ne danse pas. Je suis là pour inspecter le duché au nom du roi, et laisse la danse à d'autres. Ne vous inquiétez pas pour mon armure ; elle ne me quitte jamais. J'en ai fait le serment.

— Je vois, dit Errin. Veuillez me donner votre nom, messire, que je puisse vous présenter. »

Le chevalier hésita un instant, puis répondit avec un sourire vif, presque timide. « Je me nomme... Cairbre. »

Errin, resplendissant dans ses chausses et son pourpoint de soie bleue striée d'argent, s'assit à la gauche du duc durant le festin de bienvenue, le chevalier rouge ayant pris place à sa droite. Une trentaine de vassaux étaient présents autour de la grande table carrée, tous nobles, des petits gentilshommes du duché aux chevaliers de l'ordre. Errin s'était surpassé et la nourriture – tout le monde s'accorda sur ce point –, exquise : champignons géants garnis de bœuf émincé et nappés de fromage des duchés du nord, dix cygnes rôtis, jambon au miel, bœuf aux épices et pâtisseries à la douceur incomparable. Errin remarqua toutefois que le chevalier ne touchait quasiment pas sa nourriture et exigeait de l'eau à la place du vin qu'on lui servait.

Tout au long du festin, le duc se faisait davantage maussade, incapable d'entraîner son invité dans une quelconque conversation. Finalement, il renonça à ses tentatives et tourna son attention vers Errin.

« Magnifique organisation ! Digne d'un roi, déclara le duc, qui essuya la sueur de son front au moyen d'un mouchoir parfumé.

— Je peux vous assurer que le festin du roi n'aura rien à envier à celui-ci. Le printemps fournira bien d'autres délices dont, hélas, l'automne nous prive. »

Tandis que les esclaves débarrassaient les couverts, Errin claqua des mains et se leva.

Les invités se turent. « Mes amis, le duc espère que vous avez apprécié le repas et vous demande maintenant de vous diriger vers le petit salon, où des musiciens attendent les danseurs. »

Tandis que les invités sortaient en file, une flûte entonna un air dans le petit salon, rejointe par une harpe. La mélodie était légère et cadencée, et l'humeur du duc changea brusquement.

« Par tous les dieux, Errin, n'est-ce pas Corius qui joue ?

— C'est exact, monseigneur. J'ai pris la liberté de solliciter sa présence pour la soirée.

— Il se fait payer une fortune !

— J'espère que vous considérerez son récital comme un cadeau, messire. »

Le duc inclina la tête. « Vous vous êtes surpassé. Bravo ! » Se tournant vers le chevalier rouge, il dit : « Je vous ai entendu confesser à Errin que vous ne dansiez pas. Préféreriez-vous vous retirer ?

— Je vais regarder les danses », répondit le chevalier en se levant. Errin le suivit dans le salon, où de nombreux couples évoluaient déjà sur l'air de la danse du soleil d'hiver. La musique était entraînante, et Errin observa Dianu danser avec le jeune chevalier Goan. Un fil d'argent retenait ses cheveux noirs et elle portait une robe de soie blanche chatoyante.

« Il me semble, dit le chevalier, que vous préféreriez danser plutôt que de tenir compagnie à un si lugubre invité. » Une ébauche de sourire effleura ses lèvres tandis qu'il parlait.

Errin sourit. « C'est la femme que je compte épouser.

— Alors allez danser, messire. »

Le jeune maître de cérémonie n'avait pas besoin qu'on le lui répète. Il traversa lestement la pièce jusqu'aux danseurs et tapota Goan sur l'épaule. « Goan, mon cher, voudriez-vous présenter le messager du roi aux autres invités ?

— Bien, messire.

— Merci. » Errin prit Dianu par le bras et la conduisit dans la danse. Quand la musique s'arrêta, il l'emmena à l'arrière de la salle, où les esclaves attendaient avec des plateaux d'argent sur lesquels étaient disposés des gobelets d'un vin blanc et léger. Errin en saisit un qu'il offrit à sa compagne.

« Tu es magnifique ce soir.

— Je ne suis ici que parce que tu me l'as demandé, rétorqua Dianu. Qui est cet homme étrange aux cheveux blancs ?

— Il s'appelle Cairbre. Je ne sais rien de lui sauf qu'il est le messager du roi.

— Il a le visage triste.

— À l'image de notre époque, murmura-t-il. Viens, allons prendre l'air. »

Ils sortirent discrètement par une porte latérale et gravirent l'escalier jusqu'à une petite chambre, où Errin avait ordonné qu'un feu soit allumé. La pièce était chaude, la fenêtre ouverte. Dianu s'en approcha et contempla la ville de Mactha et ses lumières clignotantes.

« Je vais partir à Cithaeron, dit-elle.

— Partir ? Mais pourquoi ? »

Elle se tourna brusquement. « Oh, Errin, ne fais pas l'idiot ! Le roi assassine les Nomades, le royaume croule sous les dettes. Chaque jour j'entends parler de troubles, de meurtres et de vols. Où cela s'arrêtera-t-il ? »

Il s'approcha d'elle et l'écarta de la fenêtre. « Il vaut mieux ne pas aborder ce genre de sujets là où l'on peut nous entendre, murmura-t-il à voix basse. Mais Furbolg est loin d'ici, et à Mactha nous ne souffrons pas.

— *Nous* ne souffrons pas. La nourriture est rationnée à la campagne, alors que l'hiver est encore loin. Tout va bien pour l'aristocratie, avec ses cygnes rôtis.

Mais on ne nourrit pas une nation avec des cygnes, Errin.

— J'espérais que l'on pourrait se marier cet hiver, dit-il. Tu sous-entends que le mariage n'aura pas lieu ? »

Elle prit sa main, qu'elle embrassa. « Bien sûr que non. Je t'aime. Mais on peut se marier à Cithaeron. »

Errin secoua la tête. « Tu ne peux pas t'en aller sans le consentement du roi, dit-il, et il ne te l'accordera jamais. Le duc m'a dit que sept familles nobles avaient secrètement quitté le royaume en emportant leurs richesses. On les a accusées de trahison et leurs terres ont été confisquées. C'est ici chez toi, Dianu. Tu veux terminer ta vie dans une terre étrangère, haïe et méprisée par tes compatriotes ?

— Nous ne voyons pas les choses de la même façon, répondit-elle tristement. Le mal règne ici, Errin. Un mal réel, terrible, qui attend l'occasion de nous submerger tous. Le roi est fou et s'entoure de fous. La mort de Kester ne t'a-t-elle pas dérangé ? Un homme admirable. Noble. Mis à mort parce que sa grand-mère était nomade ? Par les dieux, Errin ! Pourquoi es-tu si aveugle ? »

Il l'attira contre lui et l'embrassa sur le visage. « Je vois très bien que les temps sont dangereux. Mais ça va passer... après la pluie viendra le beau temps. »

Elle le repoussa. « On ne peut pas attendre. Je pars dans deux jours ; j'ai déjà pris mes dispositions. Mon père – paix à son âme – entretenait de nombreux contacts à Cithaeron, j'y ai transféré des fonds par l'entremise du marchand Cartain. Tout ce qui me reste ici, c'est le palais, et je peux vivre sans.

— Tout ce qui te reste ? dit-il doucement. Moi aussi je vais rester ici, Dianu... je ne peux pas m'en aller. »

Elle soutint son regard un long moment, sans rien dire.

« Tu as fait ton choix, annonça-t-elle enfin.

— Je le sais, répondit-il en reculant. Puisse la chance guider tes pas. »

Se tournant prestement, il ouvrit la porte et regagna le petit salon. La musique jouait plus vite maintenant, ponctuée par les rires des convives qui sautillaient furieusement sur l'air de la danse de l'orage. Errin franchit discrètement la double porte et sortit dans la nuit.

Chapitre 5

Ariane courait lestement le long du sentier de chasse, d'un pas sûr et à grandes enjambées. Chaque soir les biches empruntaient cette piste, mais elle ne les chassait pas, car elles étaient trop près du village. Comme son père le lui avait enseigné : « Tant que tu seras jeune et en bonne santé, chasse loin de chez toi. On ne sait jamais quand une catastrophe peut s'abattre, que ce soit une tempête de neige ou une blessure à la jambe. À ce moment-là, tu pourrais avoir besoin du gibier que tu as laissé vivre. Si tu chasses autour de ton village, le gibier fuira au loin. »

Il était un homme bon, et meilleur père encore, jusqu'à ce que la maladie le frappe. Observer ses forces diminuer en dépit des attentions de son épouse avait été insupportable. Alors que la fin approchait, la mère d'Ariane lui avait préparé un gobelet de vin mêlé de digitale. Il était mort paisiblement, et les deux femmes avaient pleuré ensemble auprès de son corps.

Tandis qu'elle courait, l'esprit d'Ariane s'attarda sur cette image si bien qu'elle ne vit pas le mince fil tendu en travers du chemin. Elle s'y heurta la jambe et trébucha sur le sentier. Instantanément, trois hommes sortirent des arbres. Ariane lâcha son arc et tendit la main vers son couteau de chasse, mais quelqu'un se jeta sur elle, lui coupant le souffle, et la clouant au sol de ses mains rudes.

« Voyons, voyons, dit l'homme assis à califourchon sur elle appuyant une main crasseuse sur sa poitrine. Qu'avons-nous là ? » Elle sentit des mains lacérer son pantalon et donna des coups de pied. Son agresseur la gifla brutalement. « On t'épie depuis des jours et des jours, dit-il en la cognant de sa main libre d'un geste désinvolte. Plus je t'épiais, et plus je te désirais... S'il te plaît, supplie-moi. Supplie Grian de t'épargner. »

Elle tendit le cou et lui cracha à la figure. Un nouveau coup envoya sa tête heurter le sol. Il déchira son chemisier et contempla son corps ; le visage du bandit était globuleux et grossier, sa bouche ouverte exhibait des dents noircies.

« Espèces d'enfants de putains ! » s'exclama soudain une voix. L'homme à califourchon sur Ariane se raidit et se tourna.

Debout au milieu du sentier se tenait un homme encapuchonné revêtu d'une cape noire. Il avait le soleil dans le dos, de sorte que son visage était invisible. Deux des hommes tirèrent des couteaux de leur ceinture. Grian dégaina aussi une lame mais demeura au-dessus de la fille inconsciente.

L'homme à la capuche rejeta les pans de sa cape par-dessus ses épaules. Son bras droit s'arrêtait au poignet. Le moignon était recouvert d'un bonnet de cuir noir lacé le long du bras. Il ne portait aucune arme. Grian sourit et se leva.

« Tu as choisi le mauvais endroit au mauvais moment, manchot, grogna-t-il en avançant. Tu es mort, bon pour les vers ! »

Les deux compagnons de Grian se postèrent de part et d'autre du nouvel arrivant, mais celui-ci ne fit pas mine de reculer. Mieux, il fit un pas en avant. L'homme à sa gauche se jeta sur lui, dague brandie. Le manchot s'inclina en arrière et la dague manqua sa cible. Au même instant, son coude heurta la gorge de l'assaillant, qui tituba, le visage congestionné. Puis ce dernier s'écroula agonisant, à genoux, les doigts agrippés à sa gorge. Alors que le second agresseur chargeait, l'homme encapuchonné pivota sur ses talons, bondit et écrasa son pied botté dans la mâchoire du bandit. Sa nuque craqua comme une brindille sèche. L'homme mystérieux retomba avec souplesse et se tourna vers Grian.

« Tu ne m'auras pas avec tes tours de passe-passe, ricana Grian.

— Non, en effet », répondit l'homme doucement.

Grian fit un pas en avant. Le couteau d'Ariane pénétra dans le bas de son dos et remonta jusqu'aux poumons et au cœur. Il lâcha un cri étranglé et tomba face à terre.

Ariane ramassa son pantalon et l'enfila. Les lacets étaient coupés, elle les rattacha tant bien que mal. Quand elle regarda en arrière, elle vit que l'inconnu s'était assis sur un tronc d'arbre abattu et avait détourné la tête. Attrapant son arc, elle s'approcha de lui.

« Merci pour votre galanterie. »

Il retira sa capuche. Ariane découvrit un visage carré aux yeux d'un brun intense. Il n'était pas beau mais dégageait une impression de force. Il sourit, et là il devint beau.

« Ce n'était pas de la galanterie, je faisais simplement mon devoir. Êtes-vous blessée ?

— Seulement ma fierté. J'aurais dû flairer leur piège.

— Les erreurs nous instruisent. Comment vous appelez-vous ?

— Ariane. »

Il hocha la tête et se leva. Il faisait une tête de plus qu'elle, c'est dire s'il était grand. « Vous habitez loin d'ici ? demanda-t-il.

— À une heure vers l'ouest.

— Puis-je vous escorter ?

— C'est inutile, fit-elle en rougissant.

— Je ne voulais pas vous offenser, Ariane. Mais j'ai faim et ne refuserais pas un repas.

— Vous ne m'avez pas dit votre nom.

— Je m'appelle Elodan. »

Elle considéra ses yeux sombres, tentant de dissimuler la pitié qui envahissait son propre regard. « Le champion du roi ?

— Jadis, je l'étais. On y va ?

— Vous ne devriez pas voyager dans la forêt sans arme. C'est dangereux, dit-elle.

— Je serai plus prudent à l'avenir », répliqua-t-il avec un sourire désabusé. Elle jeta un œil aux cadavres et sourit.

« Il y a de plus grandes bandes de coupe-jarrets, et malgré vos talents vous ne feriez pas le poids face à un archer.

— Vous avez raison. » Ensemble ils repartirent sur le sentier, Ariane en tête. Après un moment, elle se tourna et le regarda. « Vous êtes bien silencieux, dit-elle.

— Je réfléchissais.

— À quoi ?

— Êtes-vous mariée ?

— Non. Pourquoi cette question ?

— Simplement pour parler. Quel âge avez-vous ?

— Dix-sept ans. Et vous ?

— Oh, moi, je suis un vieux de la vieille. » Il gloussa. « C'est du moins parfois mon impression.

— Vous ne faites guère plus de trente ans.

— C'est ce que je disais, un vieux de la vieille, pour une jeune fille de dix-sept ans !

*
**

Errin s'éveilla avec un mal de crâne de tous les diables et l'estomac au bord des lèvres. Il gémit et roula de côté. Le flacon de vin, vide, gisait en morceaux là où il l'avait lancé à l'aube. Il ouvrit lentement les yeux et gémit de nouveau en se remémorant les événements de la veille. Dianu s'en allait. Elle était sérieuse, mais il ne pouvait se résoudre à la croire. Il décida de lui rendre visite à son château dans l'après-midi.

Boran, son nouveau serviteur, entra en silence. « Votre bain est prêt, monseigneur, annonça-t-il.

— Par pitié, ne crie pas, lui dit Errin.

— J'ai entendu dire que le festin était un succès, messire. »

Errin leva la tête vers le serviteur dégarni. Il avisa son visage sain et bronzé et ses yeux d'un bleu écœurant. « J'ai l'impression que si je cligne trop vite des paupières, je vais me vider de mon sang, répliqua-t-il.

— Le bain va vous redonner des forces, monseigneur. En outre, le conseil se réunit dans une heure. »

Errin s'effondra sur ses oreillers et tira les couvertures sur sa tête. Boran soupira, nettoya les débris du flacon, ouvrit les rideaux de velours et sortit de la chambre. À nouveau seul, Errin se redressa. Le Conseil des Nobles était une institution mortellement ennuyeuse, et d'ordinaire pas plus de trois ou quatre représentants y assistaient. Aujourd'hui, c'était différent, car Cairbre, le chevalier rouge, serait présent, ainsi que le seigneur devin, Okessa. Tous rivalisant de loyauté à l'égard du roi.

« Maudis soient-ils », jura Errin. Il glissa hors du lit, traversa la chambre et gagna la pièce d'à côté, où son bain bouillonnait. L'eau était parfumée à la rose, ce qu'Errin avait toujours abhorré, et qu'Ubadaï n'avait jamais oublié. Mais Boran était nouveau et devait encore apprendre les goûts de son maître. Errin descendit les marches de marbre et s'enfonça dans le bain. Quelques minutes plus tard, Boran entra avec sa robe, dans laquelle le noble s'enveloppa. « Comment sont mes yeux ? » demanda-t-il au serviteur. Boran lui jeta un regard dubitatif.

« Injectés de sang, messire. Pour tout dire, vous n'avez pas l'air en forme.

— Tu devrais les voir de mon côté... Comment vais-je m'habiller ?

— Après la réunion, le duc a prévu une chasse. J'ai donc sorti votre tenue équestre.

— Celle en cuir noir au liseré d'argent ?

— Non, messire, la rouge.

— Sors plutôt la noire. Je laisse le rouge à l'invité du duc.

— Bien, messire. Puis-je vous suggérer de prendre un petit-déjeuner ?

— Non, dit Errin, frissonnant alors que son estomac se soulevait.

— Vous me serez reconnaissant de l'avoir pris quand vous rebondirez sur la selle de votre cheval.

— Rebondir ? On ne rebondit pas, Boran, on chevauche.

— Oui, messire. Un peu de pain sec, peut-être ? » Errin hocha la tête et revint dans sa chambre tandis que Boran allait chercher ses vêtements. Le pantalon, élégamment coupé dans un cuir noir et souple, descendait jusqu'au mollet. Errin enfila par-dessus une paire de bottes noires qui lui montaient jusqu'aux genoux. Sa tunique de laine était également noire et dépourvue d'ornements, son manteau d'équitation taillé dans du cuir noir renforcé aux épaules et bordé d'un fil d'argent.

« Vous aurez besoin d'une cape, messire ; le vent souffle fort.

— Je prendrai la noire doublée en peau de mouton avec la capuche.

— Il faudra l'imperméabiliser, messire. Elle sera prête pour la fin de la réunion. »

Après avoir rompu son jeûne avec du pain et un peu de fromage, Errin traversa la cour jusqu'à la grande salle. Quelques membres du conseil étaient déjà là, attendant d'être convoqués.

« Bonjour, seigneur Errin », dit un homme corpulent vêtu d'habits d'équitation en velours vert. Son front luisait de sueur.

« Je suis content de vous voir, seigneur Porteron. Vous nous avez manqué au festin.

— Oui, oui. J'avais du travail. On m'a dit que l'affaire avait été rondement menée.

— En effet, acquiesça Errin, qui se tourna pour accueillir un nouvel arrivant. Seigneur Delaan, bonjour. Vous m'avez l'air merveilleusement remis de vos exploits sur la piste de danse. »

Le mince jeune homme en tunique marron sourit. « Privilège de la jeunesse, mon cher Errin. Par exemple ! Vous me semblez bien fragile.

— Pire que cela, je vous le garantis. Connaissez-vous le seigneur Porteron ?

— Assurément. Comment allez-vous, messire ?

— Bien. Fort bien. Ça ne pourrait pas aller mieux. »

Seigneurs et chevaliers firent leur entrée dans les minutes qui suivirent. Le seigneur devin apparut en dernier, vêtu d'une robe blanche. Errin salua l'assemblée et fit prévenir le duc que le conseil était réuni. Ce dernier les fit patienter dix inévitables minutes, comme à son habitude, puis ils pénétrèrent en file dans la salle, où était disposée une longue table, six chaises de part et d'autre et deux à l'extrémité. Le duc était assis et conversait avec Cairbre.

Les nobles entrèrent ; le duc leur fit signe de prendre place. Errin alla s'asseoir près de Cairbre. Celui-ci semblait parfaitement remis ; ses yeux étaient clairs et ses joues pâles avaient pris de la couleur.

« Je vois que vous avez bien dormi, messire Cairbre, commenta Errin.

— Je suis bien reposé. Merci de vous en inquiéter. »

Les affaires courantes se déroulèrent comme à l'accoutumée. On évoqua la collecte des impôts et l'augmentation des vols aux abords de la forêt. Porteron rendit compte d'un problème avec les esclaves marrons dans l'ouest, et le manque de travailleurs qualifiés dans les champs qui en découlait. On s'accorda pour envoyer quarante esclaves sur son domaine.

« Quelle est la cause de ce manque d'effectifs ? » s'enquit Errin. Porteron cligna des yeux et passa un mouchoir sur son visage couvert de sueur.

« Rien de grave, seigneur Errin.

— Je vous crois sur parole, bien entendu. Mais est-ce la maladie ?

— Non, non. Naturellement, nous avons suivi à la lettre le décret de notre cher et révéré monarque, mais la... proportion de Nomades dans notre population est importante. Nous les avons envoyés à Garaden, et... temporairement, vous comprenez... nous sommes à court de main-d'œuvre.

— Je vois. Merci.

— À court terme, nous nous attendions à des problèmes de ce type, fit Okessa d'un ton doucereux. Mais le départ de ces âmes impures ne peut qu'être bénéfique à la terre et aux nobles. »

Chacun acquiesça. « Avez-vous un autre problème à soumettre ? » demanda Okessa.

Errin secoua la tête. « Non, monseigneur devin. Je crois savoir qu'il y a une pénurie de pain à Mactha, car le boulanger a été exproprié.

— La pénurie s'est déclarée, seigneur Errin, parce que ce répugnant Nomade a brûlé ses propres locaux. On aurait dû le pendre.

— Puis-je ajouter un mot, messires ? dit Cairbre en se levant. Je sais, comme le roi, que le départ de la vermine nomade est voué à créer des difficultés immédiates dans de nombreux domaines. Mais notre but ultime mérite ce sacrifice... Considérez cela comme une croisade. Il y a encore trente ans, les seigneurs de ce royaume dominaient le continent entier. Pendant deux cents ans nous avons apporté les lois, l'éducation, la civilisation à des nations de barbares. Mais dans le même temps, nous avons permis que notre peuple devienne faible, infecté par le sang impur de nos inférieurs, et désormais nous ne gouvernons plus que la contrée des neuf duchés. Notre force, physique et spirituelle, a été corrompue. Nous devons procéder à une épuration de masse. Jusqu'à cette année, l'économie du royaume était largement aux mains de la classe des marchands, qui sont majoritairement nomades. Le roi a perdu tout pouvoir dans ses propres terres. À présent, le trésor est à nouveau contrôlé par le roi, dont la sagesse est incontestable. L'avenir nous appelle, messires. Lorsque le royaume sera débarrassé de toute impureté, nous nous élèverons de nouveau et redeviendrons une nation prééminente. »

Cairbre s'assit dans un silence de stupéfaction qui fut aussitôt brisé par les applaudissements du duc, suivis par ceux de tout le conseil. Errin applaudit avec les autres, mais il était moins enthousiaste. Des mots et des expressions lui revenaient à l'esprit : *peuple inférieur. Vermine. Impureté. Corruption*.

« Merci, messire Cairbre, dit Okessa. Vos paroles exaltantes nous conduisent à un problème des plus délicats. Comme vous le savez certainement, par décret royal, toute personne de sang nomade doit être envoyée à Gar-aden. Sur instance du duc, j'ai commencé à passer en revue toutes les familles dont on sait qu'elles ont une parenté avec les Nomades. Il semblerait que deux familles nobles de Mactha aient du sang impur. »

Errin darda son regard autour de la table. Le visage du seigneur Porteron était blanc comme la craie.

« Hélas, notre devoir envers le roi nous oblige à les envoyer elles aussi à Gar-aden, enchaîna Okessa.

— J'ai toujours été un loyal sujet, clama Porteron en se levant. Ma famille a mené trois guerres pour le roi et la couronne.

— Nous ne remettons pas votre loyauté en doute, messire, dit Okessa avec un mince sourire. Et je suis certain que le roi vous rappellera très rapidement parmi nous.

— C'est scandaleux ! Insensé !

— Porteron, fit le duc, veuillez avoir l'amabilité de patienter dehors. Des hommes vous y attendent afin de vous reconduire dans vos quartiers.

— Messire Cairbre ! s'exclama Porteron. Le roi n'a sûrement pas l'intention de détruire les familles nobles. L'introduction de sang nomade dans ma famille remonte à mon arrière-grand-père. »

Le chevalier se leva, le regard impassible. « Vous venez de montrer la valeur de votre sang nomade. Vous avez désobéi à un ordre direct de votre duc... De plus, vous avez expédié à Gar-aden des gens de votre district dont la parenté est encore plus ténue que la vôtre. Si votre vrai sang avait prévalu, vous seriez venu vous confesser auprès du duc. Maintenant, hors de ma vue. »

Porteron recula comme si on l'avait frappé et sortit en titubant de la pièce. Errin avait deviné que Porteron était *persona non grata* à la cour quand on lui avait demandé de ne pas l'inviter au festin. Mais à ce point... !

« Vous avez mentionné deux familles nobles, seigneur Okessa ? dit le jeune seigneur Delaan.

— Il ne s'agit de personne ici présent, répondit Okessa. Je faisais référence à dame Dianu, dont la mère était d'extraction nomade. »

Errin sentit son cœur lui marteler la poitrine, et ses mains commencèrent à trembler.

« La mère de dame Dianu est morte en couches, dit Errin. Elle était originaire de Cithaeron, et je ne lui connais aucun ancêtre nomade.

— Hélas, la vérité est toute différente, dit Okessa, incapable de dissimuler son sourire triomphant. Son père était un homme nommé Kial Orday, né dans les steppes orientales dans la tribu nomade des Loups. Il n'y a aucun doute sur sa lignée corrompue ; elle a été convoquée à Mactha et va être envoyée à Gar-aden. »

Errin se retint d'argumenter plus avant. « Mes félicitations, seigneur devin. Comme toujours, vous avez été très méticuleux.

— Assez méticuleux, seigneur Errin, pour avoir découvert que vous projetiez d'épouser cette femme. Heureusement, je vous ai épargné la honte de vous accoupler avec une chienne nomade. »

Ces derniers mots fusèrent comme des flèches, mais Errin s'attendait à une réplique de ce genre. « En vérité, monseigneur, je ne sais que dire pour vous remercier. » La déception d'Okessa était évidente et amena un sourire railleur sur les lèvres d'Errin, qui se pencha en avant et défia le devin du regard. « Heureusement, messire, poursuivit Errin, il n'y a aucun doute quant à votre lignée. Votre mère était une bonne Gabalane de souche qui exerçait sa profession parmi les marins des docks de Furbolg. J'ai la certitude qu'ils étaient tous de bons marins gabalans et qu'il n'y avait aucun Nomade parmi eux.

— Comment osez-vous ? fulmina Okessa en se levant brusquement.

— Comment *moi* j'ose ? Comment le fils d'une vulgaire prostituée ose-t-il insulter le nom d'une noble dame de ce royaume !

— Je présume donc que vous allez la défendre. Allez-vous exiger le jugement par le combat ? » siffla Okessa.

À ces mots, Errin se figea. Tout son enseignement de chevalier et de fils de comte lui criait d'accepter le défi au nom de la chevalerie, mais tout son enseignement d'homme l'avertissait au contraire de se méfier. Il n'avait rien d'un spadassin, et savait ce qui était arrivé au champion Elodan. Errin inspira profondément. « Je vais envisager cette solution », dit-il. Conscient que tous les yeux étaient fixés sur lui, il baissa le regard vers la table et s'efforça de réprimer sa colère.

« Vous envisagerez cette solution, se moqua Okessa. Comme c'est galant !

— En voilà assez, l'interrompit le duc. Le seigneur Errin a parfaitement le droit de prendre son temps. Nous aimons... aimions... tous beaucoup dame Dianu. Mais dès lors que son sang est impur, il est juste qu'elle soit expédiée à Gar-aden. La parole du roi fait loi ; nous l'acceptons tous. Le sujet est clos. »

Errin passa le reste de la réunion perdu dans ses pensées, l'esprit traversé d'images. Dianu lui avait dit que le mal régnait dans le pays, et maintenant elle allait payer, peut-être de sa vie. Il imagina qu'on l'emmenait à Mactha, seule sous les quolibets de la foule, pour subir les ricanements de serpents tels qu'Okessa. Que trouverait-elle à Gar-aden ? Dépouillée de ses richesses et de ses privilèges, on l'obligerait à vivre dans une hutte déserte et à gagner sa pitance comme elle pourrait parmi d'autres Nomades. Mais quels talents possédait-elle qui pourraient rendre son existence vivable ? Aucun, si ce n'était sa beauté. Ils pouvaient tout aussi bien la tuer immédiatement. Lorsqu'elle arriverait à Mactha, il devrait éviter de la voir ; il serait incapable de croiser son regard. Et lorsqu'on l'emmènerait, il devrait vivre chaque jour de sa vie en sachant qu'il n'avait rien fait pour sauver la femme qu'il aimait.

Aimer. À l'évocation de ce mot et des émotions qu'il communiquait, sa gorge se serra. Oui, il aimait Dianu. Il l'avait toujours aimée, depuis qu'ils étaient enfants. Pourrait-il supporter de vivre en sachant qu'il n'avait rien fait pour l'aider ?

Il sut à cet instant qu'il n'aurait pas le courage de se détourner d'elle.

Il cligna des yeux et parcourut des yeux le tour de la table. La réunion était apparemment terminée, et tous les regards convergèrent dans sa direction lorsque sa voix retentit de manière étonnamment claire et forte.

« Mon épée parlera pour dame Dianu », déclara-t-il.

Okessa sourit tandis qu'il se rasseyait et tournait son regard vers le duc ébahi.

« Monseigneur, vous devez nommer un champion pour défendre la cause du roi.

— Renoncez-y, Errin, murmura le duc. C'est de la folie.

— Impossible.

— Vous devriez, dit Cairbre doucement. Car c'est moi qui vais devoir défendre la cause du roi, ce qui veut dire que nous devrons nous affronter. »

Errin haussa les épaules. « Ce qui sera, sera.

— J'espère que vous êtes doué à l'épée, conclut Cairbre. En tout cas, sachez que je suis l'homme qui a coupé la main d'Elodan, et je n'ai jamais rencontré meilleur adversaire que lui. »

*
**

Un orage éclata au-dessus de la forêt au moment où Gwydion, Ruad et les trois chiens magiques atteignaient le couvert des arbres. L'artisan mena la compagnie vers l'est, au plus profond des bois, en quête d'un havre contre la pluie battante. Complètement éreinté, Gwydion glissa sur une pente boueuse et tomba lourdement. Ruad revint en arrière pour l'aider à se relever.

Puis il appela l'un des chiens d'or et hissa Gwydion sur son dos.

« Voilà le destin des vieillards, fit remarquer Gwydion avec un petit sourire, chevaucher à dos de chien. »

Ruad gloussa. « Au moins, c'est un chien magique.

— Tu es déjà venu par ici, Ruad ?

— Il y a deux ans, j'étais venu chercher des herbes. Il y a une vieille cabane à moins de deux kilomètres. Elle était inhabitée à l'époque. Mais maintenant, qui sait ? » Il haussa les épaules.

« C'est sinistre comme endroit, ajouta son vieil ami.

— Ce sera mieux en plein jour, je te le promets. »

Ils continuèrent leur chemin, et Gwydion découvrit que sa monture n'était pas totalement pour lui plaire. L'échine métallique faisait un piètre siège : les plaques lui écrasaient et lui pinçaient la peau des cuisses. Mais c'était bien moins fatigant que la marche.

Les souvenirs de Ruad étaient erronés et il leur fallut deux heures avant d'atteindre la cabane, vers minuit. Elle n'était plus ni vide ni isolée : on avait bâti quatre autres maisons à côté.

« J'espère que nous serons les bienvenus », fit Gwydion.

Ruad ne répondit rien. Il avança hardiment jusqu'à la première porte. Une lumière chaleureuse et dorée filtrait par les interstices des volets lorsqu'il frappa à l'huis.

Elle fut ouverte par un jeune homme brandissant un couteau à large lame.

« Qu'est-ce que vous voulez ? » aboya celui-ci. C'est alors qu'il vit les chiens d'or ; bouche bée, il recula, oubliant son couteau. « Un sorcier ! » cria-t-il à quelqu'un derrière lui.

Ruad entra prestement dans la maison. « En effet, dit-il en esquissant un large sourire. Mais un sorcier amical, qui cherche un abri pour la nuit. Nous ne voulons de mal à personne, je vous le promets. Et nous vous paierons. » À l'intérieur de l'unique pièce se trouvaient une vieille femme, trois petits enfants et près du feu, une jeune femme alitée. L'homme qui avait ouvert la porte, trapu, à la chevelure noire dense et frisée, devait avoir un peu plus de vingt ans.

« La situation ne pourrait pas être pire, de toute façon. » Il haussa les épaules et posa le couteau sur une table rudimentaire. Vous êtes les bienvenus, pour ce que vaut mon hospitalité. Mais les bêtes doivent rester dehors.

— Évidemment. » Ruad aida Gwydion à entrer, puis les chiens s'assirent devant la porte, la pluie dégoulinant de leurs fourrures métalliques. Une fois à l'intérieur, Ruad retira son pourpoint en cuir trempé et alla profiter de la chaleur de l'âtre. Les enfants étaient assis et l'observaient en silence, les yeux écarquillés et apeurés, tandis que la vieille femme retournait près du lit, où elle s'assit et tamponna le front de la jeune femme.

« Elle est malade ? » s'enquit Gwydion. Le jeune homme détourna le regard et s'assit à la table, face au mur. Gwydion retira péniblement sa robe de laine blanche et la posa sur une chaise, près du feu. Seulement vêtu d'un pagne, il se sécha devant le brasier puis s'approcha du lit. La jeune femme était d'une maigreur squelettique, sa peau presque translucide. Des poches noires s'étaient formées sous ses yeux. Lorsque Gwydion souleva son poignet, il constata que son pouls était faible et désordonné comme les battements d'ailes d'un papillon emprisonné.

« Puis-je prendre votre place ? demanda-t-il à la vieille femme. Le voyage m'a fatigué. » Elle lui jeta un regard terne puis se leva, s'éloigna et conduisit les enfants dans leurs lits, accolés au mur opposé. Gwydion posa la main sur le front de l'agonisante et ferma les yeux pour chercher les Couleurs. Le Rouge était encore puissant, mais moins qu'à Mactha ; il le traversa jusqu'à l'autre extrémité de l'harmonie et s'accrocha au Vert. Il se lia lentement à la femme, coula avec son sang, battit avec les rythmes de sa vie. Il trouva la tumeur maligne ; elle s'était étendue aux deux poumons et à l'estomac.

« Allez me chercher un morceau de viande », dit-il.

Le jeune homme l'ignora, mais Ruad alla lui toucher l'épaule. « Apportez de la viande à mon ami.

— Les mourants le mettent en appétit ?

— Ce n'est pas pour la manger. Faites ce que je dis, s'il vous plaît. »

Le jeune homme se leva et alla décrocher un rôti de jambon dans le garde-manger, puis l'apporta à Gwydion. « Mettez-le sur le lit, dans un bol », l'enjoignit le vieux guérisseur. La vieille femme alla chercher un bol et y déposa le jambon. Ruad les rejoignit. Gwydion s'envola dans les Couleurs. L'une de ses mains grêles reposait sur le front de la femme et l'autre sur la viande dans le bol en bois. Le visage de Gwydion devint encore plus pâle et il commença à trembler. Ruad vint se placer à côté de lui et attendit. La jeune femme gémit.

« Que fait-il ? s'enquit le jeune homme.

— Silence ! » siffla Ruad.

La vieille femme eut un hoquet de surprise et recula, la main sur la bouche. La viande dans le bol commençait à se racornir et à noircir ; des asticots blancs apparurent et une puanteur de décomposition emplit la pièce tandis que le jambon se mettait à suinter et à bleuir. Les asticots grouillaient sur les doigts du vieillard.

Le visage de la jeune femme paraissait déjà moins livide, et ses joues avaient repris des couleurs. La main de Gwydion glissa de son front, et il s'effondra. Ruad le rattrapa et l'emmena près du feu, où il l'allongea sur le tapis en peau de chèvre. « Donnez-moi une couverture ! » ordonna Ruad. La vieille femme en apporta deux, enveloppa le guérisseur endormi dans la première et fit un oreiller de la deuxième, qu'elle glissa sous sa tête.

« Ahmta ! s'exclama le jeune homme quand les yeux de son épouse s'ouvrirent.

— Brion, murmura-t-elle. J'ai fait un rêve. »

Les yeux du jeune homme s'emplirent de larmes. Il se pencha sur le lit et prit Ahmta dans ses bras. La vieille femme se tourna et se mit à pleurer.

Ruad lui tapota l'épaule et se rendit près du lit. « Comment allez-vous ? demanda-t-il à la femme.

— Je suis fatiguée, messire. Qui êtes-vous ?

— Des voyageurs. Nous ne faisons que passer. Dormez maintenant. Demain matin, vous vous sentirez encore mieux.

— J'en doute, messire. Je suis mourante.

— Non, lui dit Ruad. Demain, vous allez vous réveiller et vous lever, et tout sera comme avant. Vous êtes guérie. »

La femme sourit, incrédule, mais elle s'endormit dès que Brion tira la couverture autour de ses épaules, avant de se lever.

« C'est vrai ? demanda-t-il, le visage toujours humide de larmes.

— Je ne mens jamais. Enfin... pas souvent. Gwydion est un guérisseur, un grand guérisseur.

— Je ne pourrai jamais vous payer de retour. Je... ne possède même pas cette cabane. La nourriture est rare. Mais ce que j'ai est à vous. »

Ruad sourit. « Je ne demande qu'un toit pour la nuit et, si possible, un petit-déjeuner. Je crains que le jambon ne soit irrécupérable. Il faudrait d'ailleurs le sortir de la maison avant que l'odeur nous asphyxie. »

Le jeune homme prit la viande décomposée et la jeta dans les broussailles. Lorsqu'il revint, il offrit à Ruad un gobelet d'eau. « Nous n'avons ni vin ni bière, s'excusa-t-il.

— Je m'en satisferai.

— Êtes-vous vraiment des hommes ? interrogea Brion.

— Oui. Avons-nous l'air si étranges que cela ?

— Non, pas du tout. C'est juste que... vous êtes la réponse à mes prières, et il m'était venu à l'idée que vous pourriez être... des dieux.

— Si j'étais un dieu, rétorqua Ruad avec un sourire, est-ce que je me serais fait si laid ? »

Ruad s'allongea tristement par terre, près du feu, à côté de Gwydion, qui s'était endormi.

Ce dernier avait guéri le cancer d'Ahmta, mais pour Ruad cette scène n'était qu'une sinistre métaphore de la malveillance qui rongeait le cœur du royaume. Et il savait qu'en tant qu'Armurier, il avait aidé ce cancer à se propager. Malgré toute sa sagesse – peut-être même à cause d'elle – il avait été victime du dieu de la folie : l'orgueil.

Lorsque Ahak, le nouveau roi, après sa victoire dans les guerres fomoriennes, lui avait appris l'existence du monde au-delà du portail, il avait cru ses prières exaucées. Toute sa vie Ollathair avait cherché à exceller, d'abord pour impressionner son père, Calibal, puis pour devenir le plus grand Armurier de la longue histoire des chevaliers.

Il se rappelait encore très clairement la nuit où le messager du roi lui avait apporté la lettre fatidique. Un visiteur s'était présenté à Ahak prétendant venir d'une contrée appelée la Vyre ; cette contrée était assaillie, avait dit le messager, par un grand mal. Il fallait que les légendaires chevaliers de la Gabala viennent en aide à son peuple. En retour, les Vyres offriraient en présent des médicaments et des connaissances qui éradiqueraient les maladies et entraîneraient l'avènement d'une nouvelle ère de paix et de contentement pour le peuple gabalan.

Ollathair s'était d'abord montré sceptique, mais le roi lui avait envoyé un miroir d'argent imprégné d'une magie plus puissante que tout ce qu'il avait jamais vu. Grâce à ce miroir, il pouvait clairement discerner n'importe quelle partie du royaume. Il pouvait aussi percer le voile mystique qui s'étendait entre les mondes de la Gabala et de la Vyre. Il découvrit, comme le messager l'avait dit, une contrée merveilleuse : une cité blanche aux tours innombrables, peuplée d'êtres angéliques, était cernée par des forêts impénétrables dans lesquelles rôdaient des créatures de cauchemar. C'était le joyau du paradis, enchâssé au milieu des horreurs de l'enfer.

Ollathair était entré en contact avec un homme nommé Paulus, conseiller des anciens Vyres. Paulus pria l'Armurier de lui envoyer ses chevaliers, et Ahak pressa de son côté l'Armurier de répondre favorablement à sa requête.

Pour Ollathair, c'était une occasion que son orgueil lui interdisait d'ignorer. Il tenait la chance de surpasser son père, Calibal, et de gagner sa place dans l'histoire comme le plus grand des Armuriers. Il avait convoqué Samildanach, et le Seigneur Chevalier l'avait questionné jusqu'à l'aube. Si l'enfer cernait les Vyres, comment pourraient-ils survivre ? Comment pourraient-ils combattre ces démons hurlants aux longues griffes ? Comment pourraient-ils revenir si Ollathair ne les accompagnait pas ?

Il répondit à toutes ces questions par des promesses : l'Armurier fabriquerait des armures sur mesure, forgerait des épées qui ne s'émousseraient jamais, il rouvrirait le portail entre les mondes à des moments prédéterminés, en commençant un mois après qu'ils l'auraient franchi. Et il resterait en contact avec eux grâce au miroir magique.

L'idée elle-même ainsi que les dons promis par les Vyres enchantaient Samildanach. Il se réjouissait d'être le chevalier qui mettrait fin à la maladie et au désespoir.

Ollathair avait ouvert le portail la veille du solstice d'été six ans plus tôt, et Samildanach y avait conduit les chevaliers... pour ne jamais revenir.

Ollathair était revenu en hâte à la citadelle et s'était saisi du miroir, pour n'y voir que son reflet. Il essaya les Couleurs, le Noir sous la lune, le Bleu sous le soleil, le Rouge avec son propre sang, mais le miroir avait perdu ses pouvoirs.

La peur commença à le ronger et il tenta par tous les moyens d'ouvrir avec son esprit une brèche dans le portail, cependant il semblait qu'un mur, invisible et pourtant impénétrable, s'était dressé devant lui. Il contacta le roi afin de vérifier si le messager était encore à Furbolg, mais il était reparti dans ses terres. Ollathair était hors de lui ; tous ses pouvoirs étaient inutiles.

Il n'avait plus qu'un espoir : Samildanach, le plus grand des guerriers, le meilleur des hommes. Descendant de roi et chevalier le plus accompli qu'Ollathair ait jamais connu. Quels que soient les périls au-delà du portail, l'Armurier était convaincu que Samildanach en viendrait à bout.

Les jours passèrent dans une lenteur exaspérante, jusqu'à ce que le mois se soit écoulé et qu'Ollathair jette le sortilège ouvrant le portail. Des créatures de cauchemar se rassemblèrent dans les ténèbres, mais les pouvoirs de l'Armurier les repoussèrent. Il n'y avait aucun signe des chevaliers.

Nuit après nuit Ollathair invoqua le portail, jusqu'à ce que ses pouvoirs soient épuisés, ses forces anéanties.

Finalement, il se rendit à Furbolg. Le souverain l'accueillit comme un vieil ami et le reçut royalement durant plusieurs semaines. Le monarque lui demanda alors de forger des armes de pouvoir, et Ollathair refusa. En tant qu'Armurier des chevaliers de la Gabala, il n'était pas sous l'empire d'Ahak.

Le roi ordonna son arrestation, arguant que son refus frisait la trahison. Des jours durant il subit des tortures : on lui brûla un œil, on lui appliqua des fers ardents sur la chair. Et puis il feignit la mort et fut jeté dans une fosse hors des murs de la cité.

Il s'échappa, mais presque une année lui fut nécessaire avant de recouvrer forces et pouvoirs. Il adopta alors le nom de Ruad Ro-fhessa et s'exila dans le nord. Et durant trois ans il tenta par tous les moyens d'ouvrir une brèche vers le monde au-delà du portail.

Enfin il fut bien obligé de s'avouer que les chevaliers, *ses* chevaliers, avaient péri.

Samildanach, Edrin, Pateus, Manannan, Bersis, Cantaray, Joanin, Kirstae et Bodrach – tous morts. Ruad Ro-fhessa en portait la responsabilité comme un charbon ardent placé contre son cœur.

Maintenant, alors qu'il était allongé sur le parquet, la douleur était pire que jamais. Car le roi s'était embarqué dans un règne de terreur et avait réuni autour de lui d'autres chevaliers, de terribles guerriers dotés par la sorcellerie d'une force surnaturelle. Le monde avait plus que jamais besoin des véritables chevaliers.

Ruad finit par s'endormir, pour sombrer dans des rêves de feu et de sang, où des chevaliers en armure cramoisie le traquèrent en brandissant des couteaux d'acier. Il s'éveilla trempé de sueur dans les lueurs d'avant l'aurore. Gwydion dormait encore, comme le reste de la maisonnée. Il s'assit et ajouta du bois dans les cendres, puis tisonna et souffla sur les braises afin de les raviver. Brion s'éveilla et regarda son épouse endormie. Il l'embrassa légèrement ; ses yeux s'ouvrirent.

« C'était donc vrai, murmura-t-elle. Je suis guérie. » Ahmta se redressa. « Je n'ai plus mal.

— Quand je me suis réveillé, j'ai cru que c'était un rêve », dit Brion, qui prit le visage de sa femme entre ses mains.

Ruad sourit et se leva. « Bonjour à tous les deux. Je suppose que vous avez bien dormi.

— Oui, messire », dit Brion. Il sortit de sous la couverture et se leva. « Je vous ai promis un petit déjeuner, et vous allez l'avoir. Des œufs, du lard, et je vais emprunter de la bière à Dalik. »

Soudain des grognements graves et métalliques retentirent dehors. Ruad courut ouvrir la porte. Une petite foule s'était formée en silence pour observer les chiens, et un homme avait essayé d'en détacher une écaille d'or. Dès que Ruad apparut, la foule recula. Brion sortit précipitamment de la maison et expliqua la présence de ces visiteurs ainsi que leur magie.

En une heure la nouvelle s'était propagée aux villages voisins et une foule plus importante s'était rassemblée, composée en grande partie de gens malades, souffrant de furoncles, de coupures profondes ou d'articulations gonflées.

Ruad réveilla Gwydion. « Tu ferais bien de manger, mon ami. Je crains qu'une journée chargée s'annonce pour toi. »

Toute la matinée, Gwydion exerça son métier sur le porche de la cabane et reçut en paiement des pièces de cuivre ou d'argent, des biens : un couteau tout cabossé ainsi que deux hachettes, trois couvertures, un petit sac de farine, un quartier de jambon, un tonnelet de bière, une paire de bottes, une cape, deux poulets, sept pigeons et un anneau d'argent serti d'une pierre noire – et occasionnellement la simple promesse de nourriture ou d'un lit le jour où il le désirerait.

Vers midi, le vieil homme était épuisé et il renvoya la quinzaine de personnes qui attendaient encore, promettant de les voir le lendemain. Il donna les poulets et le jambon à Brion, puis Ruad, la famille et lui dégustèrent le tonnelet de bière.

« Si j'avais su que mes pouvoirs seraient si grands ici, je serais venu cinq ans plus tôt, dit Gwydion. Le Vert est facile à trouver, et il très fort. »

Au crépuscule, un cavalier arriva au village. Les gens se barricadèrent et observèrent l'homme derrière leurs volets tandis que celui-ci arrêtait son étalon devant la maison gardée par les trois chiens d'or.

« Ollathair ! appela-t-il d'une voix forte. Sortez de là ! »

Ruad ouvrit la porte et se montra. L'homme semblait familier, mais son visage était difficile à distinguer car il portait un heaume et, même si la visière en était relevée, il avait le soleil dans le dos.

« Qui appelle Ollathair ? » demanda Ruad.

L'homme mit pied à terre. « Quelqu'un qui le connaît bien », répondit le cavalier. Il s'approcha de l'Armurier. Toute couleur quitta le visage de Ruad lorsque celui-ci reconnut le dessin du heaume bosselé et les yeux gris du Chevalier Déchu.

« Manannan ? murmura-t-il. C'est impossible !

— Je suis bien Manannan, répondit le Chevalier Déchu. Le traître Manannan. Je n'ai aucun droit de vous demander cela, mais je vous serais très reconnaissant de me débarrasser de ce maudit heaume. Je crains que ma barbe sous le gorgerin finisse bientôt par m'étrangler. Je le porte depuis six ans.

— Mais comment es-tu revenu ?

— Je ne suis jamais parti. Quand Samildanach nous a fait signe d'avancer, quelque chose en moi s'est brisé. La peur a déferlé sur moi telle la marée. J'ai alors fait demi-tour et me suis enfoncé dans les ombres. »

Le désespoir frappa de nouveau Ruad. « Tu ne sais donc pas ce qui leur est arrivé ?

— Non. Consentez-vous à m'aider ?

— Je ne peux pas, Manannan. Si je le pouvais, je le ferais à l'instant. Mais le sortilège que j'ai lancé devait vous protéger de l'enfer qui règne au-delà du portail. Le portail est la clef du verrou magique. Celui-ci devait céder au moment où vous auriez franchi le portail en sens inverse.

— Vous voulez dire que je suis condamné à mourir dans cette cage en métal ?

— Non, fit doucement Ruad. Je veux dire que tu dois franchir le portail et revenir. »

Le Chevalier Déchu vacilla comme si on l'avait frappé. « Franchir le... seul ? Alors que je n'ai pas pu le faire entouré des meilleurs guerriers du monde ? Impossible !

— Tu connaîtrais au moins le sort de tes amis. Tu pourrais même les retrouver et les ramener... Les dieux savent à quel point nous avons besoin d'eux.

— C'est la seule solution ?

— Je le crains, oui.

— Laissez-moi entrer, Ollathair. Laissez-moi m'asseoir et réfléchir. »

Chapitre 6

Le domaine de dame Dianu couvrait deux cent cinquante hectares, au centre desquels s'étendait une vallée boisée. Sur les hauteurs, à l'ouest, à une vingtaine de kilomètres de Mactha, se dressait le vieux château, désormais en ruine mais toujours utilisé par les villageois locaux pour la danse de mai et les banquets à ciel ouvert en été. À côté se dressait la nouvelle demeure, bâtie par le grand-père de Dianu, qui possédait quarante chambres, une grande salle, deux bibliothèques et une salle secondaire comptant suffisamment de place pour loger soixante esclaves.

Les fenêtres étaient larges, la demeure avait été construite sans souci de défense. À présent, seuls douze serviteurs restaient à résidence, et les deux derniers étages étaient fermés.

Au rez-de-chaussée, dans la grande bibliothèque circulaire, Dianu et sa sœur, Sheera, discutaient en compagnie du marchand Cartain qui était arrivé dans la nuit, voyageant seul et muni de faux papiers.

« Vous devez partir maintenant, dit Cartain d'un ton sec. Pourquoi ne comprenez-vous pas à quel point vous êtes en danger ? Okessa a enquêté sur les origines de votre famille. Croyez-moi, les soldats doivent être en route.

— Errin m'en aurait avertie, fit Dianu. N'ayez crainte, Cartain. Emmenez Sheera et les deux serviteurs nomades. Je vous rejoindrai à Port Pertia. »

Le soleil brillait à travers la fenêtre ouverte et Dianu alla s'accouder au rebord afin de profiter de la fragrance des roses qui poussaient en contrebas. Le jardinier la salua.

« Nous devrions écouter Cartain », intervint Sheera. Elle était vêtue d'un pantalon serré sous une tunique en peau de daim grattée.

« Je ne crois pas qu'il vous sied, ma sœur, de porter des habits d'homme, fit Dianu. Que vont penser les serviteurs ? »

Sheera secoua la tête. « Tu crois toujours qu'il va venir, pas vrai ? Tu crois qu'Errin va renoncer à son statut et à ses terres pour partir avec toi à Cithaeron ? Il ne viendra pas. Cartain a risqué sa vie pour nous aider à nous enfuir. Tu es égoïste, et très imprudente.

— Cinq hommes attendent dans les bois, mesdames, dit Cartain. Si nous partons maintenant, nous pourrons être à Port Pertia dans quatre jours. La plupart de vos richesses ont déjà été expédiées par bateau. Vous ne gagnerez rien à retarder votre départ, dame Dianu. Au contraire, vous risquez beaucoup.

— Je ne crois pas que le risque soit si grand que vous le dites, insista Dianu, qui lissa le devant de sa robe en soie blanche. Mais c'est très bien ; partez avec Sheera. Je vous suivrai demain. Je vous le promets. Je vais devoir faire mes bagages, et j'ai commandé cinq chariots que l'on doit me livrer ici.

— Commandé... Êtes-vous devenue folle ? siffla Cartain.

— Comment osez-vous me parler sur ce ton, messire ! Vous ne croyez tout de même pas que je vais partir sans l'héritage de ma mère ?

— Nous devions partir en secret, dame Dianu. Que restera-t-il de ce secret quand on saura – et ça se saura, je peux vous l'assurer – que vous avez commandé cinq chariots ?

— Le peuple de Mactha est fidèle à ma famille depuis des générations, Cartain. Ils ne diront rien. »

Le marchand secoua la tête et se tourna vers sa sœur. « Je pars immédiatement ; m'accompagnez-vous, madame ?

— Bien sûr, Cartain », acquiesça-t-elle. Sheera se leva et s'approcha de sa sœur. « Je crois que tu as tort, Dianu, mais j'espère te voir à Port Pertia.

— Bon voyage, fit Dianu, se penchant pour embrasser la joue de sa sœur. Je serai à plusieurs jours derrière toi. Les chariots progresseront lentement.

— Puis-je vous demander, s'enquit Cartain, comment vous avez l'intention de protéger cette cargaison de valeur lorsque vous traverserez le royaume d'Agrain ?

— J'ai loué les services de soldats pour m'escorter, lui répondit Dianu.

— C'est bien ce que je pensais, chuchota Cartain. Vous n'auriez pas aussi, par hasard, prévu de faire sonner les trompettes quand vous partirez ? » Sans attendre de réponse, il tourna les talons et sortit de la pièce à grandes enjambées. Sheera le rattrapa près de la porte de la demeure.

« Vous n'auriez pas dû la brusquer, Cartain. »

Il soupira profondément. « Non, en effet. Son rang exige mon respect, mais sa stupidité est difficile à supporter.

— Ce n'est pas de la stupidité, messire marchand, mais de l'entêtement. C'est différent », dit-elle en montant un grand hongre noir.

Il monta quant à lui sa jument baie. « Non, ce n'est pas pareil, concéda-t-il, et j'accepterai votre explication s'il s'avère qu'elle a raison. Mais c'est une question de vie ou de mort. Et il n'est pas sage de risquer sa vie pour quelques babioles en argent. »

Il éperonna sa monture et fila sur l'allée de gravier tandis que Sheera se tournait. Dianu s'était penchée à la fenêtre et avait cueilli une rose, qu'elle agita à l'adresse de sa sœur.

Sheera leva son bras en signe d'adieu puis lança sa monture après celle du marchand.

Dianu fut arrêtée par les soldats qu'elle avait engagés pour la protéger et fut emmenée sous bonne garde à Mactha, accompagnée de ses serviteurs et des chariots où s'entassaient ses possessions.

Le duc rendit visite à Errin porteur de ces nouvelles. « Vous comprenez, Errin, que vous ne pouvez plus la défendre. Sa traîtrise est désormais prouvée, sans compter son sang nomade. Cela vous libère de l'obligation de livrer ce combat insensé. »

Errin était assis près des fenêtres étroites et contemplait la campagne. Il regarda le duc et sourit.

« Comment cela pourrait-il me libérer, monseigneur ? J'aime cette femme ; je ne peux pas me contenter d'attendre qu'on l'emmène à Gar-aden. »

Le duc se versa un gobelet de vin et but à longs traits. « Elle ne partira pas à Gar-aden, dit-il d'une voix proche d'un murmure.

— Pardon ? Pourquoi ?

— C'est bon pour les Nomades.

— Que voulez-vous dire ?

— Vous savez très bien ce que je veux dire, Errin. Elle doit être jugée pour traîtrise et condamnée à mort, probablement au bûcher.

— Par les dieux, le monde est-il devenu fou ? s'exclama Errin, qui se leva et frappa du poing contre le rebord en pierre.

— Vous ne pouvez rien y changer. Rien ! Cairbre vous tuera en quelques secondes, et qu'est-ce que vous y aurez gagné ? Une lignée noble de plus s'éteindra. Un geste stupide mérite-t-il que vous perdiez la vie ? Ce serait différent si vous étiez un Elodan, mais ce n'est pas le cas. Errin, même mon page pourrait vous battre à l'épée.

— Je crains que ce ne soit plus le problème, monseigneur. Quel homme sain d'esprit désirerait-il vivre dans un monde tel que celui-ci ? Et comment pourrais-je me regarder dans un miroir, sachant que je n'aurais rien fait pour sauver ma bien-aimée ? »

Le duc se versa un second gobelet de vin et l'avala d'un trait ; il avait l'air fatigué, et ses yeux étaient injectés de sang. « Cairbre ne veut pas se battre contre vous. Il m'a demandé de vous conseiller... de vous implorer de reconsidérer votre décision.

— Je serai sur le champ clos demain, et je me soumettrai aux lois de la Gabala, dit Errin. Je suis navré, monseigneur. Vous devrez trouver un autre maître de cérémonie pour le festin du roi.

— Vous vous rendez compte que c'est ce que désire Okessa ? Vous vous rendez compte que lui seul en sortira vainqueur ?

— Je me fiche d'Okessa. Il m'a dit que je mourrai dans cinq jours, et c'est demain. J'espère qu'il va s'amuser.

— Voulez-vous que je m'entraîne avec vous ? »

Errin regarda le duc et se rendit compte que celui-ci parlait avec sincérité. Il fut ému. Cupide, cruel, luxurieux... le duc possédait tous ces vices, et pourtant il restait en lui une place pour la compassion. « Merci, mais non », répondit finalement Errin. Soudain il pouffa. « Vous croyez que je pourrais devenir champion en un jour ? »

Le duc sourit. « Vous souvenez-vous de l'année où j'ai remporté la lance d'argent ? Vous étiez mon page. Vous m'avez apporté mon épée, et le fourreau a glissé entre vos jambes, vous envoyant rouler dans la poussière. J'ai su alors que vous ne deviendriez jamais chevalier. Venez, Errin, allons nous saouler. » Il tendit à son ami un plein gobelet de vin, mais Errin secoua la tête.

« Me permettrez-vous de voir Dianu ?

— Bien sûr... aussi longtemps que vous le souhaiterez.

— En privé ?

— Je vous le garantis, mon ami. »

Une heure plus tard, Errin fut conduit à travers les couloirs des oubliettes jusqu'à une longue pièce située tout au fond. Dianu était là. Il n'y avait pas de chaînes, et un lit correct ainsi que deux chaises avaient été disposés pour son confort. Elle était encore vêtue de ses habits d'équitation : un justaucorps en velours gris et des chausses noires. Sa chevelure sombre flottait librement, la faisant paraître plus jeune encore que ses dix-neuf ans.

Errin entendit la porte se refermer derrière lui et ouvrit les bras, mais elle resta sur le lit et le regarda, les yeux écarquillés, les lèvres tremblantes. Il s'approcha d'elle et l'attira contre lui.

« Ils vont me brûler vive, murmura-t-elle. Me brûler ! »

Il ne pouvait rien lui répondre sauf peut-être qu'il ne serait plus en vie pour le voir – ce qui ne lui aurait apporté que peu de réconfort. Il l'étreignit donc en silence.

Après un moment, elle le repoussa. « Je t'aime, dit-elle. Je t'aime depuis que je suis toute petite, quand tu venais dans notre palais avec ton père. Tu te souviens de nos jeux de cache-cache dans les jardins ?

— Oui. C'était facile de te trouver ; tu bougeais toujours.

— Parce que je voulais toujours qu'on me trouve, dit-elle. Que toi tu me trouves.

— Je regrette de ne pas t'avoir accompagnée. Je regrette de ne pas être parti la nuit du festin. Je regrette...

— Est-il vrai que tu vas défendre ma cause, Errin ?
— Oui.
— Contre le chevalier rouge ? »

Il hocha la tête. « Tu préférerais que j'y renonce ?

— Non, j'ai toujours su que tu étais le plus courageux des hommes, mais peux-tu le vaincre ? Et même si tu l'emportes, me laisseront-ils partir ?

— Je ne peux répondre à aucune de ces questions. Demain nous saurons. Mais aujourd'hui, maintenant, nous n'avons que nous, et nous n'avons peut-être... qu'aujourd'hui. Peu importe si tu préfères que nous restions assis en silence. Tout ce que je veux, c'est être ici avec toi.

— On ne nous dérangera pas ?

— Non, le duc me l'a promis. »

Elle défit les lacets de son justaucorps et susurra : « Alors sois avec moi, Errin, ne fais qu'un avec moi. »

À minuit, Errin se glissa hors du lit, laissant Dianu endormie, et tapa à la porte, qu'un garde à la forte carrure ouvrit. Celui-ci la referma sans bruit et la verrouilla. Il refusa de croiser le regard d'Errin et le reconduisit en silence jusqu'aux étages supérieurs.

Alors que le garde se tournait pour partir, Errin toucha son épaule. « Traitez-la bien », dit-il. L'homme ne dit rien et avisa la paume tendue d'Errin ; deux raqs en or y gisaient. Le garde prit l'argent et s'en alla ; puis il s'arrêta et parla sans se retourner. « Je l'aurais fait de toute manière, dit-il, mais j'ai besoin de cet argent. »

Errin sourit faiblement. « Laissez-la dormir tant qu'elle voudra. Demain sera une longue et terrible journée. »

Il revint dans ses appartements, où Boran avait disposé son armure sur un présentoir en bois. Errin considéra les armes sur la table étroite, devant le présentoir : épée longue, hache de bataille, fléau. Il n'avait porté cette armure qu'une seule fois, lors du couronnement du roi sept ans plus tôt ; il n'avait jamais combattu avec. Le heaume était cylindrique, pourvu d'une large fente en travers du visage. Errin le souleva et le plaça sur sa tête ; il était doublé de velours capitonné et bien ajusté. Il pouvait entendre sa propre respiration, tel le bruit d'un loup rampant dans les ténèbres. Sa vision à travers la fente était limitée. Il enleva le heaume et le jeta sur le lit. L'arme était une épée à deux mains. Il la soupesa, essayant de se souvenir des conseils de Pleus, son maître d'armes, plus d'une décennie plus tôt. Mais tout ce qu'il se rappelait, c'était l'homme en train de secouer la tête, de lui dire qu'il était trop maladroit et qu'il avait deux mains gauches.

Errin s'assit devant la fenêtre nord, l'épée sur les genoux, jusqu'à ce que l'aube strie le ciel et que Boran entre sans bruit.

« Monseigneur, prendrez-vous un petit-déjeuner ?

— Non. Je n'ai pas d'appétit.

— Sauf votre respect, ce n'est pas très sage de votre part. Pour se battre, un homme doit avoir des forces, et c'est en mangeant qu'on en obtient. J'ai préparé des gâteaux au miel. S'il vous plaît, mangez quelque chose.

— Il ne sied pas à un homme de mourir le ventre plein, Boran. J'ai déjà vu des hommes morts, les boyaux ouverts, tu sais ; eh bien ils puaient. Je n'ai aucune envie de puer.

— Dans le champ clos aujourd'hui, messire, il y aura deux hommes avec des épées. Les épées n'ont pas de cerveau ; elles vont là où on les dirige. Messire Cairbre est peut-être un merveilleux guerrier, mais il pourrait très bien glisser dans la boue au moment où vous frappez. Il vaut mieux se préparer à une telle éventualité. Je vais chercher les gâteaux au miel. »

Alors que Boran se tournait, la porte s'ouvrit et messire Cairbre entra. Il avait revêtu son armure cramoisie et portait son heaume rond à plumet sous le bras. Il s'approcha d'Errin et s'inclina.

« Bonjour, monseigneur, dit-il doucement. Avez-vous renoncé à cette action insensée ?

— Non, messire. Je ne renoncerai pas !

— Laisse-nous ! ordonna Cairbre, mais Boran ne bougea pas.

— Je ne prends pas mes ordres de vous, messire », s'excusa-t-il en rougissant.

Errin se leva. « Merci, Boran. Va chercher les gâteaux au miel, s'il te plaît, et de l'eau fraîche pour notre invité. »

Le serviteur s'en alla et Errin, se rendant compte qu'il tenait toujours l'épée longue, jeta celle-ci sur le lit, où elle heurta le heaume avec un bruit métallique.

« J'applaudis votre courage à deux mains, seigneur Errin, dit Cairbre, mais cela ne vous servira à rien. Le duc m'a expliqué que vous n'étiez nullement un escrimeur, et je n'ai pas l'intention d'entrer sur le champ clos pour m'adonner à un spectacle de boucherie.

— C'est pourtant la loi, messire Cairbre, la loi du roi. J'ai le droit de défendre la cause de ma dame, n'est-ce pas ?

— Oui, bien sûr. Mais quand bien même vous l'emporteriez, vous seriez perdant. Comme le seigneur Okessa l'a fait remarquer, si vous vainquiez, vous ne feriez qu'établir l'innocence de dame Dianu pour l'accusation de traîtrise. Elle serait toujours nomade et devrait donc être expédiée à Gar-aden. Et vous seriez alors arrêté pour trahison.

— Pourquoi ? Je n'ai jamais parlé contre le roi.

— Messire, dit Cairbre en souriant doucement, vous êtes sur le point d'affronter le champion du roi. Vous vous placez donc contre la volonté du roi, ce qui fait de vous un traître.

— C'est une logique des plus douteuses, messire Cairbre. Le droit de l'accusé d'avoir un champion est reconnu depuis mille ans. D'un coup vous supprimez ce droit aux hommes et aux femmes, considérés comme les ennemis du roi ?

— Les traîtres ne devraient pas avoir de droits, déclara Cairbre.

— Comment décider, alors, qui est un traître ou pas ?

— Seuls les faits devraient juger, pas les épées.

— Et qui décide des faits ?

— Le roi, ou les juges du roi.

— Je vois, dit Errin. Hypothèse intéressante. Admettons qu'un fermier se plaigne de son suzerain. Est-il juste que ce soit le suzerain qui décide du cas ?

— Nous ne parlons pas de fermiers mais du roi. Ses paroles font loi, et ses désirs sont au-delà des lois des hommes, dit Cairbre. Tout en sachant que dame Dianu était de sang nomade, vous avez décidé de défendre sa cause. Vous défendez donc la cause de tous les Nomades, quel que soit leur rang. Ne voyez-vous donc pas que vous défiez votre roi ? »

Boran revint avec les gâteaux au miel et repartit. Errin versa à Cairbre un gobelet d'eau. « Et vous, ne voyez-vous pas, messire chevalier, dit-il d'un ton se voulant persuasif, que l'histoire a mis sur le trône de bons comme de mauvais rois ?

— Je ne vois pas l'intérêt d'une telle question. Insinuez-vous que notre roi est mauvais ?

— Non, non. Ne me faites pas dire ce que je n'ai pas dit, messire. Le passé nous montre qu'un mauvais roi, ou un roi corrompu, ou encore un roi idiot, peut prendre des décisions consternantes au détriment du royaume. Si nous disons maintenant que le roi est au-dessus des lois, alors dans cent ans un mauvais roi pourrait abuser de cette position. »

Cairbre sourit et sirota son eau. Il s'assit au bord du lit. « Une telle chose ne se produira pas dans ce cas, messire Errin, car dans cent ans nous aurons toujours le même roi. Et dans mille ans. Car le roi est désormais immortel... tout comme moi. »

Errin ne dit rien. Il scruta les yeux du chevalier en quête d'un signe de folie. Cairbre gloussa. « Je sais ce que vous pensez, seigneur Errin. Voyons... Regardez-moi. Quel âge me donnez-vous ? Vingt-cinq, trente ans ? J'en ai presque cinquante. »

Errin ne pouvait pas y croire. Il dévisagea le guerrier, à la recherche de marques de vieillesse, mais la peau du chevalier était pâle et lisse, ses yeux noirs luisant de vigueur.

Cairbre finit son eau et se leva, les yeux rivés au gobelet en argent. Ses doigts élancés se contractèrent brusquement et le gobelet se froissa dans sa main. « Force et vigueur sont miennes, dit Cairbre, et celles du roi. Comprenez-vous maintenant ce que j'essayais de dire au conseil ? Nous allons bâtir un empire, le plus grand empire de tous les temps. Les amis fidèles du roi deviendront immortels ; ils ne goûteront jamais à la mort. Voilà ce que vous rejetez. Nous avons besoin de vous, Errin. Votre sang est pur, votre lignée sans tache. Abandonnez cette folie et rejoignez notre croisade. »

Le regard d'Errin se glaça, et il s'écarta du chevalier. « Messire, je vous verrai dans le champ clos, à midi. Lorsque je serai mort, je demande, de chevalier à chevalier, que vous permettiez que je sois enterré aux côtés de Dianu. Je ne crois pas opportun de discuter davantage. »

Cairbre soupira et se leva. Il dégaina son épée et la jeta à Errin ; elle était extraordinairement légère et tranchante comme un rasoir.

« Cette lame est magique, dit-il. Elle accroît l'habileté de son porteur et peut couper à travers tout matériau, même à travers l'armure que je porte. Utilisez-la aujourd'hui ; je prendrai votre épée.

— Ce ne sera pas nécessaire, rétorqua Errin.

— Non, en effet, acquiesça Cairbre. Mais au moins votre bien-aimée verra quelqu'un se battre pour elle et non une boucherie insensée. À midi, donc. »

Le champ, cerné de pieux et clôturé par des rubans pourpres liés entre eux, contenait deux mille personnes. Il semblait que la ville entière de Mactha s'était vidée pour l'occasion. Errin s'affligea de voir des feux brûler et de la viande y cuire, des marchands vendre de la nourriture et des boissons, et les enfants s'affronter à l'aide d'épées en bois pour jouer au chevalier. Il était seul au centre du champ, le heaume sous le bras. Il avait peine à croire que l'on puisse transformer une question de vie ou de mort en une réunion festive. Le ciel était clair et bleu et, malgré l'automne, c'était comme un jour d'été, chaud et ensoleillé. L'armure pesait lourdement sur ses épaules, et même si Boran avait graissé les jointures, elle rendait les déplacements difficiles.

Il se souvint d'un jour identique, à Cithaeron, quand un champion avait défendu la cause d'un noble. Il ne s'était pas donné la peine d'observer le combat. Il avait attiré l'attention d'une séduisante damoiselle et tous deux s'étaient rendus dans ses appartements afin de passer un après-midi de plaisirs exquis ; il ne s'était même pas donné la peine de chercher à connaître l'issue du combat.

Il se tenait à présent seul au centre du champ herbeux. Il aurait dû avoir deux témoins à ses côtés, mais personne ne s'était présenté. Si l'on considérait les accusations de trahison portées par Cairbre, ce n'était pas surprenant.

Dianu fut amenée dans le champ sur un chariot, et la foule se mit à la huer et à la railler. Un immense sentiment de colère envahit Errin, mais il garda les yeux fixés sur elle. Elle se tenait la tête haute, ignorant les sarcasmes de la foule. Le chariot était suivi par le duc et le seigneur devin, puis venaient derrière eux les seigneurs et les chevaliers du conseil.

Un héraut souffla une seule note sur un clairon d'argent et la foule se tut.

On conduisit le chariot au centre du champ clos et Errin s'en approcha. Il s'inclina devant Dianu, lui prit la main et l'embrassa. Ne trouvant rien à dire, il répondit à son sourire crispé par un autre.

Sire Cairbre apparut à cheval et mit pied à terre au bout du champ. Puis il se dirigea lentement jusqu'au centre et salua Errin. Il portait de nouveau le heaume rouge, qui dissimulait ses yeux dans l'ombre. Il dégaina son épée, celle d'Errin, et la planta dans le sol.

« Souhaitez-vous toujours poursuivre notre affaire ? demanda Cairbre d'une voix étouffée et métallique.

— Oui.

— Alors commençons. » Il arracha l'épée du sol et la brandit à deux mains, puis en abaissa la pointe jusqu'à ce qu'elle ait couvert la moitié de la distance qui les séparait. Errin mit son heaume, tira son épée et toucha l'épée de Cairbre.

Les deux hommes regardèrent le duc, qui leva la main. « Commencez ! » aboya-t-il, et aussitôt leurs épées s'entrechoquèrent, fouettant l'air et bloquant les coups de l'adversaire, coupant et parant. Errin n'avait jamais manié une épée comme celle que lui avait donnée Cairbre ; elle semblait presque avoir un esprit propre et lui évita par trois fois des estocades mortelles.

Les cris de la foule s'amplifièrent alors que le combat se prolongeait, mais Errin n'entendait rien hormis sa respiration âpre à l'intérieur du heaume capitonné. Cairbre trébucha et abaissa son épée, exposant son flanc gauche. Immédiatement, la lame d'Errin trouva le chemin de l'armure rouge et en fracassa plusieurs plaques. Il entendit Cairbre geindre de douleur. Le chevalier rouge recula. Errin se précipita après lui et perdit l'équilibre. Cairbre le frappa aussitôt au heaume, qu'il arracha de sa tête. Errin tituba et recula, bloquant coup après coup. La vitesse de Cairbre était vertigineuse et il sentit la panique monter en lui. Il vit l'épée de Cairbre s'abattre vers sa tête, mais sa lame bondit et la bloqua. À la dernière seconde, cependant, Cairbre tourna les poignets et envoya sa lame s'écraser dans le flanc d'Errin. Celui-ci sentit ses côtes craquer, même si son armure résista. Un second coup au mollet lui brisa le tibia, et Errin tomba à genoux, le cou exposé.

Il leva les yeux vers l'épée brandie...

« Non ! hurla soudain Dianu. Arrêtez ! Je suis coupable ! Coupable ! »

La lame s'abattit et s'arrêta juste avant de toucher la nuque d'Errin. Il ne la sentit pas ; son esprit se brouilla et il s'évanouit.

Il s'éveilla dans les lueurs faiblissantes du crépuscule, dans sa chambre. Boran était à son chevet et lavait une plaie à la tempe. Errin tenta de se lever, mais Boran l'obligea à se recoucher. « Restez calme, monseigneur. Vous avez des côtes cassées. Elles pourraient vous transpercer le poumon si vous forcez.

— Pourquoi suis-je encore en vie ?

— Dame Dianu a crié sa culpabilité, mettant ainsi un terme au combat. Elle vous a sauvé, monseigneur. Quelqu'un est là qui veut vous voir.

— Je ne veux voir personne.

— Je crois que vous voudrez voir cet homme ; il est en grand danger.

— Qui est-ce ? »

Boran s'écarta. Là, assis près du lit, se trouvait Ubadaï.

« Vous avoir combattu bien, dit le Nomade. Lui être beaucoup meilleur.

— Tu dois m'aider, murmura Errin. Nous devons sauver Dianu. Il le faut !

— D'abord sauver vous. Nouvel homme à vous, homme bien, lui entendre eux venir pour vous demain. Vous, moi, partir, oui ? Nous courir. Cithaeron.

— Pas sans Dianu. Aide-moi à me lever.

— Doucement », ordonna Boran en soulevant Errin jusqu'à une position assise. Une violente douleur lui déchira le flanc.

« Nous aider dame, dit Ubadaï, mais d'abord sortir vous château. Il y a chevaux. Vous pouvoir aller cheval ?

— Je peux aller à cheval, confirma Errin. Va me chercher des vêtements, Boran.

— C'est déjà fait, monseigneur. La tenue en cuir brun foncé avec la cape en peau de mouton. J'ai aussi emballé de la nourriture et un peu d'argent. Vous n'aviez que trois cents raqs, mais ça devrait suffire pour payer votre passage jusqu'à Cithaeron. »

Errin avisa l'attelle serrée autour de sa jambe gauche. « Est-ce que je pourrai m'en servir ? » s'enquit-il.

Boran haussa les épaules. « J'espère, monseigneur.

— Aide-moi à m'habiller », dit Errin. Alors que Boran s'apprêtait à lui obéir, un bruit de pas cadencé retentit dans la cour en contrebas. Ubadaï courut à la fenêtre et regarda.

« Escouade, murmura-t-il. Eux venir ici. »

Errin geignit quand Boran passa doucement son bras dans la chemise de cuir. Bien que ses côtes fussent étroitement bandées, la douleur était intense.

« Nous devoir aller vite, le pressa Ubadaï alors qu'on frappait à la porte.

— Ouvrez, au nom du duc !

— Prenez l'escalier de service, monseigneur, dit Boran. Je vais les retenir aussi longtemps que possible. » Errin appela Ubadaï puis se leva en s'agrippant à l'épaule du Nomade. Il sentit les os de sa jambe cassée frotter l'un contre l'autre et faillit hurler. Ubadaï le porta à moitié jusqu'à la petite porte qui menait à l'escalier des serviteurs. Errin considéra les profondeurs obscures. Il n'y avait pas de rampe.

« Je ne pourrai jamais descendre par là, dit-il.

— Vous beaucoup problème », dit Ubadaï. Il se tourna et passa un bras sous les cuisses d'Errin, puis le souleva par-dessus son épaule. Les côtes cassées d'Errin crissèrent et il gémit. « Pas bruit ! » siffla Ubadaï, descendant lentement les marches.

À la porte principale, Boran souleva le loquet et s'inclina devant l'officier.

« Que puis-je faire pour vous, messire ?

— Où est le seigneur Errin ?

— Il est en haut, il dort. Il a été grièvement blessé aujourd'hui ; il a une jambe cassée.

— Nous avons ordre de le remettre aux mains du seigneur devin.

— Je présume que vous avez une civière, dit Boran.

— Non, je... personne n'a mentionné de jambe cassée.

— C'est le chirurgien du duc qui l'a diagnostiquée. Le duc lui-même est venu tout à l'heure pour s'enquérir de la santé de son ami. Qui a ordonné qu'il soit arrêté, disiez-vous ?

— Le seigneur devin, Okessa.

— Ah, il doit avoir raison, alors. Je suis certain que le duc a donné son autorisation. Vous avez son sceau ?

— Son sceau ? Écoutez, on n'utilise le sceau du duc que dans les cas où l'arrestation a lieu en dehors des murs de Mactha, afin de prouver l'identité des officiers du duc. Pourquoi diable aurais-je besoin d'un sceau ?

— Je ne vous cherche pas querelle, capitaine. N'ayant jamais eu à arrêter un cousin du roi, je ne suis pas très au fait de ces procédures. Veuillez faire votre devoir.

— Cousin du roi ? le seigneur Errin ?

— C'est ce que je crois savoir. Montez donc et tirez-le du lit. Je ne suis pas à son service depuis longtemps, et n'ai donc pas eu le temps de m'attacher à sa personne.

— Je ne tirerai personne du lit. On m'a dit d'arrêter le seigneur Errin. N'avez-vous pas quelque chose que l'on pourrait utiliser en guise de civière ?

— Voyons... vous pourriez prendre son lit, je suppose. Mais il faudrait plus de six hommes pour cela. Vous disposez de renforts à la caserne ? »

L'officier tourna les talons. « Medric, Joal, allez chercher une civière. Et voyez si l'ordonnance du roi est dans les parages ; un sceau officiel ne nous fera pas de mal.

— Très sage, capitaine. Vous et moi devrions peut-être déjà aider à descendre le seigneur Errin, afin de le mettre sur la civière lorsque celle-ci arrivera, suggéra Boran.

— Ai-je l'air d'un ouvrier ? fit sèchement le capitaine. J'attendrai ici.

— Permettez-moi alors d'aller vous chercher du vin, messire. Le meilleur vin d'occident, vieilli vingt ans en fût.

— C'est très aimable à vous, le remercia le capitaine.

— Ce n'est rien, messire. »

À l'arrière des appartements, Ubadaï ouvrit la porte de la cour et sortit. L'allée était déserte sauf les deux chevaux attachés à la grille. Il posa doucement Errin par terre puis l'aida à monter en selle avant de mener les chevaux vers la porte est. Celle-ci était surtout fréquentée par les marchands, et Ubadaï supposa que la nouvelle de l'arrestation d'Errin ne serait pas encore parvenue aux sentinelles.

Il avait raison. Les deux hommes s'échappèrent de la forteresse de Mactha et traversèrent la ville sans encombre.

« La ville a l'air déserte », remarqua Errin. Ubadaï grogna et désigna les collines toutes proches.

« Que se passe-t-il ? s'enquit Errin, la bouche brusquement sèche.

— Ce soir eux brûler dame.

— Par les dieux ! Je dois y aller. » Errin fouetta l'encolure de l'étalon avec les rênes et força celui-ci à partir dans un galop effréné à travers champs. Ubadaï s'élança à sa suite et se pencha pour attraper les rênes.

« Stop ! dit le Nomade. Une chose stupide par jour, ça suffire.

— Laisse-moi tranquille ! cria Errin, qui se débattit faiblement ; sa main gifla le visage d'Ubadaï.

— Vous penser ! ordonna Ubadaï. Un homme tout cassé. Inutile. Lui aller cheval à travers hommes duc et secourir dame. Vous-même pas pouvoir descendre cheval.

— Je dois bien pouvoir faire quelque chose.

— Oui, dit Ubadaï. Une chose. Seule chose. » Il prit l'arc d'Errin sur le pommeau de sa selle.

« Je ne pourrai pas !

— Alors nous aller forêt et quitter pays maudit. »

La gorge d'Errin se serra. Il prit l'arc et le carquois. Puis il talonna son étalon et longea le couvert des arbres près du sommet de la colline. Un grand tas de bois avait été disposé autour d'un pieu central, et lorsqu'il s'approcha, il vit Dianu flanquée d'Okessa. Le duc était invisible. Le chevalier rouge montait son sinistre cheval loin de la foule, le regard fixé sur la condamnée.

Les larmes piquaient les yeux d'Errin. Il les effaça d'un clignement de paupières tandis qu'on mettait Dianu sur le bûcher et qu'on l'attachait au poteau. Elle parcourut la foule des yeux, mais ne pouvait pas le distinguer dans l'ombre des arbres. Lorsqu'elle fut attachée, Okessa et les hommes qui l'escortaient s'écartèrent et redescendirent. Puis le devin prit une torche enflammée et la jeta dans le petit bois placé à la base du bûcher. Des flammes et de la fumée s'élevèrent instantanément.

Errin préleva une flèche dans son carquois et l'encocha.

Il talonna son cheval et, parvenu dans la lumière, hurla : Dianu ! » Sa tête se redressa. Elle le regarda avec anxiété tandis que l'espoir emplissait ses yeux. « Je t'aime ! » cria-t-il... et il arma son arc. Dans le regard de sa bien-aimée, un éclair de compréhension remplaça l'espoir. Elle ferma les yeux au moment où il lâchait la corde. Le trait fila dans les airs et transperça le justaucorps qui couvrait sa poitrine. Sa bouche s'ouvrit, sa tête retomba. Un rugissement de colère monta de la foule, et les mains se tendirent pour saisir Errin. Il n'en avait cure, contrairement à Ubadaï, qui s'avança et fouetta un visage de sa cravache. Le Nomade agrippa rapidement les rênes de la monture d'Errin, lui fit faire demi-tour, et les deux hommes s'éloignèrent de la colline dans un martèlement de sabots pendant que les flammes du bûcher funéraire de Dianu illuminaient le ciel.

Chapitre 7

Lámfhada regarda Ariane compter ses pas. Satisfaite, elle prit un morceau de craie dans sa poche et dessina un cercle grossier sur le fût épais d'un chêne, à une cinquantaine de centimètres du sol. Puis elle revint à l'endroit où attendait l'adolescent. Il adorait la voir marcher. Ses mouvements étaient souples, presque liquides, ses yeux alertes. Elle lui sourit.

« Tu es prêt ? demanda-t-elle.

— Oui.

— Alors bande ton arc. » Lámfhada prit la corde dans la bourse qu'il portait à la ceinture et la noua à son arc long. Comme on le lui avait montré, il l'attacha d'abord en bas, puis plia la branche pour passer le second nœud plus haut.

« Cet arbre est à trente pas, expliqua Ariane. On s'est déjà entraînés à cette distance, tu devrais savoir doser ta force maintenant.

— Bien sûr », acquiesça-t-il. Il tira une flèche du carquois en peau de daim et l'encocha.

« Imagine que ce cercle de craie est un faisan, et tue-le », lui enjoignit-elle. Lentement, il ramena la corde en arrière jusqu'à ce qu'elle touche sa joue, se concentra sur le cercle de craie, puis tira. Le trait s'enfonça dans le tronc plus de deux mètres au-dessus du cercle. Il se mit aussitôt en colère et attrapa une deuxième flèche.

« Attends ! ordonna-t-elle. Observe la trajectoire et dis-moi ce que tu vois.

— C'est une ligne nette. Elle n'est pas gênée par les arbres.

— Quoi d'autre ? »

Il regarda la cible. « Elle est en pente.

— Précisément, Lámfhada. Quand on vise sur un terrain accidenté, l'œil nous trahit. Souviens-toi de ça : tire haut quand tu vises vers le bas, tire bas quand tu vises vers le haut ou par-dessus une étendue d'eau. La distance n'est pas difficile à estimer dans les bois. Maintenant, regarde la cible et vise trois pas devant l'arbre. »

Il obéit, et la flèche vola vers le cercle de craie comme si elle y était attirée par magie.

« J'ai réussi ! s'exclama-t-il.

— Oui, joli tir. À présent, tourne sur ta droite et plante une flèche dans le tronc de ce pin, là-bas. »

Lámfhada encocha une flèche et fixa l'arbre. Il estima la distance à quarante pas, tira la corde pour cinquante. Il lâcha lestement la corde et la flèche vogua vers la cible, puis tomba et se planta dans la terre. « Je ne comprends pas, dit-il.

— Compte les pas », lui dit-elle. Lentement, il parcourut l'espace qui le séparait du pin. Il était à soixante-dix pas.

« Tu dois apprendre à mieux juger, expliqua-t-elle en venant à sa hauteur. Tu t'es trompé à cause des nombreux arbres qui sont sur la trajectoire. Ils ont détruit ta perspective et raccourci la distance. Viens, allons récupérer ta flèche dans le chêne.

— Est-ce que je m'améliore, Ariane ? demanda-t-il, mourant d'envie d'entendre quelque éloge.

— Tu as un bon bras, et tu ne trembles pas. On verra. »

Un bon bras ! Lámfhada se sentait comme un roi.

La pluie était tombée dans la matinée, mais l'après-midi était ensoleillé et clair tandis qu'il observait le village avec Ariane, assis sur la colline. En contrebas, Elodan, le nouvel arrivant, tentait de couper des bûches à l'aide d'une hachette. Ses gestes étaient empruntés ; la lame manquait continuellement le bois et rebondissait sur le billot.

Elodan s'entraînait chaque jour, et ses progrès, si tant est qu'il y en eût, étaient lents et frustrants.

Lámfhada avait quasiment guéri de sa blessure, qui le démangeait sans pitié maintenant que les croûtes pelaient sur son dos.

« Alors, jeune magicien, parle-moi des Couleurs », commença Ariane, qui s'appuya sur ses coudes et sourit à l'adolescent embarrassé. Il avait tenté de l'impressionner avec ses connaissances magiques et lui avait montré les bottes de Ruad. Mais lorsqu'il les avait enfilées et avait prononcé le nom d'Ollathair, rien ne s'était produit. La magie s'était épuisée quand il avait échappé au seigneur Errin et aux chasseurs. Elle s'était moquée de lui, sans méchanceté, mais il l'avait mal pris et avait passé depuis plusieurs heures à essayer de trouver le Noir afin de recharger leur puissance. Sans succès.

« D'abord il y a le Blanc, lui dit-il. Couleur du calme et de la sérénité. Puis vient le Jaune, couleur de l'innocence et du rire des enfants. Suivie par le Noir, qui est terre et donne force et vitesse. La puissance, si tu veux. Bleu est le ciel et magie du vol. Vert, croissance et guérison. Enfin le Rouge n'est que colère et luxure.

— Le Rouge n'a pas de côté bénéfique ? demanda-t-elle.

— Oh si. C'est la Couleur de l'agressivité ; utilisée avec sagesse, elle peut aider toutes les autres Couleurs. Mais il faut être un puissant sorcier pour l'utiliser ainsi.

— Un sorcier aussi puissant que toi, Lámfhada ? »

Il rougit et sourit. « Ne te moque pas de moi, Ariane, la pressa-t-il. Je n'étais qu'un médiocre apprenti, et ne pouvais passer que peu de temps avec le maître. Mais j'ai fabriqué un oiseau de bronze qui a volé un moment ; un oiseau magnifique, il m'a fallu presque un an pour le créer.

— J'aurais aimé voir cet oiseau, dit Ariane. Mais revenons à ton éducation, car j'ai peu de temps à consacrer à un jeune éclopé. Quel est le nom de cet arbre, à ta gauche ?

— Un sycomore, répondit-il instantanément.

— Comment le reconnaît-on ?

— Il a des feuilles à cinq lobes et des graines ailées.

— Et celui-là ?

— Un érable. Pareil au sycomore, mais les feuilles sont d'un vert plus clair et l'écorce est grise et marquée de fines crevasses. »

Un oiseau alla se percher sur une branche de l'érable. Il avait la poitrine blanche et la tête grise ; ses yeux semblaient pourvus d'un masque noir.

« Avant que tu le demandes, dit fièrement Lámfhada, c'est une pie-grièche. Elle se nourrit de rongeurs et d'autres oiseaux, c'est Llaw Gyffes qui me l'a appris.

— Et qu'est-ce qu'elle annonce ? demanda-t-elle.

— Ce qu'elle annonce ? Je... ne comprends pas.

— Elle annonce l'hiver. On n'en voit que rarement en été. Maintenant, je te suggère d'aller aider Elodan avec le bois ; tu peux l'entasser contre le mur nord à sa place.

— Et où vas-tu ? demanda-t-il, prenant douloureusement conscience de la séparation tandis qu'elle se levait avec souplesse et ramassait son arc.

— J'emmène Nuada au camp d'Agrain. La célébrité du poète se répand à travers toute la forêt, répondit-elle.

— Est-ce que ça va être dangereux ?

— Ne crains rien pour moi, Lámfhada. Je ne suis pas une bergère éplorée. De toute façon, Agrain nous a donné un sauf-conduit, et il le respectera. Même dans la forêt il y a des lois qu'on ne peut violer.

— Mais les hommes qu'Elodan a tués, ils ne venaient pas du camp d'Agrain ?

— Il ne les a pas tous tués, mon garçon, fit-elle sèchement. J'en ai eu un. »

Elle s'éloigna et il se maudit de l'avoir embarrassée. Ces dix derniers jours, il n'avait pas pu s'empêcher de penser constamment à elle. Même dans son lit elle le faisait se retourner dans tous les sens et l'empêchait de dormir. Il descendit la colline en flânant et commença à ramasser du bois autour du cercle.

« Je m'en occuperai, dit Elodan, le visage sévère et baigné de sueur, de même que ses cheveux noirs.

— On m'a dit de m'en charger, déclara Lámfhada. Ils me trouvent des tâches pour que je me sente utile. »

Elodan sourit. « C'est la même chose pour moi. Mais cette maudite main gauche refuse de travailler correctement. C'est une question d'équilibre, tu vois. On ne naît pas seulement droitier, c'est tout le côté droit qui domine : pied, œil et main fonctionnent ensemble. Maintenant je suis juste maladroit. » Il s'assit. « C'est dur d'être inutile.

— Tu n'es pas inutile, lui dit Lámfhada. Tu as secouru Ariane à mains... Enfin, tout seul ! » termina-t-il, gêné.

Elodan éclata de rire. « N'aie pas peur de dire à mains nues ! Ce n'est pas comme si tes paroles révélaient quelque vérité dont j'ignorerais l'existence. Comment va ton dos ?

— Il est presque guéri. Ariane m'apprend à me servir d'un arc. Quand je pourrai aller chasser et rapporter de la viande au village, je me sentirai bien mieux. »

Elodan essuya la sueur de son visage et sourit à l'adolescent blond. Seul un idiot ne remarquerait pas qu'il était amoureux d'Ariane. Malheureusement, Ariane aussi le voyait. Le garçon voulait l'impressionner mais il n'y parviendrait jamais, car en dépit de leur similitude d'âge, Ariane était une femme... déjà amoureuse.

« Qu'est-ce qui t'a amené dans la forêt ? demanda Lámfhada.

— Un rêve. Une quête. Tous deux se sont révélés sans fondement, répondit Elodan. Je vais passer l'hiver ici et puis j'essaierai d'aller à Cithaeron.

— Raconte-moi ton rêve.

— La Gabala est inondée de rumeurs au sujet d'une révolte menée par un grand héros, dit Elodan, secouant la tête. Son nom est Llaw Gyffes, et il est censé rassembler une puissante armée dans la forêt Océane. J'étais venu m'engager dans cette armée.

— Ce n'est pas la faute de Llaw si un mythe s'est développé autour de lui, dit Lámfhada. Il n'a fait que libérer quelques prisonniers à Mactha.

— Non, ce n'est pas sa faute. Maintenant, il faut que je continue de travailler, et toi tu devrais commencer à ramasser le bois. » Mais Lámfhada vit qu'il ne faisait pas mine de reprendre la hachette.

« Pourquoi as-tu défié le roi ? demanda soudain l'adolescent.

— Tu es bien curieux, Lámfhada. J'étais pareil à ton âge, et mes questions se rapportaient toujours à l'empire. Un de mes ancêtres a combattu aux côtés de Patronius, conquérant de Fomoria et Sercia. Un autre est tombé quand l'aigle a été porté à l'est et que les tribus nomades les ont anéantis. Vingt ans plus tard, son fils a conduit les cinq armées qui ont écrasé les Nomades et établi des cités à travers les steppes jusqu'à la Mer Lointaine. Toujours l'empire. » Elodan saisit la hachette et regarda la lame recourbée. « Cependant, comme tous les empires, la Gabala s'est écroulée. C'est une vérité impossible à ignorer. Les empires sont comme les hommes ; ils grandissent jusqu'à leur maturité, puis vieillissent et décrépissent. Lorsqu'il n'y a plus rien à conquérir, la décomposition s'installe. Une triste vérité, mais c'est ainsi. Il y a dix ans, les Fomoriens et les Serciens nous ont renvoyé cette vérité à la figure avec leur insurrection. Ahak a mené une brillante contre-attaque, et il a gagné. Il savait cependant que la victoire serait courte, aussi a-t-il rendu leurs terres aux rebelles avant de repartir avec son armée.

« À l'époque, je vouais un culte à cet homme, voyant en lui les ferments de grandeur. Mais c'est un Gabalan conservateur, qui ne pouvait s'empêcher de remuer le passé. Nous en parlions souvent. Dis-moi, Lámfhada, qu'est-ce qui sépare l'homme civilisé du barbare ?

— La connaissance, la culture... l'architecture ?

— Oui, acquiesça Elodan, mais avant, il y a l'abondance de nourriture et de richesses. Le barbare doit se battre pour chaque miette dont il se nourrit. Il n'a pas de temps à consacrer au faible ou à l'infirme. Ils meurent, et seuls les plus forts survivent. En revanche, nous, peuples civilisés, nous apprenons à aimer. Nous aidons le faible, et ce faisant nous nous engraissons et devenons paresseux. Nous plantons les graines de notre propre destruction. Il y a trois cents ans, nous n'étions qu'un peuple pauvre et barbare. Nous avons conquis la plus grande partie du monde. Il y a vingt ans, la majorité de notre armée était composée de mercenaires venus des tribus barbares conquises ; seuls les officiers étaient gabalans. Tu comprends où je veux en venir ?

— Pas vraiment, admit l'adolescent.

— Le roi croit qu'il peut renverser ce processus : éradiquer les faibles, les impurs. Brûler les gros ventres afin que la Gabala renaisse de ses cendres.

— C'est pour ça que tu l'as défié ?

— Non, dit Elodan. À l'époque, je croyais à tout ce que le roi prévoyait. Mais j'ai défendu le noble Kester quand on l'a accusé d'être impur.

— Pourquoi ?

— Pour rembourser une dette, Lámfhada. J'avais tué son fils.

— Oh ! » dit Lámfhada, la gorge serrée. Il ne trouva rien à répliquer, et la question suivante sortit de ses lèvres avant qu'il puisse l'en empêcher. « Est-ce que ça a été dur de perdre ta main ? » Il regarda Elodan dans les yeux : ceux-ci devinrent froids et distants ; puis son visage maigre se détendit et il sourit à l'adolescent.

« Non. Le plus terrible a été de réaliser et d'admettre qu'il existait un homme capable de me la couper. Allons, au travail. »

*
**

La fille n'eut pas peur lorsque deux des serviteurs les plus fidèles d'Okessa la conduisirent dans la chambre de Cairbre. Elle ne se méfia pas non plus lorsque le chevalier s'approcha d'elle à la clarté des chandelles, son armure toujours maintenue sur sa maigre silhouette par des sangles. Elle commença d'avoir peur quand il sourit et qu'elle avisa la blancheur de ses dents et la froide lueur de ses yeux.

Une heure plus tard, Cairbre était assis au milieu de la chambre, rideaux tirés, yeux inondés de pourpre. Le corps de la fille gisait sur le lit, curieusement racorni tel un sac de cuir bruni.

Cairbre joignit les mains comme pour prier. Les chandelles crachotèrent avant de s'éteindre ; la pièce se mit à rougeoyer, et sept cercles de lumière ambrée se formèrent devant le chevalier, gonflèrent et s'embrasèrent, puis se transformèrent en visages.

« Bienvenue, mes frères », dit Cairbre. Tous les visages étaient étrangement similaires, les cheveux blancs coupés ras et les yeux injectés de sang, et cependant l'un d'eux détonnait : yeux presque bridés, pommettes hautes, bouche charnue ; c'était un visage fort, un visage de chef.

« Le Rouge grandit, annonça-t-il. Bientôt il dominera tout.

— Comment se déroulent nos plans, monseigneur ? demanda Cairbre.

— Furbolg est calme. Nous avons commencé à prendre notre nourriture loin de la cité, où la panique est moins contagieuse. Il y a aussi les femmes nomades, que personne ne se soucie de voir disparaître. Mais tout cela n'a que peu d'importance. Lorsque le Rouge triomphera, le roi rassemblera son armée. L'est sera le premier à connaître la puissance de la nouvelle Gabala. Qu'en est-il du sorcier Ollathair, Cairbre ?

— Il s'est échappé, monseigneur. Okessa a envoyé des hommes pour l'appréhender, mais ils ont été terrifiés par ses chiens démons. Je crois que le sorcier a cherché refuge dans la grande forêt.

— L'as-tu localisé ?

— Pas encore. C'est un problème embarrassant, mais le Rouge ne semble pas grandir aussi vite en ce lieu. Le Blanc y est fort, ainsi que le Noir. Je ne comprends pas.

— Ollathair est là-bas, dit le chef. Voilà peut-être la réponse à ce problème. Peu importe ; nous le trouverons et le détruirons. Je vais libérer les bêtes.

— Ne vont-elles pas massacrer sans discrimination ? » demanda Cairbre.

Le chef sourit. « Bien évidemment, c'est dans leur nature. Mais ne t'inquiète pas, Cairbre. La forêt est une pépinière pour les traîtres. Les hommes qui nous sont loyaux ne s'y rendent guère. Toute vie perdue sera donc déjà irrécupérable.

— Et si les bêtes quittent la forêt ? »

Les yeux du chef se durcirent. « Attention, Cairbre ; ta faiblesse est vivement critiquée. Pourquoi as-tu prêté ton épée à ce traître d'Errin ?

— Parce que je m'ennuyais, monseigneur. Sans cela, il serait mort en un instant.

— Pourtant, en la lui donnant, tu as permis qu'il te blesse. Voilà pourquoi tu as besoin de nourriture. Tu es un frère pour moi, Cairbre, tu l'as toujours été. Mais ne prends plus de risques inconsidérés. Le destin du royaume est entre nos mains, ainsi que l'avenir du monde. Notre croisade contre les maux de la corruption et de la décomposition ne doit pas échouer. Nous avons fait de grands progrès dans l'élimination de la malédiction nomade. Le véritable test viendra bientôt. »

Cairbre inclina la tête. « Je suis prêt, monseigneur.

— On parle à Furbolg d'une rébellion armée dans la forêt, menée par un homme nommé Llaw Gyffes. Que sais-tu de lui ?

— C'est un forgeron hors la loi qui a tué sa femme et le neveu du duc. Il s'est échappé des oubliettes de Mactha.

— Trop d'ennemis de notre roi s'échappent de Mactha à mon goût, dit le chef d'un ton sec. Llaw Gyffes, Ollathair, et maintenant ce seigneur rebelle, Errin. Le duc est-il un sympathisant ?

— Je ne crois pas. Davantage un opportuniste.

— Surveille-le. Au premier signe de trahison, dépose-le et installe Okessa à sa place. Sa loyauté est incontestable.

— C'est vrai, monseigneur, mais cet homme est un serpent.

— Les serpents ont leur utilité, Cairbre. Pour en revenir à Llaw Gyffes, est-il en train de former une armée ?

— Je n'ai aucune raison de le croire. Mais la forêt couvre plusieurs milliers d'hectares, et elle recèle de nombreuses vallées, des montagnes et des villages. Il est difficile de savoir ce qui s'y trame.

— Le Blanc est-il trop fort pour que tu les espionnes ?

— Oui, monseigneur. J'ai volé aussi près que possible la nuit dernière, mais la lumière a failli calciner mon âme, et j'ai dû m'enfuir pour réintégrer mon corps. Voilà aussi pourquoi j'ai eu besoin de nourriture.

— Les bêtes vont aider le Rouge, car elles vont inspirer la peur, plus que de la peur. Une terreur absolue et totale va engloutir ce maudit nid à rats. »

Les visages s'évanouirent et Cairbre se retrouva seul.

Terriblement seul...

*
**

Des mouflons et quelques vaches à longs poils paissaient ensemble sur les pentes de la colline, tandis qu'un petit troupeau de biches se désaltérait dans un ruisseau qui bouillonnait par-dessus les rochers blancs qui parsemaient son trajet jusqu'à la rivière, loin en aval.

Au sommet d'une colline, où des rochers de marbre avaient été dressés pour former un anneau grossier, l'air se mit à crépiter. Plusieurs mouflons cessèrent de brouter et levèrent la tête, mais leurs yeux larmoyants ne pouvaient voir aucun prédateur, et la brise n'apportait l'odeur d'aucun loup ou lion. Prudemment, ils se mirent à tourner en rond. Un éclair frappa au-dessus des rochers et les mouflons déguerpirent. Un énorme taureau, cornes recourbées marquées par de nombreux combats, pivota face aux rochers. Une curieuse odeur atteignit les naseaux du taureau, âcre comme de la fumée, qui laissait un goût étrange dans sa bouche. L'air ondula devant lui, et une ombre ténébreuse dévala la colline.

À l'intérieur du cercle de pierre se tenait une énorme créature, tête allongée et vulpine, épaules striées de muscles, couvertes de fourrure grise. Elle avança, gueule béante, de longs crocs malsains laissant goutter la salive sur sa poitrine tannée. Le taureau en avait assez vu, il recula.

Tandis que le vent changeait, la créature leva son museau et sentit l'odeur des mouflons et des vaches. Ses yeux s'écarquillèrent, et de longues griffes sortirent de leurs fourreaux à l'extrémité des pattes.

Durant un moment elle demeura immobile, puis se précipita avec une vitesse surprenante vers le troupeau. Les mouflons se dispersèrent et les vaches s'enfuirent en désordre vers le ruisseau. En voyant ses femelles menacées, le taureau baissa la tête et chargea. La créature se campa sur ses quatre pattes quand le taureau approcha et, à la dernière seconde, elle bondit bien au-dessus de la tête de l'attaquant, avant de retomber sur son dos. Ses longues griffes s'enfoncèrent profondément dans la chair sombre, puis la déchiquetèrent.

Du sang jaillit de plusieurs larges plaies. Le taureau beugla de douleur et de rage et, dans un effort désespéré pour déloger son bourreau, roula sur le dos. La créature se dégagea. Le taureau leva la tête tandis qu'il tentait de se redresser, exposant son énorme jugulaire. Les griffes s'abattirent. La jugulaire fut tranchée net, du sang gicla, et le taureau agonisant s'écroula dans l'herbe, ses sabots s'agitant faiblement. La créature poussa un rugissement féroce et lança une ultime et meurtrière attaque, déchirant et fracassant la peau, les os et les muscles pour finalement arracher le cœur de sa victime...

Elle dévora son trophée. Alors, plus calmement, elle se mit à déchiqueter et mordre la carcasse. Sa faim apaisée, elle redressa la tête, museau pointé vers le ciel. Un hurlement sinistre, inquiétant, se répercuta à travers les collines. Les biches se ruèrent vers le sanctuaire des arbres, et les mouflons s'éloignèrent, terrorisés, de la colline.

La première des bêtes était arrivée dans la forêt Océane.

***

« Tu es un idiot, poète », dit Llaw Gyffes tandis que le svelte Nuada empaquetait ses vêtements de rechange dans un grand sac de voyage. « Agrain est un menteur notoire et un voleur au langage ordurier. S'il n'aime pas tes histoires, tu finiras attaché à un poteau au sommet d'une colline »

Nuada gloussa. « Viens avec nous, puissant héros. Protège-nous !

— Nous ?

— Oui. Ariane m'accompagne. »

Le visage de Llaw s'empourpra et ses yeux s'emplirent d'une lueur meurtrière. Il caressa sa barbe dorée et tenta de se calmer. « Tu crois qu'il est sage d'emmener une enfant dans le repaire d'Agrain ? » demanda-t-il.

Nuada éclata de rire et chargea le sac sur ses épaules. « Une enfant, Llaw ? le railla-t-il. Serais-tu aveugle ? C'est une femme, qui plus est très séduisante. Tu l'as sûrement remarqué.

— Ce que je remarque ou pas ne regarde que moi, répondit sèchement le hors-la-loi. Combien de temps partez-vous ?

— Admets-le, je vais te manquer. Allez, sois un homme, admets-le. »

Poussant un juron, Llaw se leva et sortit de la cabane en coup de vent. Il manqua de percuter Ariane mais s'arrêta à la dernière seconde en l'attrapant par les épaules. Il grommela un mot d'excuse et s'enfuit en direction des collines. Nuada avait raison. Il allait lui manquer. Il était de compagnie agréable, et ses histoires tissaient des toiles magiques qui pouvaient faire oublier qu'on vivait dans une forêt, à l'intérieur d'une cabane obscure. Elles pouvaient apaiser le chagrin du deuil et faire du monde un endroit peuplé de héros et d'enchantements. Sans lui, ce n'était qu'un village boueux et anonyme sans espoir ni avenir.

Les pensées de Llaw s'envolèrent vers Lydia, la femme de son cœur, une femme merveilleuse, forte et cependant aimante. Ses sentiments pour Ariane lui semblaient trahir la mémoire de Lydia et il espérait que son spectre lui pardonnerait. Il aperçut Lámfhada et le manchot et tenta de les dépasser sans s'arrêter, mais Elodan lui fit signe, et il savait qu'il aurait été impoli de les ignorer.

« Comment ça va ? demanda-t-il.

— Il y aura du bois pour l'hiver, répondit Elodan. Nuada est déjà parti ?

— Non.

— Il va manquer à beaucoup de monde ici, je crois. J'espère qu'il ne s'en va pas trop longtemps. Je n'ai jamais entendu meilleur conteur, dit Elodan. Je l'ai connu à Furbolg. Il s'est produit devant le roi. C'était l'histoire d'Asmodin. Superbe ! Le roi – puisse son âme pourrir en enfer – a offert à Nuada un rubis de la taille d'un œuf d'oie

— Il ne l'a plus maintenant, rétorqua Llaw joyeusement.

— Non, je crois qu'il l'a donné à une dame pour une seule nuit de plaisir.

— Il est plus idiot que je ne le pensais », fit Llaw sèchement en pensant au voyage de deux jours que le poète allait entreprendre avec Ariane. Mais tout ce que Nuada pouvait désormais lui offrir, c'était une seconde paire de chausses de rechange en laine et une couverture élimée. Toutefois, ce frêle poète était un homme séduisant ! Llaw jura.

« Qu'est-ce qui ne va pas ? demanda Elodan.

— Rien ! grommela Llaw en s'éloignant à grands pas.

— Tu crois qu'il est malade ? murmura Lámfhada.

— Non, il est amoureux, répondit Elodan en gloussant. Quoique, d'après mon expérience, ce soit plus ou moins la même chose. »

Llaw s'arrêta dans sa cabane et s'assit, yeux rivés à son environnement spartiate. Puis, étouffant un juron, il empaqueta ses affaires dans un sac à dos en toile, glissa une hache à double tranchant dans sa ceinture et quitta le village sans un regard en arrière.

C'est à Cithaeron qu'il fallait aller, décida-t-il. Il trouverait du travail chez un forgeron et commencerait une nouvelle vie.

Parvenu au sommet des collines, il entendit un hurlement lointain. Son sang se glaça. Les loups arrivaient tôt cette année, pensa-t-il, et il reprit son chemin.

Nuada sortit et vit le hors-la-loi franchir la crête de la colline. Ariane s'arrêta à côté de lui. « Qu'est-ce que tu regardes ?

— Llaw. Je crois qu'il nous quitte.

— Ridicule, dit-elle d'un ton sec. Sa vie est ici. »

Nuada la considéra et sourit. « Moi, je vous suis, damoiselle, dit-il. Je suivrais votre beauté jusqu'au bout du monde.

— Espèce d'idiot !

— Hélas, c'est le sort des poètes. »

Il prit le sac sur ses épaules et attendit. « Et les armes ? demanda-t-elle.

— Je n'en ai que peu l'utilité. Mais je ne crains rien ; tu seras là pour me protéger des maléfices de la nature sauvage. » Ses yeux violets étincelèrent d'humour. Ariane n'avait pas confiance en Nuada ; il n'avait pas caché qu'il la trouvait attirante, et pourtant il n'avait pas tenté de la courtiser. Mais elle se rassura en songeant qu'il était homme habitué à évoluer parmi les dames de la cour, à la douce peau parfumée et aux vêtements de soie.

« Allons-y », lui dit-elle en se mettant en marche. Il la suivit à quelques pas, profitant du balancement de ses hanches moulées dans les chausses en daim.

Une fois de plus, l'étrange hurlement retentit au nord. Un second hurlement lui répondit à l'est puis un troisième au sud. Nuada frissonna.

« Des loups ? » demanda-t-il.

Ariane s'arrêta. « Ce doit être une illusion causée par le vent, répondit-elle, ou un faux écho. De toute façon, il ne faut pas s'en inquiéter. Les loups ne s'attaquent pas aux hommes, sauf au pire de l'hiver, quand la nourriture vient à manquer. Mais un chasseur courageux suffit encore pour les mettre en fuite.

— Ce hurlement m'a transpercé comme un vent d'hiver », remarqua-t-il.

Elle lui sourit. « C'est parce que tu es un homme de la ville, lui rétorqua-t-elle.

— Ça ne t'inquiète donc pas ?

— Pas du tout », mentit-elle.

*
**

Manannan, le Chevalier Déchu, était assis seul avec Ollathair l'Armurier. La cabane était vide, car Gwydion et la famille étaient allés se promener sur la place du village. Ruad attendait que Manannan prenne la parole, mais le Chevalier Déchu regardait la table en silence. Finalement, ce fut lui qui commença.

« Nous avons besoin d'eux, Manannan. S'ils sont en vie, il faut les ramener.

— Je ne peux pas ; je ne pourrai jamais franchir le portail noir. »

L'Armurier agrippa le bras de Manannan. « Le pays est en grand danger. La confusion règne parmi les Couleurs ; le Rouge grandit. Les Nomades se font massacrer. La luxure, la cupidité et le mal submergent les harmonies. Tu comprends ? Le roi a réuni huit chevaliers autour de lui, des chevaliers rouges. Je sens leur pouvoir maléfique. Il faut s'opposer à eux, Manannan. Seuls les chevaliers de la Gabala auraient une chance de leur tenir tête.

— Dans ce cas, il ne fallait pas les envoyer là-bas », répondit Manannan, qui fixa le regard d'Ollathair.

Le vieil homme détourna les yeux. « Tu as raison. C'était pure folie. Mais je ne peux pas y remédier.

— Allez les chercher vous-même.

— Je ne peux pas. Nul autre que moi ne peut ouvrir le portail de ce côté, et le sortilège ne peut pas être lancé depuis l'autre monde. Tu dois y aller. »

Manannan éclata de rire et secoua la tête. « Vous ne comprenez pas ; vous n'avez jamais rien compris. Je suis venu vous voir la veille de partir en quête. Je vous ai fait part de mes craintes. Ce n'était pas la mort qui me troublait : je savais que si je franchissais le portail, mon âme serait en péril. Mais non, vous avez refusé d'écouter. Maintenant ils sont partis, Ollathair. Vous ne pouvez rien faire pour les ramener. Ils sont morts dans l'enfer qu'ils ont trouvé au-delà du portail.

— On n'est sûrs de rien...

— Non. Mais si Samildanach et les autres étaient en vie, ils auraient trouvé un moyen pour revenir. J'en suis sûr. Samildanach était un sorcier presque aussi puissant que vous. » Manannan versa de l'eau dans un bol en terre et le vida ; puis il se leva et toisa Ollathair. « Cette nuit-là, j'ai vu Samildanach dire adieu à Morrigan ; elle a pleuré, et il l'a quittée. Je me suis approché d'elle, j'ai séché ses larmes, elle m'a dit qu'elle avait fait d'étranges rêves de sang et de feu, d'anges et de démons. En son for intérieur, m'a-t-elle dit, elle savait qu'elle ne reverrait jamais plus Samildanach. Que pouvais-je lui répondre ? Quand nous nous sommes retrouvés devant le portail et que j'ai senti le vent glacé qui en provenait, mon courage s'est évanoui. C'est toujours pareil maintenant. Mais vous ne comprenez pas, Ollathair. Vous n'avez jamais rien compris, jamais éprouvé la peur qui ronge l'âme. Vous n'avez jamais compris ce que c'est que de découvrir qu'on est un lâche. Oh, oui, je peux affronter des hommes au combat ! J'ai confiance en mes talents. Mais face au portail, j'étais perdu. À présent encore, en y repensant, mon cœur s'emballe, j'ai le souffle court. J'ai paniqué, Ollathair. Je l'ai fait à l'époque, je le referais maintenant. »

Il marcha jusqu'à la porte et se retourna. « Je suis sincèrement désolé.

— Manannan ! appela Ruad. (Le guerrier se tourna.)

— Qu'y a-t-il ?

— J'ai connu cette peur... quand le roi m'a fait enchaîner et qu'on m'a brûlé l'œil. Mais un homme doit surpasser ses peurs sans quoi elles le submergent. Tu n'es pas un lâche. Ce n'est pas la mort que tu crains ; c'est l'obscurité, l'inconnu, le voyage à travers la nuit. Ne veux-tu pas essayer de vaincre tes peurs ?

— Vous ne comprenez toujours pas, murmura Manannan d'un ton las. Si je pouvais le faire, je le ferais. Vous ne le voyez donc pas ?

— Ce que je vois, c'est un homme qui fut chevalier de la Gabala, qui a fait serment de défendre l'ordre. Va-t'en, Manannan. Je te libère de ton serment. Tu peux maintenant agir comme bon te semble.

— Adieu, Armurier », dit le Chevalier Déchu. Dehors, sous le soleil, il se mit en selle et sortit du village avec Kuan. La mort était désormais assurée, il le savait, mais tous les hommes devaient connaître la mort. Il trouverait un endroit dans les montagnes, et il tromperait son destin lorsque la pression sur sa gorge deviendrait trop forte. Il trouverait une mort qui lui convienne.

Il chevaucha tout l'après-midi et s'enfonça toujours plus haut, jusqu'à la limite des arbres, dépassant des cabanes et évitant les villages. Vers le crépuscule, un hurlement aigu se fit entendre en provenance de la forêt. Les oreilles de Kuan se dressèrent, et Manannan le sentit frissonner.

« Tu n'as rien à craindre des loups, Grand-Cœur, dit-il, flattant l'encolure de l'étalon. Ce n'est pas encore l'hiver. »

Il poursuivit son chemin sur un étroit sentier criblé de traces de biches. Les arbres étaient plus denses ici, et il lui fallut se baisser afin d'éviter les branches en surplomb. Au bout du sentier, le terrain s'éclaircit, et il vit une cabane flanquée d'un champ labouré. Devant la cabane gisait un homme qui perdait du sang par une terrible blessure au flanc. Le Chevalier Déchu dégaina son épée et s'approcha prudemment du corps. Il était mort ; le bras droit et la moitié de sa poitrine avaient été arrachés. Kuan hennit en flairant l'odeur du sang. Près d'un puits creusé à même la terre gisait une femme, le crâne fracassé ; elle ne semblait pas avoir d'autre blessure.

Manannan mit pied à terre et examina le sol. Il n'y avait pas de traces dans les environs immédiats, mais il suivit une piste de sang qui partait du corps de l'homme jusqu'à un sol plus meuble. Il y découvrit de grosses empreintes de pattes, semblables à celles d'un lion mais de presque un pied de large. Il s'agenouilla au bord de la piste et scruta les broussailles. La bête était apparemment partie se nourrir. Mais pour quelle raison ? Elle aurait pu dévorer les corps là où ils gisaient. La bête devait avoir été dérangée.

Par son arrivée ? Si c'était le cas, cela signifiait qu'elle était encore dans les parages. Il se releva et s'écarta des broussailles. Il valait mieux ne pas mettre une bête de cette taille en colère.

À cet instant, une enfant sortit en courant du couvert des arbres, aperçut Manannan et hurla. Elle devait avoir neuf ans, portait de longs cheveux blonds et une simple tunique de laine.

Une créature de cauchemar la suivait, énorme et bicéphale, en partie lion, mais plus large au niveau des épaules. Ses crocs étaient longs et recourbés, et chacune de ses têtes exhibait deux incisives aussi longues que des sabres. Manannan comprit à cet instant que la bête n'avait pas été dérangée par sa présence mais qu'elle était simplement partie à la poursuite de l'enfant. Il courut vers la petite, convaincu qu'il ne l'atteindrait jamais avant que la bête se jette dessus. Il coupa sur la gauche et cria aussi fort que possible.

Les têtes de la créature se tournèrent vers lui.

« Par ici, espèce d'horreur ! beugla Manannan. Viens m'attraper ! »

Son rugissement emplit la clairière, et elle chargea !

Le Chevalier Déchu se campa, l'épée brandie à deux mains au-dessus de son épaule droite, prête à s'abattre. Alors que la bête se rapprochait de sa frêle silhouette, Manannan la vit se ramasser pour bondir. Quand elle sauta, il mit genou à terre et fit décrire à l'épée un arc de cercle. La lame s'enfouit dans le flanc de la bête au moment où elle passait au-dessus de lui et faillit être arrachée de ses mains. Manannan refusa de lâcher prise et fut traîné sur plusieurs mètres ; il roula lestement mais la bête, du sang jaillissant de son flanc, se retourna et l'attaqua. L'étalon Kuan avança au galop. En entendant la charge du destrier, le monstre hésita. Manannan se remit debout et enfonça sa lame dans la nuque de la première tête. La grande gueule se referma d'un coup sec et la tête bascula pour ne plus pendre que par un tendon. Du sang gicla du cou. Kuan tourna le dos à la bête et rua. Ses sabots heurtèrent le corps de la créature et l'envoyèrent valdinguer dans les airs. Manannan s'élança et porta un puissant coup à la tête restante ; sa lame brisa le crâne en morceaux. La bête se cabra alors. Ses griffes s'abattirent vers Manannan et frappèrent le heaume. Le Chevalier Déchu fut projeté en arrière tandis que la bête s'écroulait et mourait.

Enfin, Manannan se releva. Jamais il n'avait vu ni entendu parler d'une telle créature dans les mondes civilisés.

Des pleurs brisèrent le fil de ses pensées, et il se tourna pour voir l'enfant agenouillée près de sa mère, tirant sur son bras. Il rengaina son épée, s'approcha de l'enfant et la prit contre sa poitrine.

« Elle est morte, ma petite. Je suis désolé. »

Plusieurs hommes sortirent en courant de la forêt, armés d'arcs et de lances, mais ils s'arrêtèrent, stupéfaits, devant le corps de la bête. Tandis que le Chevalier Déchu leur rapportait l'enfant, celle-ci tendit le bras et toucha le heaume. Le métal bougea. Manannan passa prestement l'enfant à un homme et saisit le heaume. Les griffes avaient déchiré le gond en haut du gorgerin. Il entreprit de lever les mains ; à cet instant, un homme trapu lui adressa la parole.

« C'est cette créature qui les a tués ? demanda-t-il, avisant le monstre à deux têtes.

— Je ne sais pas, répondit Manannan. Mais j'espère qu'elle était seule. »

L'homme tendit sa main. « Je m'appelle Liam. Nous vous avons vu attaquer la bête, mais nous ne pensions pas pouvoir vous rejoindre à temps. Êtes-vous un homme du roi ?

— Je ne suis l'homme de personne. Excusez-moi. » Il s'éloigna lentement du groupe et attrapa la serrure à ressort de son heaume. Elle glissa de côté... Il avait la bouche sèche, et presque trop peur de soulever le heaume. Il prit une profonde inspiration, agrippa le métal et tendit les bras... le heaume grinça contre le gorgerin et se libéra. Ses cheveux emmêlés s'accrochèrent au capitonnage de cuir pourrissant, mais il s'en dégagea. Sans le heaume pour le tenir en place, le gorgerin tomba sur ses épaules. Le vent était frais sur son visage ; sa barbe était emmêlée et crasseuse, et des escarres irritaient sa peau.

« Depuis combien de temps portez-vous ce casque ? demanda Liam, s'approchant de Manannan.

— Depuis bien trop longtemps. Vous vivez loin d'ici ?

— Non. Nous serions ravis de vous avoir à dîner.

— Je ne pourrais pas vous demander plus grande faveur que de l'eau chaude et un rasoir », lui avoua Manannan.

Au loin retentit un terrible hurlement.

« Une créature a goûté le sang », fit Liam.

Chapitre 8

Ruad entendit un cri et sortit en courant de sa cabane. Sur la place, une créature écailleuse traînait un homme en direction des arbres. La bête faisait plus de trois mètres de long, avait six pattes et un long museau qui emprisonnait la jambe de sa victime.

Plusieurs villageois se précipitèrent sur la créature armée de piques et de haches. La bête lâcha sa victime hurlante pour se jeter sur un autre villageois, qui recula d'un bond. Elle se tourna et Ruad vit sa queue claquer tel un fouet, accrocher les jambes d'un de ses agresseurs et tirer celui-ci vers sa gueule béante. L'Armurier s'agenouilla près de ses chiens d'or et murmura le mot de pouvoir, puis désigna la bête et parla de nouveau. Les chiens s'élancèrent sur la place. Le premier sauta sur le dos de la créature et transperça écailles et os de ses crocs d'acier. Le second lui sauta à la gorge, déchiquetant chair et artères. Le troisième frappa de ses terribles crocs la queue qui retenait le villageois prisonnier ; lorsque la mâchoire se referma et sectionna la queue, un sang verdâtre jaillit de la blessure. L'organe amputé battit violemment l'air, éclaboussant la place de son sang, et les chiens s'écartèrent. Durant plusieurs secondes, la créature fouetta l'air de ses grandes mâchoires avant de s'affaler doucement sur le sol pour mourir.

Les villageois s'assemblèrent autour de l'homme blessé, puis Gwydion arriva en courant d'une hutte toute proche et posa ses mains sur la jambe déchiquetée. Le sang cessa immédiatement de couler et le guérisseur ordonna que l'on emporte le villageois blessé dans sa hutte.

Les chiens revinrent se placer au côté de Ruad. Il toucha chacun sur la tête et ils s'immobilisèrent à nouveau comme des statues. Plusieurs heures durant, les villageois armés d'arcs et de haches fouillèrent les bois à la recherche d'autres créatures. Au crépuscule, ils rentrèrent en n'ayant vu que des traces mais pas de monstre.

Brion lâcha la masse qu'il portait et rejoignit Ruad, assis près de ses chiens. « D'où viennent ces bêtes ? Je n'en ai jamais vu de pareilles », questionna-t-il.

Ruad haussa les épaules. « Ce serait trop compliqué à expliquer, mon ami. Mais elles ne sont pas d'ici.

— Ça, je le sais, dit le villageois sèchement. Parlez sans détour.

— Elles viennent d'un autre monde. Elles ont été invoquées ici par un sorcier très puissant.

— Dans quel but ? Juste pour tuer ? À qui cela profite-t-il ?

— Je l'ignore, répondit Ruad en se détournant, mais Brion n'était pas homme à s'en laisser conter.

— Je trouve étrange que vous veniez d'abord avec vos bêtes magiques et que ces créatures arrivent ensuite. Je ne suis pas idiot, sorcier. Ne me traitez pas comme si j'en étais un. »

Ruad considéra le visage carré et honnête du jeune homme. « Elles ont peut-être été envoyées pour me tuer. Je l'ignore, c'est la vérité. Le monde hors de cette forêt glisse inexorablement vers le mal. »

Brion allait répliquer quand ils entendirent un bruit de sabots et virent un cavalier entrer dans le village au petit galop. Il était grand, et son visage rasé de frais était d'une pâleur spectrale. Il avança jusqu'à la cabane et jeta un heaume aux pieds de Ruad ; l'objet rebondit contre la porte, roula et vint s'arrêter contre le flanc d'un des chiens d'or.

« Voici votre heaume magique, dit Manannan, celui qui pouvait être uniquement retiré par la magie du portail. Expliquez-moi ça, menteur ! Et soyez convaincant, Armurier. Car beaucoup de choses en dépendent. » Il mit pied à terre et vint se camper devant Ruad.

« Veuillez nous laisser, Brion, demanda Ruad, posant une main sur l'épaule du jeune homme. Je partirai ce soir et vous serez de nouveau chez vous. » Le jeune villageois hocha la tête, fixa longuement Manannan, puis s'éloigna.

« Je suis content pour toi, dit Ruad. Eh oui, j'ai menti. Je voulais que tu franchisses le portail. Le sortilège du heaume s'est brisé à l'instant où nous nous sommes parlé. Vas-tu me tuer ?

— Donnez-moi une bonne raison pour que je ne le fasse pas, rétorqua Manannan.

— Je souhaite vivre, et je pense qu'on a besoin de moi », répondit Ruad.

Manannan secoua la tête. « Je n'ai jamais tué personne pour le plaisir. » Il avisa la bête morte qui laissait toujours suinter un sang vert dans la terre. « J'ai tué une créature à deux têtes aujourd'hui. Et maintenant ça... qu'est-ce que ça signifie, Ollathair ? D'où viennent-elles ?

— D'au-delà du portail noir. Quelqu'un a décidé d'apporter la terreur dans la forêt.

— Et ce quelqu'un est... ?

— Je ne connais aucun sorcier qui soit assez puissant. Mais le roi doit être derrière tout ça. Peut-être était-ce moi qu'elles cherchaient. Peut-être quelqu'un d'autre. Il me semble que le mal n'a jamais besoin de raison pour commettre de tels actes. Acceptes-tu de m'aider, Manannan ?

— À faire quoi ?

— À combattre le mal. Pour être ce pour quoi tu as été entraîné : un chevalier de la Gabala. Autrefois, cela avait pour toi grande valeur.

— C'était il y a longtemps.

— Mais tu n'as pas oublié ?

— Comment le pourrais-je ? Que voulez-vous que je fasse ?

— Tu le sais.

— Non ! siffla Manannan. C'est de la folie.

— Les chevaliers doivent revenir ; je ne vois pas d'autre espoir. Je pense que le mal émane des chevaliers rouges du roi. Seuls les vrais chevaliers de la Gabala peuvent se mesurer à eux. Tu le vois bien.

— Je ne vois qu'un homme aux rêves déments. Le passé a disparu, Ollathair. C'est fini. Trouvez-vous de nouveaux chevaliers. Je pourrai vous aider à les entraîner.

— Nous n'avons pas cinq ans devant nous, Manannan. Peut-être même pas cinq mois. Franchis le portail, le supplia-t-il. Trouve Samildanach et ramène-le. C'était le plus grand guerrier que j'aie jamais connu, le meilleur escrimeur et le plus noble des hommes. Il pourrait m'aider avec les Couleurs ; il pourrait se dresser contre les assassins rouges. Ensemble nous pourrions débarrasser le pays de ce mal.

— J'ai déjà entendu ce genre d'arguments. Débarrasser le monde du mal ! Je ne l'ai pas accepté la première fois.

— C'était une abstraction. Et j'avais tort ! Tort ! Est-ce si terrible que d'avoir tort ?

— Mes amis sont morts pour vous permettre le privilège d'avoir eu tort.

— Vous n'en savez rien, messire le Chevalier Couard ! fit Ruad sèchement.

— Non, je ne le sais pas. » Il tourna les talons et sortit sur le porche enténébré, exposant son visage à la fraîcheur de l'air nocturne. Il revit le portail noir et entendit les sons hideux des bêtes dissimulées au-delà. Son cœur battait la chamade ; ses mains tremblaient. Il ne pouvait pas franchir ce portail. Il avait dit à Ollathair qu'il craignait pour son âme, mais c'était un mensonge, une invention destinée à sauver la face.

La mort l'attendait tapie dans l'obscurité, comme dans l'arbre de son enfance. Prisonnier des ténèbres, des fourmis grouillant sur sa peau. Il frissonna.

Pourtant, aucune bête ne pouvait rivaliser avec l'horreur qu'il avait dû affronter ce jour-là.

Pas même les monstres des ténèbres.

Je ne peux pas ! J'ai peur !

« Rentre, dit Ruad derrière lui. Je veux te montrer quelque chose. » Il se tourna et repassa le seuil. Le sorcier borgne lui tendait un miroir argenté. Manannan le prit et contempla un visage qu'il n'avait pas vu depuis six ans. Les yeux l'accusaient, et il détourna le regard.

« Tu ne peux plus t'enfuir, Manannan. Tu ne peux plus vivre en te demandant si tes amis ne sont pas prisonniers d'une sombre oubliette. Je te connais ; cette idée te hanterait jusqu'à la fin de tes jours. Et tu n'es pas un lâche ; autrement, je ne t'aurais jamais choisi.

— Pourquoi l'avoir fait ?

— Parce que tu étais fort dans tes faiblesses.

— Vous parlez toujours par énigmes, Ollathair. Je suis libre désormais ; c'est vous qui l'avez dit. Libéré de mon serment, libéré de ce maudit heaume. Je ne suis pas obligé de franchir le portail.

— Exact. C'est ton choix. Mais si c'est nécessaire, je te supplierai, je le ferai à genoux.

— Non, dit doucement Manannan. Je ne veux pas. Je me rendrai avec vous jusqu'au portail, et je monterai Kuan comme je l'ai fait alors. Mais je ne promets rien.

— J'ouvrirai le portail dans les montagnes, dit Ruad, et une fois que tu l'auras franchi, tu trouveras une cité. C'est là-bas que tu auras des informations.

— Les habitants sont amicaux ?

— Ce sont des dieux, Manannan. Sages et immortels. Tu y retrouveras Samildanach, j'en suis sûr. »

*
**

Agrain était assis dans la grande salle et contemplait son trésor : trois coffres en chêne, le premier à moitié débordant de pièces d'or, le second plein à ras bord d'argent, le troisième empli d'une pile étincelante de joyaux, d'anneaux et de broches. La Route Royale était maintenant une importante source de revenus, depuis que les familles nomades l'empruntaient en masse pour aller à Cithaeron, dans l'espoir qu'un bateau les emmènerait vers la sécurité. Au départ, Agrain avait volé puis tué les marchands en chemin, mais le nombre de réfugiés avait rendu ce plan inapplicable. S'il avait continué, la route serait engorgée de cadavres. À présent, il se contentait d'imposer une taxe aux voyageurs, et bientôt il serait assez riche pour quitter cette maudite forêt et voguer vers des climats plus chauds, où il achèterait un palais qu'il remplirait d'esclaves nubiles. Agrain se tortilla sur son siège rien qu'en y pensant. Il savait qu'il n'était pas beau : petit, courtaud, large d'épaules et corpulent, il n'avait aucune des lignes fines des athlètes. Ses muscles étaient striés et laids, son corps velu, ses bras extraordinairement longs. Alors qu'il était encore esclave, on l'avait surnommé « le Singe », et les maîtres comme les autres serviteurs se moquaient de lui. Puis il était devenu Agrain, car son travail était de récolter des graines pour nourrir les poulets. Ce nom avait pesé sur lui comme un roc.

Il s'enfonça dans son siège sculpté et ferma ses yeux minuscules pour mieux revivre les souvenirs du dernier jour. L'aîné des serviteurs, Joaper, venait de le battre et le fouet lui avait arraché la peau du dos. Il l'avait subi comme il subissait toutes les corrections, dans un silence lugubre et provocant, lorsqu'il avait aperçu l'épouse du maître sourire près de la porte de la grange. Ce terrible sourire portait tout le poids de sa colère et de sa honte, et il le tourmentait avec des langues de feu. Il s'était ramassé et tourné, avait attrapé le fouet de la main de Joaper et écrasé son poing sur le visage du serviteur. Celui-ci s'était écroulé sans bruit. Puis Agrain avait sauté sur la femme stupéfaite, l'avait traînée dans une stalle jonchée de paille et avait déchiré ses vêtements. Elle était trop terrifiée pour crier, et sa rage s'était transformée en désir.

Après en avoir fini avec elle, il s'était relevé et avait rattaché ses chausses. Puis il s'était tapé la poitrine et avait toisé sa victime.

« Agrain, dit-il. Le Singe. Maintenant tu es les restes du Singe. Qu'est-ce que ça fait de toi ? »

Il était sorti de la grange à grandes enjambées, le dos en sang, et avait gravi l'escalier de marbre qui conduisait à la maison. Un serviteur abasourdi avait tenté de l'en empêcher, mais il lui avait éclaté le crâne contre le mur et avait grimpé l'escalier en colimaçon. Le maître était assis dans son bureau en compagnie de son fils, jeune noble arrogant friand d'équitation et de libertinage. C'est le garçon qui avait réagi le premier.

« Hors d'ici, misérable ! » avait-il ordonné. Agrain avait souri et lui avait asséné un coup de poing au visage. Le vieil homme avait couru à son bureau et attrapé une dague, mais Agrain l'avait attaqué avant qu'il puisse la sortir de sa gaine. Il avait traîné l'homme jusqu'au large balcon et l'avait pressé contre la rambarde.

« J'ai violé ta femme. Je vais tuer ton fils. Meurs avec ces dernières pensées ! »

Le vieillard avait hurlé une fois après qu'Agrain l'eut fait tomber du balcon avant de s'écraser sur les dalles de marbre. L'esclave rebelle avait souri en voyant le crâne de son maître éclater comme un melon. Il avait saisi la dague et tranché la gorge de l'adolescent encore inconscient, puis était revenu à l'écurie et avait sellé un hongre. La femme gisait encore là où il l'avait laissée ; il avait pensé la tuer mais avait décidé que le châtiment serait plus grand s'il la laissait vivre.

Puis il avait chevauché vers la forêt. Il s'était montré idiot car il n'avait pas cambriolé la maison. C'était deux ans avant qu'il ne prenne la tête de la première bande de hors-la-loi qu'il avait rejointe. Maintenant, cinq ans plus tard, il était le maître incontesté des bois de l'ouest. Cinq villages lui payaient tribut, et la Route Royale l'enrichissait au-delà de toute espérance.

Il avait pensé prendre un autre nom, un nom fier. Mais il y avait renoncé. Il se voyait comme Agrain, et les sonorités de ce nom alimentaient sa haine.

Il referma les coffres et les remit dans leur cachette, à l'intérieur du faux puits. Ce n'était pas une cachette extraordinaire, mais rares étaient ceux qui oseraient s'approcher des quartiers d'Agrain en son absence. Il frotta ses cheveux noirs, coupés ras. Tu es riche, se dit-il. Cependant il lui manquait quelque chose.

C'était curieux, mais jusqu'à aujourd'hui, il n'avait pas identifié cette chose. Et puis alors Ariane était entrée dans son village, accompagnée du poète Nuada. Agrain avait contemplé son balancement de hanches, sa chevelure dorée comme le miel agitée par la brise, sa tête au port altier, et le manque s'enflamma en lui tel un feu d'été. Sa beauté lui donnait des sueurs ; il avait la bouche sèche. Il se frotta le dos des mains contre son visage et regarda ses doigts. Il remarqua pour la première fois depuis des jours qu'ils étaient sales. Il rentra aussitôt dans la grande salle et fouilla dans un autre coffre qui contenait des vêtements volés à ses premières victimes. Il prit une chemise de soie jaune ainsi qu'un pantalon de cuir marron et une ceinture blasonnée de cercles d'argent. Puis il sortit par l'arrière de la salle et se rendit au ruisseau. Quelques femmes y lavaient des vêtements, aussi se déplaça-t-il vers l'amont pour se baigner, se frotter avec des feuilles de menthe et des fleurs de lavande. Il enleva l'excédent d'eau avec ses mains et s'habilla prestement. La chemise était trop ample et les manches trop longues ; il roula celles-ci et enfila le pantalon. Il était trop long. Il le retira et coupa plusieurs centimètres à chaque jambe avec son couteau. Une fois habillé, il revint dans la grande salle pour accueillir ses invités.

Comme beaucoup dans la forêt, il avait entendu parler du poète, et ses premières invitations avaient été poliment refusées. Alors Agrain avait envoyé un messager porteur d'une pièce en or et en avait promis davantage.

Ce type ferait mieux de les valoir, songea-t-il, ou il lui couperait les oreilles. Ariane et Nuada patientaient dans la fraîcheur de l'entrée sud quand Agrain fit son apparition. Nuada s'inclina élégamment, ce qui satisfit le voleur, tandis qu'Ariane se contenta de sourire. Le plaisir d'Agrain était total.

« Entrez, entrez, dit-il. Soyez les bienvenus. On m'a raconté des merveilles sur vos talents, maître poète. J'espère que vous ne décevrez pas de pauvres gens comme nous. »

Nuada s'inclina de nouveau. « Monseigneur Agrain, je souhaite seulement que mes piètres talents se montrent dignes de la confiance implicite de votre invitation.

— Je ne suis pas un seigneur », dit Agrain. Il s'enfonça dans son siège et ordonna qu'on apporte du vin pour ses invités. « Rien qu'un pauvre homme qui essaie de faire de son mieux pour les gens dont il a la charge. Les temps sont durs. Mais je ne suis pas un seigneur, ni ne veux l'être.

— Un seigneur, dit Nuada, est un homme qui force le respect de ceux qui le servent ou la crainte de ceux qui sont obligés de le servir. Ce doit être aussi un homme courageux à l'étoffe de chef. L'année dernière, à ce qu'on m'a dit, un immense incendie s'est déclaré, et les hommes se sont tournés vers vous pour que vous les sauviez. Vous avez organisé des groupes de travailleurs, creusé un pare-feu, dégagé le terrain devant le brasier, et vous avez en personne travaillé aux côtés de vos hommes. Vous avez partagé les dangers et inspiré vos suivants, monseigneur, c'est une attitude héroïque. »

Agrain ne savait que répondre. Le feu aurait détruit son grenier, et l'hiver la famine aurait mis fin à son règne. Cet idiot ne voyait-il donc pas cela ? Mais ses paroles étaient agréables, et il commençait à percevoir la valeur de son investissement dans le poète. Il tourna son attention vers la fille, lui demanda son nom et s'efforça de demeurer calme et courtois.

Il bavarda en leur compagnie pendant une heure avant de les faire escorter jusqu'à une hutte vide à l'extrémité ouest du village. Lorsque ses hommes revinrent pour lui expliquer que la femme et le poète n'étaient pas ensemble et désiraient des logements séparés, il ne se sentit plus de joie. Il ordonna qu'on accommode un second logement, et fit déménager la famille qui l'occupait dans une hutte surpeuplée au nord. Naturellement, personne ne discuta ses ordres.

De retour dans la première hutte, Ariane se tourna vers Nuada. « Espèce de flatteur ! Oh, mon cher seigneur Agrain, quel héros vous faites ! » se moqua-t-elle.

Nuada lui sourit. « Parce que toi, tu ne l'as pas flatté ?

— Qu'est-ce que tu insinues ?

— Il se retenait de te grimper dans le pantalon, mais tu t'es contentée de lui sourire d'un air aguichant. Ne me fais pas la leçon ! J'ai grandi à la cour, où un mot comme un regard mal interprétés peuvent causer la ruine d'une personne, voire pire. C'est la même chose ici. Agrain est un roi, et aller à son encontre ne pourrait avoir que des conséquences fâcheuses.

— Nous sommes protégés par un sauf-conduit, lui rappela-t-elle.

— Oh, un peu de maturité, Ariane. Un sauf-conduit ? Cet homme est un sauvage. Mais un sauvage riche, ce qui me donne une raison d'être là. Si tu veux un bon conseil, pars dès qu'il fera nuit. »

Ariane avait déjà décidé de s'en aller, mais les paroles du poète la piquèrent au vif.

« Je ne ferai rien de la sorte. Je partirai demain après le petit-déjeuner. Je ne manquerai ton numéro devant cette populace pour rien au monde, pas même une pièce d'or ! »

Il haussa les épaules. « Comme tu voudras. J'aurais dû me garder de prodiguer des conseils à une femme qui a tant l'expérience du monde. Il te traînera dans son lit ; je crois que c'est un porc que tu vas découvrir à l'intérieur de cette chemise de soie.

— Jaloux, poète ? Les hommes t'attirent ? » Elle avait lancé sa question comme un trait et se mit en colère lorsqu'il en rit.

« Tu es furieuse, Ariane, dit-il. N'ai-je pas été attentionné pendant le voyage ? T'attendais-tu à ce que je te demande de partager ma couche ? Quelle négligence de ma part ! »

La justesse de ses paroles la fit rougir. S'il l'avait invitée à rester, elle aurait refusé, mais elle s'était attendue à ce qu'il lui fasse des avances. Sa main fendit l'air et claqua contre sa joue. Durant un moment la colère faillit l'emporter, puis il sourit, s'inclina et sortit de la hutte.

Ariane le regarda partir, puis jura à voix basse. Le poète avait raison ; il était stupide de faire confiance au sauf-conduit d'Agrain. Et pourtant elle avait pris le risque de l'accompagner dans l'espoir qu'elle ferait naître quelque inquiétude dans le cœur de Llaw Gyffes. De ce point de vue, elle avait échoué misérablement. Elle imagina Agrain les yeux remplis de désir et dégaina lentement le couteau de chasse qu'elle posa à côté d'elle. La lame était aiguisée comme un rasoir et courbée en croissant. *La traîner dans son lit ?*

Elle glissa de nouveau le couteau dans sa gaine. Et attendit.

Ariane était assise à côté d'Agrain tandis que Nuada, debout sur une table au centre de la pièce, tissait son sortilège autour des soixante-dix hommes qui s'étaient réunis dans la salle. Son talent, porté par une voix mélodieuse, aux paroles riches et ondulantes, aux histoires vivantes et irrésistibles submergea les convives. Même Ariane, qui ne comprenait pas les batailles des hommes, fut conquise par ses récits de héros et de princesses, de guerriers et de sorciers.

Ses propos variaient subtilement cette fois-ci, remarqua-t-elle, plus énergiques, et ses histoires étaient moins romantiques, comme s'il avait jaugé son public à l'instant où il avait grimpé sur la table. Les héros dont il parlait étaient des hommes du commun qui s'étaient élevés au rang des grands ou qui avaient combattu les fléaux des monarchies d'autrefois.

Agrain était aussi envoûté que ses hommes, ses yeux sombres fixés sur le poète. Nuada acheva sa représentation par le récit du grand incendie et le rôle qu'Agrain y avait joué, accentuant la force de caractère et les compétences de chef qui étaient un don divin pour les hommes au destin particulier. La salle explosa en applaudissements et Nuada salua le public, puis se tourna et s'inclina encore plus bas en direction d'Agrain.

Le chef hors la loi se leva et lui rendit son salut. Baigné de sueur, Nuada sauta de la table, attrapa une cruche de bière et la vida d'un trait.

« Tu es un homme de grand talent, lui dit Agrain alors qu'il rejoignait le hors-la-loi et Ariane au fond de la salle.

— Mes talents ne seraient rien sans les exploits des héros, monseigneur.

— Où as-tu entendu parler de l'incendie ?

— C'est un sujet de conversation partout où je me suis rendu », répondit Nuada. Ariane s'enfonça dans son siège et secoua la tête. Elle ne dit rien. Plus tôt dans la soirée, Agrain avait passé un bras autour d'elle et lui avait caressé le cou et tapoté la cuisse. Mais lorsque Nuada avait commencé à parler, il avait oublié sa présence. C'était humiliant. Quant à l'incendie... tout le monde savait qu'Agrain n'avait pas bougé le petit doigt avant que son propre grenier soit menacé. Trois villages avaient été détruits et quatorze personnes étaient mortes avant qu'il daigne sortir de chez lui.

Ariane n'était pas loin de haïr Nuada de glorifier de la sorte cet incident.

Agrain se tourna vers elle et sourit. La transpiration avait trempé la chemise de soie jaune, chiffonnée au niveau de son ventre proéminent. Sa main pelota la cuisse d'Ariane. « Tu es comme du feu dans mon sang », murmura-t-il en pressant ses lèvres humides contre sa joue.

Elle rougit terriblement et s'écarta, mais le bras musculeux d'Agrain encercla ses épaules et la ramena contre lui.

La porte s'ouvrit de l'autre côté de la salle et deux hommes entrèrent. Le premier était couvert de sang ; le second était Llaw Gyffes.

Llaw aidait le blessé à marcher. Il le porta jusqu'à une chaise. Les hommes se précipitèrent vers eux, le masquant à la vue d'Ariane. Agrain se leva immédiatement et s'approcha au pas de course en bousculant tous ceux qui se trouvaient sur son passage.

« Qu'est-ce qui se passe ? » rugit-il. Llaw se redressa et se campa devant le petit homme.

« Il y a des bêtes dans la forêt. Je n'en ai jamais vu de semblables. J'ai trouvé cet homme en train de ramper dans les broussailles à plus d'un kilomètre à l'est ; il m'a dit que sa famille avait été massacrée. À mi-chemin du village, j'en ai vu une. Deux mètres cinquante à trois mètres de haut, la tête d'un loup et le corps d'un ours. Elle dévorait une carcasse de taureau et ne m'a pas prêté attention. Au loin, j'ai vu une deuxième créature ; j'aurais juré qu'elle avait deux têtes. »

Une rumeur s'éleva autour d'eux, car beaucoup d'hommes dans la salle habitaient dans les bois et les vallées et avaient voyagé jusqu'ici pour entendre Nuada.

« Silence ! » beugla Agrain. Il s'agenouilla auprès du blessé et déchira sa chemise imbibée de sang. Quatre entailles irrégulières lui barraient la poitrine, et il était évident d'après la forme des lignes qu'il n'avait reçu qu'un seul coup. Cela impliquait que la patte devait être d'une taille prodigieuse. Aucun ours n'aurait pu faire ça, pas même le grand grizzli noir des hautes montagnes. « Emmenez-le chez la sorcière, ordonna Agrain, ou il va se vider de son sang. »

Alors qu'on emportait le blessé, Agrain se tourna vers Llaw. « Tu en as vu deux. Comment peux-tu savoir qu'il y en a davantage ? »

Le grand guerrier gratta sa barbe dorée. « Les hurlements, répondit-il simplement. La bête près du taureau a lancé un hurlement, et plusieurs lui ont répondu.

— C'est vrai, j'ai entendu un hurlement étrange, dit un homme. Il venait du nord. J'ai cru que c'était un tour joué par le vent.

— Et j'ai vu des traces, ajouta un autre. En venant, Agrain. Grosses, deux fois la taille de celles d'un lion. »

D'autres hommes se mirent à crier, et la rumeur enfla.

« C'est une nuit pour les héros ! fit une voix, et la foule se tourna pour voir le poète à nouveau debout sur sa table. Deux bêtes battent la campagne, et il n'y aurait pas assez de héros ici pour les chasser ? Nous avons Agrain, le seigneur de l'incendie, et Llaw Gyffes, qui a libéré les prisonniers. Si je regarde autour de moi, je vois d'autres hommes, des hommes forts, des hommes fiers. Une saga attend dehors, et je vais la chanter. Nous exhiberons les carcasses au fond de la salle, puis nous ferons un feu et danserons. Votre bravoure deviendra alors immortelle ! »

La foule manifesta son accord par des exclamations et se dirigea vers les murs pour ramasser arcs et couteaux.

« Attendez ! tonna Agrain. L'aube va bientôt poindre, et je refuse que des sauvages courent à tâtons dans le noir en frappant tout ce qui bouge. On va plus s'entre-tuer qu'autre chose... »

Llaw acquiesça. « Il faut leur tendre un piège. Je n'ai aucune envie de m'aventurer dans un antre obscur pour chasser ces créatures.

— Reposez-vous », conclut Agrain avant de retourner s'asseoir d'un air digne.

Ariane se leva quand Llaw s'approcha. « Je ne m'attendais pas à te croiser si loin à l'ouest, dit-elle. Tu es perdu ?

— J'avais l'intention de partir à Cithaeron, mais ces hurlements m'ont troublé, lui dit-il. J'ai tenté de les contourner, mais j'ai senti que les bêtes m'avaient repéré, alors j'ai coupé à l'ouest. Que penses-tu de tout ça, poète ? »

Nuada haussa les épaules. « Les légendes regorgent de chansons de bêtes-garous, mais je n'en ai jamais vu. On raconte que loin à l'est, dans une riche contrée, des fourmis géantes à tête d'homme creusent des mines. »

Agrain jura. « C'est toujours loin à l'est, ou à l'ouest, ou au nord. On dirait que l'origine des légendes est toujours loin de là où les hommes peuvent les étudier. Mais peu importe. Moi aussi j'ai entendu les hurlements. Cependant, je ne doute pas que la taille des créatures soit exagérée. On a affaire à un ours errant. Grand, certes, mais ce n'est qu'un ours. »

Llaw s'empourpra. « Il est peu sage de traiter un homme de menteur, surtout si on ne le connaît pas.

— Tu as raison, Main-Ferme. Je ne te connais pas, et n'ai donc aucune raison de te faire confiance à toi ou à ton jugement. Je maintiens que c'est un ours. L'aube nous le dira.

— D'accord, acquiesça Llaw. Jusque-là, je vais dormir.

— Je vais te conduire à ma hutte, intervint Ariane prestement, et ce fut au tour d'Agrain de s'empourprer.

— C'est ton homme ? demanda-t-il, le regard luisant.

— Non, répondit-elle. Un ami de ma famille.

— Bien, susurra Agrain. J'ai hâte de partir à la chasse avec ton “ami de la famille”. »

Llaw se raidit, mais Ariane lui saisit le bras et ils sortirent ensemble dans la nuit. Les portes de la palissade étaient de nouveau fermées, et les gardes patrouillaient sur le mur.

« Pourquoi es-tu venue ici ? demanda Llaw. Tu voulais coucher avec ce porc ?

— Comment oses-tu... ? Je vais où je veux. Tu n'es pas mon père ; tu n'as pas à me demander des comptes.

— C'est vrai », admit-il. C'est alors que retentit un cri perçant dont l'écho se répercuta dans les bois. Llaw se précipita vers le mur et gravit l'échelle appuyée contre la palissade. « Tu vois quelque chose ? demanda-t-il à la sentinelle.

— Non, répondit celle-ci, mais Daric est sorti il y a dix minutes. Il voulait rejoindre sa famille. C'est quelle sorte de bête ?

— Je ne sais pas, répondit Llaw, mais ce n'est pas un ours. » Une ombre noire se déplaça entre les arbres, s'arrêta à la lueur de la lune et leva les yeux vers la palissade. La sentinelle contempla avec horreur les restes macabres qu'elle traînait.

« Daric a échoué, déclara Llaw.

— Je ne veux rien avoir à faire avec cette partie de chasse », dit la sentinelle.

Llaw attendit que la bête soit retournée sous le couvert des arbres, puis il tapa la sentinelle sur l'épaule. « Pense à la saga », ironisa-t-il.

La réponse de la sentinelle fut courte, grossière et directe. Llaw gloussa.

Ariane sondait les ténèbres de la forêt. « Est-ce que des flèches peuvent tuer ce genre de bête ? s'enquit-elle.

— Elle vit et respire, dit Llaw. Donc elle peut mourir. Montre-moi cette hutte. » Allongé sur le lit étroit de la petite hutte, Llaw Gyffes ne parvint pas à fermer l'œil. Il entendait Ariane respirer à côté de lui et mourait d'envie de tendre la main et de la toucher, de la serrer contre lui. La culpabilité le submergea. Lydia était l'amour de sa vie, et les quelques années qu'ils avaient passées ensemble l'avaient rempli d'une joie qu'il n'aurait jamais connue sans elle. Jeune apprenti, il lui avait fait la cour durant quatre années et avait travaillé dur afin d'économiser de quoi se payer sa propre forge. Le père de Lydia avait toujours maintenu qu'il ne ferait pas un bon époux et rêvait de la marier à un jeune noble. Il n'avait pas daigné assister à la cérémonie et n'avait plus jamais parlé à Llaw ; il était mort trois ans après le mariage. La mère de Lydia avait déménagé dans le nord pour retrouver sa famille, mais elle au moins avait toujours traité Llaw avec courtoisie, à défaut d'affection.

Depuis le début, seul le désir de rendre Lydia heureuse avait animé Llaw. Mais son père avait eu raison en fin de compte. Lydia avait eu une mort atroce, une mort qui aurait pu être évitée si elle n'avait pas épousé le forgeron géant. Il ne l'oublierait jamais, gisant sur le lit, ses yeux morts rivés au plafond.

Pourtant il était maintenant étendu aux côtés d'une autre femme, et ses pensées n'étaient pas exemptes de désir.

Il roula sur le flanc, tournant le dos à Ariane. Il pouvait sentir son parfum et deviner, sans la voir, la beauté ovale de son visage, l'étincelle de défi de ses yeux et son sourire moqueur.

« Tu dors ? » murmura-t-elle, et il entendit son corps remuer sur le lit. Il ne répondit pas ; il n'y avait rien à dire. Il était trahi par son corps, qui se languissait d'elle, et même son esprit était en état de guerre. Il est naturel, se dit-il, pour un homme de désirer une compagne. Sa tragédie n'y changerait rien. Et pourtant... pourtant... S'il pouvait trouver l'amour et la paix auprès d'une autre femme, est-ce que cela ne lui ferait pas oublier Lydia ? Elle serait alors vraiment morte, perdue et oubliée, comme si elle n'avait jamais existé. Il ne supportait pas cette idée. Elle n'avait pas mérité ce sort et elle ne méritait pas cette trahison.

Llaw resta allongé en silence jusqu'à l'aube, puis se leva et regarda le soleil jaillir de l'horizon. À côté de lui, Ariane dormait toujours, bras collés contre son corps, jambes repliées comme une enfant. Llaw la regarda ; il écarta une mèche de cheveux de sa joue. Il sentit la douceur de sa peau.

Les yeux d'Ariane s'ouvrirent lorsqu'il la toucha. « As-tu bien dormi ? » demanda-t-elle en bâillant et s'étirant. Sa jupe glissa et exposa un centimètre carré de sa taille. Llaw marcha jusqu'à la porte. Dehors, les hommes se rassemblaient et Agrain s'était équipé d'un arc et vêtu de cuir pour la chasse. Le chef hors la loi courtaud portait aussi deux épées courtes aux lames recourbées.

Llaw ramassa sa hache à double lame et rejoignit les autres. Nuada le salua de la main et s'approcha de lui.

« Ce sera une journée mémorable, dit le poète en souriant. Le soleil est déjà haut, le ciel est clair. Le festin de ce soir sera magnifique.

— Tu n'as aucune idée de ce que va être cette journée, poète. Ça n'a rien d'une chasse au cerf. Tu viens avec nous ?

— Bien sûr. Comment pourrai-je conter la saga si je n'en suis pas témoin ?

— Ce détail ne semble pas avoir affecté tes talents jusqu'à maintenant », observa Llaw.

Le groupe se divisa en trois sections, et on envoya des éclaireurs chercher des pistes. Llaw partit avec Agrain, Ariane, Nuada et trois autres hommes qu'il conduisit sur le sentier jusqu'à l'endroit où il avait vu la bête se nourrir. Ils trouvèrent des traces de sang, quelques os brisés et plusieurs empreintes énormes, mais de la créature, il n'y avait aucun signe. Ils s'arrêtèrent à midi au bord d'un ruisseau et s'assirent en cercle autour d'un petit feu.

« Elle est allée digérer, soupira Ariane. Elle doit dormir dans une caverne, quelque part. Mais le sol est rocailleux au nord, et il sera impossible de suivre sa trace.

— Alors il faut l'attirer jusqu'à nous, déclara Agrain. La nuit dernière elle a tué un de mes hommes, nous savons donc qu'elle aime la chair humaine.

— Tu n'arrêtes pas de dire *elle*, remarqua Llaw. Mais il y en a d'autres.

— C'est toi qui le dis, fit sèchement le chef hors la loi. Voici mon plan : on va retourner à l'endroit où elle s'est nourrie la dernière fois et l'attendre. Elle a dû y enterrer de la viande et y reviendra après la tombée de la nuit.

— Vous voulez vraiment combattre cette créature dans le noir ? murmura Ariane. Et si les nuages s'en mêlent ? Sans la lueur de lune, les archers seront inefficaces. »

Agrain sourit. « Nous allumerons un feu, tes amis ici présents et moi. Et nous discuterons, raconterons des histoires. Toi et les autres archers, vous serez cachés près de là, dans les arbres, hors de danger. Je crois que la bête nous attaquera.

— C'est de la folie, dit Ariane. Qu'est-ce que ça va prouver ? »

Les yeux d'Agrain cillèrent en direction de Nuada, puis il haussa les épaules. « Tu vois un meilleur plan, Llaw Gyffes ?

— Comme tu veux, grommela Llaw. Je crois que tu devrais rassembler tous les chasseurs. Cette créature supportera de nombreuses flèches. »

Après le repas, Agrain ordonna à l'un de ses hommes de sonner la corne, et les groupes de chasseurs convergèrent pour se réunir en un endroit déterminé à l'avance sur une haute colline dominant la palissade. Le plan original fut modifié, car le premier groupe avait retrouvé les restes de la famille de Daric à moitié enterrés dans une cuvette dissimulée par les arbres.

« Elle va revenir, dit Agrain. Vous avez laissé les corps où ils étaient ?

— Oui, répondit un grand chasseur maigre nommé Dubarin, le visage encore blême après le choc de sa découverte. Crois-moi, Agrain, cette bête est énorme. Elle fait des enjambées de plus de deux mètres ; ce n'est pas un ours.

— Comme l'a dit le poète, nous clouerons sa carcasse aux portes de la grande salle ce soir. »

Certains hommes furent renvoyés à la palissade, mais Agrain, Llaw, Nuada et Ariane s'aventurèrent dans les collines avec vingt archers. Ils arrivèrent à la cabane de Daric une heure avant le crépuscule et Dubarin les conduisit aux corps. Il s'arrêta en chemin et leur montra l'endroit d'un geste.

« Je n'ai pas besoin de revoir ça, dit-il en se détournant.

— Quant à moi, je ne veux pas le voir du tout », déclara Nuada en reculant. Mais Llaw Gyffes lui agrippa le bras et le tira à sa suite.

« Allons, poète. Tu ne pourras pas le chanter si tu ne le vois pas ! »

Nuada lutta, mais la poigne de Llaw était comme un étau et il fut traîné jusqu'à la tombe peu profonde. Un bras dépassait du sol, et le corps à moitié dévoré d'une jeune femme gisait ventre à l'air, les entrailles couvertes de terre. Une partie d'un corps d'enfant gisait non loin. Nuada hoqueta et se tordit pour vomir par terre. Llaw s'agenouilla à côté de lui. « Maintenant tu vois, dit-il. Ce n'est pas une chanson. Il n'y a pas de prince, pas de dragon cracheur de flammes. J'écouterai ton récit avec intérêt si nous survivons à cette chasse.

— Laisse-le tranquille, intervint Ariane. Ce n'est pas sa faute s'il n'a jamais vu la mort. »

Llaw se releva et alla rejoindre Agrain qui donnait ses ordres aux hommes. Il y avait des arbres tout autour de la cuvette, et il ordonna aux archers de grimper sur les branches basses. Agrain s'éloigna des cadavres d'une vingtaine de pas et prépara un feu ; Llaw ramassa du bois et alla le retrouver.

« Bien sûr, dit Llaw, tu sais qu'il est inutile que nous restions à découvert comme ça ? La bête va revenir de toute façon.

— Elle sentira notre présence. Je veux qu'elle voie que nous sommes seulement deux.

— Personne ne peut nous entendre, Agrain. Ce que tu veux, c'est impressionner la fille. Je ne suis pas idiot ; je vois bien la manière dont tu la dévisages.

— Je vois comment toi aussi tu la dévisages, fit le hors-la-loi. Comment se fait-il que tu ne l'aies pas mise dans ton lit ? »

Llaw s'assit et sortit son briquet à amadou de la bourse pendue à sa ceinture. Il alluma prestement le feu. « Je le ferai peut-être, le moment venu. »

Agrain gloussa. « Tu penses survivre à la bataille ?

— Si je n'y survis pas, je ne serai pas le seul. Tu as peut-être ordonné à un ou plusieurs archers de m'abattre, mais je ne mourrai pas tant que ma hache ne se sera pas enfoncée dans ce qui te sert de cerveau.

— Je n'ai rien ordonné de tel, rétorqua Agrain. Je n'ai pas besoin d'aide pour tuer un homme. Je pensais à la bête. » Il banda son arc et retira trois flèches de son carquois ; après avoir vérifié qu'elles n'étaient pas tordues, il les planta dans le sol à côté de lui. « As-tu déjà entendu parler d'une bête de cette taille ? »

Llaw haussa les épaules. « Non. Un jour, un marchand m'a parlé de grands félins dans l'est qui pouvaient tuer un taureau et sauter avec sa carcasse dans la gueule par-dessus une clôture. Mais ce n'est pas un félin. »

Le soleil plongea lentement derrière les montagnes, et les deux hommes s'installèrent en silence. Llaw s'occupa du feu, mais ni lui ni Agrain ne regardèrent directement les flammes, car la lumière leur aurait contracté les pupilles et les aurait aveuglés au cas où ils devraient scruter les broussailles. Après un temps, Agrain parla.

« Si tu n'estimes pas nécessaire de rester assis là, pourquoi le fais-tu ?

— Peut-être pour la même raison que toi.

— Pour impressionner la belle Ariane ? Je ne crois pas. Tu m'inquiètes, Llaw. Se pourrait-il que tu veuilles mourir ?

— Tu penses peut-être que si nous nous asseyons dans un coin tranquille nous vivrons à jamais ? répliqua Llaw, retirant la hache de sa ceinture et la posant sur ses genoux.

— Tu as réellement tué ta femme ? »

Llaw bondit sur Agrain et sa main s'enroula autour du manche noir de la hache. Pendant quelques secondes, il ne parvint pas à prononcer un mot.

« Ma femme a été... étranglée par le neveu du duc. Il l'a violée et tuée. Je l'ai tué à mon tour. Ne répète jamais cette calomnie. Tu ne comprendras pas ce que je vais te dire, mais écoute quand même : j'aimais Lydia. Plus que la vie. Bien plus que la vie.

— Donc, tu cherches *vraiment* à mourir ici ? Ce n'est pas une belle mort. Tu penses rejoindre ta Lydia ? Crois-moi, Llaw, tu ne rejoindras personne. Regarde la fosse là-bas. C'est ça la mort, point. Ténèbres et décomposition.

— Depuis quand es-tu devenu philosophe ? » siffla Llaw.

Un hibou poussa un cri rauque et perçant dans la nuit et les deux hommes se figèrent, aux aguets. Le vent soupirait dans les feuillages et Agrain leva les yeux ; les nuages s'amoncelaient.

« La nuit va être noire, observa-t-il.

— C'est la nuit de la bête », ajouta Llaw. Ses paroles flottèrent dans l'air.

Agrain se racla la gorge et cracha. « Tu as peur ? demanda-t-il.

— Bien sûr. Toi aussi, je sens ta sueur. »

Agrain gloussa et dégaina ses épées. « Je les ai volées à un marchand nomade. De l'acier argenté, Llaw, le meilleur que j'aie jamais vu. Elles viennent d'orient.

— Il y a du bon minerai là-bas, approuva Llaw. Ils fabriquent des lames impressionnantes, et des fers à cheval qui durent un an. J'aurais aimé apprendre leurs techniques. Je peux ? » demanda-t-il en tendant la main. Agrain prit l'épée par la lame et la présenta poignée tendue vers l'ancien forgeron. « Oui, dit Llaw, faisant courir avec respect ses doigts le long de la lame recourbée, un travail merveilleux. Couche après couche d'acier, trempé dans le sang de l'artisan. La poignée est tenue en place par un mince éclat d'ivoire. » Il retira celui-ci et démonta la lame. « Tu vois ? C'est la marque de l'artisan. Ohei-sen. Cette épée a plus de trois cents ans.

— Elle a beaucoup de valeur, alors ? » demanda Agrain.

Llaw remit la lame en place et la verrouilla avec le morceau d'ivoire. « De la valeur ? Ce soir tu vas voir ce qu'elle vaut. Mais à l'est tu recevrais peut-être deux cents raqs, en or, pour chacune des épées.

— Tout ça ? Peut-être que j'irai là-bas un de ces jours. »

Ils aperçurent soudain du mouvement dans les broussailles et Agrain attrapa son arc, tandis que Llaw se mettait debout : il essuya ses paumes moites contre ses chausses et prit sa hache.

Les buissons s'écartèrent et Ariane s'approcha du feu. « Je commençais à avoir froid, dit-elle, lâchant son arc pour s'accroupir les mains tendues devant le brasier.

— Je te manquais peut-être, suggéra Agrain.

— Derrière vous ! » s'exclama Nuada, et Llaw se tourna à l'instant où la bête jaillissait des broussailles et chargeait à quatre pattes à travers la clairière. Le grand guerrier blond resta un moment pétrifié. La taille de la créature était au-delà de tout ce qu'il avait imaginé. Agrain brandit son arc et décocha un trait qui ricocha sur le crâne du monstre. Alors que la bête s'approchait, Llaw, se rappelant qu'Ariane était derrière lui, se jeta en avant. Des flèches se fichèrent dans la silhouette au galop sans la ralentir. La hache de Llaw s'abattit et fracassa l'épaule de la créature, mais elle le heurta de tout son poids et le propulsa en arrière, lui arrachant la hache des mains. Ariane plongea sur la droite alors que la bête se tournait vers elle, ses grandes pattes éparpillant les braises.

Agrain, qui avait couru quelques mètres sur la gauche, décocha une autre flèche qui alla frapper la fourrure grise sur le dos de la créature. Plus de vingt traits hérissaient la créature. Le chasseur Dubarin sauta d'un arbre proche et se précipita sur la bête-loup avec sa lance. Quand il fut sur elle, la créature bondit en avant et se débarrassa de l'arme d'un coup de patte. Les griffes s'abattirent, arrachant le visage de Dubarin de son crâne. Ariane décocha deux flèches et la bête se tourna, ses yeux rouges se rivant sur la svelte archère. Agrain s'élança en brandissant ses deux épées. La créature se mit sur ses pattes arrière, Agrain esquiva un féroce coup de griffe et enfonça son épée droite dans son ventre. La créature l'entoura de ses pattes de devant et planta ses griffes dans son dos. Il beugla de rage et de douleur et carra son épée gauche dans l'aisselle de la bête. C'est alors que Llaw Gyffes, brandissant de nouveau sa hache, sauta sur le dos de la créature et s'accrocha à la crinière hirsute. La hache s'éleva et s'abattit, encore et encore. Finalement, la bête-loup relâcha Agrain, qui recula en titubant dans les bras d'Ariane.

Deux hommes coururent aider Llaw. Le premier mourut quand les griffes déchiquetèrent son abdomen ; le second plongea une lance dans la poitrine de la bête. Elle tenta de s'enfuir dans les sous-bois, mais d'autres hommes accoururent pour l'encercler. Et dans le même temps, Llaw accroché sur son dos abattait sa hache sur les muscles côtelés de la gorge de la créature. Enfin elle s'affaiblit et tomba en avant. Agrain arracha une lance des mains d'un homme près de lui et alla aider Llaw. La bête releva son énorme tête et Agrain enfonça la pointe de son arme dans sa gueule, utilisant tout son poids pour lui transpercer la colonne vertébrale.

Llaw descendit du dos du monstre au moment où les nuages s'éloignaient et que le clair de lune baignait la scène. La créature était morte.

La neige commença à tomber tandis qu'Agrain retirait le pieu de sa gueule béante et utilisait celui-ci pour mesurer la bête. Elle faisait près de trois mètres du bout des pattes à la mâchoire.

« Nous n'arriverons jamais à traîner ça jusqu'à la palissade, dit Agrain. Coupez-lui la tête.

— On devrait soigner ces blessures, suggéra Ariane. Tu saignes méchamment.

— Il n'y a pas de gentille manière de perdre du sang », répondit Agrain. Il s'agenouilla près de la créature et arracha une de ses épées de son ventre. L'autre s'était cassé juste sous la poignée ; il jura et regarda Llaw Gyffes.

« Tu sais, avant ce soir, ce n'aurait été qu'une épée brisée. Maintenant c'est deux cents raqs de perdus. Cette histoire a une morale.

— Tu pourras toujours en voler une autre », suggéra Llaw.

Les yeux d'Agrain s'étrécirent quand au loin un hurlement sinistre se réverbéra dans la forêt. « Demain, dit-il, nous irons chasser les autres. Je ne veux pas de ces créatures dans ma forêt. Où est ce maudit poète ? J'ai envie d'entendre ma chanson. »

Chapitre 9

Errin ouvrit les yeux et faillit pleurer de joie en constatant qu'il ne souffrait plus. À son chevet était assise une vieille femme vêtue d'une robe bleue à col haut en laine brodée d'argent. « Vous êtes guéri, jeune homme. L'os est ressoudé.

— Merci, madame. Votre magie doit être très puissante.

— Et chère, lui répondit-elle. Mais ne me remerciez pas, remerciez plutôt le seigneur Cartain, qui a généreusement payé mes services. » Elle se leva et sortit de la pièce. Errin s'assit. Il était dans une petite chambre percée de deux fenêtres ; un feu brûlait dans l'âtre, et il entendait les cris des mouettes au-dessus de lui. Il se recoucha sur les oreillers. La chevauchée sur la route de la forêt s'était révélée une torture insupportable ; sa jambe cassée avait enflé et la fièvre l'avait gagné. Il se rappelait vaguement qu'Ubadaï l'avait attaché à la selle. Et il y avait des gens... Il se souvenait d'une colonne de réfugiés qui serpentaient le long de la Route Royale alors que la neige commençait à tomber. Et des cris étranges dans la nuit... Des hurlements de loup ? Hormis la douleur, il était difficile de se souvenir de quoi que ce soit.

Ubadaï entra un plateau à la main, sur lequel se trouvaient un bol de bouillon et une assiette de fruits. « Ça être mieux vous manger, dit-il. Vous paraître mal encore.

— Où sommes-nous ? » demanda Errin au serviteur trapu.

Ubadaï posa le plateau sur le lit et alla ouvrir la fenêtre, faisant tomber la neige accumulée sur le rebord. « Port Pertia, répondit-il. Bateau à nous partir demain Cithaeron. »

Errin termina le bouillon, qui n'avait qu'un arrière-goût de viande, et mangea deux pommes. La fenêtre ouverte, il pouvait sentir la mer. Il sourit ; il était heureux de vivre.

Vivre ?

Il revit soudain Dianu attachée au poteau... les flammes lécher son corps, son regard tandis qu'il fendait la foule, l'espoir mourant au moment où il armait son arc, le vol de la flèche qui mettait un terme à sa vie.

Il gémit, et Ubadaï revint à son chevet, ses yeux noirs et bridés remplis d'inquiétude. « Vieille sorcière dire douleur partie.

— Je vais bien, lui affirma Errin en ravalant ses larmes.

— Alors pourquoi pleurer ? Pas bon pour homme.

— Ce sont des larmes pour les morts, Ubadaï. C'est tout. »

Le Nomade grogna. « Jambe guérie ; vous devoir être debout. Tester avant sorcière partir.

— Très bien. Je vais me lever dans un moment. Qui est ce seigneur Cartain ?

— Pas seigneur, répondit Ubadaï. Marchand nomade. Lui attendre en bas. Moi renvoyer lui ? »

Errin gloussa. « Cet homme vient de me rendre la santé. Pourquoi diable le renverrais-je ? »

Ubadaï se raidit. « Rien pour rien, dit-il en retournant à la fenêtre. Bon bateau. Faire voyage Cithaeron trois... quatre fois un an. Bon moment partir. Pas orage.

— Qu'est-ce qui t'inquiète ? »

Ubadaï se tourna vers le jeune seigneur, mais Errin ne pouvait déchiffrer aucune émotion sur le visage plat et inexpressif. « Vous vouloir moi amener lui ?

— Oui. J'aimerais le remercier. »

Ubadaï secoua la tête. « Moi penser, peut-être, nous manquer bateau.

— C'est absurde. Fais-le monter. » Errin se leva et alla prendre sur la chaise près de la fenêtre ses vêtements qui y étaient soigneusement pliés ; ils avaient été nettoyés et parfumés. Il s'habilla prestement et enfilait ses cuissardes de cavalier quand Ubadaï revint. Derrière le serviteur se tenait un homme grand au profil aquilin et aux yeux sombres, le front ceint d'un bandeau en or. L'homme s'inclina.

« C'est un honneur de vous rencontrer, seigneur Errin, dit Cartain.

— Je ne vois pas pourquoi ce serait un honneur », répondit Errin en tendant la main.

Cartain la serra brièvement. « Vous avez risqué votre vie pour sauver dame Dianu et combattu l'un des terribles chevaliers. Vous êtes très courageux.

— J'ai échoué, dit Errin. N'en parlons plus. »

Cartain sourit. « Puis-je m'asseoir ? » Errin hocha la tête et le marchand rassembla sa large robe pourpre avant de prendre place dans un siège à haut dossier.

« Pourquoi m'avez-vous aidé ? Vous étiez un ami de Dianu ?

— Pas exactement. J'avais arrangé sa... fuite. Je devais assurer le transport des richesses familiales et j'ai veillé à ce que la sœur de dame Dianu soit escortée saine et sauve jusqu'ici. J'attendais que dame Dianu nous suive, mais elle m'a dit qu'elle retarderait son départ... dans l'espoir, je pense, que vous la rejoindriez. C'est alors que... » Il écarta les bras.

« Vous ne m'avez toujours pas expliqué pourquoi vous m'avez aidé.

— Il n'y a rien de sinistre derrière tout ça, seigneur Errin. Je suis désormais le... curateur du domaine, si l'on veut. Je prends mon devoir très au sérieux. Dame

Sheera est dorénavant seule bénéficiaire, et j'espérais l'emmener à Cithaeron.

— Vous espériez ?

— Elle n'est pas ici, dit Cartain, ses yeux noirs se rivant à ceux d'Errin. Elle avait en tête de venger sa sœur et, à l'insu de tous, elle a engagé deux hommes pour lui faire retraverser la forêt. Je crois qu'elle a l'intention de tuer Okessa.

— Ce n'est qu'une enfant ! s'exclama Errin. C'est de la folie !

— Je sais qu'elle a passé plusieurs années à Furbolg, seigneur Errin, mais à dix-sept ans, on n'est plus vraiment une enfant. Elle est grande, bien formée et remarquablement têtue. Je crains qu'elle se soit trahie. Il y a ici, à Pertia, des espions et des assassins à foison, même si nous sommes heureusement libres des terreurs du royaume. Et j'ai entendu dire hier que le roi avait ordonné à sa flotte de venir à Pertia ; ils devraient arriver d'ici une dizaine de jours, et le port sera alors interdit aux réfugiés nomades.

— Vous avez dit que vous craigniez que Sheera ne se soit trahie. Expliquez-vous.

— L'un des hommes qu'elle a engagés est connu pour être à la solde du roi. C'est un espion et un tueur ; il a une horrible réputation.

— Je ne vois pas ce que je peux faire pour vous.

— Vous seul pouvez la ramener. On dit que votre serviteur est l'un des meilleurs pisteurs des terres occidentales. Et il y a autre chose, monseigneur. On raconte d'étranges histoires à propos de monstres qui hanteraient les bois. Je ne voudrais pas que Sheera subisse le même sort que sa sœur. »

Errin se rassit sur le lit. « Moi non plus, messire. Mais je ne suis pas un guerrier. La violence me rend malade, et je n'ai aucun talent avec les armes. Ne pourriez-vous trouver plus digne sauveteur ?

— On peut rarement juger de la valeur d'un homme par sa capacité à blesser autrui, seigneur Errin. Mais dans ce domaine au moins, je peux vous aider. » De la main gauche, il prit une pomme sur le plateau et tira de la droite une dague de sa ceinture. D'un geste du poignet, il jeta la pomme en l'air. La dague frappa à une vitesse telle qu'il était impossible de distinguer ses mouvements, et le fruit retomba dans sa main gauche. Lorsqu'il ouvrit ses doigts, la pomme se sépara en quatre morceaux.

« Magnifique tour de passe-passe, messire, mais en quoi cela va-t-il m'aider ? » demanda Errin.

Cartain se leva et déboucla la ceinture en cuir bordée d'argent qu'il portait, puis la passa à Errin. « Veuillez la mettre, monseigneur.

— J'ai déjà une ceinture.

— Pas comme celle-ci. C'est une création d'Ollathair, le plus grand des artisans. Il suffit de toucher la boucle et de murmurer son nom pour que la vitesse de vos mains et de vos yeux augmente. Elle m'a sauvé la vie à trois reprises. »

Errin attacha la ceinture. « Maintenant, allez vous placer contre le mur du fond et prononcez le nom, monseigneur. » Il obtempéra. La boucle était chaude sous ses doigts. « Ollathair », murmura-t-il.

Il regarda Cartain se lever lentement. Le bras du marchand partit en arrière, revint en avant, et la dague flotta lentement vers Errin, qui tendit la main et attrapa aisément la lame. Ubadaï, avec une lenteur inhabituelle, dégaina sa propre dague et s'élança d'un pas lourd comme du plomb vers le marchand.

Errin retoucha la boucle. « Arrête ! s'exclama-t-il alors qu'Ubadaï s'apprêtait à bondir sur Cartain.

« Lui essayer tuer vous ! tonna le serviteur.

— Non, dit Errin. Il voulait me prouver quelque chose. Je présume que vous avez lancé la dague de toutes vos forces.

— En effet.

— C'est un don précieux, Cartain ; je n'en ai jamais vu de pareil. Pourquoi faire cela ? Vous faites plus que vous acquitter de vos devoirs envers un client...

— Oui. J'ai fui Furbolg quand les massacres ont commencé, mais même moi j'ignorais jusqu'où iraient ces tueries. Je participe activement au financement d'une armée pour détruire Ahak et, je l'espère, tout ce qu'il représente. Mais c'est un combat de longue haleine. J'ai besoin d'hommes tels que vous, Errin, des hommes généreux, loyaux, de bonne famille. Personne ne se rassemblera autour de la bannière d'un marchand nomade, mais ils le feront pour un homme comme vous. Ramenez Sheera avant dix jours et nous voguerons vers Cithaeron afin d'y réunir des forces qui libéreront la Gabala. Acceptez-vous cette mission ? »

Errin sourit en entendant Ubadaï jurer. « Bien sûr que j'accepte. Dites-moi tout ce que vous savez sur les hommes qui accompagnent Sheera. »

Cartain et lui parlèrent jusqu'au crépuscule. Le marchand se leva alors pour partir. « Je vous ferai préparer des chevaux et des provisions à l'aube. La forêt est frappée par des tempêtes de neige, et je crois savoir que la Route Royale est bloquée. Il y a encore autre chose, Errin.

— Oui ?

— Sheera vous hait. Elle considère que c'est à cause de vous si Dianu est restée en arrière, et elle est au courant que c'est votre flèche qui l'a tuée. Okessa n'est pas la seule personne qu'elle cherche à occire, si vous voyez ce que je veux dire. »

Errin acquiesça. « Je comprends parfaitement. »

***

Manannan attendit dans un bosquet à l'extérieur du village tandis que l'Armurier Ollathair façonnait sa magie dans une caverne de granit dissimulée par les arbres. Kuan broutait l'herbe près de là. Le Chevalier Déchu s'était rasé et le vent faisait comme une douce caresse sur sa peau.

À la tombée de la nuit, le sorcier sortit de la caverne et s'étira. Le visage blême de fatigue, il s'approcha de Manannan d'une démarche lasse et s'assit dans l'herbe à côté de lui.

« C'est prêt, annonça Ruad. Un mot de pouvoir ouvrira le portail. Mais je suis trop épuisé ; donne-moi quelques instants pour reprendre des forces.

— Prenez tout votre temps. Je ne suis pas pressé.

— Je suis désolé pour tous les désagréments que j'ai entraînés, dit Ruad. J'espère que tu me crois. Je ne voulais que le bien des chevaliers et du royaume.

— Je sais. J'aurais dû partir avec eux. J'ai moi aussi ma part de culpabilité, Ollathair. Je me demande ce qu'est devenue Morrigan. J'aurais dû lui rendre visite. Je sais qu'elle ne m'aimait pas comme Samildanach, mais j'aurais dû aller la voir.

— Tu ne l'aurais pas trouvée. Je suis allé chez elle ; elle n'y était pas. Ses parents m'ont dit qu'elle avait disparu durant la nuit en n'emportant ni argent ni vêtements. Ils pensent qu'elle s'est suicidée.

— Pauvre Morrigan, murmura Manannan. Tomber amoureuse d'un chevalier voué au célibat et le voir entrer en enfer. Sommes-nous des imbéciles, Ollathair ? Nous parcourions les neuf duchés. Nous nous efforcions de rendre justice. Et pour quel résultat ? Regardez notre monde aujourd'hui !

— Les chevaliers de la Gabala ont été les garants de l'harmonie pendant des siècles, dit Ruad. Pour quel résultat ? Je te retourne la question. Regarde le monde maintenant que les chevaliers ont disparu ! Viens avec moi. J'ai quelque chose pour toi. »

Ruad se leva et conduisit Manannan dans la caverne, où brûlaient deux bougies. Sur un support en bois, étincelant de son argent spectral, se trouvait l'armure de Manannan, comme neuve. Le heaume était pourvu d'une nouvelle plume blanche.

« Mets-la. Je vais t'aider.

— Comment avez-vous fait ?

— J'ai ouvert un autre portail vers la citadelle et je l'ai récupérée. Allez, porte-la avec honneur et fierté. »

Manannan retira ses vêtements et endossa le gambison de cuir, puis le haubergeon de maille. Lentement, il boucla la cuirasse, attacha les spallières et resta immobile tandis que Ruad fixait les grèves. Il enfila les gantelets d'argent puis souleva le terrible heaume.

« Il m'a tenu prisonnier six années durant. Va-t-il recommencer ?

— Non. Je n'ai pas lancé de sortilège particulier, mais l'armure est toujours magique et te protégera contre la plupart des armes maléfiques. »

Manannan posa le heaume sur sa tête et verrouilla le gorgerin dans les cannelures à la base du casque. Il releva la visière. « Il semble plus grand.

— Tu n'as plus de barbe, Manannan. Tu es comme cette nuit, il y a six ans. As-tu prié ? »

Le Chevalier Déchu eut un sourire ironique. « Pas depuis longtemps.

— Alors fais-le maintenant, chevalier de la Gabala.

— Ce serait de l'hypocrisie. Allons, Ollathair, ouvrez le portail. »

Ils sortirent dans la lumière faiblissante et Manannan appela Kuan. Il se mit en selle et attendit. Ollathair s'agenouilla et se recueillit plusieurs minutes, puis il leva le bras et prononça deux mots de pouvoir.

Devant le cavalier les ténèbres crûrent. Et formèrent un grand carré. L'air se mit à siffler en s'échappant du centre de noirceur et un long tunnel apparut, d'où soufflait un vent glacé.

Kuan recula, mais Manannan lui chuchota des mots de réconfort.

« Va maintenant ! s'écria Ollathair. Je ne pourrai la garder que quelques instants ouverte ! »

La peur étreignit le cœur de Manannan, plus froide que le vent du tunnel. Son corps se mit à trembler et son cœur battit la chamade. « Par les dieux », murmura-t-il. Kuan se cabra alors que de sinistres hurlements jaillissaient du tunnel et Manannan tira sa lame du fourreau.

« Au nom de tout ce qui est saint, va ! » s'écria Ollathair.

Manannan leva une main gantée à son heaume et referma la visière. Puis, poussant un cri de guerre, il éperonna Kuan et franchit le portail l'épée brandie.

***

Lámfhada gémit dans son sommeil et se mit à grelotter. À l'autre bout de la hutte, Elodan se réveilla et s'assit ; il s'approcha de l'adolescent, qui remuait la tête et geignait.

Elodan toucha l'épaule de Lámfhada. « Réveille-toi ; tu fais un mauvais rêve. »

Soudain, Lámfhada hurla. Il leva la main et un éclair de lumière dorée jaillit de ses doigts qui projeta Elodan par terre. Le chevalier se remit difficilement à genoux, le souffle coupé, tandis que Lámfhada s'éveillait et sortait du lit.

« Tout va bien ? demanda-t-il en voyant le chevalier accroupi par terre.

— Que diable m'as-tu fait, mon garçon ?

— Rien. J'ai entendu du bruit et je me suis réveillé », répondit Lámfhada, perplexe.

Elodan se releva. Il alluma une lanterne et s'éclaira la poitrine ; la peau rouge et brûlée formait un large cercle du cou au ventre.

« Qu'est-ce que c'est ? Comment tu t'es fait ça ? demanda Lámfhada.

— Moi je n'ai rien fait ! C'est toi ! Tu rêvais, j'ai essayé de te réveiller et un éclair a jailli de ta main.

— Je ne me rappelle rien à part l'homme à la capuche. C'était un cauchemar, je fais souvent le même : un homme psalmodie sur une colline ; puis il se transforme en un loup géant. Et puis il y a du brouillard et j'ai vu une épée. Mais tout est flou maintenant.

— En tout cas, l'éclair était bien réel, Lámfhada. La magie est en toi. »

Elodan retourna s'asseoir sur son lit tandis que Lámfhada ajoutait du bois dans le brasier agonisant et l'attisait. Le chevalier demeura silencieux quelques instants, perdu dans ses pensées, puis considéra l'adolescent blond. « Un voyageur est passé au village aujourd'hui. Il disait qu'il y avait un sorcier et un guérisseur dans la forêt, à l'est ; un sorcier borgne, Lámfhada. Je pense que c'est l'homme dont tu m'as parlé.

— C'est lui, répondit Lámfhada doucement. Je sens sa présence dans la forêt lorsque je vole sur le Jaune. J'aimerais pouvoir le rejoindre.

— Qu'est-ce qui t'en empêche ?

— Je serai perdu dès que je ne verrai plus le village.

— Est-ce qu'il a de grands pouvoirs ? interrogea le chevalier.

— Oui.

— Est-ce qu'il pourrait... soigner ça ? » Elodan leva son moignon.

« Je ne sais pas. Je pense que oui... Je pense qu'il peut faire tout ce qu'il veut.

— Alors je t'aiderai à le trouver. »

Lámfhada détourna le regard. « Il ne sera peut-être pas en mesure, ou il ne voudra peut-être pas t'aider, Elodan. Il lui arrive de se montrer dur. »

Le chevalier haussa les épaules. « Ce ne sera pas pire que maintenant. Nous partirons dans la matinée.

— Je ne sais pas... »

Elodan eut un sourire sévère. « Tu penses à ce qu'on raconte au sujet des bêtes dans les bois ? Tu en as vu ?

— Non, mais le vieux Tomar en a vu une, lui. Il a dit qu'elle faisait trois mètres de haut. Et les hurlements...

— Tu crois que les huttes de ce village arrêteraient une telle créature ? Sûrement pas à mon avis. Tu n'es pas plus en sécurité ici que dans la forêt. Tu veux toujours voyager avec moi ?

— Oui. Car il faut que je revoie Ruad.

— Alors parfait. »

Ils se mirent en route aux premières lueurs du jour et s'enfoncèrent dans la forêt enneigée. Elodan avait emprunté un épais pourpoint en peau de mouton et un manteau de laine blanc. Il portait un petit sac en toile rempli de céréales et de viande séchée et s'était armé d'une hachette à la lame large et recourbée. Lámfhada avait pratiqué des fentes dans deux couvertures qu'il portait comme une cape, nouées à la ceinture. Il prit l'arc de rechange d'Ariane et un carquois de flèches. En milieu d'après-midi, les marcheurs avaient parcouru une douzaine de kilomètres en direction de l'est.

À deux reprises ils aperçurent de larges empreintes, et entendirent une fois des hurlements lugubres au nord.

Juste avant le crépuscule, ils arrivèrent sur les rives d'un fleuve. Une mince couche de glace s'était formée à la surface.

« Comment allons-nous traverser ? demanda Lámfhada.

— Il faut chercher un pertuis », annonça Elodan. Ils se mirent en route vers le sud et marchèrent encore une heure sans trouver le moindre étranglement. Enfin ils arrivèrent à une hutte abandonnée ; à l'intérieur Elodan alluma un feu et ils soupèrent de viande et de céréales.

Dans la nuit, Lámfhada fut réveillé par des cris de bêtes. Il se rendit à la porte et scruta en vain les ténèbres. Il ranima le feu et se recoucha.

À l'aube, les voyageurs émergèrent dans l'air glacé. Elodan s'arrêta et désigna le sol devant la hutte, où d'énormes empreintes avaient marqué la neige.

Le chevalier examina les murs de la hutte. Ils étaient faits de fines planches, grossièrement clouées ensemble. « Aide-moi », dit-il. Puis il alla au coin de l'habitation, coinça la lame de sa hachette entre deux planches et en souleva un côté en faisant levier. Lámfhada attrapa le bois et aida Elodan à arracher une planche de trois mètres de long sur une soixantaine de centimètres de large. « Encore une », dit Elodan. Ils transportèrent les planches jusqu'au fleuve et Elodan fit les cent pas le long de la berge en quête d'un endroit où la glace serait plus épaisse. Il fit alors glisser une planche sur la glace et, prenant l'autre sur ses épaules, mit prudemment un pied sur le morceau de bois. La glace crépita, craqua mais ne céda pas. Il avança lentement sur le fleuve, puis posa la seconde planche devant la première et mit le pied dessus. « À ton tour », cria Elodan. De sombres craquelures zébraient la glace ; Lámfhada avança prestement.

Ensemble ils firent doucement passer la première planche devant.

Lentement et très prudemment, ils progressèrent sur l'eau gelée. Alors qu'ils s'approchaient de la rive opposée, ils entendirent un grognement immonde et Elodan fit volte-face.

Derrière eux, sur la berge, se dressait une immense créature à la peau noire et écailleuse, aux épaules recouvertes de fourrure. Elle retomba sur ses quatre pattes et s'élança sur la glace dans leur direction.

« Cours ! ordonna Elodan à Lámfhada.

— Mais la glace !

— Ne t'occupe pas de la glace ! Cours ! » Lámfhada sauta de la planche, dérapa et faillit tomber, mais réussit à poursuivre sa course. La glace craquait sous ses pas mais ne céda pas avant qu'il ait presque atteint la rive. Il tomba dans quelques centimètres d'eau et se hissa sur la terre ferme. Il se tourna alors et vit Elodan debout sur la planche, hache brandie. Le chevalier sauta de la plate-forme et se déplaça vers la droite, où la glace était plus fragile. Lámfhada le vit plonger en avant, bras et jambes écartés, et regarda son corps glisser plus loin encore sur la glace. La bête changea de direction et chargea Elodan. Le chevalier roula sur le ventre et abattit la hachette sur la glace. De grandes craquelures ridèrent la surface. Un pan de glace céda et fit basculer Elodan dans l'eau. La bête tenta de s'arrêter mais un autre pan céda et la précipita dans l'eau dans une grande gerbe immense. Pendant un moment, seule sa tête fut visible, puis elle fut avalée sous la surface. Lámfhada vit Elodan s'accrocher à la glace. L'adolescent courut le long de la berge, cherchant un moyen de rejoindre le chevalier.

Elodan avisa le jeune homme. « Reste là-bas », cria-t-il. Il essaya alors de se hisser sur la glace, mais avec une seule main il ne pouvait pas trouver de prise. La glace céda davantage... et Elodan disparut.

« Non ! » hurla Lámfhada.

Il se rua le long de la rive pendant plus d'un kilomètre, car il voyait la silhouette sombre de son ami flotter sous la glace. Après presque une demi-heure, il sut qu'il n'y avait plus d'espoir.

Lámfhada s'assit sur un tronc d'arbre. L'épuisement et le choc eurent raison de ses nerfs et il s'effondra en pleurs. Ses larmes sèches, il finit par se lever et scruta le fleuve. À une trentaine de pas en aval, il reconnut sous la glace, près de la rive, la silhouette qu'il savait appartenir au corps d'Elodan. Il s'en approcha. Le courant créait une impression de mouvement et le bras de son ami paraissait frapper contre la glace. Lámfhada ramassa une lourde branche et en cogna la surface. Il l'abattit deux fois, et la glace se fendit. Il tendit la main, attrapa le pourpoint d'Elodan et hala le corps.

« Allume... un... feu, par... pitié », murmura Elodan. Lámfhada tira le chevalier loin de la rive jusqu'à une trouée dans les arbres. Il dégagea la neige et ramassa du bois, mais ses doigts étaient trop engourdis pour tenir les silex et allumer le feu. Il les frotta frénétiquement et essaya de nouveau. Enfin, une petite flamme jaillit. Il souffla précautionneusement sur le feu puis rajouta des brindilles et des branches. Après ce qui sembla une éternité, le brasier étincela. Il aida Elodan à se débarrasser de ses vêtements glacés puis lui frotta les bras et la poitrine. Il enleva alors une de ses capes-couvertures et la passa à Elodan. Il attisa le feu jusqu'à ce que les flammes fassent près d'un mètre de haut.

« Je jure de ne plus recommencer, dit finalement Elodan, après que son visage eut repris des couleurs.

— Comment as-tu pu survivre si longtemps sous l'eau ? demanda Lámfhada. Tu es magicien ?

— Non, mais je connais la nature. Entre la glace et l'eau il y a un espace d'environ cinq centimètres. J'ai nagé sur le dos et j'ai coupé à travers le courant en cherchant un endroit près de la rive où la glace serait plus fine. C'est le froid qui a failli m'achever ; je n'avais pas assez de force pour la briser.

— C'était très courageux de risquer ta vie en affrontant la bête... »

Elodan secoua la tête. « Ne confonds pas courage et nécessité. Lorsqu'un homme n'a qu'un seul choix, ce n'est pas une question de bravoure.

— Tu aurais pu courir.

— La glace n'aurait pas supporté mon poids.

— Ça, vous ne pouvez pas en être sûr, messire chevalier, fit Lámfhada.

— Non, c'est vrai. N'en parlons plus. Demain nous repartirons en quête de ton sorcier. Mais pour l'instant je dois me reposer. »

*
**

Les blessures du dos d'Agrain nécessitèrent plus de quarante points de suture, mais ça ne l'empêcha pas d'assister assis sur son siège au récit de Nuada quand celui-ci se mit debout sur la table centrale afin de narrer le combat contre la bête. Llaw Gyffes et Ariane étaient assis aux côtés d'Agrain et la salle se tut tandis que le poète commençait.

Il évoqua d'abord des héros du passé, d'une voix lyrique, presque hypnotique. Puis, graduellement, imperceptiblement, le ton changea. Il parla de sang, de mort et des horreurs des damnés. Les hommes frissonnèrent malgré la chaleur des feux. Il parla de maléfices et de l'œuvre du mal.

« Il n'épargne rien, dit-il. C'est comme une peste, qui se répand à travers les cœurs des hommes. Il en touche certains et les corrompt aussitôt, d'autres en portent les germes. Seuls les plus forts peuvent lui résister. » Il s'arrêta et ses yeux scrutèrent la foule. Plus de cinq cinquante hommes étaient rassemblés, dont beaucoup étaient arrivés le matin avec leurs familles afin d'échapper aux bêtes qui rôdaient dans la forêt. « Seuls les plus forts, répéta-t-il. Nous savons comment ces bêtes démoniaques sont venues parmi nous. Un garçon en a vu apparaître une dans un éclair sur une colline. Peut-être était-ce cette même créature, dit Nuada en désignant la tête géante empalée sur une lance au fond de la salle. Dans les temps anciens ces bêtes étaient communes ; les chevaliers et les héros partaient à cheval les tuer, armés d'épées ou de lances magiques, le corps enfermé dans des armures protégées par des sortilèges. La nuit dernière cependant, un groupe d'hommes, d'hommes ordinaires, a emprunté le même chemin semé d'embûches que ces héros légendaires. Mais ils n'avaient pas d'épées magiques, pas de sorcelleries, seulement leur force et leur courage. Deux de ces hommes ne sont pas ici en chair et en os, ils ont offert leur vie pour mettre un terme à la terreur. Mais ils sont ici en esprit, invités d'honneur parmi leurs camarades. Ils sont là dans toute leur splendeur. Peu importent les méfaits qu'ils ont pu commettre durant leur vie, leur mort les a pardonnés et élevés. Leurs noms, qui vivront toujours dans les chansons, sont Askard et Dubarin. Ils sont là, près du feu. Faites-leur savoir combien vous les appréciez. »

Tout autour de la salle, les hommes brandirent leurs armes – épées, lances, couteaux et haches – et poussèrent des acclamations.

Nuada attendit quelques instants, puis leva le bras pour réclamer le silence.

« Et maintenant, nos amis, nos héros de la forêt, Askard et Dubarin, vont entendre leur histoire pour la première fois. Et puis ils iront rejoindre les autres héros de légende dans les fabuleux palais des cieux pour y boire le vin de l'éternité et savourer les joies de la gloire. »

Agrain se pencha en avant et grimaça quand il sentit les cicatrices lui tirer sur la peau, mais ses yeux étincelèrent alors que les événements de la nuit précédente prenaient vie. La traque et la macabre découverte, les archers dans les arbres, le chef et Llaw Gyffes assis à découvert près du feu. La nervosité, la peur, la terrible appréhension, le poète recréa toute l'atmosphère, et Agrain eut l'impression d'être de retour près du feu et d'attendre, attendre... Il revit la gueule massive de la bête démoniaque qui fonçait silencieusement sur lui, éprouva la même panique quand les pattes se refermèrent sur son dos.

« Et voyant la belle archère en danger mortel, Agrain se jeta sur le monstre imposant. Regardez ! Regardez ces crocs et imaginez-le en vie avec ses terribles griffes. Mais Agrain ne se déroba pas au danger. Armé de ses deux épées courtes il attaqua et les enfonça jusqu'à la garde dans le ventre de la bête. Ses griffes le déchiquetèrent... mais il était conscient de l'inévitable. Et d'autres héros étaient présents. »

L'histoire atteignit son apogée. Agrain arracha ses yeux du poète et regarda les hommes dans la salle. Leurs visages rayonnaient, leurs yeux étaient rivés sur Nuada alors que le récit approchait de son terme. Askard et Dubarin avaient offert leur vie. Llaw Gyffes s'était accroché au dos du monstre. Et tout le monde avait suivi Agrain et surmonté ses peurs, afin de tuer la bête démoniaque.

Chaque moment terrifiant et fiévreux illumine la vie. De la sueur perlait au front d'Agrain, et son cœur battait la chamade. Il ne pourrait pas en supporter davantage. Il voulait s'enfuir en courant. Mais le récit s'acheva par un chant de Nuada, qui désigna Agrain et ses compagnons. « Mes amis, voici les principaux héros de l'histoire. La vierge guerrière qui a défié la bête avec témérité, l'homme à la hache qui a chevauché le démon et le seigneur de la forêt qui a survécu à son étreinte mortelle. Qu'ils entendent vos acclamations ! »

Une puissante clameur s'éleva, et Ariane sentit le plancher vibrer sous ses chausses tandis que les hommes battaient des pieds et applaudissaient. Agrain se mit debout mais, jambes flageolantes, il vacilla. Llaw

Gyffes vint se tenir à son côté et le laissa s'appuyer sur lui. La foule déferla, renversa tables et chaises ; ils saisirent Agrain et le hissèrent sur leurs épaules tandis que les acclamations fusaient de toutes parts. Ariane prit Llaw par le bras et le conduisit à l'air libre.

« Il l'a bien raconté, dit-elle, mais ce n'était pas comme dans la réalité.

— Qu'est-ce qui n'allait pas ?

— Agrain n'a rien fait par conviction. Il voulait figurer dans un récit de héros et me montrer combien il était courageux.

— Ce n'est pas si terrible. Ne t'a-t-il pas sauvée des griffes de la créature ? »

Elle lui prit le bras et le mena jusqu'à la palissade. La forêt était obscure et menaçante, mais on n'entendait pas de hurlement. « Oui, admit-elle, il m'a sauvée. Toi aussi. J'ai agi comme une imbécile, et moi aussi j'ai pris plaisir à faire partie des nouvelles légendes de la forêt. Est-ce que nous allons connaître un moment de paix, maintenant, tu crois ?

— De paix ? Nous allons tuer toutes les bêtes, mais ça ne nous apportera pas la paix. Pourquoi sont-elles ici ? Quelle force les a envoyées ? Non, nous ne connaîtrons pas la paix, Ariane. Je crois que c'est le début d'une guerre.

— Tu penses que c'est le roi qui envoie ces démons dans la forêt ?

— Non, pas le roi. Un de ses sorciers.

— Alors peut-être que tu as raison. Peut-être que nous devrions quitter la forêt et embarquer pour Cithaeron.

— Nous ? demanda-t-il en reculant.

— Je te suivrai partout où tu iras, Llaw. Je veux que tu saches que je t'aime. »

Il la prit par les épaules et l'écarta de lui. Ses yeux brillaient de larmes, et ses cheveux semblaient tissés d'argent sous la lune.

« La dernière femme que j'ai aimée a été assassinée. Je ne suis pas prêt à endurer à nouveau ce genre de souffrance, Ariane. Je crois que je ne serai jamais prêt. »

Et il l'abandonna là, seule sur les remparts.

Chapitre 10

Assise dans la caverne à tisonner le feu, Sheera savait qu'elle avait commis une terrible erreur. Les deux hommes s'étaient montrés courtois et respectueux quand l'aubergiste les lui avait présentés, mais une fois dans la forêt ils avaient changé de manière subtile. Strad, le plus grand et le plus grégaire des deux, était devenu muet et presque sinistre, tandis que Givan s'était mis à la regarder ouvertement et laissait ses yeux courir sur ses seins et ses hanches. Aucun des deux ne l'avait touchée, et ils faisaient mine de continuer à vouloir la servir, mais le périple à travers la forêt enneigée commençait à inquiéter Sheera. Ils avaient essuyé deux blizzards, et quand le ciel s'était éclairci elle s'était rendu compte d'après la position du soleil et plus tard des étoiles que leur route s'incurvait comme un croissant de lune vers la mer.

La nuit précédente, elle s'était enveloppée dans ses couvertures et avait feint de dormir, mais elle avait tendu l'oreille afin d'entendre leur conversation. Après un temps, Strad s'était approché d'elle et lui avait demandé à voix basse si elle était bien installée. Elle n'avait pas bougé, et il était retourné voir Givan.

« Plus que deux jours à subir ce temps infect, avait dit Givan. Alors ce ne sera plus que lits bien chauds et femmes bien chaudes. Par les dieux, je suis content de quitter cette forêt.

— Tu n'es pas le seul », avait acquiescé son compagnon.

L'esprit de Sheera s'était affolé. Deux jours ? Comment était-ce possible ? Il fallait au moins dix jours de marche par beau temps. Elle aurait dû écouter Cartain, qui lui avait enjoint de venir à Cithaeron pour l'aider à rassembler les exilés et constituer une armée. Mais sa colère était grande et elle ne tolérait pas l'idée de laisser Okessa et les autres impunis.

Elle étira ses longues jambes devant elle et appuya son dos contre la paroi. Elle était grande, les cheveux frisés et coupés court, et des yeux sombres en amande.

Sa bouche était trop grande pour être jolie, mais ses lèvres étaient pulpeuses et ses dents blanches et régulières.

« Vous pensez à votre homme, pas vrai, princesse ? » demanda Givan en s'asseyant à côté d'elle. Il était petit et gros, et son crâne dégarni lui donnait l'air d'un moine défroqué.

« Je pensais à ma sœur.

— Vraiment ? Triste histoire. Très triste. Je l'ai vue un jour à Mactha ; elle partait chasser à cheval. Une femme bien faite. Vous me faites penser à elle, en plus grande et peut-être un brin plus mince.

— Dans combien de temps atteindrons-nous les vallées du sud ? demanda-t-elle.

— Oh, dans une huitaine, plus ou moins. Ne vous inquiétez pas, on a suffisamment de provisions.

— Ce ne sont pas les provisions qui m'inquiètent, Givan ; vous en êtes responsable. Je crois savoir qu'il y a des hors-la-loi dans la forêt.

— Ne vous mettez pas martel en tête ; ils ne risquent pas de sortir dans ce blizzard. Et de toute façon, on n'a rien à voler. Même si certains vous considéreraient volontiers comme un butin de choix. »

Elle se força à sourire. « C'est gentil de dire ça, mais vous et Strad êtes là pour me protéger. Cette pensée m'est d'un grand réconfort.

— Oh, on vous protégera, princesse, ne vous inquiétez pas pour ça. Je n'aimerais pas qu'il vous arrive quelque chose ; je me suis pris d'affection pour vous, pour sûr.

— Je crois que je vais dormir maintenant », conclut-elle. Elle lui tourna le dos et s'enveloppa dans ses couvertures. Pendant un moment elle sentit sa présence, puis il retourna bientôt voir Strad qui était assis à l'entrée de la caverne.

« Tu ferais mieux de renoncer à cette idée, murmura Strad. Tu trouveras plein de femmes à Pertia, surtout quand on aura été payés.

— Je l'ai dans la peau. Il me la faut. Ils se ficheront de savoir si elle a été souillée ou non. Pour eux, ce n'est qu'une de ces maudites Nomades parmi tant d'autres. Non, il me la faut absolument.

— Elle ne voudra pas de toi, objecta Strad.

— Ça ne fait que rajouter du piment à la chose. »

Sheera attendit que les deux hommes soient profondément endormis puis glissa hors de ses couvertures. Prestement, elle les roula en boule et se faufila jusqu'à l'entrée de la caverne. Dehors, le blizzard s'était calmé, mais le vent demeurait âpre. Elle se drapa d'une cape en peau de mouton et enfila une deuxième paire de chausses en laine. Après avoir jeté un dernier regard aux hommes endormis, elle mit son sac sur ses épaules, ramassa son arc et son carquois, et sortit dans la nuit.

Les étoiles brillaient, et elle se dirigea dans la direction de la constellation du Soldat.

Elle marcha presque une heure, puis chercha un endroit pour camper et découvrit une cuvette abritée du vent. Il y avait plusieurs arbres abattus, dont l'un d'eux s'était écrasé sur un groupe de rochers. Sheera passa à quatre pattes sous les branches couvertes de neige et se retrouva dans une cache douillette et peu profonde. Le feuillage constituait un toit épais et les rochers des murs autour d'elle, sauf à l'ouest. Elle ramassa du bois et dégagea un espace pour un petit feu, qu'elle alluma dès la première tentative grâce au briquet à amadou que sa sœur lui avait offert à la dernière fête du solstice. À la chaleur du minuscule brasier, elle s'installa dans ses couvertures et s'endormit.

Elle fut réveillée par des jurons et jeta un regard anxieux à son petit feu. Il semblait complètement éteint.

« Maudite soit cette dernière chute de neige, fit Givan. Mais elle ne peut pas être loin.

— Je ne sais pas pourquoi elle s'est enfuie, se plaignit Strad. Tu crois qu'elle savait...

— La ferme, espèce d'idiot, elle est peut-être à côté.

— Il y a plus de chances qu'elle soit morte sous une congère. On a perdu une fortune, et tout ça parce que tu ne pouvais pas t'empêcher de la reluquer.

— Je n'y suis pour rien là-dedans. Je crois qu'elle savait mieux s'orienter qu'on le pensait. Par deux fois je l'ai vue scruter les étoiles. »

Sheera se déplaça furtivement vers l'ouest de son abri et se mit à plat ventre afin d'observer par-dessous les branches. Ce fut Strad qu'elle aperçut en premier ; il examinait le sol.

« Tu as trouvé quelque chose ? demanda Givan.

— Non. Mais je sens de la fumée. Pas toi ? »

Sheera pivota. Le feu qu'elle pensait éteint se rallumait.

Alors qu'elle se tournait pour l'éteindre, un hurlement terrifiant retentit à l'extérieur. Elle pressa son visage contre les branches et distingua une énorme silhouette foncer sur Strad. Elle semblait couverte de fourrure grise, mais elle ne discernait que ses pattes épaisses et une partie de son corps. Quelque chose lui éclaboussa le visage et les mains. Baissant les yeux, elle vit que c'était du sang. Le corps de Strad tomba près d'elle, la tête arrachée des épaules.

Elle entendit Givan crier : « Non ! Non ! » suivi par un grognement féroce et rauque et par un bruit d'os écrasés et brisés.

Sheera rentra dans sa cachette et, aussi silencieusement que possible, rajouta des brindilles aux braises fumantes et souffla dessus pour les ranimer. Les branches à sa gauche frémirent et elle entendit la bête renifler. Elle se força à rester calme et continua d'attiser le feu. Une flammèche lécha le bois puis se stabilisa ; elle ramassa une branche sèche et l'exposa à la flamme. De la neige tomba dans son abri quand la bête fourragea de son museau. Sheera retira délicatement la branche fumante du feu puis se tourna et la leva jusqu'à l'endroit où elle pouvait presque voir la tête de la bête. De la fumée âcre s'engouffra dans les naseaux de la créature qui s'ébroua violemment et recula brusquement.

Sheera remit la branche dans le feu et attendit. Dehors la bête dévorait ses victimes.

Allait-elle revenir ?

*
**

Peu avant l'aube Nuada fut réveillé par une main rude qui lui secoua l'épaule. Il se redressa, les yeux troubles, le corps douloureux suite à l'abus de bière. Une lanterne était posée sur la table de chevet et il reconnut la silhouette râblée d'Agrain assis à côté.

« Que... pourquoi êtes-vous ici ? » demanda Nuada. Il avait la bouche sèche et tendit la main vers la chope à côté du lit ; la bière était éventée, mais elle suffit à le satisfaire. Il frissonna. Dehors, la neige tombait dru et un vent frais soufflait à travers les interstices de la porte rudimentaire. Il tira une couverture sur ses épaules. « Quelque chose ne va pas, seigneur Agrain ?

— Non, répondit-il. Enfin, je ne crois pas. Tu as bien parlé ce soir. Je n'arrivais pas dormir, alors j'ai pensé qu'on pourrait discuter. »

Nuada sortit du lit et se dirigea vers un brasero de bronze dans lequel le feu était en train de s'éteindre. Il le tisonna avec des brindilles jusqu'à ce qu'une flamme se mette à vaciller au centre, puis il ajouta de plus gros morceaux de bois.

Agrain resta immobile, le regard dans le vide. Nuada revint à son lit et attendit. Le chef hors la loi avait échangé sa chemise de soie pour le pourpoint en cuir marron du forestier.

« Qu'est-ce qui vous trouble, monseigneur ?

— Rien. Je n'ai peur de rien. Je ne manque de rien. Je ne suis pas un idiot, Nuada. Je sais que, si tu l'avais voulu, tu aurais pu faire de moi un scélérat, un porc ou un assassin. Tu aurais tout aussi bien pu persuader les hommes qui m'ont acclamé de me pendre. Je le sais... et je sais que je ne suis pas un héros. Je sais... »

Nuada demeura silencieux tandis qu'Agrain se grattait le crâne et frottait son visage rond et ingrat. « Tu me comprends ? »

Nuada acquiesça d'un hochement de tête, mais ne dit toujours rien. « J'ai aimé ton histoire, Nuada », et sa voix devint presque un murmure. « J'ai aimé qu'on m'acclame. Et maintenant je me sens... je ne sais pas ce que je ressens. Un peu de tristesse, peut-être. Tu comprends ? » Ses petits yeux noirs se rivèrent à Nuada.

« Est-ce malgré tout un sentiment agréable ? demanda le poète.

— Oui et non. J'ai tué beaucoup de monde, Nuada ; j'ai volé et triché ; j'ai menti. Je ne suis pas un héros ; cet incendie menaçait de détruire tout ce que j'avais bâti. Quant au monstre ? Je voulais impressionner la fille. Je ne suis pas un héros.

— On est ce que l'on souhaite être, dit Nuada doucement. Il n'y a pas de formes préconstruites, pas de moules. Nous ne sommes pas sculptés dans le bronze. Le héros Petric a autrefois mené une armée qui a pillé trois cités. J'ai lu les histoires ; ses hommes ont violé et massacré des milliers de personnes. Mais il a fini par choisir un chemin différent.

— Je ne peux pas changer. Je suis ce que je suis : un esclave marron qui a assassiné son maître. Je suis le Singe. Je suis Agrain. Et je n'ai jamais eu l'occasion de regretter ce que j'étais devenu.

— Alors qu'est-ce qui vous trouble ? »

Agrain se pencha en avant et posa les coudes sur ses genoux. « Ton histoire était un mensonge. De la flatterie. Et pourtant elle m'a ému... parce qu'elle aurait dû représenter la vérité. Je n'ai jamais cherché à me faire aimer. Mais ce soir ils m'ont acclamé, ils m'ont porté aux nues. Et ça, poète, c'était le plus beau moment de ma vie. Peu importe que je l'aie mérité ou non, mais j'aurais voulu que ce soit vrai.

— Permettez que je vous pose une question, monseigneur. Quand vous vous êtes dressé devant la bête et que vous avez vu sa redoutable puissance, n'avez-vous pas eu peur ?

— Si, admit Agrain.

— Et lorsqu'elle a attaqué Ariane, ne vous est-il pas venu à l'esprit que vous pouviez être tué en lui portant secours ?

— Je n'ai pas pensé à lui porter secours.

— Mais vous avez vu qu'elle était sur le point de tuer Ariane ?

— Oui, c'est exact.

— Alors vous avez chargé la bête et failli mourir. Tout le monde là-bas a vu la bête. Vous êtes trop dur envers vous-même. Votre geste était héroïque et a touché tous ceux qui y ont assisté.

— Tu m'embrouilles les idées, dit Agrain. Dis-moi, est-ce qu'Ariane aime Llaw Gyffes ?

— Je crains que oui », répondit Nuada.

Le chef hors la loi se leva. « J'étais sur le point de le faire tuer et de la prendre, de gré ou de force. Mais maintenant j'ai une dette envers lui, car s'il n'avait pas sauté sur le dos de la bête, je serais mort à l'heure actuelle et j'aurais manqué le seul instant magique de ma vie. Par les dieux, je suis épuisé. Et il y a trop de bière dans ce gros ventre. » Il alla jusqu'à la porte mais la voix de Nuada l'arrêta.

« Monseigneur !

— Oui, répondit Agrain sans se retourner.

— Vous êtes meilleur que vous ne le pensez. Et je suis heureux de bien avoir raconté l'histoire. »

Agrain sortit dans la neige. Le poète se recoucha.

Cinq jours durant, le blizzard souffla sur la forêt. Des équipes de chasseurs en arpentèrent la partie occidentale, en quête de traces de bêtes-garous. Une créature-loup gigantesque fut retrouvée morte dans une congère, et on n'entendit plus de hurlements. L'hiver déchira la forêt et les montagnes, les températures descendirent à moins quarante. Dans le village entouré de palissades, les familles restaient chez elles le plus clair de la journée et ne sortaient que pour ramasser du bois pour le feu. On vit très peu Agrain ; il prit l'habitude d'aller marcher dans les collines et évita ses hommes. Nuada partageait son temps entre Ariane et Llaw et commença bientôt à sentir que l'ennui le tuerait avant la fin de l'hiver. Il y avait peu de femmes célibataires dans le village, et celles qu'il trouva exerçaient un métier auquel il répugnait à accorder sa clientèle.

Les jours passant, l'attraction de Cithaeron grandit. Il avait les pièces d'or qu'Agrain lui avait données, plus qu'assez pour payer son passage. Il imagina les palais de marbre, les superbes femmes nubiles et, plus que tout, le soleil chaud et doré. Les lits douillets, la bonne nourriture, cuisinée aux épices ou au vin, les vêtements propres et les bains chauds. Il s'imagina nageant dans une mer bleue, le soleil sur le dos.

Il discuta avec les hommes d'Agrain. Apparemment, la Route Royale qui menait à Port Pertia était à moins d'une demi-journée de marche ; une fois sur la route, il fallait deux jours pour se rendre à Pertia.

Même vue sous cet angle, l'idée du voyage ne souriait guère à Nuada.

Mais Agrain cessa alors ses marches solitaires et prit l'habitude de s'asseoir dans la grande salle, l'air mélancolique et maussade, les yeux fixés sur Ariane. Si Llaw le remarquait, il n'en laissa rien paraître, mais le chef hors la loi tenta de l'aiguillonner à plusieurs reprises. L'ancien forgeron ne voulut rien savoir. Mais Nuada savait qu'il ne s'agissait que d'une question de temps avant que les deux hommes n'en viennent aux poings, et il ne voulait pas être dans le village lorsque se déclareraient les hostilités.

Il aimait Llaw et, curieusement, Agrain aussi.

Le matin du sixième jour, Nuada quitta discrètement le village et poursuivit son chemin vers l'ouest à travers la forêt pétrifiée, en quête du sanctuaire de la Route Royale et de ses auberges et tavernes. Il marcha le plus clair de la journée et installa son campement dans une grotte peu profonde à l'abri du vent. Il alluma un feu et se reprocha sa stupidité. Le village au moins était chauffé et accueillant ; ici la mort le pourchassait de ses doigts glacés. Le matin suivant, frigorifié et apeuré, il poursuivit son chemin, mais les sentiers qu'on lui avait indiqués étaient dissimulés par la neige et le ciel gris et bas n'offrait aucun indice pour s'orienter. Il repartit tant bien que mal, les pieds engourdis, le corps parcouru de frissons, et à midi il se retrouva complètement perdu.

Il ne pouvait plus compter sur une caverne et fut contraint d'établir son camp derrière quelques rochers et de se battre pour allumer un feu, qui s'éteignit. Une grande fatigue l'envahit, et le froid sembla s'amenuiser. Il fut pris du désir de s'allonger dans la neige et de dormir.

Ne sois pas idiot ! se dit-il. Nuada se leva et se força à marcher lentement. Son pied plongea dans une congère et il faillit tomber. Il tendit la main et se rattrapa à une branche couverte de neige qui dépassait du sol. La branche céda et la neige en dégringola. Il hurla. Ce qu'il tenait n'était pas une branche mais un bras, noir et gelé. Il se jeta sur la gauche et son corps heurta quelque chose de dur sous la neige. Il se remit debout alors que la neige se dégageait pour révéler le torse d'un homme, le visage gris, dents découvertes en une écœurante parodie de sourire.

Nuada regarda autour de lui. Partout, des signes de mort. La panique l'envahit alors qu'il s'écartait du cimetière glacé.

Je ne veux pas mourir ici ! Je ne veux pas !

Une odeur de fumée atteignit ses narines. Quelque part, quelqu'un avait allumé un feu. Le vent venait face à lui, aussi se dirigea-t-il dans cette direction en appelant. Il trébucha, tomba dans une congère et s'en dépêtra. L'odeur était plus forte à présent. Il appela encore et tomba. Il se mit à ramper.

« Par ici ! » entendit-il crier, et des mains le tirèrent par les bras.

Nuada s'éveilla dans une grande caverne où brûlait un énorme feu. Il se redressa et repoussa la cape en peau de mouton qui le recouvrait. Sept hommes et quatre femmes étaient assis autour du feu, le visage maigre et décharné.

« Merci, dit-il. Vous m'avez sauvé la vie. » Les hommes l'ignorèrent, mais une jeune femme à la chevelure de jais vint s'asseoir à côté de lui.

« Je crains que ce ne soit qu'un sauvetage temporaire, dit-elle. Il n'y a plus de nourriture et les routes sont bloquées.

— D'où venez-vous ?

— De nulle part, lui dit-elle. Nous ne sommes désormais que des non-personnes qui tentent d'atteindre Cithaeron. Nous avons quitté le royaume voici quatre jours et avons rejoint une caravane de réfugiés. Et puis la neige s'est mise à tomber.

— Où sont les autres ? » demanda-t-il.

Elle fit un geste en direction de l'entrée de la caverne. « Dehors. Certains ont construit des barrières contre le vent ; d'autres ont essayé de se frayer un passage jusqu'à la côte. Ils sont en train de mourir.

— Combien êtes-vous ?

— Nous étions deux cents au départ. Je ne sais pas combien sont morts... »

Nuada se leva et attacha la cape autour de ses épaules. Il marcha jusqu'à l'entrée de la caverne et avisa le ciel. Aucun nuage et les étoiles scintillaient comme des diamants. « Je vais aller chercher de l'aide.

— Vous avez failli mourir là-dehors. N'y retournez pas. Même si vous survivez à l'hiver, il restera le meurtrier Agrain.

— Laissez-moi emprunter cette cape, dit-il, et je reviendrai avec de la nourriture. Rassemblez autant de personnes que possible ; dites aux autres de ne pas s'éloigner.

— Pourquoi aider des Nomades ? lui demanda-t-elle.

— Parce que je suis un imbécile. Rassemblez vos compagnons. »

Il sortit dans la nuit et commença à grimper vers l'est, suivant le doigt tendu du Guerrier Étoilé et alignant son trajet avec la Grande Lance.

Au bord de l'épuisement, Nuada trouva une caverne où il se reposa deux heures et se réchauffa devant un petit feu. Puis il reprit son chemin.

Le lendemain, en milieu d'après-midi, il se retrouva sur la colline qui dominait la palissade. Affaibli par la faim et le froid, il la descendit en se laissant glisser. Llaw Gyffes le vit depuis le parapet et vint à sa rencontre.

« Bienvenue, dit Llaw. La promenade était agréable ?

— Il y a des gens en train de mourir là-bas, Llaw, ils meurent de faim. Il faut les aider.

— Il faut d'abord t'aider toi, poète. Ton visage est blanc comme la craie. » Il le conduisit à la hutte d'Ariane, qui était assise près du brasero. Elle se leva quand il entra et se moqua de lui.

« Ah, notre puissant chasseur est de retour ! Tu as attrapé quelque chose ? À part des engelures ? »

Llaw aida Nuada à se débarrasser de ses vêtements glacés et frotta la peau du poète pour faire circuler le sang. Ariane chauffa une serviette devant le feu et la plaça devant le visage de Nuada. Il s'allongea tandis qu'ils s'occupaient de lui et ses paupières se fermèrent... Quand il se réveilla, Llaw était assis à son chevet.

« Deux cents personnes prises au piège dans la forêt, articula Nuada. Des Nomades. Ils n'ont plus de nourriture, aucun moyen d'aller à Cithaeron.

— Ils ont mal choisi leur moment pour s'enfuir, commenta Llaw.

— J'imagine que c'était ça ou la mort, rétorqua le poète. Il faut les aider.

— Pourquoi ? Je ne les connais pas.

— *Pourquoi ?* Comment ça pourquoi ? Ce sont des personnes, Llaw, comme toi et moi.

— C'est faux. Je suis en sécurité et au chaud dans une hutte, et j'ai de la nourriture. Je ne suis pas pris au piège.

— J'irai voir Agrain », fit sèchement Nuada en sortant du lit. Il se leva et alla, nu comme un ver, jusqu'au feu où séchaient ses vêtements.

« Quel spectacle, dit Ariane. Les jolies petites fesses que voilà ! » Il se tourna face à elle.

« Plaisante, Ariane. Ris pendant que des bébés meurent de froid. Ris pendant que des femmes font leur deuil. »

Le sourire d'Ariane s'évanouit. « Ce n'est pas d'eux que je riais, dit-elle.

— Non, tu ne penses même pas à eux. Vous me dégoûtez tous les deux. Vous ne valez pas mieux que le roi ; en fait, vous êtes pires. Il les condamne à mort afin de dérober leurs possessions, mais vous, vous les condamnez sans aucune raison. »

Il s'habilla et marcha à travers la neige jusqu'à la grande salle où une quarantaine d'hommes buvaient, mangeaient et se racontaient des histoires. Son arrivée fut saluée par des acclamations. Il leur rendit leur salut et vint se camper devant Agrain.

« Je suis content que tu sois en vie, dit le hors-la-loi. Tu m'as manqué. »

Il parla à Agrain des Nomades qui mouraient dans la forêt et l'homme haussa les épaules. « Ils auraient pu mieux choisir leur moment pour s'en aller. Mais la neige devrait cesser d'ici quelques jours. Certains s'en sortiront.

— Vous n'allez pas les aider, monseigneur ?

— Pourquoi le devrais-je ? Est-ce qu'ils ont de quoi me payer ?

— Je l'ignore. Mais dites-moi, l'instant magique dont nous avons parlé, combien valait-il ? »

Les yeux d'Agrain s'étrécirent. « Quel est le rapport ? chuchota-t-il. J'étais saoul... je disais n'importe quoi. Je le regrette.

— Alors mettez un prix sur vos paroles d'ivrogne. Quelle quantité d'or valent ces souvenirs ? Dix raqs ? Vingt ? Mille ?

— Tu connais la réponse, siffla Agrain. Ils sont sans prix.

— Voilà donc ce que peuvent vous payer ces gens. Pas de monstre à abattre. Pas d'acte de courage. Juste un don à ceux qui en ont besoin.

— Et toi, Nuada, qu'as-tu à offrir ?

— Je n'ai rien.

— Tu as les vingt raqs en or que je t'avais donnés pour ton passage vers Cithaeron. Acceptes-tu de payer pour leur nourriture ?

— Oui, bien sûr, mais... » Nuada cligna des yeux de surprise quand Agrain tendit la main, puis ouvrit la bourse de cuir qu'il portait à la ceinture et compta les pièces.

Agrain rangea les pièces de côté et se pencha en avant. « Acceptes-tu de rester dans la forêt jusqu'à ce que je t'autorise à partir ?

— Rester ? Je... » Il vit le triomphe dans les yeux d'Agrain et sa gorge se serra. À Cithaeron, il serait de nouveau riche et vivrait dans un palais rempli de femmes magnifiques qui s'occuperaient de lui. Le soleil y était chaud et brillant, le climat tempéré. Mais ici, au milieu de cet ennui suprême ?

« Alors, insista Agrain.

— Je reste. Mais moi aussi j'émets une condition, monseigneur. Plus question de voler les Nomades. Je resterai ici pour le héros Agrain et non pour le bandit de grand chemin. »

Agrain gloussa et tapa Nuada sur l'épaule. « J'accepte ta condition. Agrain, le parjure, le voleur et le tueur te donne sa parole. Pour ce qu'elle vaut ! »

*
**

Malgré la lourde cape et les gants en peau de mouton, deux paires de chausses en laine et des bottes fourrées, Errin souffrait de l'âpreté du froid. Deux jours durant il avait suivi Ubadaï à travers la forêt glacée. Ils chevauchaient à une allure d'escargot de peur de blesser leurs montures. Certains sentiers, facilement praticables en été, étaient devenus des pièges mortels pour les cavaliers : pierres couvertes de glace, trous en partie recouverts de neige, arbres lourdement chargés et prêt à tomber à la moindre rafale de vent. Ubadaï n'avait rien dit de toute la première journée, et lorsqu'ils avaient monté leur camp il avait allumé un bon feu, s'était enroulé dans ses couvertures et avait dormi jusqu'à l'aube. Errin savait que le Nomade était en colère, et le seigneur gabalan se sentait largement responsable de cette mauvaise humeur. Il avait affranchi Ubadaï, qui n'avait aucune raison de le suivre dans cette mission périlleuse. De même, il n'avait eu aucune raison de s'infiltrer dans la forteresse de Mactha pour sauver son ancien maître. C'était déconcertant.

Le matin du troisième jour, alors que le ciel s'éclaircissait, Errin considéra le soleil levant.

« Dans quelle direction allons-nous aujourd'hui ? » demanda-t-il à Ubadaï tandis que le Nomade roulait les couvertures et les sanglait à la selle de son cheval. Ubadaï désigna un sentier qui partait entre les arbres.

« Mais c'est vers l'est, non ? » s'enquit Errin. Ubadaï hocha la tête sans rien dire. « Oh, allons, Ubadaï, parle-moi. Pourquoi est-ce que nous allons vers l'est ? »

Le Nomade grommela dans sa barbe, puis se tourna face à Errin. « Pas traces, d'accord ? Partout neige fraîche. Pas chance trouver femme. Nous rentrer.

— Nous devrions chercher encore un peu. Nous ne sommes là que depuis deux jours.

— Ça être chercher. Deux choix. Hommes bons ou mauvais, oui. Si eux bons, eux marcher près Route Royale, sud. Si eux mauvais, eux rentrer. Attendre Cartain partir, livrer femme Port Pertia quand flotte arriver, d'accord ? Si eux bons, nous avoir perdu eux. Si eux mauvais, moi croire eux aller par là.

— Ce n'est qu'une supposition, dit Errin.

— Oui, mais moi pisteur, pas sorcier. Eux voyager est premier jour, pas très bonne raison faire ça.

— Comment le sais-tu ?

— Vous voir caverne eux reposer hier ? Cendres deux feux, et traces montrer trois personnes : une petits pieds mais grands pas. Seulement trois personnes ? Pourquoi deux feux ? Femme assise à part. »

Errin haussa les épaules. C'était une piste assez mince, mais Ubadaï était le maître de cette expédition. « Tu souhaiterais être ailleurs, pas vrai ? » dit-il alors qu'il montait en selle.

Ubadaï monta son cheval et esquissa un sourire amer en désignant d'un geste le sentier couvert de glace. « Vous vouloir être là ?

— Ce n'est pas ce que je voulais dire ; moi, j'accomplis mon devoir. Mais toi, pourquoi as-tu accepté de m'accompagner ? Pourquoi es-tu revenu me chercher à Mactha ?

— Beaucoup stupide, peut-être », marmonna Ubadaï en talonnant sa monture.

Pendant deux heures, ils chevauchèrent jusqu'à ce qu'ils arrivent dans un petit bosquet de pins au bas d'une pente. Ubadaï arrêta sa monture et tira son arc de sous ses sacoches de selle. Il le banda, puis souffla sur ses doigts pour les réchauffer.

« Qu'y a-t-il ? demanda Errin en venant à côté de lui.

— Sentir air », ordonna Ubadaï. Errin leva la tête mais ne discerna rien, hormis peut-être une trace de fumée et une subtile odeur, légèrement déplaisante, qui lui rappelait une cour de ferme.

« Qu'est-ce que tu en conclus ? souffla Errin.

— Mort, murmura Ubadaï. Autre chose. Animal, peut-être loup.

— Pourquoi faut-il chuchoter ?

— Nous être sous vent. Elle pas savoir nous là. Ça être mieux partir, peut-être.

— S'il s'agit d'une meute de loups, nous les effraierons. C'est peut-être Sheera... qui a des problèmes, ajouta-t-il prestement.

— Moi pas aimer sensation, dit Ubadaï. Peau à moi hérissée. Moi bonne peau, elle savoir où elle vouloir être... elle pas vouloir aller là. »

Errin sourit. « Tu as déjà chassé le loup. Et l'ours, même le lion, si je me rappelle bien. Nous sommes tous les deux de bons archers. » Un sinistre hurlement retentit dans le bosquet, un son bien plus puissant que tout hurlement de loup qu'Errin eût jamais entendu. « D'un autre côté, dit-il, tu pourrais avoir raison. Je crois qu'il vaut mieux se montrer prudent. » Mais juste au moment où il était sur le point de faire volter son cheval vers le haut de la pente, un autre son brisa le silence, un cri de femme.

Errin jura et éperonna son cheval en direction des arbres. « Vous pas avoir arc ! » s'exclama Ubadaï en s'élançant au galop derrière lui.

Dans un grondement de tonnerre, la monture d'Errin déboucha dans la clairière, aperçut la créature-loup géante avec ses griffes longues comme des sabres et son énorme gueule qui rugissait férocement, et tenta désespérément de dévier sa course. Mais la glace sous ses sabots n'offrait aucune prise et elle glissa sur son arrière-train. Errin se jeta à bas de la selle tandis que l'étalon percutait la bête, et les deux animaux culbutèrent. La bête enfonça ses griffes dans l'encolure du cheval et du sang jaillit à flots sur la fourrure gris-blanc du monstre. Le cheval agonisant rua et envoya la bête valdinguer dans la neige. L'étalon tenta de se relever, mais la bête l'attaqua une fois de plus, déchirant et tailladant. Errin se redressa et tira l'épée recourbée que lui avait donnée Cartain ; elle était magnifique et aiguisée comme un rasoir mais ressemblait à un jouet d'enfant à côté de la bête enragée. Errin tourna la tête. Sheera était là, blême, et brandissait un morceau de bois fumant. Il se précipita vers elle. La bête se désintéressa de l'étalon mort et grimpa lentement sur sa carcasse, trébuchant et manquant de tomber. Elle se dressa sur ses pattes arrière et se dirigea vers l'homme et la femme. Errin se plaça devant Sheera, toucha la boucle de sa ceinture et murmura : « Ollathair. »

Instantanément, la bête parut ralentir. Errin attendit que la créature soit quasiment sur lui, puis il esquiva un lent coup de griffe et planta son épée dans le ventre de la bête.

Sheera vint se camper à côté de lui et enfonça la branche dans la gueule de la créature. À cet instant, Errin vit les griffes avancer vers la fille, lâcha son épée et plongea vers elle pour l'écarter de leur trajectoire.

Derrière eux, Ubadaï sauta à bas de sa selle, encocha une flèche, arma et décocha le trait, qui alla frapper la bête dans le cou. La créature tituba et tomba à quatre pattes ; puis elle versa sur le côté et mourut.

Errin se releva et scruta la clairière au cas où d'autres monstres s'y trouveraient. À sa droite gisait une jambe humaine, et de l'autre côté de la clairière les restes macabres d'une autre victime. Constatant avec satisfaction qu'il n'y avait pas d'autre bête, il toucha de nouveau sa boucle de ceinture et se tourna vers Sheera.

« Vous allez bien ?

— Oui, je... » Elle le reconnut alors et s'écarta de lui. « Errin ? Que faites-vous ici ?

— Je vous cherchais. Cartain était inquiet ; il m'a dit que les hommes qui vous escortaient avaient probablement été engagés par Okessa.

— Je crois qu'il avait raison. Mais de tous les hommes qu'il pouvait envoyer à mon secours... Pourquoi fallait-il que ce soit vous ? »

Il haussa les épaules. « Il est agréable, madame, d'avoir enfin réussi à accomplir quelque chose. »

Son visage s'assombrit. « Ne croyez pas que cela vous absolve de toute responsabilité vis-à-vis du meurtre de ma sœur. Sûrement pas ! Rien ne le pourra jamais !

— J'aimais Dianu, et j'aurais fait n'importe quoi pour la sauver. Mais je ne lui ai pas demandé de rester, ni ne savais qu'elle était en danger. Peu importe que vous me croyiez ou non, cela m'est égal. » Il s'approcha de la bête et retira son épée, qu'il nettoya sur la fourrure de la créature. Il retourna l'épée et la tendit à Sheera. « Vous voulez me tuer, madame ? Faites-le ! Allez, prenez l'épée et enfoncez-la. »

Elle se détourna. « J'étais en colère quand j'ai dit à Cartain que je voulais vous tuer. Je ne souhaite pas une telle chose, mais ne désire pas non plus votre compagnie.

— Vous n'avez pas tellement le choix, Sheera. Je suis ici pour vous escorter jusqu'à Port Pertia, et puis jusqu'à Cithaeron. Une fois là-bas, vous pourrez faire ce que bon vous semble.

— Je n'irai pas à Cithaeron. Je vais aller trouver Okessa et le tuer. Et si vous avez une once d'honneur en vous, vous ferez de même. Vous dites que vous aimiez Dianu. Vous avez une drôle manière de le prouver : vous enfuir à Cithaeron... »

Errin inspira profondément et réprima sa colère. « À Cithaeron nous lèverons une armée. Ici nous ne pouvons rien faire à part courir en tous sens dans une forêt enneigée en espérant ne pas se perdre, ce qui sied sans doute parfaitement à une petite fille gâtée mais ne me convient guère. Maintenant, rassemblez vos affaires. » Alors qu'il se tournait, elle l'attrapa par le bras et son poing alla s'écraser contre sa mâchoire. Ubadaï grimaça en voyant le coup toucher sa cible. La plupart des femmes ne savaient pas frapper, mais il était obligé d'admirer la fluidité du geste et le contact explosif. Errin était inconscient avant de toucher le sol.

Ubadaï vint s'agenouiller près du noble évanoui, puis considéra une Sheera stupéfaite.

« Moi aimer vous, fille, dit Ubadaï. Vous beaucoup stupide. »

Chapitre 11

Lorsque Agrain lui signifia sans détour qu'il n'était pas autorisé à accompagner le groupe de sauveteurs Nuada fulmina. Le chef hors la loi avait rassemblé trente hommes, chacun transportant de la nourriture : pain, viande séchée et fruits.

« Vous avez besoin de moi pour vous montrer le chemin, protesta Nuada. Vous avez besoin de moi !

— Je pourrai trouver la Route Royale sans aide, Nuada. Et puis regarde-toi, tu es sur le point de t'écrouler. Tu ne supporterais pas le trajet.

— Je l'aiderai à faire l'aller-retour », dit Llaw Gyffes. La neige recommençait à tomber dru, et Llaw, comme le reste des hommes, était chaudement enveloppé de vêtements en peau de mouton huilée et chaussé de hautes bottes de marche fourrées de laine. Une capuche couvrait ses cheveux blonds, et une longue écharpe s'enroulait autour de son cou.

Agrain avança jusqu'à Nuada et posa une main sur son épaule. « Sache que si tu nous ralentis, chacun de tes pas pourrait signifier une mort de plus sur la Route Royale. Tu comprends ?

— Je ne vous ralentirai pas, je le promets. »

Llaw tira Nuada à l'écart et lui offrit à boire de sa bouteille. Nuada accepta, et s'étrangla.

« Par les dieux du chaos ! bredouilla-t-il. Qu'est-ce que c'est ?

— De l'alcool de grain pur ; il en faut peu pour être efficace. Tu as plus chaud ?

— J'ai l'impression qu'on a allumé un feu dans mon estomac.

— Parfait. Alors en route ! »

Agrain imposa une vive allure, sondant la neige à chaque pas avec son bâton, qu'il enfonçait profondément dans les congères pour tester le terrain. Les hommes derrière lui avançaient sans un bruit. Pas la moindre conversation, et Nuada savait que la plupart ne comprenaient pas la nature de leur mission.

« Pourquoi tenais-tu à venir ? demanda Llaw lorsqu'ils furent à quelque distance derrière la colonne de secours.

— Je leur avais dit que je reviendrais. Et aussi parce qu'ils ont peur d'Agrain.

— Ils n'ont pas tort. Tu conduis le loup dans la bergerie ; ne sois pas surpris s'il se comporte en loup.

— Je ne serai pas surpris, Llaw. Maintenant, dis-moi pourquoi toi tu nous accompagnes. »

Llaw gloussa et aida Nuada à escalader une congère en pente. Le vent forcit, projetant de la glace et de la neige dans leurs visages, et il devint impossible de parler. Le trajet, qui avait pris un jour et demi à Nuada, fut accompli en moins de quatre heures par l'équipe de secours.

Ils trouvèrent les premiers cadavres entassés près d'un feu éteint. Il y avait deux femmes, un vieillard et un enfant. Tous étaient raidis par le froid.

Agrain se racla la gorge et cracha. De la glace s'était formée sur ses sourcils sombres et sa barbe de trois jours. « Les idiots ! dit-il. S'ils avaient allumé leur feu vingt pas plus loin, près de ces rochers, ils seraient encore en vie. Comment ont-ils pu croire qu'un feu allumé en plein air parviendrait à les réchauffer ? »

Abandonnant les cadavres à leur triste sort, les hommes continuèrent et arrivèrent à la caverne en milieu d'après-midi. Une quarantaine de personnes y étaient assemblées ; quatre étaient mortes. Agrain mena les hommes à l'intérieur et ils distribuèrent les rations. Les deux feux étaient sur le point de s'éteindre et Llaw Gyffes retourna dans la forêt pour chercher du bois. Nuada scruta les visages maigres et décharnés, et aperçut la fille au fond de la caverne. Elle était accroupie près d'une vieille femme et il se faufila jusqu'à elle.

« Je suis revenu, dit-il simplement.

— Elle est morte, répondit la fille. Elle est morte il y a une heure. »

Nuada regarda le visage serein. La femme semblait aller sur ses soixante-dix ans et avait un air de patricienne. « Elle ne craint plus rien, désormais, dit-il. Venez, il y a de la nourriture.

— Je n'ai pas faim. » Il passa son bras autour de ses épaules sveltes et l'attira vers lui.

« Pensez-vous qu'elle souhaiterait vous voir mourir aussi ? demanda-t-il. Suivez-moi. » Il la prit par le bras et la conduisit à Agrain, qui lui donna du pain et un bidon d'eau.

« La caverne ne pouvait pas tous nous abriter ; il y en a encore d'autres dehors », lui dit la fille. Agrain se détourna et envoya trois groupes fouiller la forêt. Llaw Gyffes les accompagna. Dans la caverne, une femme tomba aux pieds d'Agrain, étreignit ses jambes et pleura en silence. Gêné, il la repoussa. Un homme s'approcha de lui, lui saisit la main et la serra vigoureusement ; d'autres l'imitèrent. Agrain accepta avec mauvaise grâce leur démonstration de reconnaissance et se fraya un passage jusque dans le blizzard. Il marcha seul un moment et regarda ses hommes fouiller la neige : partout, des cadavres.

Il revenait à la caverne lorsqu'il perçut non loin un geignement. Il observa les alentours, mais il n'y avait personne et le bruit cessa. Il prit son bâton, sonda les buissons. En vain. Il s'arrêta, écouta, mais les hurlements du vent masquaient tous les bruits. Il s'accroupit près du sol... toujours rien. À sa gauche se trouvait une petite congère. Un homme et une femme y étaient enterrés, enlacés, pétrifiés dans la mort. Ils s'étaient lovés autour d'un enfant enveloppé d'une couverture en laine. Agrain pouvait deviner leurs ultimes pensées : protéger l'enfant jusqu'au bout, leurs corps l'abritant du vent et de la neige. La tête de l'enfant bougea et sa bouche s'ouvrit. Agrain le libéra prestement de sa gangue de neige et se précipita vers la caverne. À l'intérieur, il se fraya un passage jusqu'au feu, retira la couverture glacée et frotta les membres fluets de la petite fille. Elle avait les cheveux courts, frisés et dorés, et elle était maigre, terriblement maigre.

« Akis ! appela-t-il. Où es-tu ? »

Un homme trapu se présenta. « Tu as apporté le lait ? demanda Agrain.

— Il n'y en a presque plus, monseigneur », répondit l'homme. Depuis la saga de Nuada, les hommes s'étaient mis à imiter la façon dont le poète s'adressait à lui.

« Amènes-en ici. Vite ! Et réchauffe-la.

— Bien, monseigneur. »

La tête de la fille s'affaissa contre l'épaule d'Agrain. « Ne meurs pas sur moi ! cria-t-il. Ce n'est même pas la peine d'y songer ! » Il la secoua et lui frotta le dos, et elle se mit à geindre. « C'est bien, dit Agrain. Pleure ! Pleure et vis !

— Puis-je la prendre ? demanda une femme.

— Laisse-moi tranquille », fit Agrain d'un ton sec tandis qu'Akis revenait avec un bol de bois plein de lait chaud. Le chef hors la loi releva la tête de la fille et porta le bol à ses lèvres ; elle ferma la bouche et le lait coula sur son menton. « Pincez-lui le nez », dit Agrain. Une femme s'accroupit à côté d'eux et obtempéra. La bouche de l'enfant s'ouvrit. Elle commença par s'étouffer, puis elle se mit à avaler. Quand elle eut terminé le lait, sa tête s'affaissa de nouveau contre l'épaule d'Agrain. Il allait la secouer quand une femme lui toucha le bras.

« Elle dort, dit-elle. Elle ne fait que dormir. Tout va bien. Enveloppez-la dans une couverture chaude et laissez-la-moi. Je prendrai soin d'elle. »

Agrain rechignait à se séparer de l'enfant, mais il le fit tout de même en lui caressant les cheveux. « Elle est jolie, dit-il, et solide. J'aime ça chez les enfants. Quel âge a-t-elle ? Je ne suis pas très bon pour juger de l'âge d'un bébé.

— Je dirais environ deux ans. Elle pourrait être un peu plus vieille, mais elle est très maigre et petite.

— Alors veillez bien sur elle, dit Agrain en se levant.

— Bien, monseigneur.

— Je ne suis pas un seigneur ! Veillez simplement sur elle. » Llaw Gyffes aidait un jeune couple à entrer dans la caverne, qui était maintenant sérieusement engorgée.

« C'est un cauchemar là-dehors, fit Llaw. Il y a des cadavres un peu partout ; près d'une centaine.

— Combien de survivants ? demanda Agrain.

— J'en ai vu une trentaine. Il n'y a pas de place pour eux ici, et si nous ne leur trouvons pas un abri, beaucoup vont mourir.

— Il y a des cavernes plus profondes à environ cinq kilomètres d'ici, réfléchit Agrain, mais certaines sont habitées par des ours.

— Au moins on peut tuer un ours, marmonna Llaw, mais on ne peut pas vaincre ce froid. » D'autres survivants commencèrent de s'assembler dans l'entrée de la caverne, criant qu'on leur fasse de la place. Ceux du centre furent refoulés trop près des feux et des disputes éclatèrent.

Agrain grimpa sur un rocher afin de distinguer clairement toute la foule grouillante de réfugiés.

« Silence ! » beugla-t-il. Tout le monde se figea. « Il va nous falloir traverser le blizzard. Je veux que les plus forts d'entre vous soient prêts à partir dans une heure. Les autres peuvent rester ici ; je laisserai des hommes et de la nourriture, et nous reviendrons vous chercher quand la tempête se sera calmée. »

Certains réfugiés se mirent à crier. Ils refusaient de quitter le sanctuaire de la caverne. « Vous ferez ce qu'on vous dit ! rugit Agrain. Autrement je vous laisse mourir de faim ! Il y a des cavernes plus profondes à une heure de marche d'ici. On pourra y allumer des feux pour vous maintenir en vie. Que tous ceux qui pensent être capables de faire le trajet se mettent à gauche de la caverne. Ceux qui préfèrent rester, allez à droite. »

Lentement, les réfugiés prirent place. Agrain descendit du rocher et un vieillard s'approcha de lui.

« Je vous remercie de votre aide, messire. Dites-moi, seriez-vous le héros Llaw Gyffes ?

— Non, je suis le démon Agrain. » Les yeux du vieillard s'écarquillèrent et il recula.

« Ceux de gauche, sortez de la caverne. Vite ! cria Llaw Gyffes. Allez, faites place. »

Agrain trouva la femme qui prenait soin de l'enfant qu'il avait sauvée. Il se pencha et prit la fille endormie dans ses bras. « Vous voulez l'emmener par ce froid ? demanda la femme. Est-ce bien raisonnable ?

— Elle sera en sécurité », promit Agrain. Il ouvrit son pourpoint en peau de mouton et le referma autour de l'enfant.

Dehors, la tempête s'était calmée et la neige tombait moins dru quand Agrain prit la tête de la mince colonne. Akis, Nuada et quatre autres restèrent dans la caverne pour distribuer la nourriture et alimenter le feu. Il y avait maintenant davantage de place et le groupe était en majorité constitué de vieillards ou de jeunes enfants. Nuada était fatigué, plus las qu'il ne l'avait jamais été durant sa courte existence. Mais il se sentait curieusement exalté, rempli d'une joie sereine. Il s'assit contre la paroi et regarda les gens qui dormaient près des feux. *Ses gens*. Les siens par le sang et par son action. La fille aux cheveux de jais s'assit à côté de lui ; le corps de sa mère gisait au fond de la caverne ; un mince tissu lui couvrait le visage.

« Je m'appelle Kartia », dit la fille. Elle était encore froide. Il tira la couverture de ses épaules et serra Kartia contre lui. Il ne répondit rien et appuya sa tête contre la paroi ; elle lui parut aussi confortable qu'un oreiller en duvet.

Il sombra alors dans un sommeil sans rêves.

Le voyage en direction des cavernes profondes prit plus de deux heures, mais la neige s'abstint de tomber et la température s'éleva très légèrement. Même dans ces conditions, la plupart des réfugiés les plus faibles avaient besoin d'aide, et Llaw Gyffes ainsi que deux autres hommes suivaient la colonne en retrait, attentifs à ceux qui tombaient au bord de la route. Llaw offrit à quelques-uns une gorgée de son alcool violent avant de les remettre sur pied. Un homme seulement mourut durant le voyage. Son cœur lâcha alors qu'il tentait de gravir la dernière colline.

Une fois arrivé aux cavernes, on alluma de grands feux et les réfugiés se rassemblèrent avec gratitude autour d'eux. L'enfant que transportait Agrain s'éveilla et il la nourrit avec ce qu'il restait de lait. Llaw Gyffes le regarda s'occuper de la fille, ses yeux pâles ne trahissant aucune émotion. Conscient d'être épié, Agrain passa l'enfant à une femme d'âge mûr et retourna à l'entrée de la grotte, où il s'assit face au grand guerrier.

« J'aime les enfants, remarqua Agrain, défiant Llaw de ses yeux sombres.

— Moi aussi. Je crois que la tempête est passée, le pire devrait être derrière nous. »

Agrain avisa le ciel. « Pas de nuages. Ça va encore se rafraîchir.

— Que vas-tu faire d'eux ? demanda Llaw. Comment vas-tu les nourrir, prendre soin d'eux ? Et comment Nuada a-t-il réussi à te persuader de faire ça ? »

Agrain haussa les épaules. « J'ai un plein grenier, et ils pourront travailler pour gagner leur nourriture. Ils pourront couper des arbres, ramasser du bois. Les femmes les plus jeunes pourront se prostituer pour mes hommes ; nous n'avons pas assez de femmes. Trois hommes sont morts récemment en se battant pour une femme. »

Llaw hocha la tête. « Et ma dernière question. Pourquoi ?

— Je n'ai pas à te rendre de comptes, Llaw Gyffes ; je ne rends de comptes à personne. Si je choisis de faire quelque chose, je le fais. Je pourrais choisir de tous les tuer demain. C'est mon choix. Pourquoi es-tu venu ? »

Llaw haussa les épaules. « J'avais besoin d'exercice. Je me sentais comme un lion en cage. Comment va ton dos ?

— Il guérit vite.

— Tu devrais faire attention à ce qu'il ne s'infecte pas. J'ai déjà vu des égratignures s'aggraver sérieusement, très sérieusement.

— Pas ici, dit Agrain. L'air est idéal pour guérir les blessures. Je n'ai pas vu un seul cas de gangrène depuis que je suis dans la forêt. » Il demeura un long moment silencieux, se rappelant la douleur et la peur qu'il avait éprouvées lorsque les griffes l'avaient tailladé. « C'était une bête impressionnante, pas vrai ?

— Elle a failli briser ma hache, dit Llaw. Te rends-tu maintenant compte à quel point l'attendre à découvert était stupide ?

— Oui, admit Agrain. Jusqu'à présent, mes chasseurs en ont trouvé six autres, mortes dans la neige.

Mais rien n'indique d'où elles viennent. Personne ne sait quoi que ce soit sur elles. J'ai même envoyé des hommes chercher le Dagda pour lui demander conseil.

— Tu sais où il vit ?

— Non, mais mes hommes inspecteront tous les villages jusqu'à ce qu'ils aient des informations à son sujet, dit Agrain. Où qu'il soit, il en entendra parler.

— La question principale demeure, dit Llaw : qui a envoyé ces créatures ? Et pourquoi ?

— Envoyées ? répliqua Agrain. Ce n'était pas une meute de chiens de chasse. Je n'ai pas vu de laisse. Et aucun homme ne saurait dresser de telles créatures.

— Tu te souviens du garçon ? Il disait l'avoir vue apparaître du néant dans un éclair. Et nos chasseurs ont trouvé des empreintes sur une colline. Non. Quelqu'un veut semer la mort dans la forêt. Et il faut découvrir qui.

— Oui, il le faut, acquiesça Agrain, si tu as raison. Mais je n'en suis pas convaincu. Certaines parties de la forêt n'ont jamais été explorées, de hautes vallées, des gorges solitaires. Les bêtes auraient pu en sortir par manque de gibier, voire par curiosité.

— Peut-être, dit Llaw, mais tu as vu comme moi la créature-loup. Elle n'était que partiellement recouverte de poils ; la peau de sa poitrine et de son ventre était noire. Une bête de ce genre ne vit probablement pas dans les hauteurs, où l'air est froid. Et l'autre créature retrouvée morte dans la neige ? C'est le froid qui l'a tuée. As-tu déjà entendu parler d'une bête de la forêt qui ne se prépare pas pour l'hiver ?

— C'est un argument convaincant, mais où nous mène-t-il ? Un sorcier dresseur d'animaux lâche sa meute dans les montagnes ? Comment le retrouver ? Où le reconnaître, si on le retrouve ?

— Le retrouver ? C'est impossible, admit Llaw. Seul un autre sorcier y parviendrait.

— Voilà qui éclaire la situation, fit Agrain d'un ton sec. Dans le coin, les sorciers ne courent pas les rues.

— Il y a dans mon village un garçon qui prétend avoir été l'apprenti d'un homme de magie nommé Ro-fhessa. Quand la neige fondra, j'irai le chercher. »

Agrain se leva et s'étira. « Ce qui signifie quitter le sanctuaire de la forêt. C'est risqué, Main-Ferme. Avec ta barbe dorée et tes cheveux blonds, tu seras facilement repérable. Et comment se débrouillera le pauvre peuple de la forêt si son grand héros disparaît avant d'avoir pu lever son armée ?

— Je crois que vous vous tirerez très bien d'affaire, monseigneur Agrain, grand massacreur de bêtes et sauveteur de petits bébés. »

Llaw se leva et toisa le chef hors la loi. Agrain sourit, mais ses yeux demeurèrent inexpressifs. « Je crois que je t'aime bien, Llaw, vraiment.

— Tant mieux, tu m'en vois rassuré.

— Ne sois pas trop rassuré. J'ai déjà tué des hommes que j'aimais bien.

— Je m'en souviendrai. »

*
**

Cinq jours durant, Ruad attendit. Il ouvrait le portail chaque soir et le maintenait ainsi pendant une heure. Une fois, un lézard géant aux crocs en dents de scie tenta de forcer le passage et Ruad le fit détaler avec une boule de feu. Le sixième jour, il était trop faible pour lancer le sortilège et revint au village d'un air las.

Gwydion ne dit rien lorsqu'il entra dans la petite cabane qui leur avait été donnée. Le vieil homme se contenta de poser la main sur l'épaule de son ami, qui la repoussa.

« Je l'ai perdu », dit-il en s'effondrant sur une chaise. Gwydion s'assit à côté de l'Armurier, considéra le visage large et laid, et vit son reflet dans le bandeau en bronze. Ruad jura. « Je l'ai envoyé se faire tuer, comme les autres.

— Ce n'était plus un enfant ; il a pris sa propre décision, dit Gwydion. Par les dieux, Ruad, ça valait la peine d'essayer. Si les chevaliers de la Gabala pouvaient se réunir une fois de plus, nous pourrions débarrasser cette contrée du mal qui la ronge, nous pourrions lever une armée rebelle.

— Ils sont tous morts, Gwydion. Laisse-moi me reposer. » Ruad tituba jusqu'à une paillasse placée contre le mur et s'étendit de tout son long.

Gwydion s'approcha de lui. « Je vais te donner du sommeil », dit-il en touchant du doigt le front du sorcier. L'œil de Ruad se ferma et sa respiration se fit plus profonde. Gwydion trouva sans difficulté les Couleurs et s'émerveilla devant la force du Vert. Il sentit sa puissance provenant des millions d'arbres, d'oiseaux et d'animaux. Il régénéra ses forces et ouvrit les yeux. La bougie avait presque complètement fondu et la flamme crachotait, aussi en alluma-t-il une autre à partir des fragments de la première.

Un coup léger à la porte interrompit ses pensées. Il alla ouvrir. Un adolescent se tenait là, ses cheveux clairs luisant sous la lune. Derrière lui se dressait un homme grand, à la chevelure et aux yeux sombres.

« Oui ? demanda Gwydion. Quelqu'un est malade ?

— Non, messire, dit l'adolescent. Je cherche Ruad Ro-fhessa. J'étais son apprenti ; je m'appelle Lámfhada. »

Gwydion tendit la main et toucha l'adolescent à l'épaule. Il n'y avait pas de mal en lui. « Entrez, dit le vieil homme, mais parlez à voix basse ; Ruad dort, et il a besoin de repos. »

Les nouveaux venus pénétrèrent dans la cabane et Gwydion tisonna le feu avant de suspendre une bouilloire au-dessus des braises. « Voulez-vous une infusion ? Elle est douce et vous apportera des rêves tranquilles.

— Vous ne vous souvenez pas de moi, n'est-ce pas ? » dit l'homme au visage rude. Il tendit son bras droit et arbora le moignon recouvert de cuir.

« Elodan ? J'avais entendu dire que vous étiez mort. Je constate avec joie qu'il s'agissait uniquement de rumeurs. Pardonnez-moi. Je me fais vieux et ma mémoire me joue des tours. La dernière fois que je vous ai vu, vous étiez chevalier, revêtu de votre armure d'argent, un heaume au plumet noir sur la tête.

— C'était il y a bien longtemps, Gwydion. Une autre époque. Le monde a changé depuis, et pas pour le mieux. »

Gwydion versa de l'eau bouillante dans un pot en cuivre et y ajouta des feuilles séchées, puis remua la mixture à l'aide d'une cuillère de bois. Il laissa reposer la préparation plusieurs minutes avant de la transvaser dans trois tasses rondes.

« Qu'est-ce qui vous amène par ici ? demanda le vieillard.

— J'espérais que le sorcier pourrait guérir mon bras, dit Elodan. Lámfhada prétend qu'il peut tout faire.

— Comment nous avez-vous trouvés ? »

Lámfhada sourit. « Je me suis entraîné avec les Couleurs. Je ne maîtrise pas les plus difficiles, mais je peux désormais parcourir le Jaune. Et j'ai senti que Ruad était dans la forêt, même si je ne pouvais pas dire exactement où. Je savais seulement que c'était à l'est. C'est alors que l'on a entendu parler d'un guérisseur et d'un sorcier, et les gens évoquaient trois chiens d'or. J'étais présent lorsque Ruad travaillait sur le dernier, j'ai donc compris qu'il s'agissait de lui. Vous croyez qu'il sera en colère de me voir ici ?

— Je ne pense pas, répondit Gwydion, mais il a subi un terrible deuil, et tu pourrais le trouver... changé. Sois patient, Lámfhada. Quant à vous, Elodan, ne placez pas trop d'espoir en lui. Ruad est un sorcier très puissant, mais certaines choses sont au-delà du pouvoir des simples mortels.

— Je n'ai jamais eu de grands espoirs, Gwydion. Nous verrons. »

Gwydion reporta son attention sur l'adolescent. « Le Jaune, dit-il, est une merveilleuse Couleur. J'ai appris moi aussi à développer mes talents de cette manière. C'est la Couleur des rêves.

— Pourtant elle n'a aucun pouvoir, rétorqua Lámfhada.

— Non, non, tu as tort. Le Jaune nous conduit à toutes les autres Couleurs. C'est un guide. Sans elle, il n'y aurait pas de sorcier, pas de guérisseur, de mystique, ou de devin. Dis-moi, quand tu chevauches le Jaune, quelle autre Couleur cherche à pénétrer ton esprit ?

— Aucune, messire.

— En temps voulu, tu seras attiré vers une autre Couleur. Elle se présentera tandis que tu parcourras le Jaune. Pour moi, c'était le Vert, et je suis devenu guérisseur ; pour d'autres, comme Ruad, c'est le Noir. Pour d'autres encore, hélas, c'est le Rouge. Mais le Jaune te mènera jusqu'à la Couleur de ta vie, pour ton bonheur ou ton malheur.

— Tous les hommes sont gouvernés par les Couleurs, alors, même quand ils ne sont pas sorciers ? demanda Lámfhada.

— Bien sûr. Les Couleurs sont la vie. Regarde Elodan. De quelle Couleur est son âme ? »

Le guerrier ne dit rien, mais Lámfhada se tourna pour le regarder. « Je ne sais pas, dit l'adolescent. Comment faire pour le deviner ?

— Il n'y a pas vraiment de magie pour ça, mon garçon, dit Gwydion. Un fermier est un homme qui aime la terre et le travail de la terre. Il est du même Vert que ses plantes. Le guerrier ? Quelle Couleur conviendrait à un homme qui aime frapper ses semblables avec une lame aussi aiguisée qu'un rasoir, une massue ou une lance étincelante ? La Couleur d'Elodan est le Rouge, et il le sait. Il l'a toujours su. N'ai-je pas raison, champion du roi ? »

Elodan haussa les épaules. « On aura toujours besoin de guerriers. Je n'ai pas honte de ce que je... j'étais.

— Ah, mais ce n'est pas ce besoin qui t'a poussé à devenir guerrier. Tu as choisi cette voie parce que tu aimais te battre.

— C'est vrai. Cela fait-il de moi un être maléfique ?

— Non, mais pas non plus un saint », dit Gwydion en s'empourprant. Il inspira profondément. « Pardonnez-moi, Elodan. Je n'ai pas le droit de vous critiquer. Mais j'ai passé le plus clair de mon existence à soigner les blessures causées par des épées, des flèches ou des haches, à réparer les dégâts de la haine, de la soif de pouvoir ou de l'avidité. Je sais que tu n'es pas mauvais, mais j'abhorre les hommes d'armes. Allons, il est tard. Reposez-vous ici, nous parlerons à Ruad demain matin. »

*
**

Errin reprit conscience après quelques instants et se redressa, sonné. Ubadaï l'aida à se relever. « Mauvais menton », commenta le Nomade, souriant. Errin vacilla.

« Je suis navrée, s'excusa Sheera. Je pensais que vous éviteriez le coup. Je veux dire, la vitesse à laquelle vous avez attaqué la bête... Vous allez bien ?

— Seule ma fierté en pâtira, dit Errin. Puis-je m'asseoir quelque part ?

— Pas ici, répondit Ubadaï en désignant les cadavres. Sang attirer beaucoup créatures, loups, lions, pas savoir. Vous pouvoir asseoir vous sur cheval à moi.

— Non, il ne peut pas, dit Sheera. Le cheval est parti dès que vous avez mis pied à terre.

— De mieux en mieux », grogna Ubadaï. Le Nomade regarda autour de lui, puis pointa du doigt une colline proche. « Devoir y avoir grottes. Avec chance à nous, beaucoup bêtes. Bêtes jusqu'à taille. Pourtant... » Il ramassa les sacoches et les provisions sur le corps de la monture d'Errin et attendit que Sheera aille chercher son sac sous l'arbre. Puis il aida Errin à escalader la colline. L'air frais de la montagne revigora rapidement le noble. Comme Ubadaï l'avait prédit, il y avait de nombreuses cavernes. Il pénétra dans l'une d'elles au sud de la colline mais en ressortit aussitôt. « Ours », dit-il. La seconde caverne était vide, et le Nomade ramassa du bois pour faire du feu.

Sheera s'installa près du feu, réconfortée par la chaleur, et fixa Errin. « Je suis vraiment désolée », dit-elle.

Il haussa les épaules. « C'est inutile. Je n'ai jamais été très bon au combat. Mon vieux professeur d'escrime disait que mes poignets étaient aussi résistants qu'une laitue mouillée...

— Vous vous êtes pourtant bien défendu contre la bête, et votre coup d'épée a failli l'éventrer.

— Bête mourir toute façon, dit Ubadaï à Sheera. Vous pouvoir tuer elle avec branche.

— Qu'est-ce que tu insinues ? » demanda Errin.

Ubadaï haussa les épaules. « Malade, peut-être. Mais quand elle tuer cheval, elle presque tomber. Elle pas charger, elle tituber.

— Quelle agréable pensée, fit Errin d'un ton sec. Le chevalier conquérant tue une bête malade. C'est presque le départ d'une grande saga. Elle ne m'avait pas l'air malade, à moi, cette bête...

— C'est vrai, elle était malade, acquiesça Sheera. Sa poitrine était presque bleue. Et elle est tombée avant d'attaquer.

— Elle avoir peau fine, dit Ubadaï. Pas bon pour froid.

— Est-ce que vous pourriez arrêter de plaindre cette créature ? gémit Errin. Ce n'était pas vraiment un lapin blessé !

— Vous attendre ici, dit le Nomade. Moi aller trouver cheval. »

Après le départ d'Ubadaï, Sheera alimenta le feu. « Peu importe que la bête n'ait pas été au meilleur de sa forme, Errin. Vous l'avez tout de même attaquée et m'avez écartée de la trajectoire de ses griffes avec une vitesse étonnante. »

Il lui sourit. « Je suis assez content de moi. » Il voulait lui parler de la ceinture mais s'en garda bien ; il était plaisant de jouer le rôle du héros. En regardant Sheera, il fut frappé par sa ressemblance avec sa sœur : comme elle, de grands yeux, des lèvres pulpeuses, le même regard perçant. Sheera était plus grande, ses cheveux plus courts et plus frisés, mais le lien de sang était indéniable.

« Qu'y a-t-il ? demanda-t-elle en voyant son expression changer.

— Rien. Voulez-vous manger quelque chose ?

— Pas pour le moment. Cette bataille m'a écœurée.

— C'était très courageux de votre part d'affronter la bête avec pour seule arme une branche enflammée, dit-il. Vous étiez fort impressionnante tout à l'heure.

— Je n'avais ni le temps ni assez d'espace pour utiliser mon arc. C'était très habile de faire charger votre cheval sur la bête.

— Je n'ai pas grand mérite dans cette manœuvre ; en tentant d'arrêter sa course, le pauvre animal a perdu l'équilibre. » Il détourna le regard et le silence tomba entre eux. « Écoutez... dit-il enfin. À propos de Dianu...

— Je préfère ne pas en parler, l'interrompit-elle, le visage sévère.

— Je dois vous dire certaines choses. J'ai été idiot ; je le sais et ce n'est pas en tuant des bêtes par centaines que je vais me racheter. Mais j'ignorais totalement le danger qu'elle courait ; j'ignorais que vous aviez du sang nomade.

— Vous l'avez tuée, Errin. C'est votre flèche qui lui a transpercé le cœur. »

Il ferma les yeux, puis les rouvrit pour contempler les flammes. « Oui, acquiesça-t-il. Ma flèche... mais vous ne savez pas ce que j'ai ressenti. J'avais une jambe cassée et je tentais de m'enfuir. Quand je suis arrivé au sommet de la colline, on était en train de l'attacher au poteau...

— Je ne veux rien entendre ! »

Mais Errin enchaîna. « Même si j'étais allé jusqu'à elle, je n'aurais pas pu la libérer. Elle aurait brûlé à petit feu, ou la fumée l'aurait étouffée. Qu'auriez-vous fait, Sheera ?

— Tous ces gens autour d'elle, murmura-t-elle. Elle devait en connaître beaucoup. Elle avait l'habitude de faire des dons à Mactha, de la nourriture et de l'argent pour les nécessiteux. Pourtant ils applaudissaient quand on l'a menée au bûcher ; c'est ce qu'on nous a raconté à Pertia. Et ils ont hurlé de colère quand vous leur avez volé leur divertissement. Qu'est-ce qui pousse la foule à se comporter ainsi ? Comment peuvent-ils se montrer si cruels ? Si maléfiques ? »

Il secoua la tête. « Comment pourrais-je répondre à cela ? Il y a quelques semaines, un jeune esclave s'est échappé après que je l'ai acheté pour l'offrir au duc.

Je l'ai traqué, et alors qu'il avait presque réussi à s'enfuir, je l'ai tué d'une flèche dans le dos. Pourquoi ? Comment répondre ? Il m'appartenait ; il m'a désobéi ; je l'ai regardé ramper jusqu'à la forêt pour y mourir seul. Cette image m'est restée à l'esprit depuis lors. Je ne peux pas justifier ce geste, pas plus qu'aucun homme présent à l'exécution de Dianu ne pourrait justifier sa rage.

— Êtes-vous sûr que le garçon est mort ?

— Non, mais la flèche s'est enfoncée profondément. »

Ils demeurèrent un moment silencieux, puis Sheera parla de nouveau. « Le monde change à une vitesse incroyable. J'ai passé quatre ans à Furbolg. J'allais à l'école, je faisais la fête, dansais et assistais à des banquets. J'ai même rencontré le roi. Il était grand et pas si vieux, mais ses yeux étaient étranges et froids. Je ne l'ai pas aimé, et pas plus ses nouveaux chevaliers. Des rumeurs circulaient à leur sujet. Certains prétendaient qu'il s'agissait de démons d'un autre monde ; d'autres que c'étaient des sorciers qui sacrifiaient leurs victimes sur un autel secret. Alors la terreur a commencé, les arrestations, les exécutions, les manifestations dans la rue. J'avais coutume d'emprunter le Chemin Parfumé, la nuit, vous vous souvenez ?

— Oui, dit-il. Le repaire des amoureux. Des roses et bien d'autres fleurs ornaient le chemin jusqu'au parc royal.

— Personne ne l'empruntait plus durant ma dernière année à Furbolg. Quatre femmes ont disparu après s'y être engagées ; deux autres ont été attaquées et violées. C'était un lieu qu'on craignait. Sans parler des meurtres et des cambriolages ! Pas un jour ne passait sans qu'on parlât d'un nouvel acte de violence, mais cela ne suffit pas à inquiéter l'aristocratie. Puis un soir au palais, tout a changé. Le roi avait ordonné que soit organisée une fête spéciale ; nous sommes arrivés en retard et avons vu la grande salle du palais jonchée de lits et de paillasses, et partout des gens s'accouplaient. L'esclave à la porte a dit à mon oncle qu'aucun homme ne devait rester avec sa femme ; tous devaient trouver d'autres partenaires. Nous nous sommes alors éclipsés, et c'est à ce moment que mon oncle m'a envoyée rejoindre Dianu et que nous avons élaboré notre projet de fuite.

— Le roi a transformé le palais en bordel ? s'exclama Errin. Et les nobles l'ont toléré ?

— Quatre nobles ont refusé d'accepter cela et ont plus tard été accusés de trahison. C'est alors que le champion du roi, Elodan, a quitté son service et défié le chevalier rouge, Cairbre. Nous étions déjà sur la route, mais nous avons entendu parler du combat.

— Oui, dit Errin doucement. Cairbre me l'a raconté. Le monde a sombré dans la folie.

— Pas le monde dans son entier, Errin. Seule la Gabala.

— Cartain lèvera peut-être une armée assez puissante ?

— Non, il n'y parviendra pas, dit férocement Sheera. Cithaeron est loin. Et puis il y a déjà une armée ici. Vous avez entendu parler de Llaw Gyffes ? Il est temps d'agir, Errin. Pas dans un an ni dans dix. Maintenant !

— Mais cet homme est un paysan. Vous n'êtes pas sérieuse !

— Un paysan ? Je préférerais être gouvernée par un paysan honnête que par un roi fou. Mais son armée grandirait encore plus vite si des hommes comme vous s'alliaient à lui. »

Errin secoua la tête. « J'ai entendu beaucoup d'histoires au sujet du légendaire tueur de femme, mais je n'ai jamais vu son armée. De quoi serait-elle composée ? De tueurs, de voleurs, de bandits ? Mettraient-ils réellement fin au règne de terreur d'Ahak ou au contraire feraient-ils pire que lui ?

— Lorsque j'étais enfant, dit Sheera, il y a eu un incendie sur le domaine. Nos forestiers en ont allumé un autre juste devant afin de brûler tout le sol sur sa trajectoire. Le premier feu a manqué d'aliment et s'est éteint, et nos terres ont été sauvées. Quelques années plus tard il était impossible de deviner qu'il y avait eu deux incendies. »

Ubadaï entra dans la caverne. « Pas bon, dit-il. Cheval sauver, et moi voir traces loup. Nous marcher maintenant.

— Jusqu'à Pertia ? s'enquit Sheera doucement.

— Non, dit Errin. Nous allons tenter de trouver Llaw Gyffes.

— Mieux en mieux », grogna Ubadaï.

Chapitre 12

Lámfhada était allongé au chaud dans un coin de la cabane, enveloppé d'une épaisse couverture en laine, la tête posée sur un oreiller brodé. Il entendait Elodan et Gwydion discuter à voix basse, mais le bruit le berçait tandis qu'il cherchait le Jaune. Il était impatient de voir quelle Couleur approcherait de son champ de vision. Serait-il guérisseur ou sorcier, devin ou encore artisan ? Il ferma les yeux et attira vers lui le Jaune. Il sentit sa chaleur et son corps sembla perdre toute sensation de pesanteur. Il avait l'impression de flotter librement dans une mer chaude. Il tournoyait sans cesse et s'élevait pourtant dans la lumière au-dessus de lui. Il avait souvent atteint ce niveau, mais la plupart du temps il restait un peu en dessous, baigné dans le Jaune. Ce soir-là il continua de s'élever, en quête de la Couleur de sa vie. Le Jaune fonça et devint Or. Ses paupières s'ouvrirent brusquement pour voir que le ciel resplendissait de couleurs : Rouge, Vert, Blanc, Bleu, Noir, Violet, et Or. Elles se fondirent et se confondirent les unes dans les autres, et il eut l'impression de voguer sur un fleuve de magie, tourbillonnant au-dessus de la forêt. Il eut d'abord peur et tenta de faire marche arrière, mais l'Or lui amena la tranquillité et il s'y accrocha.

Depuis les tréfonds les plus obscurs de sa mémoire il se souvint d'avoir déjà touché l'Or une fois auparavant : à neuf ans, déchiré par le chagrin à la mort de sa mère. Il se remémora l'homme encapuchonné qui psalmodiait sur la colline ; il sut qu'il s'agissait de Ruad Ro-fhessa, le sorcier Ollathair. Mais il se rappelait aussi qu'il y avait un autre homme non loin de là, un homme qui avait renvoyé l'enfant apeuré chez lui. Son nom lui restait cependant inconnu.

Lorsqu'il atteignit la limite de la forêt, son vol ralentit. Il se regarda et vit qu'il était nu et se tenait sur un cercle doré. Loin au-dessous de lui se dressaient les arbres, et un cerf courait sur une colline, poursuivi par des loups. Il frissonna. Il craignait de tomber du cercle et regrettait que celui-ci n'ait pas de murs. Le cercle se transforma en demi-sphère et il s'assit sur un haut siège.

C'était plus merveilleux encore que dans un rêve.

Sur la colline le cerf s'était retourné pour affronter la meute. Lámfhada le vit baisser la tête. Un loup bondit, et se retrouva projeté dans les airs. Un second loup contourna le cerf... puis un autre. Leurs crocs déchiquetèrent l'animal et le cerf tomba, égorgé, son sang imbibant la terre. Lámfhada atterrit. Effrayés par la lumière, les loups décampèrent. Lámfhada sortit de la sphère et s'approcha du cerf mort. Il était vieux, sa fourrure était grise autour de sa bouche. Le garçon s'agenouilla près de lui et tendit la main pour le toucher, mais elle passa à travers la bête et il se souvint qu'il volait sous forme d'esprit. De la lumière dorée jaillit de sa main et remplit la dépouille du cerf. Les blessures se refermèrent et les poils gris disparurent. Les vieux muscles endoloris gonflèrent de jeunesse et de vitalité. La tête du cerf se redressa ; il se remit debout et, d'un bond, dévala la colline. Les loups le poursuivirent, mais sa vitesse le mit hors de portée et il courut vers le sanctuaire des arbres lointains.

Lámfhada grimpa dans la sphère et s'envola ivre de joie vers les cieux.

De nouveau à la lisière de la forêt, il contempla le royaume qui s'étendait au-delà et vit le Rouge grossir tel un lointain coucher de soleil. Il sentit une autre présence et vit un homme planant dans le ciel. Il portait une armure rouge et sa chevelure paraissait d'un blanc étincelant au clair de lune. Cependant, quand Lámfhada y regarda de plus près, il constata que le chevalier était presque transparent.

« Qui êtes-vous ? » demanda Lámfhada.

Des yeux injectés de sang se tournèrent vers lui et le chevalier tenta de s'approcher. Mais l'Or l'en empêcha.

« Je suis Cairbre, murmura le chevalier. Et toi ?

— Lámfhada. Que faites-vous ici ?

— Je regarde, j'apprends. Es-tu avec Llaw Gyffes ?

— Oui. Vous le connaissez ? »

Le chevalier sourit. « Je le connaîtrai... bientôt. Son armée de pacotille va comprendre la puissance de la nouvelle Gabala. Répète-lui ce que je t'ai dit. Dis-lui que le roi va venir au printemps, avec tous ses soldats. Dis-lui qu'il ne sera nulle part à l'abri des chevaliers rouges.

— Il ne cherchera pas à se mettre à l'abri, répondit Lámfhada. Il n'a pas peur de vous.

— Toutes les créatures de chair et de sang devraient me craindre, déclara Cairbre, ainsi que tous ceux qui vont avec moi. Dis-moi, mon garçon, quelle est la source de ta magie ?

— Je ne sais pas, dit Lámfhada avec précaution. Je suis novice dans les Couleurs.

— Une seule Couleur a de l'importance, fit le chevalier d'un ton sec.

— Vous parlez du Rouge. Pourtant il ne peut pas soigner.

— Soigner ? Je peux créer une forme de vie qui n'a pas besoin de se soigner. Pourquoi discuter, de toute manière ? Hors de ma vue, mon garçon ! Je ne souhaite pas te tuer.

— Vous souffrez ? demanda soudain Lámfhada. Êtes-vous malade ? »

Les yeux de Cairbre étincelèrent et il dégaina l'épée de son fourreau spectral. Il abattit sa lame sur la sphère dorée. Mais l'épée rebondit et le visage de Cairbre se fit encore plus blême.

Il lâcha son épée, qui flotta à côté de lui. « Tue-moi, dit-il. Allez, mon garçon, tue-moi !

— Pourquoi ? Pourquoi ferais-je quelque chose de si terrible ?

— Terrible ? Tu n'as aucune idée de la signification de ce mot. Mais tu comprendras quand nous viendrons au printemps. Dis à Llaw Gyffes que tu m'as vu. Dis-le-lui.

— D'accord. Pourquoi le haïssez-vous ?

— Le haïr ? Je ne le hais point, mon garçon. C'est moi que je hais ; les autres m'indiffèrent. » Le chevalier se tourna, le corps baigné d'un reflet rouge. « Ollathair ! cria-t-il. Ta magie vient d'Ollathair ! »

Lámfhada recula, et un mur de lumière dorée surgit entre eux.

Le chevalier éclata de rire. « Ah, c'est le comble ! Retourne le voir et envoie-lui mes salutations. Cairbre-Pateus lui envoie ses salutations ! »

Puis il disparut.

Lámfhada se précipita vers la cabane et la sécurité de son corps. Il s'éveilla en sursaut et se demanda s'il avait rêvé cet épisode, même s'il voyait encore les yeux injectés de sang du chevalier.

Il se redressa. Dans le coin opposé, Elodan dormait à poings fermés. Gwydion était encore assis à la table. Il fixait son gobelet. Lámfhada se leva.

« Tu n'arrives pas à dormir ? demanda le guérisseur.

— Puis-je vous parler, messire ?

— Pourquoi pas ? Nous n'avons rien de mieux à faire.

— J'ai trouvé ma Couleur. »

Les yeux de Gwydion pétillèrent et il tapota l'épaule de Lámfhada. « Bien. J'espère que c'est le Vert ; le monde a besoin de guérisseurs.

— C'est l'Or.

— L'Or n'existe pas, mon garçon. Tu es toujours dans le Jaune.

— Non, messire. Je flottais dans une nef en or et j'ai vu un vieux cerf mourir. Je lui ai donné de la vie et il s'est relevé.

— Bah ! Ce n'était qu'un rêve, apparemment bien agréable ! »

Lámfhada secoua la tête. « Attendez ! Laissez-moi réessayer. » Il ferma les yeux et chercha les Couleurs. Le Jaune l'accueillit, mais il n'y avait aucun signe de l'Or.

« Ne perds pas courage, mon garçon, dit Gwydion. Ça prend du temps. Qu'as-tu vu d'autre ?

— J'ai vu un chevalier rouge planer à la lisière de la forêt. Il m'a donné un message pour Ollathair ; il a dit que Cairbre-Pateus lui envoyait ses salutations. »

Gwydion eut un mouvement de recul et son visage blêmit.

« Ne lui remets pas ce message ! Ne lui en parle pas. N'y pense même plus !

— Je ne comprends pas.

— Tant mieux. Fais-moi confiance, Lámfhada. Ne dis rien. Ce n'était qu'un rêve... un très mauvais rêve. »

*
**

Ubadaï s'agenouilla près du corps étendu en travers du sentier. Six pattes, le tout recouvert d'une peau écailleuse. Sa gueule était plus longue que le bras d'un homme et comportait trois rangées de dents.

« Je n'ai jamais rien vu de tel, déclara Errin. Et elle ne porte aucune blessure. »

Ubadaï posa la main sur la poitrine de la créature. « Tout muscles, remarqua-t-il. Pas graisse ; elle mourir froid.

— Il y avait d'étranges bêtes au zoo de Furbolg, ajouta Sheera. Quelqu'un en transportait peut-être d'autres depuis la côte et elles se sont échappées. »

Ubadaï haussa les épaules. « Possible. Mais moi devenir homme dans steppes, moi jamais entendre parler lézard six pattes. Nous devoir trouver endroit sûr camper. Soleil descendre, peut-être plus bêtes. »

Précautionneusement, ils contournèrent la carcasse et poursuivirent leur route le long du sentier tortueux. Au sommet de la colline, le sentier s'élargit et se divisa en deux branches, l'une vers l'est, l'autre vers le sud. Ubadaï renifla l'air. « Par là », dit-il en pointant l'est du doigt.

Froid et fatigue ôtaient à Errin toute envie de discuter ; il chargea les sacoches sur son épaule gauche et se remit en marche. Après un demi-kilomètre ils arrivèrent à un virage. Une petite maison en pierre se dressait, nichée contre une paroi rocheuse abrupte. Devant elle, dans la neige, un vieil homme était assis, vêtu d'une robe bleue délavée. Il avait le crâne chauve et une barbe taillée en fourche lui descendait jusqu'à la poitrine.

« Il est mort ? » demanda Errin quand Ubadaï s'approcha de l'homme, qui ouvrit les yeux.

« Non, je ne suis pas mort, fit-il d'un ton sec. Je réfléchissais. Je profitais de ma solitude.

— Toutes mes excuses, dit Errin en s'inclinant. Mais vous n'êtes pas transi, assis dehors, par ce froid ?

— Que vous importe ma condition ? Je suis ici chez moi, et c'est mon corps. S'il fait froid, ça me regarde.

— Bien entendu, messire, acquiesça Errin en se forçant à sourire. Écoutez, mes compagnons et moi-même cherchons un abri. Consentiriez-vous à nous héberger cette nuit ?

— Je n'aime pas la compagnie, répliqua le vieil homme.

— Alors vous rester assis dehors dans neige », dit Ubadaï. Il se tourna vers Errin. « Pourquoi perdre temps avec vieux stupide ? Nous entrer.

— Non, dit Errin. Nous trouverons une caverne. »

Le vieil homme sourit. « J'ai changé d'avis, annonça-t-il. Vous pouvez rester. Je suppose que vous voudrez allumer un feu. Il n'y a pas de bois, vous devrez aller en ramasser. Je crois qu'il y a une vieille hache à l'intérieur. »

Ubadaï marmonna quelque chose à voix basse et entra dans la maison à grandes enjambées. Quelques instants plus tard il en sortit avec l'arme. Errin s'inclina à nouveau face à l'homme assis dans la neige.

« Pourquoi avez-vous changé d'avis ? demanda-t-il.

— Parce que je suis de nature capricieuse. Partez maintenant et laissez-moi réfléchir. »

Errin et Sheera entrèrent dans l'habitation. Elle était composée d'une seule pièce, avec un lit dans un coin ainsi qu'une table et deux bancs au centre. L'âtre était froid et vide. Il n'y avait trace d'aucun ustensile de cuisine ni de la moindre nourriture.

« Je vais ramasser du bois », dit Sheera. Errin hocha la tête et posa ses sacoches contre un mur. La maison de pierre était plus froide que la mort ; de la glace s'était formée sur le mur nord, où l'eau avait ruisselé depuis une fissure du toit. Il alla voir le lit, sur lequel était négligemment posée une unique couverture élimée. Il n'y avait pas de matelas, seulement une rangée de lattes en bois.

Errin inspecta la pièce, austère et peu engageante. Il sortit dans le crépuscule naissant, contourna la silhouette assise et alla assister Sheera dans sa tâche. Au loin, ils entendaient le martèlement régulier de la hache. Ils ramassèrent tout le bois mort qu'ils purent trouver et le rapportèrent à la maison. Sheera alluma un feu, qui mit une éternité à chasser le froid lugubre de l'habitation.

Ubadaï revint une heure plus tard et jeta la hache contre le mur du fond. Son visage était rouge et luisant de sueur. « Besoin aide », marmonna-t-il. Errin et Sheera le suivirent jusqu'à une clairière où il avait abattu et débité un arbre mort afin de pouvoir le transporter en morceaux. Il faisait nuit quand ils finirent de transporter le bois à la maison. Le feu brûlait intensément dans le foyer.

Le trio resta autour du brasier jusque tard dans la nuit. Parfois, Errin se levait, marchait jusqu'à la porte et observait le vieil homme toujours assis à la lueur de la lune. Il avait recommencé à neiger. Finalement, Errin sortit et s'accroupit devant lui.

« Veuillez m'excuser, messire. »

Les yeux sombres du vieil homme s'ouvrirent. « Vous encore ? Qu'est-ce qu'il y a maintenant ? Vous avez la maison, que voulez-vous de plus ?

— Est-ce que vous essayez de mourir ?

— Qu'est-ce que ça changerait ?

— Je... je sais que ça ne concerne que vous, mais il fait chaud dans la maison maintenant, vous seriez plus à l'aise si vous nous rejoigniez. Nous pourrions peut-être discuter. La mort n'est que très rarement une solution aux problèmes que l'on peut rencontrer.

— Ne soyez pas idiot, mon garçon. La mort est la solution ultime à tous les problèmes. Le terme de tout voyage ; la paix et la fin des querelles.

— Oui, acquiesça Errin, mais c'est aussi la fin des rires et des joies, de l'amitié, de l'amour. Et surtout le terme des rêves et des espoirs.

— Ah, bien sûr, mais la mort ne fait pas peur à un homme sans rêves ni espoirs. Ne vous est-il jamais venu à l'esprit que plus on aime, plus grande est notre tristesse ? Car tout finit un jour. Aucun rêve ne se réalise complètement.

— N'est-il pas possible de considérer les choses sous un autre angle ? proposa Errin. Plus notre tristesse est grande, plus grande sera notre joie. Comment concevoir l'une sans connaître l'autre ?

— Répondez plutôt à cette question, jeune dialecticien : Si un homme aime une femme pendant quarante ans, l'adorant et ne vivant que pour elle, quelle sera sa peine lorsqu'elle mourra et le laissera seul ? Si on lui donnait le choix de revenir en arrière et de tout recommencer, ne préférerait-il pas éviter sagement leur première rencontre et vivre une existence sans amour ? »

Errin sourit. « Un homme qui vit en hiver regrette-t-il l'été ? Choisirait-il de passer son existence dans un automne perpétuel. C'est un mauvais argument, messire. Rentrez avec moi et profitez du feu.

— Le feu est sans importance, mais je vais rentrer avec vous. » Le vieillard se leva dans un mouvement souple, brossa la neige sur ses vêtements et suivit Errin. À l'intérieur, Sheera s'était endormie près du feu et Ubadaï aiguisait la vieille hache. Il avisa le vieil homme.

« Pas mort encore, hein ? dit le Nomade.

— Pas encore », répondit l'homme.

Errin referma la porte, s'approcha du feu et tendit les mains vers le brasier accueillant. Il ôta cape et tunique. La chaleur l'envahit. « Comment avez-vous fait pour rester assis dehors si longtemps ? demanda-t-il alors que le vieil homme prenait place à son côté.

— Touchez ma main », dit l'inconnu. Errin obtempéra et la trouva plus chaude que la sienne.

« Incroyable. Comment faites-vous cela ?

— Lui sorcier, dit Ubadaï. Moi pouvoir dire.

— Êtes-vous sorcier, messire ? demanda Errin.

— D'une certaine façon. Je suis le Dagda. Mais je ne lance pas de sortilèges, vous êtes en sécurité ici.

— Quelle forme de magie utilisez-vous ?

— Vous pas demander ! le coupa Ubadaï.

— Je dis la vérité, répondit le Dagda, et vois toutes les Couleurs tourbillonnantes du cercle de la vie : le passé, le présent et l'ensemble des futurs.

— Vous prédisez l'avenir, dit Errin. Pourriez-vous me révéler le mien ?

— Je pourrais, seigneur Errin. Vous dire tout ce qui vous attend.

— Alors faites-le, je vous en prie.

— Non. Voyez-vous, je vous aime bien. » Il se tourna vers Ubadaï. « Mais à toi je veux bien tout te dire si tu le désires.

— Bah ! Pas moi. Chamans tous pareils. Mort, désespoir, malchance. Vous rien dire moi, vieil homme.

— Très sage de ta part, Ubadaï, dit le Dagda en souriant.

— Accepteriez-vous de répondre à une seule question ? demanda Errin.

— Peut-être.

— Les maléfices du roi peuvent-ils être vaincus ?

— Êtes-vous sûr qu'Ahak soit mauvais ?

— Vous trouvez qu'il agit avec cœur ? rétorqua Errin.

— Nous parlons de l'homme qui conduisit la dernière armée victorieuse et assura une fin paisible à l'empire. Nous parlons du roi qui réforma la loi au bénéfice des pauvres, leva un impôt spécial afin qu'on distribue de la nourriture aux démunis. Auriez-vous oublié les remèdes gratuits pour les malades et les nécessiteux ?

— Non, répondit Errin. Mais je ne peux non plus oublier le massacre des Nomades ni les événements écœurants qui se déroulent en ce moment même à la capitale.

— Pour vous, que signifie cela ?

— Que le roi est devenu mauvais.

— Votre raisonnement est juste, seigneur Errin. Mais le terme qui compte dans votre réponse est *devenu*. Quelque chose a pénétré le royaume et corrompu tout ce qu'il touchait.

— Je n'en avais pas connaissance, dit Errin doucement, mais d'où que vienne cette chose, peut-on la vaincre ?

— La réponse est assurément oui. Le mal provient en majorité du cœur des hommes. Et les hommes doivent mourir ; le mal mourra donc avec eux. Mais ta question était peut-être plus spécifique. Ce mal peut-il être rapidement détruit par Llaw Gyffes ? La réponse, alors que nous sommes assis ici, est non.

— Mais n'est-ce pas définitif ? le pressa Errin.

— Innombrables sont les futurs, et chaque homme a la possibilité de façonner le sien. Les Couleurs sont fluctuantes, l'harmonie a disparu. Mais oui, cela pourrait changer. Voyez-vous, le succès ou l'échec de votre aventure ne dépend que de la volonté d'un voleur et meurtrier.

— Llaw Gyffes ?

— Non. Allez dormir, seigneur Errin. Demain matin, je serai parti. Reposez-vous ici jusqu'à ce que vous soyez prêts au départ, puis allez vers l'est. Vous trouverez l'homme que vous cherchez.

— Et vous, où irez-vous ?

— Où je choisirai d'aller », répondit le Dagda.

*
**

Curieusement, Agrain rechigna à se séparer de l'enfant blond qu'il avait protégé de la tempête, mais une fois qu'on eut trouvé des quartiers pour les réfugiés à l'intérieur de la palissade, une vieille femme l'aborda et déclara être la grand-mère de la fille. L'enfant s'appelait Evaï, et Agrain éprouva tout à la fois du chagrin et de la satisfaction quand elle éclata en sanglots, emmenée par sa grand-mère vers les huttes de fortune qu'on érigeait contre le mur nord.

Il regarda depuis sa porte la vieille femme et l'enfant traverser l'étendue de neige, et, lorsque Evaï se retourna, il la salua de la main. Ariane l'aperçut et vint le rejoindre.

« Il va y avoir pas mal d'agitation, dit-elle. Je crois que je vais rentrer chez moi.

— Une autre tempête approche, indiqua-t-il en pointant du doigt le ciel menaçant. Il serait plus sûr de différer ton départ de deux ou trois jours. Viens boire un gobelet de vin avec moi. C'est du bon, dix ans d'âge. » Sans attendre sa réponse, il rentra dans la grande salle et se dirigea vers un feu ardent. Durant un instant, Ariane demeura hésitante dans l'encadrement de la porte. Mais elle se sentait seule ; Llaw évitait sa compagnie, et Nuada vivait désormais avec la réfugiée aux yeux sombres, Kartia. Elle retira sa cape en peau de mouton, s'approcha du feu et accepta un gobelet en argent rempli d'un vin rouge sang. Elle le goûta et s'assit face à Agrain.

« Une vieille femme comme elle ne pourra jamais élever convenablement une enfant. Elle ne passera peut-être pas l'hiver, dit-il, les yeux rivés sur les flammes dansantes.

— Tu ferais une meilleure mère ? »

Il tourna le regard vers elle. « Ne te moque pas de moi », siffla-t-il.

Sa gorge se serra. « Je suis désolée. Je n'avais pas l'intention de me moquer. »

Il haussa les épaules et toute colère s'évanouit de ses yeux. « Il y a de la vérité là-dedans, toutefois. Je ne pourrais pas élever une enfant ; je ne saurais pas comment m'y prendre. Mais toi tu pourrais.

— J'aurai mes propres enfants quand je serai prête.

— Je n'en doute pas ; tu as les hanches faites pour. Mais ce n'est pas ce que je voulais dire. Tu pourrais rester ici... avec moi. Nous pourrions élever cette enfant, et les nôtres. Tu ne trouveras pas meilleur parti dans toute la forêt. J'ai ici tout ce qu'il faut. Et quand je serai prêt, je m'en irai à Cithaeron et, par les dieux, j'y serai un des hommes les plus riches. »

L'esprit en ébullition, Ariane avala une gorgée de vin. Comment cet horrible singe pouvait-il croire qu'elle accepterait de l'épouser ? En imaginant Agrain la caresser, elle avait la nausée. Il était fort, oui, et ses vols et ses meurtres le rendraient certainement riche. Mais un compagnon pour la vie ?

« Je n'éprouve aucun amour pour toi », dit-elle enfin, prête à subir sa colère. Mais sa réponse la surprit.

« De l'amour ? Tu crois que c'est une flèche tirée par les anges ? Eh bien non. J'ai vu des hommes et des femmes n'éprouvant aucun amour l'un pour l'autre se satisfaire de leur vie commune. De toute manière, l'amour est quelque chose qui grandit dans l'amitié. Je ne t'aime pas non plus, Ariane ; je te désire. Mais c'est un commencement. Et je sais ce que tu vois quand tu me regardes, moi Agrain ; je ne suis pas aveugle. Je ne suis ni grand ni beau comme Llaw Gyffes ni aussi talentueux orateur que Nuada. Mais je suis fort, et je serai encore là quand ils seront tous morts depuis longtemps.

— Non, dit-elle, je ne pourrai pas t'épouser. Tu dis que le désir est un commencement. Je le crois aussi... mais je ne te désire pas. Tes richesses ne m'intéressent guère, ni l'existence luxueuse que tu me promets à Cithaeron. Je ne suis pas très habile avec les mots, aussi ne voudrais-je pas te blesser. »

Il hocha la tête sans trahir la moindre émotion. Puis il sourit. « Presque toute ma vie on m'a refusé ce que je désirais. Quand je me suis échappé pour venir ici, j'ai décidé que plus jamais on ne me refuserait quoi que ce soit. Je t'ai demandé ta main, comme un homme doit le faire. Mais je t'aurai, Ariane, avec ou sans ton consentement. Alors prends quelques jours pour réfléchir à ma proposition.

— Je n'aime pas les menaces, dit-elle en le foudroyant du regard. Et si tu penses à me prendre de force, je te conseille d'y repenser à deux fois. Je te tuerai.

— Tu crois en être capable ? »

Elle éclata soudain de rire. « Emmène-moi dans ton lit, Agrain, mais fais attention à ne jamais t'endormir.

— Ça pourrait quand même valoir le coup, répliqua-t-il.

— Tu ne le sauras jamais », rétorqua-t-elle en se levant. Elle passa rapidement sa cape sur ses épaules et sortit. La neige tombait dru et elle regagna sa hutte. En approchant, elle vit deux sentinelles ouvrir la porte du village et s'incliner devant un vieil homme vêtu d'une robe décolorée en laine bleue. Il était chauve, tandis qu'une longue barbe blanche taillée en fourche lui descendait jusqu'à la poitrine. Les sentinelles s'écartèrent pour le laisser passer, et Ariane resta clouée sur place. L'inconnu semblait flotter au-dessus de la neige, ne laissant derrière lui quasiment aucune trace de son passage. Il s'arrêta au centre du village et s'assit dans la neige. L'une des sentinelles courut jusqu'à lui pour lui apporter du pain ; d'autres villageois sortirent de chez eux et s'agglutinèrent autour de lui. Rendue perplexe par cette agitation, Ariane s'approcha elle aussi, et Llaw Gyffes la rejoignit.

« Que fait-il ? » demanda Ariane tandis que le vieil homme étalait devant lui une trentaine de pierres noires sur la neige compactée.

Llaw sourit. « Tu as déjà entendu parler de lui, Ariane. Maintenant, tu as l'occasion de le voir à l'œuvre. C'est le Dagda. Auras-tu le courage de l'interroger ? » Elle avisa son regard moqueur.

« Je te suis, dit-elle, mais il secoua la tête.

— Je ne tiens pas à connaître mon avenir, et puis je ne saurais pas lui poser les bonnes questions. Il sait tout de toi, y compris le moment de ta mort.

— S'il reste assis là, il va prendre froid », fit-elle.

Llaw se tourna et tapota Ariane sur l'épaule en désignant la grande salle. Agrain s'avançait, porteur d'une lourde cape en peau de mouton. « Ça fait partie du rituel quand il s'arrête dans un village. Il attend que le chef l'invite dans ses quartiers. Très peu refusent.

— Pourquoi ? Il leur jette une malédiction ? demanda-t-elle.

— Pire... il leur dit la vérité. »

La foule s'écarta pour laisser passer Agrain, qui s'inclina devant le Dagda. Le vieil homme ramassa ses pierres noires et les fit glisser dans une bourse en cuir ; puis il se leva et accepta la cape. La foule suivit Agrain qui le conduisit dans la chaleur de la grande salle.

« Tu veux le voir à l'œuvre ? » demanda Llaw. Ariane hocha la tête.

On dégagea un espace près de l'un des feux à l'intérieur de la grande salle, et à nouveau le vieillard s'assit en tailleur et étala ses pierres. Il regarda Agrain, qui secoua la tête. La foule s'agita. Agrain désigna Ariane et lui fit signe de s'avancer. Llaw l'accompagna et ils s'assirent devant le Dagda.

« Toi d'abord », dit Ariane, et Llaw s'éclaircit la gorge. Le Dagda esquissa un sourire.

« Choisissez huit pierres », dit-il d'une voix aussi chuintante que le vent à travers les branches d'un arbre mort. Llaw les regarda ; elles étaient plates, et rondes pour la plupart. Elles provenaient apparemment d'un lit de rivière. Lentement, il choisit ses huit pierres, puis le vieil homme les retourna une à une et examina les runes qui y étaient inscrites. Il leva ses yeux clairs.

« Pose-moi des questions sur ta vie, Llaw Gyffes. »

Llaw déglutit. « Je ne sais pas quoi demander, Dagda, marmonna-t-il en rougissant.

— Veux-tu alors que je te dise tout ?

— Non ! fit Llaw d'un ton sec. Tout le monde meurt, je ne désire savoir ni où ni quand ça arrivera. Dis-moi si le printemps sera beau et le gibier abondant.

— Le printemps sera radieux, répondit le Dagda en esquissant encore un sourire. Il viendra tôt, et le gibier sera plus qu'abondant. Mais tu n'auras que peu de temps pour chasser, Llaw Gyffes, car tes ennemis se rassemblent. Ils seront là avant la fonte des neiges.

— Je n'ai pas d'ennemis, déclara Llaw.

— Tes ennemis sont terribles : ce sont des hommes terriblement maléfiques. Ils te craignent ; ils craignent ton armée, et ils craignent ton nom. Ils doivent t'anéantir. Ils t'attaqueront avec des épées étincelantes et de la magie noire.

— Dans ce cas, je partirai à Cithaeron. Qu'ils viennent ici !

— Tu ne verras jamais Cithaeron, Llaw Gyffes.

— Est-il possible de vaincre ces ennemis ?

— Tous les hommes peuvent essuyer des défaites. Je vois deux armées. Veux-tu connaître l'issue de l'affrontement ?

— Non. Merci pour tes conseils. »

Le Dagda sourit et se tourna vers Ariane. Il retourna les pierres et les étala de ses longs doigts osseux. Elle fit ses huit choix et attendit.

« Interroge-moi, Ariane, et je t'éclairerai.

— Llaw va-t-il gagner ? » demanda-t-elle. Llaw jura et se releva d'un bond, mais avant qu'il ait pu s'éloigner suffisamment, la voix du vieil homme retentit.

« Je le vois sans vie sur le sol de la forêt, et un démon se dresse sur la colline : un démon rouge avec une épée noire.

— Espèce de petite idiote, fit Llaw d'un ton sec, le regard plein de colère. Sois maudite ! »

Il sortit de la salle à grands pas et Agrain s'agenouilla près d'Ariane. « Demande-lui pour nous », murmura-t-il. Le visage blême, Ariane secoua la tête. « Je ne veux plus rien savoir. Je suis désolée, Dagda. »

Alors qu'elle s'apprêtait à se relever pour suivre Llaw, Agrain lui saisit le bras. « Demande-lui ! Je respecterai ce qu'il dira. »

Elle se libéra et inspira profondément. « Parlez-moi d'Agrain », murmura-t-elle. Le chef hors la loi blêmit.

« Lui aussi mourra au printemps. Je vois un cheval, un étalon blanc, et un cavalier en armure d'argent. Un enfant sur une colline. Les démons se rassemblent, et une grande tempête s'abat sur la forêt. Mais Agrain ne la verra pas.

— Que doit-on faire ? demanda Ariane.

— Ce que vous voulez.

— Faut-il que Llaw meure ?

— Toutes les créatures meurent. Certaines meurent bien, d'autres mal. » Il regarda Agrain. « Voulez-vous savoir autre chose, monseigneur Agrain ?

— Je ne t'ai jamais posé une seule question sur moi, mais depuis des années tu meurs d'envie de me le dire, bâtard ! Je vivrai plus vieux que toi. Et quand ce cavalier couvert d'argent m'attaquera, je le tuerai. Je ne te crois pas, Dagda. Rien n'est écrit dans ces pierres qu'un homme fort ne puisse changer. Je prendrai mes propres décisions.

— Tu as raison. Médite cette pensée lorsque tu rencontreras le cavalier d'argent. » Le vieil homme reporta son attention sur Ariane. « Tu m'as demandé quoi faire. Je ne donne pas de conseils, je me contente de dire ce qui est. Mais je vois un guerrier manchot et un enfant de pouvoir. Je vois un artisan, un sorcier au lourd fardeau. Tous doivent se réunir. L'équilibre doit être restauré. »

Ariane le quitta alors et se rendit dans la hutte de Llaw pour s'excuser. Elle ne voulait pas poser cette question ; son inquiétude avait parlé pour elle. Il comprendrait certainement.

Mais la hutte de Llaw était vide, et ses affaires avaient disparu. Elle courut à la porte du village et escalada l'échelle des remparts. La neige tombait, mais elle pouvait encore apercevoir les traces de ses pas qui pénétraient dans les ténèbres de la forêt.

Llaw Gyffes marcha encore une heure après la tombée du crépuscule. Lentement il avançait dans les congères, sur les pentes glacées et les rivières gelées, déterminé à mettre autant de distance que possible entre le Dagda et lui. Le vieillard traînait une macabre réputation dans la forêt. Nul ne savait où il vivait, les rumeurs prétendaient qu'il arpentait depuis plus d'un siècle la forêt Océane. Certains disaient qu'il était ancien chevalier, d'autres un prêtre, tous étaient cependant d'accord pour affirmer que ses paroles étaient à double tranchant. Pourtant, les hommes et les femmes réclamaient toujours à cor et à cri de connaître leur avenir, sombre ou radieux, joyeux ou douloureux.

À la tombée de la nuit, Llaw alluma un feu contre le tronc abattu d'un vieux bouleau. Il bâtit un mur de neige au nord afin de s'abriter du vent et s'installa pour veiller toute la nuit.

Maudite fille ! Mort au printemps... sans vie devant une armée d'ennemis qu'il n'avait jamais provoqués. Sous quelle mauvaise étoile était-il donc né ? Quel dieu avait-il offensé pour que son existence soit à ce point ruinée ? D'abord Lydia, le coup le plus dur, et maintenant une mort qui n'avait pas de sens.

Les étoiles scintillaient et la température baissa. Llaw attisa le feu et s'enveloppa dans sa cape. Un bruit furtif monta des buissons. Il tira la hache de sa ceinture et tourna brusquement la tête. Assis à quatre ou cinq mètres du feu, un énorme loup gris le regardait avec des yeux torves. À la lueur du brasier, Llaw se rendit compte que son museau était blanc ; il était vieux et rejeté par sa meute. D'après la taille de ses épaules lardées de cicatrices, Llaw devina qu'il était autrefois le chef de sa meute mais, comme toutes les créatures, la vieillesse avait atrophié ses forces et un jeune mâle l'avait remplacé. Llaw fouilla dans son sac et en tira un morceau de bœuf séché, qu'il jeta au loup. La bête l'ignora. Llaw détourna le regard et ajouta du bois dans le feu. Quand il regarda de nouveau, la viande avait disparu, mais le loup était toujours assis.

« Fier, hein ? dit Llaw. Ce n'est un défaut ni chez l'homme ni chez la bête. » Il jeta un autre morceau de viande, un peu plus près cette fois. De nouveau, le loup attendit qu'il détourne le regard avant de s'emparer de la viande. Il était rare que les loups attaquent l'homme, et Llaw ne se faisait pas de souci quant à sa capacité à tuer l'animal. Sa hache était aiguisée, son bras fort. Il était content d'avoir de la compagnie. « Viens, le loup. Profite du feu. »

Un autre morceau de bœuf atterrit devant le loup, mais à sa droite, obligeant celui-ci à se rapprocher de la source de chaleur. Quand le loup se déplaça, Llaw vit les marques d'un combat récent sur ses épaules noueuses, de profondes marques de crocs sur son flanc. On discernait encore une vieille cicatrice sur sa patte postérieure droite, qui boitait. « Tu ne survivras pas à l'hiver, le loup. Même un lapin fatigué pourrait te semer, et tu ne pourras jamais tuer le moindre cerf. Tu ferais mieux de rester un temps avec moi. » Le loup s'assit sur son arrière-train, rempli de gratitude pour la chaleur et pour son premier repas depuis dix jours.

Il avait reçu la blessure de sa patte postérieure durant l'été, quand un énorme ours brun avait attaqué sa compagne. Il avait répliqué et avait sauté à la gorge de la bête, mais la fourrure épaisse avait empêché ses crocs de pénétrer la chair, et un coup de griffe avait ouvert une longue entaille dans son flanc. Sa compagne était morte, et lui-même avait mis du temps à guérir de sa blessure. Quand la meute s'était regroupée en prévision de l'hiver, les prétendants avaient déclaré leurs habituels défis, mais il n'avait eu ni la force ni la volonté de les affronter. Ils l'avaient chassé voilà plusieurs jours déjà.

Il s'était nourri de charognes et des restes des autres carnivores. Puis, ses forces déclinant, il avait senti l'homme et s'était apprêté à l'attaquer. Maintenant il n'en était plus sûr... la viande était bonne, le feu chaud. Il se coucha prudemment, ses yeux jaunes fixés sur l'homme, sa faim moins aiguë.

Llaw fouilla dans son sac ; il y avait encore trois morceaux de viande. Il en prit deux et en croqua un bout. Le loup redressa la tête et il lui jeta le second morceau. Cette fois, l'animal le mangea aussitôt.

Llaw rajouta du bois et s'installa près du feu. Il n'avait pas peur que le loup l'attaque. Il n'avait rien à craindre. Le Dagda ne lui avait-il pas dit qu'il lui restait jusqu'au printemps ?

Il dormit d'un sommeil sans rêves et s'éveilla dans la fraîcheur matinale. Le feu n'était plus qu'un lit de braises rougeoyantes, et le loup avait disparu. Llaw éprouva une sensation de perte. Il s'assit, grelotta et ranima le feu avec des brindilles qu'il avait ramassées la veille. Puis il sortit de son sac un pot de cuivre qu'il remplit de neige et plaça au bord du feu. À mesure que la neige fondait, il en rajouta de nouvelles poignées jusqu'à ce que le pot soit à moitié plein d'eau.

Il y versa des céréales séchées et remua le tout avec un bâton jusqu'à ce que le mélange s'épaississe.

Les paroles du Dagda le hantaient encore. Ses ennemis se rassemblaient, et il ne pourrait pas les éviter. Cela ne laissait à l'ancien forgeron qu'une seule solution. Il accomplirait une action que la légende lui attribuait déjà. Il lèverait une armée. Il leur apporterait la guerre...

Mais comment ? Comment un simple forgeron pouvait-il réunir autant d'hommes ?

Il gloussa. « Commence par le premier, Llaw. Trouve un homme... et puis un autre. La forêt est pleine de rebelles ». Ses pensées se portèrent vers Elodan, l'ancien chevalier. Lui au moins était versé dans l'art de la guerre. Et le sorcier qui avait aidé Lámfhada, lui aussi serait utile. Llaw mangea les céréales chaudes, éteignit le feu et partit vers l'est.

Chapitre 13

Lorsqu'il s'assit sur les remparts pour contempler la campagne couverte de neige, le duc était légèrement ivre. Un brasero de bronze avait été placé près de lui, mais les braises rougeoyantes contraient à peine le vent glacial.

Il parvenait tout juste au loin à discerner la ligne noire de la forêt, et il pouvait imaginer la mer au-delà, et les routes commerciales de Cithaeron. Le ciel d'aurore était clair, et les colombes s'éveillaient aux abords de la tour, tournoyant et plongeant. Le duc frissonna et tendit les mains vers les braises.

Trois jours plus tôt, il nourrissait encore quelque espoir de conduire l'assaut de la nouvelle ère. Mais le roi était arrivé avec mille cavaliers. L'audience avait été brève, et lorsque le duc avait été convoqué dans sa propre salle, Okessa était assis à la droite du roi. Tout autour du trône se trouvaient les huit chevaliers rouges démoniaques. Le duc avait salué bien bas.

« Votre duché est cause de bien des soucis », fit Ahak, seigneur du royaume, capitaine de dix mille lances. Le duc avisa ses yeux injectés de sang et ne trouva rien à répondre ; le choc provoqué par l'apparence du roi, cheveux blancs et visage blême, le déconcertait. « Eh bien ? N'avez-vous rien à dire, cousin ?

— Votre... affliction me brise le cœur, monseigneur. Les rapports qui vous sont parvenus sont peut-être inutilement alarmants. Nous avons identifié tous les sujets de sang nomade, nos impôts ont été collectés et envoyés à Furbolg. Quel est le problème ? »

Ahak secoua la tête et se tourna vers Okessa. « Quel est le problème ? me demande-t-il. A-t-il l'esprit lent ? » Okessa haussa les épaules et sourit. Le roi reporta son attention vers le duc. « Quel est le problème ? N'est-ce pas le château d'où le rebelle Llaw Gyffes s'est échappé, pour lever une armée dans cette maudite forêt ? N'est-ce pas le duché qui a vu votre propre maître de cérémonie, un homme qui aurait dû superviser *ma* visite et s'occuper de *ma* personne, se révéler traître à la couronne ? » Okessa se pencha vers le roi et murmura quelque chose à son oreille. « Ah, oui, siffla Ahak. Et qu'en est-il de ce sorcier Ollathair, qui s'est lui aussi échappé ? Vous ne voyez toujours pas où est le problème ?

— Monseigneur, je ne peux pas nier que nous avons connu... des revers de fortune. Mais ce Llaw Gyffes n'était qu'un forgeron qui a tué sa femme. Eh oui, il s'est échappé. Mais tous les hommes qui s'étaient enfuis avec lui ont été rattrapés, hormis une poignée. Quant à Errin, la faute en revient au seigneur Okessa qui l'a provoqué durant le conseil. Il s'inquiétait du sort de la femme qu'il aimait.

— Une chienne nomade ! Qui sait quelle horrible trahison ils complotaient ? Je suis mécontent de vous, cousin. Mais je réfléchirai aux conséquences à en tirer quand j'aurai inspecté votre duché plus en détail. Laissez-nous. »

Renvoyé de sa propre salle, il n'avait plus depuis lors été convoqué par le roi. Mais d'autres l'avaient été. Deux nuits plus tôt, trois jeunes femmes du village avaient été conduites dans la cour par l'un des serviteurs d'Okessa. Une heure plus tard, alors qu'il était allongé sur son lit, incapable de dormir, le duc avait entendu un terrible hurlement. À compter de cette nuit, on n'avait plus revu les filles, mais le duc avait vu trois sacs emportés des quartiers royaux et enterrés derrière les écuries. Une heure plus tard, le duc s'était faufilé dans la cour pour trouver la terre fraîchement retournée. En la creusant avec les mains, il était tombé sur un petit crâne, qu'il avait rapidement enfoui.

Le lendemain matin, il avait ordonné qu'on selle son cheval pour sa promenade habituelle dans les collines, mais son capitaine l'informa que le seigneur Okessa avait requis la présence du duc *à l'intérieur* du château dans le cas où le roi aurait besoin de lui.

Il était prisonnier dans sa propre forteresse, gardé par ses propres troupes.

C'était à peine croyable, mais les changements observés chez Ahak ne l'étaient guère plus. Le duc avait toujours su que le roi était cruel. Six ans plus tôt, de fortes rumeurs prétendaient qu'il avait ordonné l'empoisonnement de son oncle, le précédent monarque ; à cette époque Ahak était une force de la nature, yeux clairs et cheveux noir de jais, jeune et dans la fleur de l'âge. Un jour, lors d'un festin, il avait soulevé au-dessus de sa tête un tonneau contenant cent litres de vin et l'y avait maintenu l'espace de dix battements de cœur. Il n'était désormais que l'ombre de lui-même. Pourtant, quel âge devait-il avoir ? Trente-trois ? Trente-quatre ans ? Certainement guère plus.

Tandis que les braises s'éteignaient, le duc revint dans ses quartiers. Ses serviteurs lui apportèrent de l'eau chaude. À l'aide d'un miroir d'argent, il se rasa délicatement autour de sa fine barbe et remarqua les poils gris qui commençaient à pousser sur ses tempes.

Il avait le visage mince mais robuste, les yeux profonds et rapprochés de chaque côté d'un nez busqué. Il savait qu'il n'était pas beau, mais il était puissant. Il reposa le miroir et se frotta le visage avec une serviette chaude.

Des rebelles dans la forêt ! Il aurait bien aimé qu'une armée rebelle soit prête à déferler. Mais tous ses espions l'informaient que la légende de Llaw Gyffes n'était qu'une fable. Il grimaça un sourire désabusé. Même si la légende disait vrai et que l'armée déferlait sur Mactha, il serait toujours prisonnier. C'était un homme haï ; une leçon que son père lui avait apprise.

« Un homme peut gouverner en utilisant l'amour ou la peur, avait-il dit. Mais la peur est la plus forte. » Ses paroles s'étaient révélées exactes. Maintenant que le duc attendait des nouvelles sur son sort, il savait qu'aucun homme à Mactha ne lui porterait secours, et peu verseraient des larmes lorsque son sang coulerait.

« Souhaitez-vous petit-déjeuner, monseigneur ? demanda une jeune esclave dont le duc ignorait le nom.

— Non. » Il regarda la fille. Elle était jeune, le teint sombre, et jolie. Il savait qu'il avait couché avec elle en hiver, sans se rappeler grand-chose de l'épisode. Il revint dans sa chambre. Il était heureux de ne s'être jamais marié ; évidemment, il y avait pensé, afin d'engendrer un héritier, mais il avait décidé d'attendre la cinquantaine. Au moins n'avait-il désormais pas à s'inquiéter du sort de sa famille.

Entendant un martèlement de sabots dans la cour, il alla voir à la fenêtre. Cinq cents cavaliers royaux aux capes noires quittaient le château au galop. Il les observa un moment se diriger vers la forêt.

Il appela son capitaine. « Où vont-ils ? demanda-t-il.

— Le roi leur a semble-t-il ordonné d'entrer dans la forêt pour mesurer les forces de l'armée de Llaw Gyffes.

— Il n'y a pas d'armée, fit le duc d'un ton sec. Ils vont trouver quelques villages, et ils vont violer et tuer.

Par les dieux ! Le monde est devenu fou. » Le capitaine ne dit rien.

Le duc lui fit signe de s'en aller. « Va, dit-il. Va rapporter ce que je t'ai dit ; je ne doute pas qu'Okessa sache te récompenser. »

Le capitaine s'inclina, recula et ferma la porte.

Le duc entendit la clef tourner dans la serrure...

*
**

Manannan repoussa les couvertures, ôta le bras de la fille de sa poitrine et sortit du lit. Il se versa un gobelet d'Ambria dorée et observa le soleil se lever dans toute sa gloire au-dessus des montagnes. La force ruissela en lui et il se tourna pour voir la fille se réveiller ; elle lui sourit et se redressa.

« Comment vous sentez-vous, seigneur chevalier ? »

Il gloussa et revint au lit. Il caressa l'épaule de la fille et écarta ses longs cheveux pour l'embrasser dans le cou. Sa peau avait la pâleur de l'ivoire, son corps était doux. Le désir l'envahit...

Une heure plus tard, il la regarda partir et se rallongea sur le lit. Les rayons du soleil s'écoulaient par la fenêtre ouverte, baignant son corps, et les chants des oiseaux montaient des jardins parfumés en contrebas.

Manannan but à nouveau de l'élixir, puis se lava et se vêtit d'une robe en soie bleue. Il sortit dans le jardin en terrasse et se promena parmi les fleurs et les arbres fruitiers. Il trouva un petit groupe de poètes, assis au milieu des camélias, qui débattaient courtoisement avec quelques artistes sur la question de la beauté. Il écouta un moment, mais de la musique dans le lointain l'attira jusqu'à un pavillon où dansaient des femmes.

Et le soleil brillait avec une incroyable intensité.

Ollathair avait raison. Le tunnel au-delà du portail noir était un cauchemar à pétrifier l'âme : des yeux luisants dans les ténèbres, le front trempé par la terreur. Mais au-delà se trouvaient une contrée à la beauté insurpassable et une cité dont Manannan ne connaissait pas d'égale. Des bâtiments de pierre blanche dominaient le paysage, de merveilleuses statues s'alignaient dans les rues, et partout s'étendaient des jardins et des forêts d'arbres en fleurs.

Il avait été accueilli aux portes de la cité par Paulus, poète et magister. L'homme, grand et chenu, s'était incliné.

« Bienvenue, Manannan, enfin. Votre venue est une bénédiction.

— Vous me connaissez ? demanda-t-il en mettant pied à terre.

— Vous connaître, mon cher ? Samildanach ne parle de rien d'autre. Vous êtes réellement le bienvenu ! Il sera enchanté d'apprendre votre arrivée.

— Il est ici ? Vivant ?

— Pas ici, dit Paulus, souriant. Mais oui, il est tout ce qu'il y a de plus vivant, de même que tous vos camarades. Ils ont choisi de rester parmi les Vyres et de nous aider à régler nos problèmes. Mais vos épreuves ont dû vous épuiser. Venez, je vais vous emmener chez moi ; vous pourrez prendre un bain et quelque rafraîchissement. »

La demeure du magister était un palais à l'exquise beauté, au fronton de marbre et entouré par des jardins en terrasse. Des jeunes femmes sortirent pour l'accueillir, et Manannan laissa Kuan être emmené dans les écuries derrière les jardins.

« Vous avez beaucoup d'esclaves, dit-il à Paulus tandis qu'ils rentraient.

— Pas des esclaves, mais des assistants. Des serviteurs, si vous préférez. » Il conduisit le Chevalier Déchu jusqu'à une enfilade de chambres et lui donna son premier gobelet d'Ambria. Quand il l'avala, Manannan sentit de nouvelles forces déferler dans ses membres.

« Qu'est-ce que c'est ? demanda-t-il, étonné.
— La base de notre civilisation. C'est la vie, Manannan. Buvez-en et vous n'aurez plus jamais besoin de médicaments, vous ne vieillirez plus. »

On lui dit que Samildanach et les autres chevaliers étaient partis dans le nord, mais qu'ils reviendraient d'ici un mois. Manannan fut d'abord inquiet et impatient. Ne pouvait-il pas les rejoindre ? Paulus admit qu'il le pouvait, mais lui conseilla de rester quelques jours pour récupérer des forces, et alors il lui fournirait un guide. Mais les jours passaient et Manannan en vint à aimer la cité aux tours blanches. Il y avait quelque chose en elle qui ouvrait son âme : les problèmes du royaume semblaient lointains, et le monde qu'il avait laissé derrière lui éloigné et insignifiant.

Il se baignait dans de l'eau parfumée et ne ressentait pas le besoin de se nourrir. Un verre et ses forces revenaient en quelques secondes. Les gens étaient agréables, il passa plusieurs jours à parcourir bibliothèques et musées afin d'étudier les coutumes des Vyres. Ce n'était pas une race guerrière, bien qu'autrefois, d'après leurs chroniques, ils aient possédé de grandes armées. Ils employaient désormais des troupes mercenaires pour surveiller leurs frontières, mais les conflits avec leurs voisins étaient rares.

« Où est Samildanach ? demanda-t-il à Paulus le quatrième jour de son arrivée.
— Il aide à secourir des gens de votre pays troublé. Je crois qu'on les appelle des Nomades. Il a ouvert un portail afin de leur permettre de s'installer dans notre contrée.
— C'est très aimable de votre part.
— Ce n'est pas seulement par bonté d'âme que nous faisons cela, Manannan. Nous avons subi de terribles avatars ces trente dernières années, et il reste peu de gens pour labourer la terre ou subvenir à nos manques. Notre pays a besoin de sang neuf. À peu

près deux mille Nomades se sont déjà installés dans le nord. Peut-être que lorsque Samildanach reviendra, vous désirerez visiter les villes qu'ils bâtissent. »

Le cinquième jour, Manannan éprouva un certain malaise. Il se sentait aussi fort qu'un lion, mais il était énervé. Il fit part de ses sentiments à Paulus, qui sourit et lui tapa sur l'épaule. « Vous devez comprendre, dit le magister, que l'Ambria travaille à l'intérieur de votre corps. Elle le reconstruit, le rend plus fort que jamais. Elle vous rend également plus conscient de lui. Ce qu'il vous faut, c'est une compagne pour votre lit.

— J'ai fait serment de célibat, lui dit Manannan.

— Vraiment ? Dans quel but ? L'homme est fait pour s'accoupler. Croyez-moi, Manannan. »

Il lui avait envoyé Draya cette nuit-là. Elle était divine à contempler, intelligente, vive et charmante. Ensemble ils avaient terminé une cruche d'Ambria et fait l'amour toute la nuit. Paulus avait raison. Toute tension s'estompa en Manannan ; il se sentait bien et détendu, il ne faisait plus qu'un avec ce nouveau monde. Après Draya il avait savouré Senlis, Marine et les autres dont il ne se rappelait pas les noms.

Sa joie était presque insupportable.

La cité des Vyres était proche de la vision que Manannan avait du paradis. Elle possédait tout sauf un dieu omnipotent et, pour dire la vérité, ça en faisait un endroit même plus agréable que le paradis. Il n'y avait pas de juge ici ; la seule loi semblait être la joie.

Et les jours passèrent. Manannan lut les livres des Vyres, apprit leur poésie, contempla leurs peintures et leurs sculptures, fit l'amour à leurs femmes. Le Chevalier Déchu était heureux pour la première fois de son existence.

Bientôt Samildanach reviendrait, et ils partiraient au secours d'Ollathair, remettre de l'ordre dans le royaume, et puis ils reviendraient ici pour jouir des récompenses des justes.

Le sixième soir, Manannan s'endormit avec ces rêves à l'esprit. Il s'éveilla au milieu de la nuit. Il avait froid et grelottait. Il chercha son Ambria à tâtons mais ne trouva qu'une cruche vide. Il jura et se leva ; il était sûr qu'elle était à moitié pleine quand il était allé se coucher, mais Paulus lui en fournirait encore. Une silhouette était assise sur la chaise près de la fenêtre, le dos à la lune, le visage dans l'ombre.

« Qui êtes-vous ? demanda-t-il. Peu importe. Donnez-moi à boire et je parlerai avec vous.

— Tu as besoin de boire pour parler ? » répondit-elle, d'une voix grave et profonde. Un souvenir remua dans la mémoire de Manannan, mais il dansa telle la brume du matin et se dissipa quand il tendit la main vers lui.

« Non, bien sûr que non. Mais j'ai froid. » Il s'approcha de la porte.

« Alors mets une couverture sur tes épaules. Tu as l'air fin, debout comme ça, tout nu avec une cruche à la main.

— Qui êtes-vous ?

— Je suis une amie, Manannan. La seule que tu aies ici.

— Ça n'a pas de sens. Je me suis fait beaucoup plus d'amis ici que durant toute mon existence.

— Viens, dit-elle. Assieds-toi. On va discuter.

— Il faut que je boive.

— Il y a de l'eau fraîche, dit-elle.

— Je n'ai pas besoin d'eau, fit-il d'un ton sec.

— Non, acquiesça-t-elle, tu as besoin d'Ambria. Tu as besoin du nectar des dieux. Est-il trop tard pour toi, Manannan ?

— Ne parle pas par énigmes, femme. Je n'ai pas le temps de jouer à ça ; je ne t'ai pas demandé de venir.

— C'est exact. Je n'ai pas demandé non plus à venir dans cette cité maudite. Mais ainsi va la vie. Tu es un chevalier de la Gabala, ce qui autrefois signifiait quelque chose. Seuls les plus forts, les plus nobles pouvaient rêver de revêtir l'armure d'argent. Es-tu fort, Manannan ?

— Je ne l'ai jamais été.

— Alors autorise-moi à te confier une tâche, une tâche simple. Reste assis en ma compagnie jusqu'à l'aube. Ne quitte pas cette pièce avant le lever du soleil. Est-ce trop difficile, messire chevalier ?

— Quelle stupide question ! Bien sûr que non, ce n'est pas difficile, mais je n'ai pas envie de jouer. Laisse-moi en paix maintenant.

— L'appel de l'Ambria est fort, n'est-ce pas ? Je le sais. Je n'ai pas pu y résister. J'y ai trop goûté et personne ne m'a avertie de ses terribles propriétés. »

Manannan jeta la cruche de côté. « Sois maudite, femme ! Ne cesseras-tu jamais de bavasser ? » Il traversa la pièce jusqu'à elle et la força à se lever en la soulevant. C'est alors qu'elle se tourna vers lui et que la lueur de la lune tomba sur son visage. Manannan recula comme si on l'avait frappé. « Morrigan ? Par les dieux, Morrigan ?

— Je suis contente que tu te souviennes de moi.

— Comment es-tu venue là ?

— Samildanach m'a emmenée. Dix jours après que vous... qu'ils... ont franchi le portail noir. Il est venu à moi dans la nuit, m'a prise dans ses bras et m'a dit qu'il m'aimait. Il a dit qu'il voulait me montrer le paradis. » Elle eut un rire lugubre. « Au lieu de cela, nous sommes venus ici.

— Mais... ce n'est pas un endroit maléfique.

— Parce qu'ils sont cultivés et qu'ils te traitent bien ? Ils t'ont fait une chose terrible, Manannan.

— C'est faux. Je suis fort, et je suis heureux. Quelle est cette chose terrible ?

— Pourquoi es-tu venu ?

— Pour retrouver Samildanach.

— Et le ramener chez lui ?

— Oui.

— Pour combattre le mal dans le royaume causé par le roi et ses chevaliers rouges ?

— Oui. »

Morrigan s'assit et contempla le jardin éclairé par la lune. Elle resta un moment silencieuse puis leva les yeux vers Manannan. « Les chevaliers rouges sont conduits par Samildanach. Ce sont tes amis, mon cher ; ce sont les chevaliers de la Gabala.

— Je ne te crois pas. Paulus dit qu'ils sont dans le nord, afin d'aider les Nomades à s'implanter.

— C'est exact... ou du moins ça l'était. Mais tu n'as pas encore tout entendu, Manannan. Les Nomades arrivent ici par milliers... mais pas pour labourer la terre. L'Ambria, c'est eux... ils sont la nourriture des Vyres. Voilà ce que nous sommes, des buveurs d'âmes. C'est ça l'immortalité, Manannan. Nous absorbons l'étincelle de vie des autres êtres humains. Nous ne sommes pas immortels, mais simplement des morts vivants. Telle est la boisson après laquelle tu cours, si tu en as encore envie. Va en chercher.

— Tu mens. Ça ne peut pas être vrai. C'est impossible.

— Je veux que tu essaies de te rappeler l'homme que tu étais lorsque tu es arrivé ici, les rêves que tu avais. Repense à tout ce que tu chérissais. Repense à moi comme j'étais autrefois. Tu as été corrompu, de même que Samildanach et les autres ont été corrompus ; de grands hommes, des hommes nobles, qui passent désormais leurs journées à rassembler des âmes humaines pour Paulus et les Vyres. *Regarde-moi*, Manannan ! »

Elle se leva brusquement, l'attrapa par les épaules et découvrit ses dents.

Tandis qu'il la regardait, ses incisives s'allongèrent et devinrent des crocs, pointus et creux. Il la repoussa violemment.

« Tu ne vois donc pas ? hurla-t-elle.

— Va-t'en ! Tu n'es qu'un démon, tu n'es pas Morrigan. Hors de ma vue !

— Il est trop tard pour toi, Manannan, murmura-t-elle en se dirigeant vers la porte. Je suis désolée.

— Attends ! s'écria-t-il alors qu'elle sortait. Je t'en prie, Morrigan. » Elle se retourna. Il transpirait et commençait à avoir mal au cœur. Il inspira profondément et retourna à la fenêtre. Il s'assit sur le rebord et respira lentement l'air parfumé. Elle revint dans la chambre et referma la porte derrière elle.

« Je ne peux pas te croire, dit-il doucement, mais je t'écouterai. Et j'accepte ton défi de veiller toute la nuit. »

Elle hocha la tête et s'assit en face de lui, dans la lueur de la lune. Son visage était blême et des mèches argentées striaient sa longue chevelure blonde, mais ses yeux étaient comme dans son souvenir : grands, sombres et en amande.

« Samildanach m'a ramenée par le portail noir. Partout il y avait des monstres, des démons, mais avec son épée d'argent il les tenait en respect, et nous avons chevauché jusqu'à la cité. Je ne pouvais pas croire qu'elle soit si belle et j'ai été stupéfiée par l'accueil qu'on nous a réservé. Paulus et plusieurs autres habitants ont ouvert aux chevaliers leurs demeures. Ils nous donnèrent de l'Ambria et nous étions heureux. À aucun autre moment je n'ai goûté un tel bonheur. Et nous avons changé, Manannan, de la même façon que tu changes maintenant. J'ai essayé d'arrêter de boire de l'Ambria, mais c'était impossible. Elle se cramponne à l'âme, elle la corrompt... elle l'altère. De nouvelles réalités sont apparues, et nous avons appris que les Vyres mouraient, que leurs sources de nourriture disparaissaient. Bientôt, il n'y aurait plus d'Ambria. »

Manannan se pencha en avant. « Comment est-ce arrivé ? N'y a-t-il personne dans ces terres ? »

Elle sourit. « La demi-cruche que tu avais quand je suis entrée a dû coûter une cinquantaine de vies. C'est une grande ville, Manannan. Pour la nourrir, il faudrait une nation de, disons, d'êtres inférieurs. D'où les Nomades. Samildanach et les autres sont revenus dans le royaume en emportant de l'Ambria pour le roi. Ils portaient une nouvelle amure, les protections magiques des anciens Vyres, la race guerrière qui a conquis cette terre. Ils ont été bien accueillis, et le roi en a fait ses conseillers. Mais ils ont épuisé leurs réserves d'Ambria et le roi a appris, tout comme Samildanach, comment absorber la vie de ses victimes.

— C'est ça que j'ai du mal à croire, fit Manannan. Il a toujours été le plus noble des hommes. » Il agrippa son ventre et gémit. « Où as-tu mis l'Ambria ? Il ne m'en faut qu'une gorgée ; j'irai mieux après.

— Attends ! Sois fort. Tu verras. Respire profondément, Manannan.

— Je ne peux pas. L'odeur du jardin est trop écœurante.

— C'est ce que je te disais. L'Ambria change ta manière de percevoir ton environnement. Regarde cette pièce. » Il obtempéra. Les murs blancs semblaient plus gris maintenant et il remarqua des traces de moisissure au-dessus de la fenêtre. Les couvertures de soie sur le lit étaient sales et souillées, et une odeur de décomposition flottait dans la chambre. Il se tourna vers Morrigan et vit que sa peau ivoirine était desséchée, ses yeux ternes, ses lèvres teintées de bleu.

Sa gorge se serra. « Est-ce la réalité ? Je ne sais plus.

— C'est la réalité, murmura-t-elle. Tu habites dans la cité des morts vivants. Tu es en enfer, Manannan. Samildanach a failli s'en rendre compte, mais l'Ambria l'a vaincu. »

Manannan considéra le jardin, dont les marches de rocaille étaient envahies par les mauvaises herbes. Il vacilla. « Y a-t-il de l'eau ?

— Oui », dit-elle. Elle alla lui chercher une cruche dans une autre pièce. « Mais fais attention ; tu vas lui trouver mauvais goût, car l'Ambria est jalouse. » Il but avidement et s'étouffa. « Prends-en encore, le pressa-t-elle. Ça va te faire du bien. »

Son estomac se révolta, mais il se força à avaler. « Il faut sortir, dit-il, il faut retourner au portail.

— Je ne saurais pas comment l'ouvrir, lui dit-elle, mais Paulus le pourrait, lui. »

Il gémit de nouveau. « Que m'arrive-t-il ? Je n'ai jamais connu une telle douleur.

— Tu étais en train de devenir l'un des nôtres. Maintenant ton corps, ta vie réagissent. »

Sa tête s'affaissa et il se frotta les yeux. « Pourquoi fais-tu ça pour moi ? Pourquoi n'es-tu pas affectée par l'Ambria ? »

Elle éclata de rire et se leva. « Pas affectée, Manannan ? Oh, mais si. C'est moi qui ai bu ta demi-cruche. Quand je regarde cette chambre, je ne vois que sa beauté, et un homme que je désire. Mais je me souviens de ce que j'ai ressenti la première fois que je suis venue ici... quand Samildanach était un dieu pour moi. Je me raccroche à ce souvenir, et je ne veux pas te voir, toi, mon plus vieil et mon meilleur ami, aller collecter des âmes pour les Vyres.

— Aide-moi à m'habiller. » Il regarda autour de lui et fouilla la pièce. « Où est mon armure ?

— Tu n'auras pas besoin d'armure là où tu vas, dit Paulus depuis l'encadrement de la porte. Derrière lui se tenaient plusieurs guerriers en armure noire, la visière de leurs heaumes baissée, l'épée à la main. « Nous t'avons offert l'immortalité, Manannan. Dorénavant, tu vas nous aider à conserver la nôtre. »

Les guerriers se précipitèrent en avant et immobilisèrent le Chevalier Déchu.

Paulus secoua la tête. « Quel dommage. Je te croyais aussi fort que tes frères. Mais non, même une femme dégénérée parvient à te détourner de la gloire qui t'attendait. Ta stupidité me choque. Emmenez-le. »

Chapitre 14

Après sa prestation nocturne dans la grande salle, Nuada fut surpris d'être convoqué par le Dagda. On avait attribué au vieillard des quartiers près de la hutte que Nuada partageait avec Kartia, et une sentinelle était venue le chercher juste avant minuit

« Je ne crois pas que tu devrais y aller, lui dit Kartia en le prenant par le bras. C'est un démon, et le seigneur Agrain dit qu'il ne donne jamais de bonnes nouvelles. »

Nuada haussa les épaules. « Je n'ai que très rarement rencontré d'authentiques devins ; je ne peux pas laisser passer une occasion pareille. Mais je ne lui poserai aucune question sur la mort. Ne t'inquiète pas pour moi, Kartia. » Il sourit et l'embrassa sur la joue. « Je reviens vite. »

Il sortit dans la nuit glacée et regarda les étoiles scintillantes. Il frissonna et resserra sa cape autour de lui. La sentinelle désigna une porte ouverte, à travers laquelle il pouvait distinguer la lueur ambrée d'un brasero. Il entra. Le Dagda était assis en tailleur sur un tapis en peau de chèvre, les yeux clos et les mains étendues. Nuada s'éclaircit la gorge et tapa sur l'encadrement de la porte.

« Entre, poète. Mets-toi à ton aise », dit le Dagda en ouvrant les yeux, et Nuada ferma la porte. Il n'y avait ni chaise ni meuble d'aucune sorte, aussi s'assit-il sur le tapis près du vieil homme. « Veux-tu me demander quelque chose ? » s'enquit le Dagda.

Nuada sourit. « Rien, messire. Je ne souhaite surtout pas connaître le jour de ma mort.

— Dans ce cas, pourquoi as-tu répondu à mon invitation ? demanda le Dagda, fixant Nuada de ses yeux sombres et perçants.

— Afin d'apprendre des choses sur vous, messire. Il y a sûrement matière à écrire une chanson de vos aventures, et je serais heureux de la chanter.

— Certains sujets ne méritent pas une chanson, mon garçon, et certaines existences s'accommodent davantage du mystère et de la magie. Mais tu m'intrigues... Connais-tu les Couleurs ?

— Bien sûr, répondit Nuada, même si je n'ai aucun talent particulier avec elles. Pourquoi cette question ? »

Le vieil homme caressa sa barbe blanche fourchue, puis se leva et ajouta du bois dans le brasero. Nuada l'observa attentivement. Il semblait plus vieux que le temps, et cependant ses gestes étaient souples, presque liquides. Il avait les mains grêles mais fortes, et dépourvues de taches de vieillesse.

« Les Couleurs, continua le Dagda en revenant s'asseoir devant le poète, sont faites d'harmonie. Tous nous ajoutons ou soustrayons aux Couleurs. Alors même que nous parlons, l'influence du Rouge sur le royaume de la Gabala grandit. Partout les émotions les plus viles prédominent. Le désir, l'avidité, l'égoïsme règnent à Furbolg. L'amour et la compassion se sont effacés. Qu'il est étrange que dans cette forêt peuplée d'hommes violents, le Rouge ait si peu d'emprise... Quelle réponse apportes-tu à cette énigme ?

— Aucune réponse, répondit Nuada. Je suis un conteur de sagas et ne fais que répéter les histoires.

— Peux-tu voir la Couleur des hommes ? demanda soudain le Dagda. Regarder un homme dans les yeux et connaître son âme ?

— Non. Mais vous le pouvez, je suppose. »

Le Dagda sourit. « En effet, je le peux. C'est à la fois un don et une malédiction. L'année dernière j'étais ici, dans ce trou. Le Rouge était partout. Il a maintenant disparu et le Blanc domine. Pas de beaucoup, toutefois. Tu sais pourquoi ?

— Vous me posez toujours la même question. Je ne peux y répondre d'une autre manière.

— *Tu* es la réponse, poète. Je t'ai observé ce soir. Tu remplissais leurs têtes de force et de noblesse, surtout celle de ce bandit de grand chemin d'Agrain. Tu es la pierre qui tombe au milieu du lac et qui envoie des rides jusqu'aux recoins les plus éloignés. C'est un don très utile.

— Je suis un peu perdu, fit Nuada. Insinuez-vous que mes histoires changent le cœur des hommes ? Je ne peux le croire. Je sais que je peux, pendant un temps, suspendre leur incrédulité. Mais le lendemain matin, quand ils se réveillent, ils me rangent dans leurs souvenirs de la veille.

— Ce n'est pas tout à fait exact, Nuada. L'homme est un animal complexe, et son âme est comme une éponge, qui aspire les émotions au hasard. Frappe-le et il se met en colère, son âme rouge comme le sang. Nourris-le, caresse-le, fais-lui l'amour, et son âme s'apaise, se trouble, change. Tu les remplis de rêves de gloire, tu leur fais croire qu'ils peuvent devenir meilleurs, plus forts. Tu les forces à aspirer le pouvoir du Blanc. »

Nuada réfléchit un moment. « Est-ce mal ? Ai-je tort ?

— Au contraire, c'est un don proche de la sainteté. Un homme est ce qu'il sait. Mais son âme se languit après ce qu'il ne connaît pas, car y est dissimulé tout ce qu'il peut devenir.

— Je présume, messire, dit Nuada, mal à l'aise, que cette conversation a un but, et que vous ne l'avez pas encore atteint.

— Tu as deux fois raison. De nombreux choix s'ouvrent à toi, Nuada. Je ne peux pas dire ce que tu crains ; je ne le sais pas. Ça ne se produit qu'avec un homme sur mille peut-être. Tu pourrais vivre encore cinquante ans, ou mourir dans quelques jours. Tout dépend de tes choix. Mais tu es un homme de pouvoir, ce qui signifie que tu attireras le mal à toi. C'est inévitable. Le roi est fou ; il a rassemblé son armée et est déterminé à entrer dans cette forêt pour anéantir tous ceux qui y vivent.

— Pourquoi ? Il n'y a rien ici, pas de richesses, pas d'armée, et sûrement pas de menace.

— Mais si, il y a une menace ici : c'est toi. Tandis que nous parlons, le roi siège à Mactha avec ses conseillers. Ils tournent leurs regards vers la forêt Océane, et voient le pouvoir du Blanc et du Vert. Le Rouge est refoulé... leur Couleur, leur force. Ils ne peuvent le tolérer. Ils se demandent combien de temps il faudra au Blanc pour riposter.

— Insinuez-vous que le roi et ses chevaliers ont raison de craindre un poète ? C'est de la folie...

— N'ai-je pas dit qu'il était fou ? Tous les hommes mauvais sont fous, Nuada. La question est (et c'est le véritable but de notre conversation), que vas-tu faire ?

— Faire ? Qu'y a-t-il que je *puisse* faire ? Je vais raconter mes histoires et poursuivre mon chemin. Au printemps, j'irai à Cithaeron. »

Le Dagda hocha la tête. « C'est un bon choix. Tu vivras longtemps, tu seras heureux et auras de beaux fils.

— C'est bon à savoir, mais je lis dans vos yeux que vous êtes déçu.

— Pas du tout, répondit brusquement le Dagda. Il n'y a rien dans le monde des hommes qui puisse me surprendre ou me décevoir. Lorsque tu partiras, le Blanc s'étiolera et le Rouge prendra l'ascendant. Beaucoup mourront, mourront de manière horrible. La forêt se transformera en charnier.

— Et si je reste, tout ne sera que paix et harmonie ? Je ne le crois pas, Dagda.

— Tu as raison. Mais au moins le jeu sera équilibré. Et le Blanc aura une chance de gagner, avec ton aide.

— Est-ce que je vivrai toujours cinquante ans et engendrerai de beaux fils ? »

Le Dagda resta silencieux, et Nuada glousse sans humour. « C'est ce que je pensais. Vous n'avez pas le droit de mettre cette pression sur moi ; je ne vous ai rien fait.

— Au contraire, jeune homme, tu as fait beaucoup pour me plaire. Il n'était pas entièrement juste de dire que rien dans le monde ne pouvait me surprendre. J'erre dans la forêt, et je vois la brutalité, la cruauté des hommes. Il est plus que plaisant de voir Agrain se comporter en héros, de le voir prendre soin d'un enfant blond. Tu t'es montré bon pour lui ; il mourra bien pour toi.

— Je ne veux pas qu'on meure pour moi, surtout Agrain. Par les dieux, j'en viens à aimer ce petit homme !

— Et pourquoi pas ? fit le Dagda. Il y a maintenant beaucoup à aimer en lui.

— Me conseillez-vous de rester ? Êtes-vous en train de dire qu'il est de mon devoir de me dresser contre le roi et ses chevaliers rouges ?

— Je ne suis pas là pour t'indiquer ton devoir, Nuada. Tu es un homme, un homme bon. Si je suis là, c'est pour te montrer les choix qui se présentent à toi... rien de plus. Je ne te jugerai pas si tu décides de faire ta vie à Cithaeron.

— Non, vous vous êtes simplement assuré que je me jugerai moi-même. Ne jouez pas avec les mots, vieil homme. Dites-moi ce que je peux faire pour aider le Blanc...

— Les chevaliers de la Gabala doivent renaître.

— Nul ne sait où ils sont.

— Ils sont auprès du roi, dit le Dagda. Ce sont ses massacreurs rouges, ses buveurs d'âmes. Ce sont des vampires, Nuada.

— Alors comment pourraient-ils chevaucher de nouveau du côté du Blanc ?

— C'est impossible. Ils sont corrompus par le mal qu'ils cherchaient à détruire.

— Épargnez-moi vos énigmes ! tonna Nuada. Comment les chevaliers pourraient-ils renaître ?

— L'équilibre doit être restauré par de nouveaux chevaliers. Et même plus que ça, ces nouveaux chevaliers devront refléter les anciens. Huit hommes bons sont devenus mauvais ; tu dois trouver huit hommes qui deviendront bons. Pars en quête d'un homme nommé Ruad Ro-fhessa. C'est l'Armurier, il avisera.

— Où pourrai-je le trouver ? Et combien de chevaliers y a-t-il dans cette forêt ?

— Il y a un seigneur ici, tu lui en as toi-même donné le titre.

— Agrain ? Vous croyez qu'Agrain accepterait de devenir chevalier de la Gabala ?

— Ce pourrait être le premier, Nuada. Le premier des chevaliers renégats. »

*
**

Ruad marchait seul dans les hautes prairies quand Lámfhada vint le rejoindre. L'adolescent resta un moment en arrière, attendant que Ruad s'aperçoive de sa présence. L'artisan enleva la neige qui couvrait un rocher et s'assit, puis il retira son bandeau de bronze et frotta la peau flétrie de son orbite vide. « Ça me démange horriblement, mon garçon », soupira-t-il en faisant signe à Lámfhada d'approcher. Il esquissa un sourire. « Qu'est-ce qui t'ennuie ? Quand je me suis réveillé ce matin, ce vieux Gwydion semblait mal à l'aise. Est-ce à cause d'une chose que tu lui as dite ? »

Lámfhada acquiesça. « J'ai veillé presque toute la nuit. Gwydion m'a dit que c'était un cauchemar, mais je crois avoir trouvé ma Couleur. C'est l'Or, Ruad. C'est toutes les Couleurs mélangées.

— Dis-m'en un peu plus », demanda le sorcier d'un air grave. Lámfhada expliqua son premier vol alors qu'il était enfant, quand il avait vu les chevaliers franchir le portail noir et anéanti la créature-loup avec un éclair de lumière dorée. Puis il lui parla de son voyage au-dessus de la forêt Océane à bord de la sphère dorée, des loups qu'il avait mis en fuite et du cerf qu'il avait ressuscité. Mais il ne parvint pas à parler du chevalier Pateus. Ruad écouta en silence jusqu'à ce que l'adolescent ait terminé son histoire.

« Je savais que tu avais des pouvoirs, mon garçon. Je le sentais en toi. Et je me rappelle encore comment les plumes de ton oiseau ont inversé leur chute. Ton talent était enfoui profondément en toi ; il l'est toujours. Mais il émergera de nouveau, et la prochaine fois il sera plus puissant. Sois patient. Un tel pouvoir n'est pas accordé sans raison. Tu vas en avoir besoin. »

Lámfhada se leva et détourna le regard. « Je n'ai pas votre sagesse, Ruad. Je ne *sais* pas quand parler. Quand j'ai discuté avec Gwydion de mon vol et de ce qui était arrivé, il s'est mis en colère et m'a pressé de ne pas vous en parler. Mais je crois qu'il avait tort. J'espère que vous ne serez pas fâché, mais j'ai omis une partie de mon histoire. » Lentement, balbutiant, Lámfhada expliqua sa rencontre avec le chevalier rouge, voyant avec une appréhension croissante le visage de Ruad pâlir.

« Pateus ? Il a dit s'appeler Pateus ?

— Oui, messire. Cairbre-Pateus. Qui est-ce ?

— C'est un chevalier de la Gabala, le plus vieux de mes chevaliers. C'est un péché d'orgueil revenu me hanter. » Lámfhada vit la peur envahir le visage de Ruad. « Non, non, mon garçon, ne crains rien. Tu avais raison, et Gwydion avait tort, vraiment tort. Il y a quelque temps, avant que je vienne dans cette forêt, j'ai eu une vision de huit chevaliers rouges. En mon for intérieur je savais qui ils étaient, et je savais qui les menait. Mais je refusais d'affronter mes peurs.

— Que leur est-il arrivé ? s'enquit Lámfhada en retournant s'asseoir près de l'artisan.

— Ils ont perdu. C'est aussi simple que ça. Ils ont trouvé le mal, et le mal les a vaincus.

— Mais comment est-ce possible ? C'étaient les plus grands chevaliers.

— Je n'ai pas de réponse, sauf que le mal se montre rarement avec des cornes et du feu. Si c'était le cas, tout le monde se détournerait de lui. Regarde-moi, Lámfhada... j'ai envoyé neuf hommes dans un royaume inconnu peuplé de terribles dangers. Était-ce une bonne action ? Je ne l'ai pas fait pour le monde mais pour ma propre gloire. Je me dis que ce n'était pas un geste maléfique, mais de grands maux en ont résulté. Souhaites-tu en discuter avec moi ?

— Je ne suis pas très bon juge, messire. Mais je ne vois aucune mauvaise intention en vous.

— Vraiment ? Mais si tu avais connu Samildanach, Pateus ou Manannan, tu aurais dit la même chose.

— Que pouvez-vous faire, Ruad ? Sont-ils aussi forts qu'avant ?

— Si Pateus peut désormais chevaucher les Couleurs, il est plus fort qu'il ne l'a jamais été. Et la Source seule sait quelle puissance doit maintenant posséder Samildanach. Il faut que je réfléchisse, Lámfhada. Il vaut mieux que tu me laisses un moment. »

L'adolescent resta debout un instant. Il aurait aimé dire quelque chose, faire un geste pour aider cet homme qui l'avait traité en ami. Mais il ne trouva rien, et il fit tristement demi-tour. Au bas de la colline, il trouva Elodan qui jetait des pierres sur une cible tracée à la craie sur un tronc d'arbre. Aucun des projectiles ne s'approchait de la cible, et son geste était décousu et maladroit.

« Maudit soit-il ! » fit Elodan d'un ton sec. Puis il aperçut Lámfhada et sourit. « Ne jamais abandonner, mon garçon, c'est la réponse à tout. C'est ce qui sépare l'homme de la bête. Le problème est triple, vois-tu. On est soit droitier, soit gaucher, par l'œil, la main et la jambe. J'essaie de changer le centre de mon corps : de devenir gaucher, si tu veux.

— Est-ce possible ?

— J'en doute, mais je poursuivrai mes efforts jusqu'à mon dernier souffle. Je ne peux rien faire de plus. Je refuse de me morfondre dans une hutte jusqu'à ce que mes cheveux deviennent gris, à rêver de ce que j'étais autrefois. Viens, allons chercher de la nourriture. » Il jeta un œil à Lámfhada. « Qu'est-ce qui ne va pas, mon garçon ? »

L'adolescent lui parla de sa conversation avec Ruad et Elodan soupira. « Voilà de sinistres nouvelles. Je connaissais Samildanach. Quel escrimeur ! C'est difficile à croire.

— Ruad prétend que le mal n'est pas toujours laid, mais je ne suis pas sûr de comprendre ce qu'il veut dire.

— Je vais t'expliquer, mais d'abord, allons manger », dit Elodan tandis qu'ils retournaient à la cabane, où les trois chiens d'or étaient assis comme des statues. Gwydion était absent quand ils arrivèrent et ils se préparèrent un repas de viande froide et de fromage, arrosé d'eau de source bien fraîche. Puis Elodan ranima le feu et s'assit face à l'adolescent blond.

« Il y a longtemps, lorsque j'étais jeune, j'ai vu une femme qui a enflammé mon sang. Je l'ai rencontrée dans le parc royal ; elle et ses serviteurs avaient coutume d'y cueillir des fleurs. Elle était très belle, et très malheureuse, mariée à un noble deux fois plus âgé qu'elle. Nous nous sommes d'abord rencontrés par hasard, puis à dessein. Je suis tombé amoureux d'elle, éperdument amoureux. Je rêvais de l'emmener dans mes domaines du nord, de fonder une famille. Mais c'était impossible, tant que son mari vivait. J'en suis venu à le haïr, même si je n'avais aucun motif pour cela. Par ses qualités, il était considéré comme un homme bon. Mais la nuit je rêvais de le tuer. Il était injuste qu'on impose un tel mari à une personne si jeune et belle. Un jour, je dis à un de mes amis de glisser mon nom à l'oreille du mari et de lui dire que je voyais sa femme en secret. Il n'eut alors pas d'autre choix que de me provoquer en duel. Il était âgé mais encore circonspect. Son âge l'a trahi et je l'ai tué. C'était un acte maléfique. »

La gorge de Lámfhada se serra. « Et la femme ?

— Elle a hérité de sa fortune et a épousé son amant. Je n'étais que l'instrument de sa liberté. Mais je croyais bien faire ; je m'étais persuadé que le mari était mauvais et cruel. J'étais aveugle, Lámfhada ! Voilà pourquoi j'ai défendu Kester contre le roi. Son mari était le fils de Kester. Maintenant, comprends-tu un peu mieux ce que voulait dire Ruad ?

— Je n'en suis pas sûr. On raconte de terribles histoires sur Furbolg, sur des familles nomades massacrées. Comment les responsables ne voient-ils pas qu'ils agissent mal ? Ce n'est pas la même chose que d'être amoureux d'une belle femme et de se battre en duel. »

Elodan haussa les épaules. « Nous parlons d'aveuglement. Samildanach aimait le royaume de la même manière que la plupart des hommes aiment une femme. S'il en venait à croire que les Nomades étaient responsables de la déchéance du pays, je pense qu'il les haïrait. Mais je ne veux pas parler à sa place.

— Ils sont convaincus que Llaw Gyffes a levé une armée, et ils vont venir ici au printemps. Ça va être terrible. »

Elodan hocha la tête et considéra son moignon. « Même si je n'étais pas handicapé, je ne serais pas de taille face aux chevaliers de la Gabala. Cairbre m'a vaincu aussi facilement que j'ai vaincu l'époux trompé. Maudit soit Llaw Gyffes ! » Elodan se mit debout. « Je dois retourner au travail. On se verra plus tard. »

Lámfhada le regarda partir, puis débarrassa les assiettes et les nettoya derrière la cabane. Il leva les yeux et observa un cerf au loin. Celui-ci redressa subitement la tête et se précipita à couvert. Lámfhada scruta le paysage pour voir s'il n'y avait pas quelques loups...

Les silhouettes de cinq cents cavaliers revêtus de capes noires se découpaient sur l'horizon.

Tandis que dans un grondement de tonnerre les cavaliers parcouraient le kilomètre de prairie enneigée, Lámfhada courut au village en hurlant à tue-tête. Les gens sortirent des huttes à flots, virent les cavaliers et filèrent s'abriter dans les arbres. Elodan ramassa une hachette et rejoignit Lámfhada.

« Va chercher Ruad. Ils ne doivent pas le capturer, ordonna le guerrier manchot.

— Que vas-tu faire ?

— Rester avec les traînards. » Certains hommes s'étaient équipés d'arcs et de couteaux, et Elodan leur cria de se replier vers les arbres : « Restez groupés et formez une ligne au sommet de la colline. » Le groupe comptait quatorze archers, y compris Brion, le mari d'Ahmta.

« Pourquoi nous attaquent-ils ? interrogea Brion tandis qu'ils couraient. Ils ne trouveront rien ici !

— Demande-le-leur quand ils seront là », rétorqua Elodan d'un ton sec.

Les cavaliers, l'épée au clair, entrèrent au galop dans le village. Un vieil homme, plus lent que les autres réfugiés, fut le premier à mourir quand une lance lui transperça le dos et le souleva de terre. Pendant environ une seconde, ses jambes battirent l'air, puis la lance se brisa et il s'écroula sous les martèlements des sabots. Un enfant sortit d'une cabane, hurlant de peur ; sa mère, sur la colline, se retourna et revint précipitamment sur ses pas. L'enfant fut piétiné, la mère embrochée.

Puis les soldats dépassèrent les cabanes et se dirigèrent vers la colline. Elodan forma un rang d'archers. « Ignorez les cavaliers. Visez les chevaux et abattez-les. C'est la seule façon d'arrêter leur charge. Et ne décochez pas vos traits avant que j'en donne l'ordre. »

Ils bandèrent rapidement leurs arcs longs et encochèrent leurs flèches. « Armez ! » beugla Elodan. Les cavaliers ralentissaient à présent que la pente de la colline fatiguait les montures, mais ils s'approchaient toujours trop vite. À quarante pas, Le bras levé d'Elodan s'abaissa brusquement. « Maintenant ! » hurla-t-il. Les flèchent volèrent au centre de la ligne. Les chevaux se cabrèrent et tombèrent. Mais les ailes de la ligne d'assaut continuèrent d'avancer vers les archers. « Gauche ! » ordonna Elodan. Les archers armèrent leurs arcs d'un geste fluide et décochèrent une autre volée de flèches. Des chevaux s'écroulèrent dans la neige, projetant leurs cavaliers au sol. « Maintenant à droite ! » Les cavaliers étaient presque sur eux. Deux archers rompirent les rangs et coururent vers les arbres. Elodan les ignora tandis que ceux qui demeuraient armaient leurs arcs et décochaient leurs traits à bout portant. « Maintenant *courez* ! » cria Elodan, se tournant et s'élançant vers les arbres. Il entendit le bruit d'un cheval qui s'approchait de lui par-derrière et se tourna pour voir un lancier penché sur sa selle, son arme pointée vers le cœur d'Elodan. Le guerrier manchot brandit sa hachette et la jeta de toutes ses forces. Elle passa par-dessus la tête du cheval et vint se planter dans le visage du cavalier, qui s'effondra.

L'un des archers était mort, tailladé. Les autres se précipitaient vers les arbres. Elodan jura. Ils ne réussiraient jamais.

Soudain une volée de flèches surgit des sous-bois et décima les cavaliers. Puis une deuxième... et une troisième. Les soldats firent demi-tour et s'enfuirent.

Llaw Gyffes sortit des bois et s'approcha d'Elodan. « Tu es un homme de fer, commenta Llaw.

— Ce doit être un compliment, venant d'un forgeron.

— Ça l'est. J'ai eu des sueurs froides quand je t'ai vu former un rang d'archers.

— Ils vont revenir, Llaw, et nous n'aurons pas assez d'hommes pour les retenir. Mais je suis heureux de te voir !

— On a toujours besoin d'un peu de chance, dit Llaw. Je suis tombé sur un groupe de chasseurs de ce village et ils m'ont dit que tu y étais, alors je les ai raccompagnés. C'est à cet instant que nous avons entendu les cris ; nous avons alors pris position dans les buissons.

— Alors comme ça, le grand héros Main-Ferme me cherchait ? murmura Elodan. Puis-je savoir pourquoi ?

— Il me faut un homme qui comprenne l'art de la guerre.

— Ainsi tu lèves vraiment une armée ! Il était temps, Llaw. Eh bien, le manchot accepte de t'aider, si tu veux bien de lui. »

Llaw lui donna une tape vigoureuse sur l'épaule. « Ce lancer de hachette était formidable. On dirait que tu fais des progrès.

— Je visais le cheval, fit Elodan d'un ton sec. Je l'ai manqué, à moins de trois mètres.

— Je ne le raconterai à personne, promit Llaw. Maintenant, allons rejoindre les autres. Brion conduit les villageois jusqu'aux longues cavernes. Mais il faudra de la nourriture et du bois pour le feu.

— Puis-je faire une suggestion ? »

Llaw sourit. « Tu es notre général.

— Laisse-moi une vingtaine d'hommes, et j'organiserai l'arrière-garde pendant que vous progresserez.

— Sois prudent, Elodan. Je ne veux pas déjà te perdre.

— Ils nous ont déclaré la guerre, mon ami. À eux maintenant d'apprendre ce que signifie ce mot. »

*
**

Bavis Lan, le chef des cavaliers, mit pied à terre devant la cabane où étaient assis les trois chiens d'or. Il marcha jusqu'au porche et s'agenouilla à côté des statues.

« Par Chera ! Elles sont en or », murmura-t-il. Son aide de camp, Lugas, s'approcha de lui et demeura silencieux tandis que Bavis examinait les statues. « Eh bien ? fit le chef d'un ton sec. Ne reste pas planté là, Lugas. Fais-moi ton rapport ! »

Lugas le salua avec raideur. « Nous avons perdu dix-huit chevaux et neuf hommes. Huit autres hommes sont blessés. Devons-nous les poursuivre dans les bois ? »

Bavis se leva. C'était un homme grand et maigre, la quarantaine bien avancée. Il retira son heaume et fit courir ses doigts dans ses cheveux striés de gris. « Non. Une fois à couvert des arbres, nous nous ferions abattre les uns après les autres. Nous avons croisé deux villages aujourd'hui, et nous leur avons déjà donné de quoi réfléchir. Nous allons camper ici et frapper au nord de la vallée demain.

— Bien, messire.

— Que penses-tu de ces statues ?

— Elles sont magnifiques, messire.

— N'est-ce pas ? Je vais les rapporter à Mactha pour les offrir au roi. »

La porte de la cabane s'ouvrit et un homme râblé apparut. Bavis se tourna et sa main se tendit vers son épée. L'homme de forte carrure arborait un bandeau de bronze sur son œil ; derrière lui se tenait un adolescent blond à l'air effrayé.

« Qui diable êtes-vous ? demanda Bavis.

— Le propriétaire des chiens. Je crains qu'ils ne soient un peu trop précieux pour un lourdaud comme Ahak. Il ne les apprécierait pas à leur juste valeur ; ils n'ont pas de sang, vous comprenez.

— Ces paroles font de vous un traître », gronda Lugas d'une voix rageuse. Il tira son épée.

« Et vos actions font de vous un boucher », répliqua l'homme. Il toucha la tête du premier chien avec sa main. « Ollathair », dit-il.

Les yeux de rubis du chien s'ouvrirent brusquement, et alors que Lugas brandissait son épée, il bondit et enfonça profondément ses crocs dans l'avant-bras de l'officier. Avant même qu'il puisse hurler, les mâchoires du chien se refermèrent dans un claquement et la main fut arrachée. Lugas tomba à genoux et contempla avec horreur le sang qui ruisselait du moignon.

Le général demeura pétrifié. L'homme au bandeau de bronze rentra dans la cabane suivi des trois chiens. La porte se ferma.

Un éclair de lumière dorée jaillit par la fenêtre ouverte. Bavis Lan cligna des yeux puis se précipita vers la porte, qu'il défonça d'un coup de pied. La cabane était vide.

« Aidez-moi, supplia Lugas. Par les dieux, aidez-moi !

— Chirurgien ! beugla Bavis. Que quelqu'un aille chercher le chirurgien ! »

Au sommet de la colline, l'air se déchira dans un éclair de lumière et Ruad apparut, suivi de Lámfhada et des trois chiens. Le visage du sorcier était menaçant et ses mains tremblaient. Il se tourna, empoigna le bras ensanglanté dans la gueule du chien et le jeta sur la colline.

« Qu'ils soient tous maudits ! siffla-t-il.

— Nous devrions rejoindre les autres », suggéra Lámfhada doucement, incapable d'arracher ses yeux du membre gisant dans la neige.

Mais Ruad ne l'entendait pas. Il regarda le village et vit les soldats accourir afin de porter secours à l'officier manchot.

« Je te ferai payer ça, Ahak, jura-t-il. D'une manière ou d'une autre, Ollathair te fera payer. » Il se tourna et pénétra rapidement sous le couvert des arbres, les chiens sur ses pas.

Ils atteignirent les longues cavernes au crépuscule et trouvèrent Gwydion en train de soigner un blessé. On avait allumé des feux à l'intérieur des cavités, et les réfugiés s'étaient rassemblés autour. Llaw Gyffes aborda le sorcier borgne.

« Êtes-vous l'artisan ?

— En effet », acquiesça Ruad. Il examina le guerrier blond aux larges épaules et remarqua ses yeux pâles et sa barbe dorée. « Et tu dois être Main-Ferme. J'espère que ton nom correspond à la réalité, mon garçon. Tu vas avoir besoin de toutes tes forces lorsque la neige commencera de fondre.

— Je le sais. Le Dagda m'a parlé de l'armée du roi. Consentez-vous à nous aider ?

— Je ferai ce que je peux. Mais vous devez savoir que l'armée du roi est conduite par les chevaliers de la Gabala, et que ce sont des ennemis dangereux. »

Llaw sourit. « Quand je le veux, sorcier, je pense pouvoir me montrer tout aussi dangereux. Ayez confiance.

— Je n'en manque pas, Main-Ferme. Mais les chevaliers portent des armures protégées par des sortilèges et des épées aux pouvoirs surnaturels. Et même sans ces... dons... leurs talents sont extraordinaires. »

Llaw posa ses énormes mains sur les épaules de Ruad. « Ne me parlez pas de leurs pouvoirs, sorcier. Consacrez votre esprit à la question de savoir comment les vaincre.

— Ce ne sera pas si simple.

— Je n'en doute pas. Mais s'ils vivent et respirent, ils doivent pouvoir mourir. Alors trouvez un moyen de les tuer. »

Chapitre 15

Quand les gardes le saisirent par les bras, Manannan se détendit, inclinant sa tête vers son torse. Puis, libérant son énergie, il dégagea son bras droit et enfonça son coude dans la gorge du garde. L'homme chancela en criant. Manannan se tourna vers l'autre homme et lui asséna un violent coup de tête. À nouveau libéré, il préleva une dague dans la ceinture du garde, bondit sur Paulus, l'agrippa par ses longs cheveux blancs et le traîna vers l'avant, de façon que la pointe du couteau darde la peau flétrie de son cou.

Quatre hommes d'armes dégainèrent leurs armes mais hésitèrent à intervenir.

« Qu'ils s'en aillent, ordonna Manannan, ou ta vie se terminera ici.

— Reculez, cria Paulus d'une voix perçante. Laissez-nous ! » Les gardes aidèrent leurs camarades blessés à quitter la pièce et refermèrent la porte. Manannan tira la tête de Paulus en arrière et piqua la peau de son cou. Un mince filet de sang vint goutter sur sa tunique blanche.

— Maintenant, conduis-moi à mon armure et mon cheval, siffla Manannan, peut-être te laisserai-je alors vivre. » Il darda un œil sur Morrigan. « Tu m'accompagnes ?

— Que pourrais-je faire d'autre ?

— Alors guide-moi. Les gardes sont probablement dans les appartements maintenant, mais nous passerons à travers. »

Traînant un Paulus geignant, ils sortirent dans les jardins ; l'odeur des fleurs était presque écœurante. Les gardes vêtus de noir s'étaient rassemblés, mais ils demeurèrent à l'écart tandis que Paulus guidait Manannan jusqu'aux écuries dressées derrière un haut mur blanc. Kuan était là, immobile telle une statue. Manannan caressa la croupe de l'étalon, mais l'animal ne bougea pas.

« Que lui avez-vous fait ? tonna le Chevalier Déchu.

— Nous l'avons rendu meilleur qu'il ne l'a jamais été, expliqua Paulus, comme nous le faisions avec vous. Pourquoi ne comprenez-vous pas, Manannan ? Nous vous avons librement offert le don de l'immortalité ! »

Le Chevalier Déchu plaqua le vieillard contre un mur. « L'immortalité ? Vous avez failli me transformer en l'un des vôtres, en buveur d'âmes.

— Ne soyez pas si romantique, fit Paulus d'un ton sec. Vous n'abattez donc pas d'animaux pour leur viande ? Où est la différence ? À moins peut-être qu'un taureau n'ait pas d'âme ? Tout comme l'homme, il est un être vivant fait de chair, de sang et d'os. Nous avons élaboré l'élixir de vie. De quel droit nous jugez-vous ?

— Inutile d'en discuter avec vous, vampire. Où est mon armure ? »

Paulus le conduisit dans une grande pièce à l'arrière de l'écurie. Là, sur des présentoirs en bois, se trouvaient neuf armures d'argent. La colère de Manannan explosa et sa gorge se serra.

« Voilà tout ce qui reste des vrais chevaliers ! Les preux qui les portaient sont morts, de même que vous êtes mort, Paulus. Vous avez beau marcher sous le soleil, vous êtes mort ; vous n'êtes qu'une créature corrompue et anéantie. » Il se tourna vers Morrigan. « Selle Kuan.

— Les gardes se rassemblent dehors, le prévint-elle.

— Ignore-les. Selle mon cheval.

— Ils ne nous laisseront pas partir...

— Alors je me taillerai un chemin à travers eux. Selle Kuan.

— Il n'est pas trop tard pour vous, Manannan, murmura Paulus. J'ai parlé sévèrement, mais vous pouvez encore nous rejoindre. Attendez de parler à Samildanach, c'est votre ami.

— Il est mort, Paulus. Je ne parle pas avec les morts. » Morrigan mena l'étalon glacé dans la pièce et Manannan se tint devant lui, poussant Paulus. Il tendit son couteau à Morrigan. « S'il se débat ou remue un doigt, tue-le. Tu peux faire ça ?

— Ce serait un plaisir », l'assura-t-elle en plaçant la lame contre la gorge de Paulus.

Celui-ci esquissa un sourire. « Combien de temps, ma chère, pensez-vous être capable de survivre dans le monde du sang sans votre Ambria ? Vous aurez besoin de vous nourrir, et ils vont vous haïr à cause de ça. Ils vous détruiront. »

Morrigan ne dit rien, mais le Chevalier Déchu lut dans ses yeux la peur qu'y faisait naître cette vérité. Il ne trouva rien à répliquer pour la rassurer et s'approcha de son armure.

« Attention ! » s'exclama Morrigan, et Manannan pivota à temps pour éviter une lance dans son dos. Il leva un bras pour faire dévier le projectile, mais le garde qui l'avait envoyée sortit de derrière une stalle et se précipita sur lui, l'épée brandie. Le Chevalier Déchu dégaina son épée d'argent étincelante du fourreau posé sur le présentoir.

« Tu n'es pas de taille face à moi, dit-il au garde. Sois raisonnable si tu veux vivre. »

Le garde hurla une obscénité et s'élança. Manannan para le coup maladroit et riposta par un mouvement circulaire à la gorge. La tête du garde tomba de ses épaules et son corps s'affaissa sur le sol jonché de foin. Puis le chevalier enfila prestement son armure, bouclant la cuirasse et y insérant les spallières. Son estomac se souleva et son corps trembla ; de la sueur lui coula dans les yeux.

« Sois fort, Manannan », le supplia Morrigan. Il se força à sourire et marcha jusqu'à Paulus.

« Maintenant, vampire, il te reste une dernière chance de conserver ta demi-vie. Ouvre le portail entre les mondes.

— Je ne peux pas, pas ici. Les bêtes vont entrer. Il faut de l'espace pour le tunnel.

— Alors c'est ici que tu meurs, dit Manannan doucement en appuyant son épée contre le ventre de Paulus.

— Attendez ! implora le vieillard. Je peux atteindre Ollathair ! Lui pourra ouvrir le portail.

— Alors fais-le ! »

Paulus hocha la tête et ferma les yeux. Un cercle de lumière dorée se mit à grandir contre le mur du fond. Manannan vit une caverne pleine de gens et Ollathair qui parlait à un grand homme à la barbe dorée. Il vit le sorcier se raidir et se retourner. La voix d'Ollathair retentit à l'intérieur de l'esprit de Manannan.

« Ne te raille pas de moi, Manannan. Va-t'en ! Va rejoindre tes frères !

— J'ai besoin d'aide, Ollathair, dit le Chevalier Déchu à voix haute. Morrigan est avec moi. Il faut que vous ouvriez le portail.

— Si c'est un de tes tours démoniaques, tu en répondras ! »

Manannan secoua la tête. « Ouvrez le portail, Armurier. Je vous apporte des réponses.

— Considère que c'est fait », dit Ollathair, et la vision s'évanouit.

Manannan posa son épée sur l'épaule de Paulus. « Morrigan, il vaut mieux que tu mettes toi aussi une armure. Prends celle de gauche ; elle appartenait jadis à Pateus, il était plutôt mince. »

Il la regarda ôter sa robe, puis reporta son attention sur Paulus. « Je devrais te tuer, murmura-t-il. Par la Source, tu le mérites ! Mais je ne le ferai pas.

— N'adoptez pas avec moi ce ton moralisateur simplement parce que nos coutumes sont différentes des vôtres, Manannan. Dans votre monde mesquin, des milliers d'hommes meurent à cause des guerres, des épidémies et des crimes. Leurs corps ne servent aucun but. Ici les morts sont relativement rares, car nous ne connaissons ni la guerre ni la maladie. Mon peuple est un peuple civilisé

— Vous vivez de la mort, Paulus, du malheur des autres. Sont-ils traînés vers leur trépas, suppliant qu'on les épargne ? Ont-ils peur, comme vous il y a un instant ? Implorent-ils votre pitié comme vous étiez prêt à le faire ?

— J'imagine que oui, admit Paulus, même si les cuves d'Ambria sont au nord de la cité et que je n'ai jamais jugé nécessaire d'aller les voir. Mais dans votre monde, les rois et les princes ne condamnent-ils pas des gens à mort ? Ne possèdent-ils pas des esclaves dont les vies dépendent des caprices de leurs propriétaires ?

— Nous ne parviendrons jamais à nous comprendre, soupira Manannan. Vous et votre race êtes maléfiques, mais ce n'est qu'un mot pour vous. Vous serez anéantis... en temps voulu. » Il regarda Morrigan qui attachait les grèves d'argent à ses mollets, attendit qu'elle ait bouclé l'épée à sa hanche puis flatta l'encolure de Kuan. « Viens, Grand-Cœur, on rentre chez nous.

— Il ne vous entend pas, fit remarquer Paulus. L'étalon est mort. Mais vous le trouverez plus rapide que jamais ; il ne vous décevra pas.

— De lui-même, lorsqu'il était vivant, il ne m'aurait jamais déçu, rétorqua Manannan. Va-t'en, Paulus. Tu es libre. »

Le vieil homme fit face à Morrigan, qui tenait une épée à deux mains.

« Que faites-vous ? murmura Paulus. Il a dit que j'étais libre.

— Peut-être bien, siffla Morrigan, mais j'appartiens aux Vyres, Paulus, et je suis maléfique. Je suis ce que tu as fait de moi.

— Non ! Pitié. Je t'en supplie, Morrigan. Je te donnerai de l'Ambria... je... »

Son épée s'enfonça dans son flanc, lui arrachant les entrailles de l'abdomen, et il s'écroula par terre en hurlant.

Morrigan courut vers Manannan et sauta en selle derrière lui. « Fonce ! » cria-t-elle.

L'étalon mort banda ses muscles et sortit de l'écurie au galop. Les gardes se jetèrent de côté quand le cheval déboula. Des flèches rebondirent sur l'armure de Manannan, puis ils arrivèrent dans la campagne et ils furent libres.

Devant eux se dressaient les arbres et l'entrée obscure du tunnel hanté par les ombres qui menait au portail.

« Pourquoi l'avoir tué ? cria Manannan.

— Pourquoi toi, tu ne l'as pas tué ? » répliqua-t-elle.

Kuan poursuivit son chemin à une allure constante. Des flèches hérissaient sa chair morte et Manannan éprouva un sentiment de perte énorme ainsi qu'une grande tristesse. Ils pénétrèrent dans le tunnel au grand galop et toute lumière s'évanouit, mais lorsque Manannan brandit son épée et cria : « Ollathair ! », la lame s'enflamma d'une lueur blanche qui se refléta sur des dizaines de paires d'yeux à droite et à gauche.

« Les bêtes approchent », hurla Morrigan. Manannan se retourna : une meute d'énormes et pesantes créatures-loups courait sur le sentier derrière eux. Il reporta son attention vers l'avant. Le tunnel se terminait.

Mais le portail était toujours fermé.

*
**

« Était-ce l'ennemi ? demanda Llaw lorsque la fenêtre dorée s'estompa.

— J'espère que non, répondit Ruad. C'était Manannan. Je l'ai envoyé franchir le portail noir pour retrouver les chevaliers de la Gabala, et je dois le ramener.

— Mais vous aviez dit que le mal au-delà du portail les avait tous vaincus. Comment savez-vous qu'il n'a pas affecté Manannan ? Ce pourrait être une ruse.

— Si c'est le cas, il va... ils vont s'en repentir. Je ne suis pas sans ressources. Je reviendrai demain matin. » Tandis que Ruad s'éloignait vers l'entrée, Llaw l'appela.

« Souhaitez-vous que des hommes vous escortent ?

— Non. Si c'est un piège, ils seront incapables de m'aider, et dans le cas contraire, je n'aurais pas besoin d'eux. »

Le sorcier sortit dans la neige, heureux d'être libéré de la caverne et des espoirs qu'il lisait dans les yeux de Llaw Gyffes. Comment pouvait-il comprendre l'art de la magie ? C'était un forgeron à l'éducation sommaire. Pour lui, les ennemis n'étaient que des hommes. Le fait que le Rouge leur accorde de gigantesques pouvoirs ne le concernait pas. Après tout, le grand Ollathair comptait désormais parmi les rebelles.

« *Trouvez un moyen de les tuer.* »

Croyait-il donc que c'était si facile ? Samildanach seul était déjà presque un adversaire de taille à affronter Ruad Ro-fhessa, et c'était avant que les chevaliers franchissent le portail. Qui pouvait savoir de quelles terribles actions ils étaient désormais capables ? Ruad poursuivit péniblement son chemin et atteignit une colline basse au-dessus de la caverne. Le vent mugissait autour de lui et il pénétra dans un cercle d'arbres. Ayant choisi un coin abrité, il ramassa du bois pour former une petite pyramide. L'Armurier n'avait pas besoin d'amadou. Il chercha le Rouge et passa la main sur une branche ; des flammes jaillirent de l'intérieur du bois, et il la jeta sur la pyramide.

Il resta un moment assis, perdu dans ses pensées, songeant à tout ce qui aurait pu être. Puis il s'étira le dos et chercha le calme du Blanc.

Il ouvrirait bientôt le portail, mais d'abord il devait réfléchir, prévoir. Si Manannan avait été changé, corrompu, alors Ruad le tuerait. Morrigan aussi. Sinon, il demanderait conseil au Chevalier Déchu et établirait, comme Llaw l'en avait exhorté, un plan de défense contre les maléfices de Samildanach.

Maléfices ? Il roula ce mot dans son esprit. Que signifiait-il ? Samildanach était un chevalier qui avait prêté serment de combattre l'injustice. Il avait toujours haï le mal. Pourtant il était désormais l'homme que Ruad craignait par-dessus tout. Comment Samildanach le voyait-il, lui ? Comme maléfique ? Tout était-il relatif ? Une simple question de perception ? Les chevaliers de la Gabala avaient parcouru les neuf duchés en dispensant la justice, mais ils étaient soutenus par leurs talents à la lance et à l'épée, ce qui signifiait que leur pouvoir émanait de la crainte qu'ils inspiraient. Et la peur était proche parente du mal...

Ruad secoua la tête. Ce n'était pas le moment de penser à ça.

Il revit le visage de Manannan et l'arrière-plan brumeux perçu à travers la fenêtre. Quelque chose dans cette scène avait attiré son attention. Il se concentra sur ses souvenirs, tentant de retrouver chaque détail de l'image. Quelque chose luisait dans le fond. Un miroir derrière Manannan ? Non, pas un miroir. Un guerrier en armure ? Non, pas exactement. C'était inerte... sans vie... et pourtant curieusement familier.

Réfléchis, bon sang !

Une fois de plus il s'envola dans le Blanc et purifia son esprit, se libérant des craintes et des doutes. Seul l'objet scintillant importait. Le reste s'effaça.

Elle était là : la spallière ornementée qu'il avait forgée pour Edrin. Elle reposait sur un présentoir de bois, avec le reste de l'armure d'argent.

Ruad ouvrit les yeux, la bouche sèche ; son cœur commençait à battre la chamade. Il tenta de retrouver le calme, sans succès. Les armures originelles des chevaliers de la Gabala étaient à sa portée, car si c'était bien l'armure d'Edrin qui était là-bas, pourquoi pas les autres ?

Il pensa à Manannan. Il faudrait bientôt ouvrir le portail, mais il avait encore le temps. Il avait besoin de puissance et plana vers le Noir pour emplir son corps de force. Il sentit ses muscles gonfler, puis il chercha le Rouge. La peur le frôla tandis que la Couleur le submergeait. Un sortilège aussi puissant se sentirait de loin. Il devait être rapide, sans quoi Samildanach le localiserait et voyagerait à travers la brume pour le tuer. Il revit les protections qu'il avait forgées pour les chevaliers de la Gabala, les heaumes ornés, les haubergeons, les grèves, les gantelets et les épées d'acier argenté qui ne terniraient jamais. Il attira ces souvenirs à lui et tendit son esprit. Il fut pris de vertiges. Des vagues de douleur l'étouffèrent.

Il avait essayé de faire la même chose six ans plus tôt, et avait été repoussé par un mur de sorcellerie.

Mais ce mur avait désormais disparu. Il sentit la proximité de ses créations, ouvrit les yeux de son esprit et vit Manannan et Morrigan se précipiter vers le portail. La femme portait l'armure de Pateus.

Il se tendit de nouveau. Là ! Dans une grande pièce, sept armures, et sept épées. Mémorisant l'emplacement dans son esprit, il regagna son corps en et prononça à voix haute les paroles de l'invocation. L'air crépita et son crâne le fit souffrir ; il gémit et sentit du sang lui couler du nez.

Il était maintenant trop tard pour arrêter le processus. « Venez à moi ! hurla-t-il. Venez à Ollathair ! » Un éclair de lumière jaillit du sol devant lui, éparpillant son feu. Il brossa les cendres sur ses genoux et lutta contre la douleur cuisante de sa poitrine. Son bras gauche s'engourdissait, et il sentait la panique l'envahir. Si son cœur lâchait maintenant, il aurait fait tout ça pour rien.

Calme ! Calme-toi, se dit-il. « Venez à moi ! » murmura-t-il.

Des lueurs rougeoyantes formèrent un cercle autour de Ruad, miroitant sous la lune, translucides et presque transparentes. Il les regarda prendre forme et consistance. Il s'écroula sur le dos et inspira profondément. Autour de lui, tels des chevaliers fantomatiques, se dressaient les armures de la Gabala. Avec elles, et les gigantesques pouvoirs de Ruad, Llaw Gyffes aurait une chance. Il se mit debout.

Il *devait* ouvrir le portail pour Manannan. Il rassembla ses forces déclinantes, jeta un dernier regard aux huit statues silencieuses et entonna le sortilège d'ouverture. La douleur lui déchira la poitrine, et les doigts de sa main gauche s'engourdirent.

Le portail noir apparut. Ruad savait qu'il atteignait les limites de ses forces et qu'une fois le portail ouvert, il ne pourrait plus maintenir le sort au-delà de quelques secondes. Ce serait plus que tragique s'il l'ouvrait trop tôt... mais ce ne serait pas mieux s'il l'ouvrait trop tard... Il se rappela la vitesse à laquelle Manannan chevauchait dans le tunnel et présuma qu'il serait bientôt au portail, sinon déjà. Ce qui signifiait que les bêtes du chaos allaient l'attaquer. Il gémit tandis que la souffrance augmentait et agrippa sa poitrine. Il avait la respiration hachée et de la sueur lui coulait dans les yeux tandis qu'il tombait à genoux et tentait de calmer ses battements de cœur irréguliers. La douleur s'apaisa un peu. Ruad entama lentement la dernière partie du sortilège.

Un crépitement retentit à sa droite. Il se tourna et scruta le cercle, refoulant la sueur de ses yeux d'un clignement de paupières. Tout était silencieux. La lueur de la lune luisait sur les huit armures. Huit ? Il aurait dû n'y en avoir que sept ! Il se remit debout, comme soulevé par des mains invisibles, et fut attiré vers l'armure la plus proche comme vers un aimant. Ruad leva les yeux et vit la visière s'ouvrir lentement. Il lutta pour ne pas avancer, mais il était trop faible. Il s'approcha de plus en plus. Il ne pouvait rien voir d'autre que la visière. L'attraction avait cessé. Il voulait s'enfuir mais ne parvenait pas à arracher son regard du heaume empanaché et de la noirceur à l'intérieur.

La lune sortit de derrière un nuage. Une lumière argentée inonda la silhouette et Ruad vit l'armure s'assombrir jusqu'à prendre une teinte cramoisie.

Deux yeux injectés de sang le regardèrent.

« Il est temps de mourir, traître ! » gronda Samildanach. Ruad n'aperçut que trop tard la dague dans la main gantelée. Elle plongea dans le ventre du sorcier et déchira ses poumons.

Ruad s'effondra...

Samildanach recula, et disparut.

Le sorcier essaya de rouler sur le ventre, mais la douleur était colossale. Du sang bouillonna dans sa gorge et il essaya de le ravaler, mais il toussa et projeta une écume ensanglantée qui tacha sa barbe et sa tunique.

Conscient qu'il ne lui restait plus que quelques secondes à vivre, Ruad se laissa retomber et pointa un doigt en direction du portail.

« Ouvre-toi ! » siffla-t-il, achevant le sortilège. Une grande vague de chaleur l'inonda alors qu'il levait les yeux vers les étoiles, et toute douleur s'évanouit. Il revit le jour où il était devenu Armurier et se rappela la joie qui s'était affichée sur les visages de ses chevaliers.

« Avec vous à notre tête, nous allons changer le monde, mon ami, lui avait dit Samildanach.

— Vous n'aurez pas besoin de moi pour ça, Seigneur Chevalier », avait répondu Ruad.

Les étoiles devinrent floues quand les nuages s'amoncelèrent, et Ruad entendit un bruit comparable au flux et au reflux de l'océan. « Je ne veux pas mourir, murmura-t-il. Je veux... » Un gros flocon atterrit sur son œil et fondit pour se transformer en une larme, qui coula le long du visage du mort.

*
**

Trois des bêtes étaient à terre, l'une d'elles se tortillant en travers du chemin, agrippée au moignon de son bras sectionné. Manannan et Morrigan reculèrent contre le portail tandis qu'une vingtaine de monstres avançaient prudemment. L'étalon mort vivant, Kuan, demeurait immobile non loin de là. La meute l'ignorait ; seule la chair vivante l'intéressait.

Une énorme créature, plus grande qu'un ours, se mit à quatre pattes et chargea Morrigan. Celle-ci lui enfonça son épée d'argent dans la gueule et lui transperça la gorge. L'élan de sa course ne faiblit pas avec sa mort et elle projeta Morrigan contre le portail.

Manannan n'avait pas le temps de l'aider. Tailladant de droite et de gauche, son épée d'argent tenait les autres bêtes en respect, mais elles s'enhardissaient, avançaient et reculaient comme des projectiles, le cinglaient de leurs longues griffes recourbées. Un loup titanesque rampa furtivement dans l'ombre et contourna Manannan par la gauche. Le Chevalier Déchu ne vit la bête que trop tard. Elle bondit et le jeta à terre. Son épée lui fut arrachée des mains. Il se débattit sous le loup et lui asséna un coup de son poing d'acier dans la gueule. Les autres créatures l'attaquèrent aussitôt, déchiquetant son armure, plantant leurs griffes dans son heaume, tirant et déchirant, cherchant la chair chaude sous l'acier.

« Kuan ! hurla-t-il. À moi ! » Le cheval mort vivant trembla. Il répéta son cri, et Kuan renâcla, secouant sa grande tête. Puis une lueur de vie s'éveilla dans ses yeux gris et vides.

« *Kuan !* »

L'étalon banda ses muscles et chargea la meute. Ses sabots martelèrent, ses pattes postérieures ruèrent avec une force extraordinaire. Les loups se dispersèrent devant le cheval, et Manannan attrapa les rênes pour se remettre debout. Il récupéra son épée.

Morrigan se dégagea de derrière l'énorme carcasse de la créature ours et s'approcha de lui. La meute avait été consternée par l'attaque soudaine de l'étalon, mais elle se rassemblait maintenant pour revenir à l'assaut.

Manannan flatta l'encolure de Kuan. « Sois le bienvenu, Grand-Cœur », dit-il.

Quand la meute s'avança, l'étalon se jeta au milieu des monstres. Manannan tenta de l'en empêcher et regarda avec horreur les terribles griffes déchiqueter son corps. Un rayon de lune illumina la scène. Manannan pivota et vit le portail noir s'ouvrir lentement, et au-delà les étoiles de son monde scintiller. « En arrière ! » cria-t-il à Morrigan ; elle n'eut pas besoin qu'on le lui répète et se précipita à travers l'étroite ouverture.

« Kuan ! » beugla Manannan, mais l'étalon était hors de portée de voix. Il frappait et ruait sans cesse, grièvement blessé ; ses entailles étaient profondes, terriblement profondes.

« Manannan ! hurla Morrigan. Le portail se referme ! » Manannan resta immobile un instant encore, témoin des derniers instants de son étalon. Puis il se tourna et courut vers le portail. Celui-ci chatoya devant ses yeux et Manannan se jeta sur les quelques mètres restants. Il atterrit sur le sol couvert de neige et roula sur le dos. Quand enfin il se leva et regarda derrière lui, le portail avait disparu.

Morrigan lui toucha le bras. Il se tourna et vit le cercle fantomatique des lugubres et silencieux chevaliers de la Gabala.

« Par les dieux », murmura-t-il. Puis il distingua la silhouette immobile d'Ollathair et se précipita vers lui. Sa tunique était imbibée de sang et la neige autour de lui rougie.

« Regarde », fit Morrigan en désignant la neige à côté du corps d'Ollathair. Des empreintes de pas semblaient avoir surgi du néant.

« Samildanach », dit Manannan. Il retira le gantelet de sa main droite et ferma doucement l'œil d'Ollathair.

« Que fait-on maintenant ? questionna Morrigan. Sans lui, nous n'avons plus aucune chance... »

Le Chevalier Déchu ne trouva rien à dire. Autrefois, Ollathair avait été son mentor et son ami. L'Armurier était presque leur père à tous, et les chevaliers l'adoraient. Il était sage et bienveillant, et les Couleurs lui avaient apporté de nombreux dons. Désormais il gisait en silence dans la neige, tué par un ami.

« Cette fin ne sied pas à un tel homme, murmura Manannan.

— Je n'éprouve aucune sympathie pour lui, dit Morrigan. En envoyant les chevaliers à travers le portail il a forgé son propre destin. Partons. Il fait froid. »

Un mouvement attira l'attention de Manannan : un important groupe d'hommes gravissait la colline, torches à la main. Il attendit qu'ils s'approchent du cercle. Un grand guerrier à la barbe dorée s'avança.

« C'était donc un piège, bâtard ! s'exclama Llaw Gyffes en tirant la hache de sa ceinture.

— Ce n'est pas moi qui l'ai tué, protesta le Chevalier Déchu. Regarde les empreintes.

— Défends-toi ! » rugit Llaw en s'élançant. Manannan esquiva une botte maladroite et plaça un crochet du droit dans la mâchoire du guerrier. Llaw Gyffes tomba durement mais roula de côté et se remit debout.

« C'est absurde, assez ! lui intima Manannan. Cet homme était mon ami. »

Llaw s'apprêtait à repartir à l'attaque, mais Lámfhada se fraya un passage à travers la foule et s'agenouilla près du corps de Ruad. Le garçon appela le grand guerrier blond.

« Regarde sa blessure, dit Lámfhada. Elle n'a pas été causée par une épée mais par une lame plus fine, comme celle d'une dague. Et il n'a pas de couteau. »

Llaw s'agenouilla et examina la blessure, puis toisa Manannan.

« Je ne te crois toujours pas, déclara-t-il, mais je suppose que ça n'a plus d'importance maintenant. L'ennemi rassemble une gigantesque armée commandée par des chevaliers sorciers, et nous n'avons plus de sorcier pour nous défendre. » Il se détourna et fixa l'horizon.

Le Chevalier Déchu vint se camper à côté de lui. « Tu finiras par me croire, dit-il, car je ne mens jamais et suis fidèle à mes amis. »

Llaw sourit. « Grand bien nous fasse ! J'essaie de conduire une guerre contre un ennemi que je ne peux vaincre. Je ne suis pas un général. » Il se tourna et considéra le cercle de visages illuminés par les torches dansantes. « Regarde-les, dit-il. Des forestiers, des fermiers et des clercs renégats. Aucun ne porte de cotte de mailles. Que ferons-nous lorsque l'ennemi arrivera ?

— Combattre ou fuir, répondit Manannan. Nous n'avons que ces deux solutions.

— Nous ne pouvons fuir. Hier, un homme est venu nous voir pour nous annoncer que la flotte royale avait accosté à Cithaeron avec un millier de soldats. Désormais, il n'y a plus de retraite possible ; ils vont nous chasser comme des loups. »

Manannan resta un moment silencieux. « Regarde autour de toi, dit-il enfin. Cette forêt est immense, et ce n'est pas l'endroit rêvé pour une bataille rangée. Ne laisse pas le tort causé ce soir te décourager. Viens, il faut enterrer Ollathair et prononcer quelques mots d'adieu pour son esprit. »

Il y eut une soudaine agitation au fond du cercle et les hommes s'écartèrent pour laisser passer Nuada et Agrain. Le chef hors la loi trapu avisa le cadavre.

« Voilà donc ce grand sorcier, dit-il. Eh bien, il nous aura été d'une grande aide !

— Que fais-tu ici ? riposta Llaw. N'est-ce pas un peu loin de ton terrain de chasse habituel ? Il n'y a personne à voler !

— Mais oui, moi aussi je suis content de te revoir, Llaw, répliqua Agrain en souriant. Nuada m'a dit que j'étais ici parce que c'était mon destin. Il a parlé au Dagda, et ils pensaient que le héros Agrain devait rencontrer le sorcier Ollathair. Voilà, je l'ai rencontré. C'était court, mais c'est la vie. Je rentrerai chez moi demain matin.

— Attendez, fit Nuada. Ce n'est pas ce que le Dagda a dit, vous le savez. Mais si ce n'est le moment ni l'endroit pour en parler. Allons enterrer cet homme, et je dirai quelques mots pour lui.

— De toute ta vie, tu ne t'es jamais contenté de *quelques* mots, poète », dit Agrain. Le hors-la-loi observa attentivement Manannan. Ses yeux s'étrécirent, puis sans un bruit il se détourna et rompit à nouveau le cercle d'hommes.

Llaw ordonna que l'on transporte jusqu'aux cavernes le corps de Ruad et les armures de la Gabala. Manannan rejoignit Morrigan, qui, depuis son arrivée, était demeurée étrangement silencieuse.

Le Chevalier Déchu la dévisagea. Son teint paraissait blême et maladif sous la lune argentée. « Tout va bien, Morrigan ?

— Laisse-moi tranquille, murmura-t-elle. Il faut que je parte d'ici.

— Pourquoi ?

— Je suis fatiguée. J'ai besoin... de repos. Laisse-moi m'en aller.

— Suivons-les jusqu'à leur campement. Tu pourras t'y reposer. Et manger... » Sa voix se transforma en chuchotement. « C'est à cause de ça, n'est-ce pas ? Tu as besoin d'Ambria ou... Écoute-moi, Morrigan ; il faut te battre. Il le *faut*.

— Je me battrai. Mais laisse-moi tranquille un moment ; j'ai besoin d'être seule.

— C'est au contraire ce qu'il faut éviter à tout prix. »

Elle dégagea son bras, les yeux enflammés. « Va-t'en ! » siffla-t-elle. Il resta immobile.

« Je sais que tu n'avais d'yeux que pour Samildanach, dit-il doucement, et je n'étais pour toi qu'un ami et un confident. Mais je t'aimais, Morrigan, je t'aime toujours. »

Durant un instant il y eut de la tension dans l'air, puis elle sembla décroître. « Dieux de la lumière, murmura-t-elle. Aidez-moi ! » Il s'avança et l'étreignit maladroitement, gêné par l'armure qu'ils portaient tous les deux.

« Viens avec moi », chuchota-t-il, et ils suivirent la colonne de torches.

Une fois dans les cavernes, Morrigan se débarrassa de l'armure et mangea un peu de viande et de fruits séchés. Puis elle emprunta des couvertures et s'enfonça dans les ombres au fond de la caverne, en quête de repos.

De nombreux hommes accompagnèrent Llaw et Nuada, pour assister à l'inhumation du sorcier Ollathair et écouter l'oraison funèbre de Nuada.

Tandis qu'ils regagnaient lentement les cavernes, un homme s'attarda à l'arrière du groupe. Il était las, son genou l'élançait depuis que sa monture était tombée en lui coinçant la jambe. Il s'arrêta et s'assit un instant sur un tronc abattu par la tempête.

Il se frotta le genou jusqu'à ce que la douleur s'apaise et fit mine de se lever. C'est alors qu'il vit une femme non loin. Elle était jeune, le teint pâle et magnifique, sa chevelure argentée sous la lune.

« Tu ferais mieux de rentrer, lui conseilla-t-il. Dehors, il fait froid.

— Moi aussi j'ai froid », dit-elle, s'asseyant à côté de lui, posant sa tête contre son épaule, sa main sur sa cuisse. « Mais la caverne est tellement bondée. Reste un peu avec moi. » Il se tourna vers elle et passa ses mains sous la couverture qui l'enveloppait. Il fit glisser ses doigts le long de son flanc et sentit la douceur de sa chair. Il avait peine à croire qu'elle ne l'arrête pas... ses mains prirent ses seins en coupe.

Elle redressa son visage et ils s'embrassèrent. L'homme oublia le froid tandis qu'il fouillait ses vêtements à tâtons.

« Je ne peux pas le croire, murmura-t-il. Il ne m'était jamais rien arrivé de tel. Ma chance ne pouvait choisir un meilleur moment pour tourner. »

Morrigan ne dit rien.

Et ses lèvres s'approchèrent de son cou...

Chapitre 16

Lámfhada, assis en compagnie de Gwydion, regardait la neige fondre et les petites fleurs blanches et jaunes pointer hors de leur gangue de glace dans la prairie. Le ciel était d'un bleu splendide et le soleil dardait ses rayons sur les montagnes. Le vieil homme tendit la main et tapota l'épaule de l'adolescent.

« Ne perds pas courage, mon jeune ami, dit le guérisseur. Beaucoup ne seraient pas d'accord, mais je crois que notre compagnon connaît maintenant la paix dans un monde bien meilleur que le nôtre.

— Il s'est montré bon envers moi, acquiesça Lámfhada. Il m'a accepté chez lui, il m'a énormément appris. J'ai forgé un oiseau de métal qui a volé. Il m'a ouvert le monde...

— C'était un homme bon, qui a eu une mauvaise mort. Mais ce n'est pas la fin, crois-moi. Tu devrais faire confiance en mes cheveux blancs ; j'ai vu beaucoup de choses en ce bas monde, et j'ai appris. »

Lámfhada secoua la tête. « Moi aussi j'ai appris. Le mal est toujours fort, et gagne toujours.

— Tu n'as vu qu'une partie du cercle, Lámfhada, car la vie est un cercle. Le bien et le mal se pourchassent à l'infini. Si tu rejoins le cercle au mauvais endroit, tu y trouveras le mal triomphant. Mais poursuis ton trajet et tu le verras perdre, puis gagner à nouveau, et perdre encore... pour l'éternité.

— Alors on n'accomplira jamais rien ? »

Le vieil homme gloussa. « Tout dépend de ce que tu veux dire par “accomplir”. L’important n’est pas de gagner. Seule la lutte compte.

— Mais quel intérêt de lutter contre l’inévitable ?

— Accroche-toi à cette idée et réfléchis-y, car tu y trouveras la plus grande arme contre le mal. *Que puis-je faire, moi qui suis si petit et si faible ? Pourquoi ne pourrais-je pas voler un peu ? tout le monde le fait. Pourquoi essayer d’être pur, quand cela signifie demeurer pauvre et méprisé ? Comment puis-je changer le monde ?* Cependant, toutes les idées, qu’elles soient bonnes ou mauvaises, éclosent dans le cœur d’un seul homme ou d’une seule femme. De là elles se répandent, d’un individu à l’autre, puis à deux, puis à cent.

— Tout cela me dépasse, Gwydion, dit Lámfhada, qui étira ses jambes et se leva. Je n’arrive pas à te suivre. »

Gwydion se leva aussi. « Ruad était bon envers toi. Il t’a montré un chemin à suivre. Tu le montreras à d’autres. Plus il y aura d’hommes à suivre ce chemin grâce à toi, plus grand sera l’accomplissement de Ruad. Sa mort ne changera rien à cela. Mais si tu te décourages et choisis un autre chemin, le souvenir de sa vie en sera amoindri. Voilà ta dette envers lui, mon ami.

— Mais comment suivre ce chemin s’il n’est pas là pour m’y guider ?

— Commence par écarter toute haine de ton cœur, car c’est une autre arme du grand ennemi. Nous ne pourrons jamais le battre en employant ses tactiques. Nous pouvons détruire ses émissaires, mais à la fin, si nous agissons la haine au cœur, lentement, inexorablement, nous remplacerons ceux que nous aurons tués.

— Je ne suis pas un érudit, Gwydion, simplement un esclave marron. Tu dis des choses que je ne comprends pas. Si j'étais plus âgé et plus fort, je prendrais mon épée et je suivrais Llaw Gyffes. Je tuerais tous ceux qui servent le roi. »

Détournant le regard, Gwydion parla doucement. « La vérité te changera peut-être. Ou pas. Tâche de trouver la paix, Lámfhada. » Puis le vieil homme redescendit au bas de la colline où les réfugiés réunissaient leurs biens.

Lámfhada le regarda s'acheminer lentement jusqu'aux cavernes. Comment pouvait-il ne pas haïr le meurtrier de Ruad ? Ne méritait-il pas sa haine ? Il reporta son attention vers les primevères. Que c'était facile pour elles, songea-t-il, qui lorsqu'elles mouraient se contentaient de retourner à la terre, à la chaleur de leurs bulbes, prêtes à repousser l'année suivante. Les hommes n'avaient pas cette chance. Le jour où il avait rencontré l'Or lui revint en mémoire. Il revit le vieux cerf mourant et ressentit la joie que lui, Lámfhada, avait éprouvée en lui redonnant de nouvelles forces. Mais cette fois, sa joie fut souillée par le chagrin. Depuis ce jour, il n'avait plus réussi à trouver l'Or. Dans le cas contraire, il aurait pu sauver la vie de Ruad.

Lámfhada ferma les yeux et chercha le doux sanctuaire du Jaune. Il plana quelque temps, oublieux du monde qui l'entourait, et les paroles de Gwydion résonnèrent dans les couloirs de son esprit.

Commence par écarter toute haine de ton cœur, car c'est une autre arme du grand ennemi. Nous ne pourrons jamais le battre en employant ses tactiques. Nous pouvons détruire ses émissaires, mais à la fin, si nous agissons la haine au cœur, lentement, inexorablement, nous remplacerons ceux que nous aurons tués.

Durant son association avec Ruad, jamais le sorcier n'avait parlé de haine. Y compris à la fin, il n'avait éprouvé que de la pitié pour ses chevaliers. « Je ne les hais pas », constata Lámfhada. « Je ne hais personne. » Perdu dans le Jaune, il se mit à pleurer les premières larmes versées pour son ami. Il fut pris de vertige, son esprit roula et tournoya dans les Couleurs. Il ne s'en inquiéta guère au début, mais bientôt une émotion voisine de la panique le frappa, car il perdait son chemin. Il tendit le bras hors de son avatar spirituel et se concentra sur le Jaune, mais toutes les Couleurs filaient à ses côtés à des vitesses étourdissantes.

« Reste calme, se dit-il. La peur ne sert à rien ici. » Le kaléidoscope ruisselant ralentit jusqu'à ce qu'il se retrouve en train de planer au bord du Rouge. Il recula, traversa le Noir et le Vert, chercha le Jaune et le chemin du retour. C'est alors qu'une sensation des plus étranges l'envahit, et il se rendit compte qu'il n'était pas seul. Il n'y avait pas de mot, pas de sensation du toucher, seule une curieuse certitude. « Parlez-moi », dit-il, mais il n'y avait rien que la chaleur de la camaraderie et l'impression d'amitié. « C'est vous, Ruad ? demanda-t-il. Dites-moi. Montrez-moi. » Les Couleurs reculèrent devant une flambée d'Or qui se dressa devant lui et l'engouffra. Il invoqua un disque d'Or à bord duquel il s'envola à travers l'arc-en-ciel et s'en alla planer au-dessus de la forêt Océane, qui s'étendait loin en dessous de lui.

Il aperçut alors une silhouette chatoyante dans le ciel, au-dessus du camp de réfugiés. Il se précipita vers elle et reconnut le chevalier Cairbre. Le chevalier rouge se tourna vers lui.

« Votre sorcier a disparu, cette armée de pouilleux ne posera plus de problème, siffla le chevalier. Quelle perte de temps et d'énergie.

— Je crois que vous devriez quitter la forêt, lui répondit Lámfhada. Vous n'y êtes pas le bienvenu. »

Le visage blême de Cairbre esquissa un sourire. « Tu ne peux rien contre moi, enfant. Tu ne peux m'arrêter. Je vais où bon me semble.

— Plus maintenant », répliqua Lámfhada en levant la main. Un globe doré entoura Cairbre. Il tira son épée et le taillada, mais il était pris au piège.

« Sans Ollathair vous n'êtes rien, tonna Cairbre. Nul ne peut se dresser devant Samildanach.

— Moi, je le peux, s'insurgea Lámfhada. Hors de ma vue ! » Le globe s'éloigna à la vitesse de l'éclair et l'enfant sorcier le suivit jusqu'à la lisière de la forêt. Les Couleurs n'y étaient plus en harmonie, le Rouge balayait tout sur son passage. Lámfhada leva les bras et un mur doré apparut, s'étendant vers l'est, l'ouest et le nord par-dessus sa tête. Il ouvrit la main et adjura ses doigts de se teinter de Rouge, puis il toucha le mur. Une douleur cuisante le transperça. Il recula, soigna sa main et retourna dans son corps.

Les chevaliers rouges n'espionneraient plus Llaw Gyffes, ce qui allait contrarier leurs plans. De retour sur la colline, Lámfhada se leva d'un air las. Il savait désormais ce qu'il avait à faire et, pis, ce que tous devraient endurer. Mais il n'avait pas peur... car il n'était plus seul.

*
**

Manannan convainquit Llaw de la nécessité d'établir un campement plus sûr dans les hautes prairies, où ils pourraient bâtir de nouvelles maisons et surveiller les voies d'accès de jour comme de nuit. Deux jours durant, les cent douze réfugiés s'enfoncèrent dans les montagnes et dépassèrent plusieurs petits villages. Dans chacun d'eux, ils obtinrent de la nourriture et un abri temporaire.

Le troisième jour, ils furent rejoints par Elodan et son arrière-garde ; ceux-ci avaient tendu une embuscade aux soldats qui chevauchaient vers le nord et en avaient tué cinq. Ils s'étaient échappés sans subir aucune perte. Enfin les réfugiés parvinrent aux hautes prairies et se mirent aussitôt à abattre les arbres et à dégager le terrain pour leurs nouvelles demeures. Le temps était calme et tempéré, mais tous savaient que l'hiver n'était pas encore terminé, et des habitats rudimentaires furent rapidement construits pour se protéger des derniers assauts de la neige.

Llaw Gyffes et Agrain accomplissaient inlassablement leur labeur. Ils débitaient les arbres, tiraient les troncs sur le sol glacé, organisaient des groupes de travail et de chasse. Elodan ramena ses vingt hommes dans la forêt afin de chercher des traces des soldats et de diriger les autres réfugiés vers le campement principal. Nuada ne prit part à aucun labeur physique mais gagna son pain la nuit autour des feux avec des histoires et des plaisanteries, des récits et des chansons.

Manannan et Morrigan, débarrassés de leur armure, travaillèrent parmi les réfugiés. Le Chevalier Déchu n'avait aucun talent de menuiserie ni de construction, mais il travailla dur pour assister ceux qui en avaient.

La septième nuit suivant la mort de Ruad, un nouveau village avait été construit, composé de plus d'une trentaine d'habitations sommaires. Elodan rapporta que les soldats avaient mis à sac deux villages de plus et que le nombre de morts était élevé. On avait compté plus de cent corps dans le premier, mais les loups en avaient pris beaucoup aussi, ce qui rendait impossible tout comptage.

Nuada demanda que les chefs se réunissent et choisit pour cela une profonde caverne au-dessus de la prairie. Il y alluma un grand feu et attendit que tous soient là. Le guérisseur Gwydion s'assit près de Lámfhada et regarda les guerriers s'installer à leur tour. Agrain fut le premier à arriver ; petit, trapu et barbu, il s'appuya le dos au mur, les yeux fixés sur l'entrée de la caverne. Gwydion remarqua que sa main droite ne s'éloignait jamais de la poignée de son épée. Llaw Gyffes arriva ensuite, avec Elodan au profil d'aigle. Le guérisseur inclina la tête à l'adresse du chevalier, qui lui répondit par un petit sourire. Puis vint Manannan, l'ancien chevalier de la Gabala, à nouveau en armure ; Elodan et lui auraient pu être frères, tous deux arboraient le même profil aquilin et étaient de sang patricien. Manannan était plus musclé, son visage davantage carré, mais la différence apparaissait vraiment dans leurs yeux. Elodan avait goûté le désespoir de la défaite, la douleur du vaincu, et cela se voyait.

Agrain fut le premier à prendre la parole. « Eh bien, poète, nous sommes là. Amuse-nous, car les dieux savent que nous en avons bien besoin. »

Nuada se leva : « Je n'ai pas de chanson pour vous ce soir, monseigneur Agrain. » Ses yeux violets scrutèrent le petit groupe. « Ce soir nous allons décider d'une question de grande importance. Nous avons parmi nous un chevalier de la Gabala. Puis-je lui demander de parler en premier ?

— Qu'aurais-je à dire ? rétorqua Manannan. Je suis ici en tant qu'homme, non en tant que chevalier. Les chevaliers de la Gabala ne sont plus.

— Alors parlez-nous de l'ordre et de ce qu'il incarnait.

— Tout le monde ici connaît sûrement la réponse à cette question, fit Manannan. Où voulez-vous en venir, messire poète ?

— Soyez patient avec moi, messire, et accédez à ma requête. » Nuada s'assit.

Alors Manannan s'éclaircit la gorge. « L'histoire est longue, et je ne vous ennuierai pas avec ça. Il suffit de dire que dans les neuf duchés, les chevaliers étaient des champions de justice, libres de toute ingérence et non soumis au pouvoir royal ou à toute autre loi édictée par lui. Ils avaient porte ouverte dans n'importe quel château et pouvaient prendre des décisions arbitrales, régler des conflits. Était-ce ce que vous vouliez entendre ?

— En partie, Manannan, répondit Nuada. Mais n'est-il pas vrai que vous deviez souvent combattre, voire tuer pour votre cause ?

— C'est exact, même si ce n'était pas aussi fréquent que le prétend la légende. La plupart du temps nous... ils représentaient les gens du peuple lors de conflits avec leurs propriétaires terriens. Ces propriétaires pouvaient exiger un jugement par combat ; la loi le permettait.

— Et pourquoi avait-on besoin de vous ? »

Manannan eut un rire nerveux. « Pourquoi ? Parce que les faibles ont aussi le droit d'avoir des champions. Il n'y a vraiment aucun mystère là-dessous.

— Ainsi, poursuivit Nuada, sans les chevaliers de la Gabala, les faibles n'auraient personne pour les défendre ?

— C'est exact, acquiesça Manannan. Un jour l'ordre sera peut-être rétabli. J'aimerais que ce soit vrai.

— Pourquoi pas maintenant ? suggéra Nuada doucement.

— Maintenant, messire poète ? Mais l'Armurier est mort, les chevaliers corrompus, et le roi a changé les lois !

— Les chevaliers n'ont jamais été soumis aux lois ; vous l'avez dit vous-même. »

Llaw Gyffes se leva. « Où veux-tu en venir, Nuada ? Je croyais que nous étions ici pour parler de choses sensées.

— Oh, mais c'est le cas, Llaw Gyffes, répliqua Nuada. Nous sommes ici pour discuter de renaissance. Les chevaliers de la Gabala doivent chevaucher à nouveau, et le peuple doit le savoir. Et ils doivent chevaucher à nouveau contre le roi et ses chevaliers rouges.

— Pourquoi pas ? intervint Agrain. Nous avons les armures, après tout. Ce serait un coup de fouet au moral que les chevaliers soient à nos côtés. L'idée me plaît.

— N'y pensez pas en ces termes, fit Nuada d'un ton sec. Ce n'est pas le but. Les chevaliers doivent renaître, oui. Mais de *vrais* chevaliers, qui respecteraient tous les enseignements de la Gabala.

— C'est impossible, dit Manannan. Croyez-moi, poète, vous n'avez aucune idée de ce que vous suggérez. Il n'y a pas un homme ici qui pourrait affronter Samildanach, Pateus, Edrin ou n'importe lequel des leurs. Au mieux vous amuseriez la galerie. J'étais chevalier de la Gabala. Je me suis entraîné pendant des années pour cet honneur, et durant des années encore j'ai affûté ces talents. Il n'y a pas un homme dans cette forêt que je ne pourrais vaincre, avec ou sans arme, et pourtant je sais que je ne serais jamais de taille face à Samildanach. Vous comprenez ? Il ne suffit pas de porter l'armure et de monter de grands chevaux. Les chevaliers de la Gabala sont spéciaux.

— Laissez-moi parler, s'il vous plaît, intervint Gwydion, car le débat sort du sujet. Manannan a raison ; les chevaliers étaient spéciaux. Peu de gens le comprenaient quand ils étaient encore là. C'était une force qui ne se contentait pas d'aider les faibles ou les démunis. Ils affectaient les Couleurs elles-mêmes. Ils portaient l'espoir à ceux qui l'avaient perdu et la peur à ceux qui gouvernaient par elle. Ils étaient l'équilibre. Pour chaque conflit qu'ils résolvaient, dix, vingt, cent autres se réglaient *du fait* de l'existence des chevaliers. Mais à présent, dans le monde hors de la forêt, désespoir, haine et terreur règnent. Nous avons besoin des chevaliers. Je soutiens Nuada sur ce point. Il nous faut trouver des hommes spéciaux, des hommes forts, bons. » Il se rassit à côté de Lámfhada.

Agrain se mit à glousser ; il secoua la tête et se leva. « Des hommes forts ? Des hommes bons ? Ici ? Je suis un tueur et un voleur. Je ne dis pas ça pour me vanter, et je n'ai pas non plus honte de ce que je suis. Le monde est cruel. Regardez le loup, il chasse le cerf, le faucon tue le lapin. Vous voulez des saints en armure d'argent ? Vous ne les trouverez pas dans la forêt Océane ! Tout ce qui m'intéresse, c'est ma survie. Une armée se rassemble dans le but de nous anéantir, et la route de la mer a été coupée. Nos choix sont simples : gagner ou mourir. Et je n'ai pas l'intention de mourir. Si le fait de revêtir ces jolies petites armures nous donne une chance supplémentaire, allons-y.

— Qu'as-tu à répondre, Llaw Gyffes ? » demanda Gwydion.

L'ancien forgeron ajouta du bois au feu et s'assit face aux flammes. Il ne se leva pas, ni ne regarda les hommes autour de lui.

« Je partage l'avis d'Agrain, finit-il par dire. Le retour des chevaliers serait un puissant coup porté au roi et ferait de nous le noyau dur de la rébellion. Mais après cela les problèmes commenceraient. Les gens vont s'attendre à ce que les chevaliers chevauchent sans crainte contre l'ennemi. Pourrait-on y parvenir et rester en vie ? Manannan en doute. Quant à moi, je ne peux pas, je ne veux pas prendre de décision maintenant. Je crois que nous devrions la soumettre au vote, et ne la mettre en œuvre qu'avec l'accord de tous. »

Elodan se redressa et leva son bras droit, moignon couvert de cuir luisant dans la lueur des flammes. « Toute ma vie j'ai rêvé qu'on me demande de devenir chevalier de la Gabala. Ce rêve ne s'est jamais réalisé. Mon ami Edrin a été élu, mais pas moi. Regardez mon bras avant de prendre votre décision. J'étais un bon chevalier et un grand escrimeur, pourtant je n'ai rien pu faire contre Cairbre. Je ne parle même pas de Samildanach. Toi, Agrain, tu me sembles fort. Mais je pourrais te battre même sans cette main gauche quasiment inutile. Que ferais-tu face à un chevalier rouge ? Quand ton corps sera emprisonné dans une armure étrangère et que ta vision sera réduite par les bandes en acier de ta visière ? Et toi, Llaw Gyffes, seras-tu capable d'aller à cheval ? Seras-tu capable de contrôler un destrier avec les genoux tandis que tu te protégeras avec un bouclier et manieras la lance ? Et toi, Manannan, combien de temps t'a-t-il fallu pour maîtriser la massue, la hache et l'épée ?

— Vingt ans, répondit Manannan doucement. Et je m'estime encore moins habile à la hache que beaucoup.

— Il ne nous reste tout au plus qu'un mois avant de nous mesurer à la puissante armée d'Ahak, ajouta Elodan. Aucun paysan ne pourrait ne serait-ce que commencer à maîtriser les bases de l'art du combat en si peu de temps.

— J'ai fabriqué des épées, dit Llaw, et les ai maniées pour contrôler leur poids et leur équilibre. Mon bras est fort. Je sais me battre, mais je reconnais ce que dit Elodan...

— Toi, tu l'acceptes, peut-être, tonna Agrain, mais pas moi. Je n'accepte pas qu'un manchot vaincu me dise ce que je peux ou ce que je ne peux pas faire. Écoutez-le. Comme tous les patriciens, il veut nous faire croire qu'il y a quelque chose d'extraordinaire chez les chevaliers. Balivernes ! Une épée n'est qu'un morceau d'acier avec lequel on frappe sur son ennemi jusqu'à ce qu'il tombe. De la force, du courage et de la volonté, c'est tout ce dont on a besoin. Je vote pour le retour des chevaliers. »

Llaw hocha la tête. « Je suis d'accord. Manannan ? »

Le Chevalier Déchu regarda chacun des hommes l'un après l'autre. « Je donne mon accord, mais à une condition. Si nous devenons des chevaliers de la Gabala, le Seigneur Chevalier et l'Armurier devront faire régner une discipline de fer. Pas de dissensions. Obéissance totale. Si c'est entendu, j'accepte.

— Et je suppose que ce sera toi le Seigneur Chevalier ? demanda Agrain d'un ton railleur.

— Non, je ne pourrais jamais assumer ce rôle. Ce devrait être Elodan.

— Pourquoi ? s'enquit Llaw. Il n'a jamais été élu, contrairement à toi.

— Il a été élu, dit Manannan doucement, le jour où il a quitté le service du roi et a combattu Cairbre. Faites-moi confiance.

— Ne mêle pas la religion à ça, dit Agrain. Je ne marche pas. Il a été élu pour se faire trancher la main, c'est tout.

— Agrain a raison, fit Elodan. Il serait inconcevable d'avoir un chevalier handicapé. »

Manannan secoua la tête. « Si tu n'es pas élu, je n'en serai pas non plus. »

Nuada leva les mains. « Il y a huit armures ; par conséquent nous devons trouver huit hommes. Agrain, Llaw, Elodan et Manannan, en voilà quatre. Où allons-nous chercher les autres ?

— Pourquoi toujours des hommes ? fit une voix à l'entrée de la caverne, et tous se tournèrent vers Morrigan qui avançait dans la lumière du feu. Je sais me battre à l'épée, à la lance et à l'arc. Je sais monter à cheval comme un centaure. Demandez à Manannan. Si un homme veut me prendre mon armure, qu'il essaie... et meure.

— Magnifique, dit Agrain. Un handicapé à notre tête, et maintenant une femme.

— Attention, petit homme, siffla Morrigan. Il n'est pas sage de m'offenser.

— Du calme, mon cœur frémissant, la railla Agrain, mais Nuada s'interposa vivement entre eux deux.

— Il n'est pas question de commencer une telle aventure si des conflits se font jour parmi nous. Elodan, acceptes-tu le rôle de Seigneur Chevalier ?

— Si c'est la volonté de tous », soupira-t-il en regardant Agrain.

Le chef hors la loi haussa les épaules. « Pourquoi pas ? dit-il.

— Alors j'accepte. Mais qui sera l'Armurier ? Toi, Nuada ? » Avant que le poète puisse répondre, Lámfhada se mit debout.

« Non, dit-il. Ce sera moi. » Llaw Gyffes jeta un regard sévère à l'adolescent mais ne dit rien.

Agrain éclata de rire. « Quoi de mieux qu'un jeune esclave marron pour assumer ce rôle ? »

Lámfhada leva la main et regarda Agrain dans les yeux. « Veuillez vous taire jusqu'à ce que j'aie fini de parler, messire, continua-t-il tranquillement. J'ai étudié avec Ruad Ro-fhessa et j'ai trouvé ma Couleur. Je ne suis pas sorcier, mais j'ai un talent. J'ai la volonté de suivre le chemin que Ruad a tracé et le désir de mettre fin à ces maléfices. Je sais également comment choisir les chevaliers et être sûr d'eux.

— Comment ? demanda Llaw Gyffes.

— Venez avec moi. » Le garçon se tourna et tous le suivirent jusqu'aux présentoirs en bois. « Agrain, choisissez votre armure. »

Le chef hors la loi longea la rangée d'armures. « Rien ici ne m'ira ; il faudrait les modifier.

— Prenez l'armure qui vous appelle, lui conseilla Lámfhada.

— Qu'est-ce que ça veut dire ? fit Agrain d'un ton sec. Je n'entends aucune voix.

— Choisissez, Agrain.

— Ne me donne pas d'ordre, garçon ! » Il regarda autour de lui. « Celle-là, elle fera l'affaire.

— Mettez-la.

— Elle ne m'ira pas ; elle est trop haute et étroite. Oh, bon, d'accord... » Agrain attrapa la cuirasse. Manannan s'avança et l'aida à enfiler le haubergeon, puis boucla la cuirasse sur son torse. Pièce par pièce, l'armure fut assemblée sur le hors-la-loi trapu jusqu'à ce que celui-ci se dresse dans toute la splendeur des chevaliers de la Gabala. Il regarda le heaume et le souleva. « Ça en tout cas, ça ne m'ira pas, dit-il. Regardez ! » Il le plaça au-dessus de sa tête et le fit glisser doucement, s'attendant au contact du métal sur son crâne. Le heaume se mit en place. Il le souleva de nouveau. « J'avais tort. Mais il avait l'air trop petit.

— Non, dit Lámfhada. Prenez un gantelet, juste un. Ne touchez pas l'autre. » Agrain obéit. Il était noir, avec de la maille argentée sur les articulations. Il l'enfila et fut stupéfait de constater qu'il convenait parfaitement à ses doigts courts et épais. « Maintenant, placez-le à côté de l'autre et observez-les », lui enjoignit le garçon. Agrain obéit, et Elodan ainsi que Manannan se penchèrent pour voir que le gantelet qu'il avait essayé était maintenant plus court que l'autre, les doigts plus épais. « L'autre, maintenant », dit Lámfhada, et Agrain ne fut pas surpris quand le second gantelet lui alla aussi bien que le premier.

« Les armures attendent, conclut Lámfhada. Ce sont elles qui choisiront les nouveaux chevaliers.

— Et moi ? demanda Morrigan.

— Vous avez déjà été choisie, madame, comme tous ici. Mais d'autres viendront. Deux seront là demain, et un attend d'être secouru.

— Que t'est-il arrivé, mon garçon ? » demanda Llaw en posant sa main sur l'épaule de l'adolescent.

Lámfhada sourit. « J'ai volé trop haut et j'en ai trop vu. » Doucement, il retira la main de Llaw de son épaule. « Demain, Elodan commencera à vous enseigner ce que signifie être un chevalier de la Gabala. Mais avant cela, il faut préciser un point. Lorsque la bataille finale sera terminée, certains d'entre vous seront morts. Vous devez le comprendre et l'accepter, sans quoi il est inutile de continuer. »

Les guerriers jetèrent des regards durs à l'adolescent, mais ne dirent mot jusqu'à ce que Manannan s'avance.

« Vous avez une tâche à me confier, je crois.

— Oui, lui dit Lámfhada. Je suis désolé.

— Ne soyez pas désolé, Armurier. Cela fait longtemps que je n'ai pas senti les Couleurs couler si fort. Je savais avant que vous parliez que vous étiez élu. Je savais aussi qu'Elodan allait nous diriger. » Il se tourna face aux autres. « Les chevaliers de la Gabala sont ressuscités, et je jure sur ma vie de défendre leur cause. Tout homme qui couvrira cette cause d'opprobre en répondra devant moi. Il n'est pas question de prêter serment sur une quelconque relique sacrée. C'est à vous-mêmes que vous devez faire une promesse. À partir de ce jour, aucun mal ne vous touchera, et aucune de vos actions ne devra être motivée par la convoitise. Dès maintenant et jusqu'à la fin, les chevaliers représenteront la justice. Gagner ou perdre, il n'y a pas de compromis. Si quiconque ici présent sent qu'il ne pourra pas respecter ces principes... » Il jeta un regard sévère à Agrain. « ... qu'il s'en aille maintenant. Qu'il ne regarde pas en arrière. Qu'il n'envisage même pas de continuer.

— J'accomplirai ma part, promit Agrain. Il est inutile de me sermonner. Et l'armure m'a choisi. N'est-ce pas, mon garçon ?

— Vous êtes le premier à avoir été choisi, acquiesça Lámfhada. N'est-ce pas, Nuada ?

— Oui, concéda le poète. Et maintenant, puisqu'on n'a plus besoin de moi ici...

— Mais au contraire », l'enjoignit Lámfhada.

La gorge de Nuada se serra. « Je ne suis pas un chevalier. Je ne sais pas me servir d'une épée. Je...

— Tu entends l'armure t'appeler. Prends-la.

— Je ne peux pas ! Je ne veux pas. Je... ne veux pas mourir ici. Ne comprends-tu pas cela ?

— Nous comprenons tous, dit Llaw Gyffes. Ne t'inquiète pas, poète. Retourne au village. » Nuada hocha la tête et fit quelques pas... puis s'arrêta et fit demi-tour. Son visage était blême comme un spectre et il considéra les armures. Il ferma les yeux comme s'il souffrait, puis les rouvrit et inspira profondément. Sous le regard de l'assistance, il s'avança et toucha une armure. Elle chatoya et changea. Lentement, il tira l'épée de son fourreau et la brandit devant lui. Des lignes noires et dentelées serpentèrent le long de la lame, puis l'acier explosa en éclats qui s'éparpillèrent au sol.

« Qu'est-ce que ça signifie ? murmura Agrain.

— L'avenir nous le dira », répondit Lámfhada avec un large sourire.

Alors que l'aurore colorait le ciel, Elodan marcha avec Lámfhada jusqu'au fond de la caverne. Les trois chiens d'or de Ruad étaient assis devant les armures.

« Comment sont-ils arrivés ici ? demanda Elodan.

— Je les ai invoqués, lui répondit l'enfant sorcier. Ils pourront s'avérer utiles, mais j'espère ne pas avoir à les utiliser. Tu sais quelle armure est la tienne ?

— Oui », répondit le chevalier, qui vint se placer devant le heaume blanc et argent de Samildanach. Un aigle ornait la visière et un filigrane d'une beauté exquise recouvrait le heaume. La cuirasse était également frappée de feuilles étincelantes, de même que les grèves et les cuissards.

— Cette armure vaut plus que tout mon domaine », murmura Elodan. Il tendit la main et la posa sur le métal. « Elle est splendide.

— Alors porte-la avec fierté, Elodan.

— La porter ? Je ne suis même pas digne de la toucher. » Il exhiba son moignon. « Et je ne saurais même pas comment la mettre.

— Je vais t'aider. »

Elodan éclata de rire. « C'est une lamentable plaisanterie, Lámfhada. Les spectres des chevaliers de la Gabala doivent brûler de honte.

— Je ne pense pas, Seigneur Chevalier. Il a toujours fallu plus qu'une solide épée pour faire un chevalier de la Gabala. C'était certainement une question de cœur et d'âme. Tu m'as parlé de la femme que tu aimais et du mari que tu avais tué. Rien ne pourra effacer ce geste, Elodan. Mais c'est le passé, alors laissons-le où il est. Enterrons-le. Sois le Seigneur Chevalier du mieux que tu le pourras. Enseigne aux autres et à ceux qui les suivront.

— Je ne suis pas digne, répéta le chevalier.

— Personne ne l'est. Et nous n'avons que peu de temps pour le devenir. Allons, je vais t'aider à enfiler l'armure. »

Moins d'une heure plus tard, Elodan, Llaw Gyffes, Agrain, Morrigan et Nuada étaient tous revêtus de l'armure de maille et de plates de la Gabala. Lámfhada appela le poète et laissa Elodan prodiguer ses leçons aux autres.

« Comment pourrai-je aider notre cause ? demanda Nuada. Je me sens ridicule ; c'est une farce.

— Non, tu te trompes, lui répondit Lámfhada. Si l'épée s'est brisée, c'est parce qu'elle n'était pas nécessaire. Tu ne seras pas un chevalier guerrier, Nuada. La Source en soit remerciée, il n'est pas dans ta nature de tuer. Tu seras notre héraut. Tu arpenteras la forêt, de village en village, et tu leur diras que les chevaliers sont de retour. Tu gagneras des hommes à notre cause. Mais plus important encore, tu aideras les Couleurs à s'harmoniser. Tu devras exalter et inspirer ton public comme jamais. Tu devras emplir leurs cœurs d'espoir. Emmène Kartia avec toi, et Brion. Dirige-toi vers le nord pendant deux jours. Tu trouveras une vallée abritée et un homme qui y élève des chevaux. Achète des montures pour vous et demande à l'homme de livrer sept étalons gris ici la semaine prochaine.

— Sept étalons ? Il en aura suffisamment ?

— Oui, et il sera prêt à s'en séparer. C'est un Nomade nommé Chrysdyn ; c'est un honnête homme, et tu paieras le prix qu'il exigera. »

Les yeux violets de Nuada s'arrachèrent au regard de Lámfhada. « Tu as vu le futur, n'est-ce pas ?

— Oui, admit le jeune Armurier. J'ai vu tous les futurs. Ne m'interroge pas, Nuada.

— Non, je m'en garderai bien. » Le poète esquissa un sourire. « Tu as parcouru beaucoup de chemin depuis que je t'ai trouvé dans la forêt une flèche plantée dans le dos. Je crois que tu as déchiffré une vérité qui m'a échappé toute ma vie. J'aimerais que tu puisses la partager.

— C'est impossible, Nuada, non parce que c'est un secret, mais au contraire parce que ça ne l'est pas. Tu le découvriras ; tu sauras, de même que je sais. Fais attention où tu t'aventures, mon ami. »

Ils se serrèrent la main et Lámfhada accompagna le poète jusqu'à l'entrée de la caverne.

« Où est Manannan ? s'enquit soudain Nuada. Je ne l'ai pas vu ce matin.

— Il est parti la nuit dernière. Ça me rappelle que Chrysdyn a perdu un étalon, et qu'il va le chercher une bonne partie de la journée. Dis-lui que le cheval perdu est en sécurité et que tu le paieras.

— Manannan l'a pris ?

— Oui. Enfin, je le lui ai plutôt apporté.
— Je présume qu'il va être en danger.
— Nous sommes tous en danger, Nuada. Mais oui, Manannan pénètre dans le repaire du démon. Pense à lui durant ton voyage. »

Chapitre 17

Après cinq jours d'errance dans la forêt, Errin était épuisé ; ses pieds lui faisaient mal. Par deux fois, ils avaient dû se cacher des éclaireurs des lanciers royaux, et trois jours plus tôt ils étaient tombés sur un village en ruine plein de cadavres pourrissants. Errin ne pouvait oublier cette vision de désolation ; elle l'avait rempli d'horreur et rendu malade.

Ubadaï s'était aventuré sur les lieux et avait examiné les empreintes. « Eux entrer nord et sud. Aurore. Feux petit-déjeuner allumés juste. Villageois avoir nulle part aller. Peut-être dix s'échapper sont, mais chevaux poursuivre. Rattraper eux.

— Ce massacre n'a pas de sens, soupira Errin. Quel était leur but ? »

Ubadaï haussa les épaules. « Terreur. Bonne arme. Ça faire craindre vous.

— Tu cautionnes cette boucherie ? demanda Sheera. Quel genre d'homme es-tu ?

— Quoi vouloir dire ? demanda Ubadaï. “Cautionner” ?

— Cela signifie, expliqua Errin, que tu es d'accord avec ce qu'ils ont fait.

— Moi pas d'accord. Moi répondre question. Quel but ? Au temps père de mon père, khan partir guerre et aller saccager cités ennemies. Lui aller première cité et mettre en garde : se rendre c'est perdre seulement trésor ; se battre c'est tout le monde mourir. Eux toujours se battre première fois. Mais khan sortir tous prisonniers cité et tuer hommes, femmes, enfants, sauf un. Lui être envoyé cité suivante. Eux se rendre beaucoup vite.

— Ça ne change rien, c'est horrible », dit Sheera.

Ubadaï leva les mains au ciel. « Monde savoir comme ça. Beaucoup gens sortir forêt. Sauver familles. Ça faire armée rebelle petite, vous comprendre ? Petite armée moins problème que grande armée. Nous devoir être Cithaeron. »

L'après-midi du cinquième jour, Errin s'assit au bord du sentier et inspecta la semelle de ses bottes. L'une était trouée et la couture de l'autre avait cédé.

« Regardez ça, dit-il à Sheera. Vous savez combien elles m'ont coûté ? »

Elle gloussa. « Pauvre Errin ! La vie en forêt ne vous sied guère.

— Silence ! siffla Ubadaï en dégainant sa lame.

— Que se passe-t-il ? » demanda Errin.

Trois hommes surgirent des fourrés. Errin plongea de côté et roula au sol. Alors qu'il se relevait et tendait la main vers sa ceinture, deux hommes lui tombèrent dessus, le plaquant au sol. Il tordit la tête et aperçut Ubadaï aux abois, l'arme au poing.

« Ne résiste pas ! lui cria Errin. Lâche ton épée ! » Ubadaï marmonna quelque chose et cracha, mais il rengaina sa lame et laissa les nouveaux venus le ligoter. On soulevait Errin pour le remettre debout quand une jeune femme sortit des buissons. Elle était grande, ses cheveux avaient la couleur de miel, et elle portait une tunique ainsi qu'un pantalon en daim.

« Que faites-vous ici ? demanda-t-elle.

— Nous cherchons Llaw Gyffes », répondit Errin.

Elle sourit. « Pourquoi ?

— Ça ne vous regarde pas », répliqua-t-il. Elle tira un couteau de chasse effilé comme un rasoir et le plaça contre sa gorge. « D'un autre côté, enchaîna-t-il, pourquoi faire des mystères ? Nous voulons rejoindre les rebelles.

— Je pense plutôt que vous êtes des espions, dit-elle. Vous n'êtes pas de la forêt, vous êtes un homme du roi. » Errin esquissa un sourire. L'homme à sa droite maintenait fermement son biceps, mais son avant-bras était libre et, discrètement, il fit glisser sa main vers sa boucle de ceinture.

« Ollathair, dit-il.

— Qu'est-ce que vous avez dit ? » demanda la femme, mais sa voix était devenue plus lente et grave. Errin se libéra brusquement des hommes qui l'entravaient puis écarta le couteau. L'homme sur sa gauche tenta maladroitement de lui donner un coup de poing au visage, mais Errin l'esquiva et asséna un direct de la main droite dans la mâchoire de son assaillant. L'homme s'écroula lentement dans l'herbe. Errin bondit et son pied percuta de plein fouet le visage du second attaquant, qui tournoya et tomba au sol dans un magnifique ralenti. La femme s'approchait, son poignard remontait vers le ventre d'Errin, mais il attrapa son poignet, le tordit et se saisit de la lame au moment où elle la lâchait. Il la posa contre son long cou puis toucha de nouveau sa boucle de ceinture.

« Comme je le disais, reprit-il, je suis ici pour rejoindre le camp de Llaw Gyffes. Consentez-vous à me conduire à lui ?

— Vous êtes très rapide, fit-elle, levant la main et repoussant doucement la lame de sa gorge.

— C'est vrai, admit-il. Mais je ne suis pas un espion. Je m'appelle Errin.

— Puis-je récupérer mon couteau... Errin ?

— Bien sûr. » Il retourna la lame et la lui tendit. Elle s'agenouilla près des hommes qui gisaient au sol. L'un d'eux se réveillait. Errin s'approcha d'Ubadaï et de Sheera, toujours retenus prisonniers. « Auriez-vous l'amabilité de relâcher mes compagnons ? » demanda-t-il. Ubadaï se libéra d'une bourrade et s'éloigna d'un pas ferme en jurant dans sa barbe. Sheera s'approcha d'Errin et lui prit le bras.

« Vous êtes décidément plein de surprises, murmura-t-elle. Je suis soulagée qu'elle ne vous ait pas frappé. Ç'aurait été vraiment embarrassant. »

Il sourit. « J'aime vous surprendre.

— Je vais tuer ce bâtard ! » Errin pivota alors qu'un de ses précédents assaillants se remettait debout et tirait rageusement un couteau de sa ceinture.

« Arrête ! cria la femme. On va les conduire à Llaw. » L'homme hésita, visiblement assez peu convaincu. Errin, la gorge serrée, mit les mains sur sa ceinture.

L'homme s'avança. Il était grand, portait une barbe noire et semblait très en colère. « Je n'oublierai pas, siffla-t-il. Toi et moi, on réglera ça. Tu m'as bien compris ?

— Je pense que oui », lui répondit Errin. L'homme hocha la tête, glissa la lame dans sa ceinture et s'éloigna. La jeune femme s'approcha. « Je m'appelle Ariane ; je suis une amie de Llaw. Suivez-moi, je vous mènerai à lui. »

Tandis qu'elle ouvrait le chemin, le regard d'Errin s'attarda sur ses hanches. « Je crois que je la suivrais n'importe où », commenta-t-il. Mais Sheera, elle, ne souriait pas. Errin dévisagea sa compagne de voyage sans rien dire.

Ils franchirent la crête d'une colline et eurent la surprise de contempler en contrebas une communauté bouillonnante d'activité. On construisait des maisons, et plus loin des archers visaient des cibles de facture grossière. À flanc de colline, on avait rassemblé des vaches sauvages à côté de quelques mouflons. Errin s'arrêta en apercevant un objet métallique étinceler sur la colline opposée. Quatre silhouettes en armure d'argent paraissaient se battre, mais, après quelques minutes d'observation, il comprit qu'elles ne faisaient que s'exercer.

« Qui est-ce ? demanda-t-il à Ariane.

— Aucune idée. Allons voir Llaw. »

Il sembla à Errin que la jeune femme fut plus étonnée que lui d'être redirigée vers la colline et d'y trouver le légendaire Llaw Gyffes revêtu d'une armure d'argent.

« Qu'est-ce que... ? » commença-t-elle, mais Llaw lui fit signe de se taire et s'approcha d'Errin.

« Je pense que c'est vous que nous attendions », dit-il en tendant la main.

Errin la serra. « Vous nous attendiez ?

— Notre Armurier nous avait prévenus que deux autres arriveraient aujourd'hui. Je vous suggère de vous rendre à la grotte pour vous entretenir avec lui.

— Maintenant ? demanda Errin.

— À moins que vous n'ayez des affaires plus urgentes.

— Non, du tout. Nous parlerons plus tard. » Errin, Ubadaï et Sheera entamèrent leur longue marche jusqu'à la grotte tandis qu'Ariane restait avec Llaw.

Parvenus à destination, un adolescent vint à leur rencontre. Errin s'arrêta net, pris d'un serrement au cœur.

« Qu'y a-t-il ? demanda Sheera.

— C'est le garçon sur qui j'ai tiré. »

Lámfhada les salua. « Bienvenue, seigneur Errin, bienvenue dans la forêt Océane.

— Heureux de te revoir. Pourrais-tu nous conduire à l'Armurier ? J'aurais aimé parler du bon vieux temps, mais...

— C'est moi l'Armurier. Et ne craignez pas ce fameux bon vieux temps. Le passé est mort, et personne ici ne sait que vous m'avez pris en chasse.

— Je vois. Qu'attends-tu de moi... de nous ?

— Soyez patient, écoutez-moi », dit Lámfhada. Déconcerté, Errin laissa le silence s'installer. Le son d'une musique lointaine lui parvint ; il tendit l'oreille, mais elle s'atténua peu à peu, tel l'écho d'un écho.

« Quel est ce bruit ? » demanda-t-il. Lámfhada resta silencieux. « Tu l'entends ? demanda-t-il à Sheera ; elle secoua la tête.

— Moi entendre, dit Ubadaï. Ça être chose dans grotte. »

Errin se dirigea vers l'entrée. Le son, quoi qu'il fût, était plus fort. Il semblait murmurer dans les cavernes de son âme, l'appelait, l'entraînait de l'avant. Il se tourna vers Ubadaï, qui se tenait à présent à ses côtés.

« Tu entends ça ?

— Oui, répondit le Nomade. Nous partir.

— Je ne me sens pas menacé.

— Vous faire confiance, répliqua Ubadaï.

— Vous devriez l'écouter, lui conseilla Lámfhada. Si vous pénétrez dans la grotte, votre vie s'en trouvera irrémédiablement changée. Pire, vous connaîtrez peut-être la douleur et une mort prématurée.

— Lui raison. Nous partir, insista Ubadaï en prenant Errin par le bras.

— Non, murmura Errin. Il faut que j'entre.

— Pourquoi vous être aussi stupide toujours ? » cria Ubadaï, mais Errin se libéra de son étreinte et entra dans la caverne. Les ombres dansaient à la lueur des torches, comme des fantômes dans l'obscurité. Errin vint se placer face aux trois armures restantes. Il entendit un bruit à côté de lui.

« L'armure vous appelle, lui dit Lámfhada.

— C'est une armure de la Gabala ; je ne suis pas digne de la porter. »

Lámfhada hocha la tête. « Peu de gens le savent, seigneur Errin, mais l'une des plus grandes vertus des chevaliers de la Gabala était qu'aucun d'entre eux ne s'attendait à cet honneur. L'attendre, c'était le perdre.

Et ce que vous venez de dire a déjà été prononcé auparavant, cent fois, par tous ceux qui ont porté l'armure. »

Errin se retourna et considéra l'armure. « Je suis un maître de cérémonie, pas un guerrier. Jamais je ne le serai ! » Il éclata de rire et pointa du doigt sa ceinture. « Je porte un objet ensorcelé qui me donne vitesse et célérité. Je n'y suis pour rien.

— Je sais tout cela, Errin. Mais vous avez été élu.

— Par qui ? Par toi ?

— Non, pas par moi. Désormais, le choix vous appartient. Vous pouvez partir, nul ne vous jugera.

— Qu'en est-il des hommes dont voici les armures ? Les vrais chevaliers de la Gabala ? Suppose qu'ils reviennent ? Pourrais-je la leur rendre ?

— Ils sont revenus, Errin. Ils sont l'ennemi : les chevaliers rouges.

— Je vais devoir me battre contre eux ? Contre Cairbre ? Une fois je me suis mesuré à lui. Il est invincible ; il m'avait pourtant donné son épée.

— Alors choisissez votre voie. »

Errin se retourna et considéra l'armure. Il se passa la langue sur les lèvres et tenta de reculer, mais son esprit croulait sous des souvenirs douloureux : Dianu sur le bûcher, la foule qui huait et scandait, Okessa... Sa main se tendit, ses doigts effleurèrent le métal. La chaleur envahit son corps et il se mit à pleurer.

« Allez au diable ! cria Ubadaï. Toujours stupide ! » Le Nomade dépassa Errin à grandes enjambées. Il s'avança vers l'une des armures et plaqua sa paume dessus. « Ça être à moi ! siffla-t-il.

— Pourquoi ? murmura Errin. Tu n'avais pas besoin de m'accompagner.

— Vous savoir rien, dit le Nomade. Si vous enfermé garde-manger, vous pouvoir mourir faim. »

*
**

L'étalon gris s'avança dans la clairière, tête haute, oreilles dressées. Il vit l'homme qui attendait et, sûr de lui, s'en approcha hardiment. L'homme se leva, tendit la main, et, d'un geste assuré, frotta ses naseaux et lui caressa l'encolure.

Manannan sourit. « Tu n'es pas Kuan, mon ami, dit-il, mais tu feras l'affaire. » Il se jeta sur le dos de l'étalon et la bête se cabra brutalement, mais le Chevalier Déchu était prêt ; ses cuisses enserraient fermement les flancs de l'animal. « Calme, dit-il. Calme. »

Chevauchant à cru, il mena sa monture jusqu'au village en ruine, au bas de la colline. Plusieurs chevaux morts gisaient là où ils étaient tombés. Prenant soin de rester sous le vent, il fit halte et choisit une selle ainsi qu'une bride.

Moins d'une heure plus tard, il quittait la forêt en direction de la forteresse de Mactha.

Bien que conscient de se jeter dans la gueule du loup, il ne s'inquiétait pas uniquement pour sa vie. Ses pensées se portèrent vers Lámfhada et les nouveaux chevaliers. Seul Elodan possédait compétences et expérience requises pour tenir ce rôle, mais il était infirme. Le hors-la-loi Agrain était un homme d'une violence à peine contenue et Nuada un poète incapable de brandir une arme. Quant à Llaw Gyffes, Manannan l'aimait bien, c'était un homme de fer. Mais était-ce suffisant pour faire un chevalier de la Gabala ? On pouvait manger du pigeon et se convaincre que c'était de la dinde, restait toujours la question du goût. Et Morrigan... Pauvre Morrigan.

Durant plusieurs jours, Manannan avait enduré les affres du manque d'Ambria. Pour Morrigan, le cauchemar devait être infiniment plus pénible. Elle ne s'était pourtant jamais plainte. Mais le Chevalier Déchu avait entendu parler de la disparition d'un homme dans le camp d'Agrain, cela avait éveillé ses craintes.

Il atteignit la lisière des bois et regarda en arrière. Quelque part, une armée ennemie parcourait la forêt. Manannan aurait aimé pouvoir les affronter en compagnie d'Elodan et des autres.

Au lieu de quoi, il devait s'introduire dans l'antre de l'ennemi pour combattre en duel un homme qui jadis avait été pour lui un frère : Pateus, qui avait depuis repris son ancien nom : Cairbre, Cairbre le penseur, le plus âgé des chevaliers. Cairbre le doux, jamais le dernier pour distraire de ses histoires les enfants du village. Il était maintenant Cairbre le buveur d'âmes. C'était presque inconcevable.

Manannan enfonça ses talons dans les flancs du cheval.

Et se dirigea vers le château...

*
**

On conduisit le duc de Mactha dans le champ. La foule le hua et le conspua. Il portait une simple tunique de laine noire galonnée d'argent, un pantalon et des bottes de cavalier gris sombre ainsi qu'une courte cape de cuir bordée de fourrure. Il avançait tête haute, ne regardant ni à droite ni à gauche tandis qu'on l'emmenait vers la charrette du bourreau qui l'attendait devant le pavillon royal. Le duc grimpa dans le véhicule et se campa face au monarque. Tout autour, les soldats du roi fraîchement arrivés attendaient l'exécution avec impatience. Le duc jeta un bref coup d'œil sur sa gauche, où se dressaient le gibet et, juste en dessous, l'énorme cuve d'eau bouillante. Un frisson le parcourut et il détourna les yeux. Aussitôt après le verdict de cette mascarade de procès, il serait conduit à la potence et pendu. Mais avant qu'il ne meure, on le détacherait pour le précipiter dans l'eau bouillante. Ensuite, il serait démembré. Pendu, noyé, écartelé... le supplice réservé aux traîtres.

Le duc leva les yeux vers le roi. À sa droite étaient assis les huit chevaliers rouges ; à sa gauche, Okessa, le seigneur devin.

Okessa se redressa et fixa le duc de ses yeux pâles. « Vous êtes ici devant votre suzerain et vos pairs pour répondre des charges de trahison et d'intelligence avec des traîtres. Que plaidez-vous ? »

Le duc esquissa un sourire. « Je dis que ce ne sont qu'inepties. Et maintenant, si nous passions à l'exécution ? Vous commencez à m'ennuyer, Okessa.

— Nous verrons bien jusqu'où va votre ennui, répliqua sèchement Okessa. Faites comparaître les témoins. »

Une heure durant, le duc entendit toutes sortes d'histoires de la bouche de ses serviteurs et de ses soldats : qu'il avait proposé à Errin de l'aider à s'échapper, qu'il avait publiquement critiqué le roi, et suggéré à son premier officier que si le souverain venait à être assassiné à Mactha, il y aurait de grandes chances qu'il monte à son tour sur le trône.

Après chaque témoignage, on demandait au duc s'il avait des questions. Il n'en avait aucune. La cérémonie parvint enfin à son terme et Okessa se leva à nouveau pour exiger que l'exécution du traître ait lieu sur-le-champ. Le roi était demeuré muet pendant tout le procès. Il se leva, ses cheveux blancs brillant à la lumière du soleil, son pâle visage luisant de sueur.

« Le prisonnier n'a-t-il donc rien à dire pour sa défense ? demanda-t-il. Ne souhaite-t-il pas implorer la clémence ? »

Le duc éclata de rire. « Mon roi, j'ai perdu une superbe matinée à écouter mensonges et tromperies. Je ne la gâcherai pas davantage en y ajoutant la vérité. Pour être franc, toutefois, je pense que c'est plutôt une belle journée pour mourir. Alors, finissons-en... »

Ses paroles s'évanouirent dans sa bouche quand le trot d'un cheval parvint à ses oreilles. Il se tourna et vit un chevalier en armure d'argent traverser lentement le champ. La foule se tut à l'arrivée du chevalier.

« Qui êtes-vous, messire chevalier ? demanda le roi.

— Je suis Manannan, chevalier de la Gabala.

— C'est un mensonge. Les chevaliers de la Gabala ont disparu. Vous n'êtes qu'un imposteur.

— Je vois Samildanach assis à vos côtés, monseigneur. Il se portera garant pour moi. »

Le roi se retourna vers le chevalier rouge, qui se dressa et ôta son heaume. Ses cheveux étaient blancs et coupés ras, ses yeux d'un bleu étincelant.

« Que fais-tu ici, couard ? demanda Samildanach. Es-tu venu rendre hommage à tes supérieurs ? »

Manannan l'ignora et fixa le roi. « Je suis ici, monseigneur, pour défendre la cause du duc de Mactha. Je réclame le droit au jugement par le duel.

— Les traîtres n'ont aucun droit », s'exclama Okessa. Le roi lui fit signe de se taire.

« Désires-tu vraiment affronter messire Cairbre, champion du roi dans ce duché ? Est-ce bien prudent, messire chevalier ?

— Qui peut le dire, messire ? Cela ajoutera sûrement un peu de sel au procès, répliqua Manannan.

— C'est vrai, et il ne sera pas dit que le roi dénigre les coutumes qui ont fait de nos ancêtres les maîtres du monde. Fort bien. Que le combat commence.

— Il est d'usage que l'on fournisse un cheval à l'accusé pour que celui-ci puisse, s'il se révélait innocent, quitter le champ clos en homme libre et non à pied entre deux gardes, comme un prisonnier.

— Qu'il en soit ainsi, ordonna Ahak. Es-tu prêt à défendre ma cause, Cairbre ? » demanda-t-il.

Le chevalier rouge se leva et s'inclina. « Toujours, mon roi. »

Manannan mit pied à terre, attacha son cheval à la charrette du bourreau et attendit que l'on amène un deuxième cheval pour le duc.

« Pourquoi faites-vous cela pour moi ? demanda le prisonnier. Je ne vous connais pas.

— Pourtant si, monseigneur. Il y a longtemps de cela, vous et moi avons jouté, et vous m'avez désarçonné. Mais c'est du passé. Je le fais parce qu'il le faut. Lorsque le combat sera fini, filez comme le diable à cheval vers la forêt.

— Et vous ?

— Avec un peu de chance, je me tiendrai à vos côtés.

— Pouvez-vous battre Cairbre ?

— Il y a toujours une première fois », répondit Manannan en abaissant sa visière. Il s'avança à grandes enjambées au centre de la lice et, après avoir tiré sa longue épée du fourreau, la planta dans la terre. Cairbre descendit gravement les marches du pavillon et vint se camper face à lui. Sa visière était relevée et Manannan constata avec stupeur que son vieil ami semblait à nouveau dans sa prime jeunesse.

« Surpris, Manannan ? Tu ne devrais pas. Paulus, que tu as cruellement assassiné, aurait pu te faire ce don. L'immortalité, Manannan, voilà ce que tu as rejeté.

— Ce n'est pas moi qui l'ai tué, Pateus ; Morrigan s'en est chargée. Et je ne veux pas de cette immortalité. Allons, croisons le fer et finissons-en.

— Je ne souhaite pas ta mort, Manannan, mais je n'ai guère le choix. Elle sera rapide, je te le promets.

— La jeunesse t'a changé, Pateus ; elle t'a rendu arrogant. » Cairbre sourit, leva sa lame et les deux épées entrèrent au contact. Ils regardèrent le roi.

« Commencez ! » cria celui-ci. L'épée de Cairbre siffla, mais Manannan bloqua l'attaque avec sa garde et asséna un violent coup dans les côtes de son adversaire. Des plaques de l'armure écarlate se fendirent et cédèrent, mais l'épée buta contre la cotte de mailles.

La foule se mit à hurler et à acclamer les chevaliers qui décrivaient des cercles, leurs épées sonnant et s'entrechoquant dans une musique discordante et guerrière. Cairbre était plus mince et plus rapide, mais Manannan était plus robuste et sa défense plus sûre. Les épées martelèrent sans trêve les plaques des deux hommes, sans qu'aucun ne parvienne à porter un coup décisif. La bataille se poursuivit. Manannan para un coup d'estoc à l'aine et frappa violemment Cairbre à la taille. À nouveau, des plaques écarlates cédèrent, mais cette fois-ci du sang coula à travers la cotte de mailles, dont les anneaux s'étaient incrustés dans la chair. Cairbre fit un pas à gauche afin de protéger sa blessure, mais Manannan lança une attaque cinglante, feignant de viser la tête pour mieux abattre son épée sur le flanc meurtri. Cette fois-ci, le sang gicla.

Manannan s'élança en avant, mais la riposte faillit lui arracher son heaume. Cairbre, pourtant blessé, n'était pas un adversaire à prendre à la légère. Manannan s'approcha avec prudence ; Cairbre était acculé ; le Chevalier Déchu comprit que la bataille atteignait son paroxysme. Il ne lui restait qu'une seule solution : un coup rapide et fatal entre les plaques du gorgerin. Manannan lui offrit une ouverture. L'épée de Cairbre étincela sous le soleil. Le Chevalier Déchu l'esquiva et enfonça sa lame pointe la première dans le flanc de Cairbre, de plus en plus profondément, jusqu'à transpercer les poumons du chevalier rouge. Celui-ci tomba à genoux. Manannan le poussa sur le côté et dégagea son épée. Cairbre gémit et tenta de parler, mais un flot de sang jaillit de sa bouche.

Dans le silence stupéfié qui s'ensuivit, Manannan se releva, se dirigea vers sa monture et l'enfourcha.

Il s'inclina une fois vers le roi et fit demi-tour. Le duc bondit du chariot sur la selle de sa propre monture, et les deux cavaliers foncèrent à travers champs vers une haute clôture.

« Arrêtez-les ! » hurla Okessa ; la foule leur courut après, mais les cavaliers avaient bien trop d'avance. Le duc se pencha en avant et son cheval franchit la clôture d'un bond. Manannan l'imita et faillit perdre l'équilibre.

Ils étaient en sécurité.

Le Chevalier Déchu jeta un coup d'œil en arrière pour constater que les cavaliers du roi avaient réagi promptement. La chasse commençait.

***

Bavis Lan en avait assez de la forêt. Seize jours durant, lui et ses hommes avaient fait la chasse aux traîtres, détruit des villages et massacré leurs habitants. À aucun moment ils n'avaient trouvé la moindre preuve de l'existence d'une armée rebelle. L'idée même de la longue route du retour vers Mactha et du compte rendu infructueux qu'il ferait au roi l'exaspérait déjà. Deux jours plus tôt, ils avaient capturé le chef d'un petit village et l'avaient torturé à mort. Tout au long du supplice, il l'avait interrogé à propos de Llaw Gyffes et de son armée. L'homme ne savait rien.

Bavis se redressa sur sa selle et se tourna pour regarder les quatre cent quatre-vingt-trois hommes à cheval derrière lui. Dix-sept seulement étaient morts durant cette brève expédition, le jeune Lugas inclus, dont le bras amputé s'était gangrené. Il avait succombé dans d'atroces douleurs trois nuits plus tôt. Ces pertes bénignes convaincraient à elles seules le roi de la véracité de ses dires : il n'y avait pas de rébellion.

La colonne poursuivit sa lente progression le long des sinueux chemins forestiers jusqu'à une aire dégagée face à une chaîne de collines boisées. Là, Bavis leva le bras pour signaler la pause de midi. À cet instant, trois cavaliers surgirent des bois sur sa droite. Il s'abrita les yeux du soleil et tenta d'identifier ces hommes, pensant qu'ils étaient des éclaireurs. Comme ils approchaient, il remarqua leurs vêtements de peaux à la façon des forestiers, et qu'ils portaient chacun un arc.

Ils arrêtèrent leurs poneys à une trentaine de pas de la colonne et décochèrent leurs traits. Bavis se plaqua contre l'encolure de son cheval pour éviter une flèche qui se planta dans la gorge de l'homme situé derrière lui. Les trois assaillants tournèrent bride et s'enfuirent vers les arbres au grand galop.

« Première *turma*, rattrapez-les ! » hurla Bavis. Seize cavaliers quittèrent promptement la colonne et éperonnèrent leurs montures. Les grands chevaux des soldats étaient plus robustes et plus rapides que les poneys des montagnes. Bavis se rendit compte que l'ennemi ne réussirait pas à atteindre le couvert des arbres. Les forestiers effectuèrent un demi-tour et décochèrent une seconde volée de flèches. Deux soldats furent tués sur le coup tandis qu'un troisième, blessé à l'épaule, vacillait sur sa selle.

Soudain, six chevaliers en armure d'argent rutilante sortirent des bois. Bavis cligna des yeux. Les nouveaux arrivants chargèrent les lanciers. Leurs épées étincelaient sous le soleil. Des chevaux se cabrèrent, des hommes moururent et la charge cessa.

« En avant ! » rugit Bavis Lan, et la colonne entière galopa vers les combattants. Les six chevaliers coupèrent court et se dégagèrent de la première *turma* pour trotter nonchalamment vers la forêt. Bavis fulminait. Il tira son épée au clair, poussa un cri de guerre et engagea la chasse. Le sentier entre les arbres était large et les chevaliers juste devant lui.

Une plainte terrible retentit sur sa droite, il se tourna juste à temps pour voir un arbre gigantesque s'abattre derrière lui. Des hommes furent balayés de leur selle, des chevaux écrasés par la chute du colosse. Un deuxième arbre tomba, puis un troisième. La colonne céda à la panique, les cavaliers tiraient sur leurs rênes, tentant de se frayer un chemin hors du sentier. Bavis était perdu. Le fracas des arbres abattus, les cris et les lamentations des hommes pris au piège et des mourants et le chaos de l'embuscade lui ôtaient toute lucidité.

« En arrière, cria-t-il. Sonnez la retraite ! » Mais il n'y avait nulle part où aller. Une flèche rebondit sur sa cuirasse et lui entailla la joue.

Il fallait qu'il s'échappe ! Il tira sur ses rênes et se trouva nez à nez avec les six chevaliers, qui avaient fait demi-tour pour repartir à l'assaut. Bavis éperonna son cheval et s'éloigna du sentier ; un archer surgit devant lui, mais il taillada l'homme au visage.

Il avait maintenant le champ libre et fonçait vers la sécurité du terrain à découvert. Il jeta un d'œil derrière lui et vit qu'un chevalier le poursuivait. Son cheval trébucha, rétablit son équilibre et repartit au galop. La bête transpirait abondamment et de l'écume lui coulait le long du cou ; la montée de la colline l'avait épuisée. Bavis se retourna à nouveau. Le chevalier gagnait du terrain.

« Grands dieux du ciel, sauvez-moi ! » implora-t-il. Sa monture évita un arbre abattu et sortit de la forêt. Maintenant loin des cris, Bavis dirigea son cheval vers un cours d'eau au fond de la vallée. S'il parvenait à atteindre la rivière, il pourrait alors semer le chevalier dans l'épaisse végétation qui s'étendait au-delà.

Un autre coup d'œil lui révéla que le chevalier n'avait pas encore comblé la distance qui les séparait, mais il était toujours là, redoutable et déterminé.

L'étalon de Bavis s'élança dans le courant et pataugea jusqu'à la rive opposée. Le chevalier n'était plus très loin. Bavis s'allongea sur sa selle pour éviter les branches basses qui lui cinglaient le visage. La piste se rétrécit et se sépara en deux. Il arrêta sa monture, sauta de selle et lui frappa la croupe. Le cheval démarra en trombe et le général se jeta dans les buissons. Il entendit le chevalier passer au trot, puis se releva et se tailla un chemin dans la forêt. L'embuscade avait été effroyable et il commençait à envisager les terribles implications que cela aurait sur sa carrière. Ses trente *turmae* avaient été totalement anéanties, il en était persuadé. Le roi n'accepterait certainement pas que l'élite de ses lanciers soit balayée par une bande de paysans rebelles. Bavis s'assit sur un gros rocher. Certes, il avait réussi à échapper à l'ennemi, mais sa vie ne vaudrait sûrement plus grand-chose une fois de retour à Mactha.

C'était exaspérant. Le succès de son incursion l'avait engourdi dans une fausse quiétude. Il était convaincu qu'il n'existait pas d'armée rebelle. Pourquoi diable les avait-il suivis sur cette colline ?

Une jeune femme pénétra dans la clairière et interrompit ses pensées. Elle était divinement belle, avec de longs cheveux blonds aux curieuses mèches d'argent.

« Êtes-vous perdu ? » demanda-t-elle, s'avançant vers lui. Il fut frappé par la grâce sensuelle de ses mouvements.

« Oui. D'où venez-vous ? »

Elle s'approcha de lui et toucha son bras nu. Un frisson de plaisir pur l'envahit lorsqu'elle caressa sa peau. Il avait la gorge sèche ; le chevalier n'était plus qu'un lointain souvenir.

Ses mains tentèrent maladroitement de défaire sa tunique.

Comme il est étrange, pensa-t-il, que son désir puisse s'éveiller à un tel moment.

Morrigan enlaça son cou et l'attira vers elle.

*
**

Elodan détourna le regard quand Agrain trancha la gorge d'un soldat blessé.

« L'estomac sensible, Seigneur Chevalier ? demanda le chef hors la loi.

— Oui, répondit Elodan. Je ne suis pas un boucher. »

Agrain éclata de rire. « Sans rire ! Votre stratégie était parfaite, un seul homme s'est échappé. »

Autour d'eux, les rebelles dépouillaient les cadavres, glanant armes et armures. Trente chevaux, qui avaient survécu au massacre, furent chargés du butin et menés vers le campement dans les hautes prairies. Elodan s'éloigna du charnier jusqu'à la petite clairière abritée où l'attendaient Llaw, Errin et Ubadaï près d'un petit ruisseau.

Errin leva les yeux vers lui. « Incroyable, dit-il. Vous aviez tout prévu, Elodan.

— Je n'en tire aucune gloire, avoua le Seigneur Chevalier. Tant de morts...

— Tous ennemis, déclara Ubadaï. Moi pas verser larme.

— Non, murmura Elodan. Pas plus qu'Agrain. Je suis sûr qu'il va fouiller les cadavres pour récupérer leurs dents en or. »

Errin sourit. « Pas facile à aimer, notre Agrain. Mais il se bat bien.

— Il en faut plus que ça pour faire un chevalier ! coupa Elodan. Vous devriez le savoir, seigneur Errin. J'ai honte de porter cette armure.

— Ne redites jamais ça, tonna Llaw Gyffes. Jamais ! Je sais ce que vous ressentez, mais mettez-vous à ma place. Je suis un forgeron et un hors-la-loi. Officiellement, je suis aussi un tueur de femme. J'ignore comment être chevalier, mais je tâcherai de ne pas déshonorer cette armure. C'est tout le bien qu'un homme puisse faire. Réjouissez-vous de cette victoire ; elle va donner du cœur à nos hommes.

— J'espère que Morrigan se porte bien, remarqua Errin tandis que le silence s'installait. L'un d'entre nous aurait dû l'accompagner.

— Je crois que vous seriez surpris de constater à quel point elle est débrouillarde, lui dit Elodan. Je l'ai observée durant la première escarmouche. Elle manie l'épée comme un vétéran et sa stature ne rend pas compte de sa force.

— C'est tout de même une femme », insista Errin.

Llaw ricana. « Ne confondez pas Morrigan avec les courtisanes à taille de guêpe que vous avez connues. Pas plus qu'Ariane ou Sheera. Ce sont des femmes sur qui l'on peut compter. Des femmes fortes.

— Je ne suis pas expert en ce type de femmes, Llaw, et m'incline devant votre savoir. »

Agrain les rejoignit, ôta son heaume et frotta sa chevelure trempée de sueur. « Quand est-ce qu'on mange ? demanda-t-il.

— Comment pouvez-vous penser à manger dans cette odeur de mort ? rétorqua Errin.

— Je pense à manger parce que j'ai faim. L'odeur n'a rien à y voir.

— Voilà femme », dit Ubadaï, désignant la colline.

Morrigan pénétra dans la clairière et mit pied à terre. Elodan alla à sa rencontre. D'un geste, elle abaissa sa visière et cacha son visage.

« Tu l'as rattrapé ?

— Oui. Il est mort.

— Tu vas bien, Morrigan ? s'enquit le Seigneur Chevalier.

— Oui. Le soleil est trop fort pour moi, c'est tout. Quand partons-nous ?

— La plupart des hommes retournent au camp, mais j'aimerais que toi et Agrain partiez vers l'ouest. J'ai entendu dire qu'il y avait là-bas un grand village, à flanc de montagne. On ne peut l'atteindre que par une passerelle de chaînes. Quelques hommes y sont déjà allés et affirment que leur chef, Bucklar, commande plus de deux cents guerriers. Il serait bon pour nous qu'il puisse s'en séparer d'une centaine.

— Vers l'ouest ? demanda-t-elle. Ça va nous mener près de Port Pertia. Je pensais que l'ennemi y était en nombre.

— C'est ce que j'ai cru comprendre. Prenez toutes les provisions dont vous aurez besoin.

— Faut-il vraiment que ce soit Agrain ? Pourquoi pas Errin, ou Llaw, ou même le Nomade ? »

Elodan sourit. « Le rôle de Seigneur Chevalier a certains avantages, Morrigan. Je ne le veux pas sur mes talons, c'est donc toi qui auras le plaisir de sa compagnie.

— Il se peut qu'il ne survive pas au voyage », fit-elle.

*
**

Le duc descendit de selle près de la caverne et lança un long et sévère regard à l'adolescent blond qui les attendait. « Que veux-tu de moi ? » lui demanda-t-il.

Le garçon sourit. « Rien, monseigneur. Tout ce que je veux, c'est que vous pénétriez dans la grotte et fassiez un choix.

— Pas question. » Le duc se retourna vers Manannan. « Qu'y a-t-il, là-dedans ?

— Une armure, répondit le Chevalier Déchu.

— Et suis-je censé m'en revêtir ? Attend-on de moi que je combatte aux côtés de paysans et de hors-la-loi ?

— Bien davantage encore, lui dit Lámfhada. On attend de vous que vous mouriez pour eux si nécessaire.

— Quelle folie ! Je vous suis reconnaissant de m'avoir sauvé la vie, mais je n'avais pas requis votre assistance et ne me sens aucune obligation envers vous. Pourquoi devrais-je combattre pour votre cause ? »

Lámfhada s'avança. « Je n'ai aucune raison à vous fournir. Si vous souhaitez partir, vous êtes libre. Nous pouvons même vous fournir des vivres.

— Et en admettant que j'accepte, que m'offrez-vous ?

— Absolument rien, répondit-il

— Tu me surprends, mon garçon. Dites-moi, Manannan, cette armure, est-elle d'argent comme la vôtre ?

— Oui.

— Ainsi donc vous me proposez de devenir chevalier de la Gabala ? Je n'arrive pas y croire... Posez la question à n'importe quel homme qui m'ait jamais servi et il vous dira que je suis dur, peut-être même cruel. J'ai menti, triché, tué. Et tout cela, pour garder mon rang ; si Okessa ne s'était pas retourné contre moi, je servirais encore le roi. Est-ce à ce type d'homme que vous voulez confier le heaume d'argent ? Ça m'étonnerait.

— C'était hier, seigneur duc, dit Lámfhada. Maintenant, que l'armure fasse son choix.

— Qu'en dites-vous, Manannan ? Devrais-je entrer dans la caverne ?

— Pourquoi mon opinion ferait-elle une différence ?

— Parce que vous êtes un chevalier de la Gabala. Me souhaitez-vous pour compagnon ?

— Non, monseigneur. Mais je ne suis qu'un homme. L'armure est imprégnée de magie, elle choisira d'elle-même. Entrez dans la grotte. »

Le duc caressa sa fine barbe et considéra l'entrée de la caverne. Puis il haussa les épaules. « Très bien. Je vais aller voir. Mais ne placez pas trop d'espoir en moi, mes amis. »

Il pénétra rapidement dans les ténèbres et s'approcha de l'armure solitaire. Il faisait froid dans la grotte. Il frissonna. Deux torches tremblotaient contre les murs et leurs flammes se réfléchissaient contre la cuirasse. Enfant, il avait été émerveillé par les histoires qu'on lui contait à propos des chevaliers de la Gabala, mais son père les avait toujours rejetées.

« Des imbéciles ! disait-il. La vie est trop courte pour perdre son temps à parcourir le pays et s'immiscer dans les affaires des autres. Quelle importance qu'un paysan gagne ou perde une ferme ? Qui s'en souciera dans un siècle ? »

Les mots semblaient résonner dans son crâne. Il se souvint des funérailles de son père ; il n'avait pas versé une larme.

« Et toi, qui te pleurera, Roem ? » se demanda-t-il avant de secouer la tête. Quelle importance ? Verser des larmes pour des morts était une perte de temps. La question était simple : restait-il pour combattre, ou allait-il partir pour Cithaeron ? Par-delà les mers, sans argent, il lui faudrait se trouver de nouveaux amis. Il serait sans doute conduit à offrir ses services à d'autres rebelles, peut-être en tant que bretteur ou capitaine de la garde pour un quelconque petit chef de tribu. Et ici ? Ici, il combattrait aux côtés de paysans et de bandits, d'hommes de basse extraction, pas même dignes de lui baiser la main.

Ici, au moins, il avait une chance de regagner son rang, de reconquérir le duché de son père.

Il s'assit sur le sol de pierre froid et fixa l'armure. Quelles chances de victoire avaient ces rebelles, même avec les chevaliers ressuscités ? Concrètement ? Contre Ahak et ses légions, ses lanciers et ses éclaireurs ? Peu ou pas du tout. Quelle était donc l'alternative ? Vivant à Cithaeron ou mort en Gabala !

Vivant ? Sans le sou et sans honneur, ça n'était pas une vie.

Alors quelle autre solution, Roem ? *Tu peux vivre méprisé par tes pairs ou combattre avec des gens que tu méprises.*

Il se leva et marcha jusqu'à l'armure. Son visage taillé à la serpe se réfléchit sur la cuirasse. « Mets un voile sur ton mépris, Roem, murmura-t-il. Combats à leur côté et reconquiers ce qui t'appartient de naissance. Quand la guerre sera gagnée, il sera toujours temps de remettre les gueux à leur place. »

Il s'avança et toucha l'armure.

Chapitre 18

L'armée rebelle victorieuse était revenue dans le village qui jouxtait la caverne. Femmes et enfants se précipitèrent à leur rencontre. Manannan s'assit sur un rocher et regarda Elodan, Llaw, Errin et Ubadaï gravir à cheval le chemin qui menait à la caverne.

« Il est bon de vous revoir sains et saufs, les salua Elodan, qui mit pied à terre. La mission s'est bien déroulée ?

— Il est dans la grotte, dit Manannan.

— Et Cairbre ?

— Je l'ai tué. N'en parlons plus.

— Qui est dans la grotte ? demanda Llaw. Et en quoi consistait cette mission ? »

Lámfhada s'avança vers Llaw. « Le duc de Mac-tha », dit-il doucement.

Llaw devint pâle comme un linceul. « Quelle est cette mascarade ? Ce fils de chienne m'a condamné à mort pour un crime que je n'ai pas commis. C'est un partisan du roi !

— Non, intervint Manannan. Il est passé en jugement ; le roi était sur le point de le faire exécuter.

— Ce qui prouve que même un mauvais roi n'a pas toujours tort. Voilà une erreur que je m'en vais régler de ce pas. Hors de mon chemin, tonna Llaw en dégainant son épée.

— Range cette lame, commanda Elodan, sur-le-champ ! »

Llaw se tourna vers lui. « C'est donc ainsi ! On se serre les coudes entre patriciens ? J'aurais dû m'en douter !

— Tu as tort, Llaw, lui dit doucement Elodan. Je suis l'homme que tu as désigné pour conduire ton armée. *Ton* armée. Mais je suis aussi le Seigneur Chevalier de la Gabala. Si l'armure le choisit, alors il sera des nôtres. Et dans le cas contraire ? » Il haussa les épaules. « Dans le cas contraire, il sera à toi. Cela te convient-il ? »

Llaw recula. « Si l'armure le choisit ? Si j'avais su qu'un jour il serait des nôtres, je n'aurais jamais accepté de la porter. » Il remit brutalement son épée au fourreau, s'avança à grands pas vers son cheval, monta en selle et partit en direction du village.

« Merci, Elodan, lui dit le duc qui sortait à ce moment, son armure resplendissant sous le soleil.

— Seigneur duc, répondit Elodan, bienvenue dans notre ordre.

— Je ne suis plus duc. Mon nom est Roem », déclara-t-il en tendant la main. Elodan la serra. Errin retira son heaume et s'avança nonchalamment.

« Je vois que nous avons au moins un bon cuisinier, remarqua Roem. Le monde devra assurément compter avec notre armée. »

Ariane trouva Llaw sur les hauteurs, dans la prairie au sud, au milieu d'un bosquet de hêtres surplombant la forêt. Il était assis devant un petit feu, le regard rivé vers les flammes ; il ne l'entendit pas approcher. Elle s'assit à ses côtés, tendit la main mais arrêta son geste avant de le toucher. Engoncé comme il l'était dans son armure, son geste aurait été vain.

« Llaw ? » murmura-t-elle ; il ne tourna pas la tête. « Allons, dis-moi quelque chose.

— Il n'y a rien à dire. Je suis perdu, Ariane... perdu. » Elle se rapprocha encore.

« Mais non, tu ne l'es pas ! Tu es Llaw Gyffes, l'homme le plus fort que j'aie jamais connu. Comment peux-tu te laisser décourager de la sorte ? Tu as triomphé de tes ennemis et ton armée grossit de jour en jour. »

Il secoua la tête. « Tout cela n'a aucune d'importance. Lorsque Lydia est morte, ma vie a été détruite. À présent, moi aussi je dois mourir, comme l'a annoncé le Dagda. Et tu sais ce qui arrivera alors ? Rien. Si le roi est victorieux, le monde continuera de tourner comme si rien ne s'était passé. Et si nous battons le roi, alors le duc de Mactha ou l'un de ses semblables montera sur le trône et le monde continuera pareillement de tourner comme si rien ne s'était passé. Nos actes n'y changent rien.

— À quoi t'attendais-tu, Llaw ? Là-bas, au village, il y a des gens qui, sans toi, seraient morts à l'heure actuelle, Elodan et les autres. Le village d'Agrain est rempli de Nomades qui seraient morts de froid sans toi, Agrain et Nuada. Demande-leur, *à eux,* si ça fait une différence... Cesse de contempler les étoiles, Llaw. Reviens sur terre. »

Elle se redressa, s'agenouilla à ses côtés et dénoua les sangles de cuir de son armure. « Qu'est-ce que tu fais ? lui demanda-t-il.

— Sors de cette boîte de métal, lui ordonna-t-elle. Mets-la de côté. Alors nous pourrons aller nous balader dans les montagnes, et tu sentiras le vent sur ta peau. » Il l'aida, déposa l'armure près du feu, puis se leva. Elle s'approcha de lui et lui caressa les bras.

« Je suis lasse de t'attendre, dit-elle. Et ne me fais pas croire que tu n'es pas prêt ; j'en ai par-dessus la tête. Tu es un homme, cesse donc de fuir le passé et de craindre l'avenir. Tout ce nous possédons, c'est l'instant présent. Nous n'aurons jamais *que* l'instant présent.

— Est-ce que ça te fait peur de savoir que je vais bientôt mourir ?

— Oui, cela me terrifie, avoua-t-elle. Mais ce serait encore pire pour moi si tu partais sans m'avoir aimée. »

Ses bras se refermèrent autour de la jeune femme. « Je t'aime, lui dit-il simplement. Je pense à toi à chaque instant. »

Elle l'entraîna au sol, près du feu, et l'embrassa ; mais il gémit et la repoussa sans ardeur.

« Oublie les étoiles, Llaw, murmura-t-elle. Oublie les étoiles. »

Plus tard, alors qu'ils étaient étendus l'un près de l'autre, Llaw eut l'impression qu'on l'avait soulagé d'un fardeau. Il ne se souvenait plus du moment où ça s'était passé, ni même de ce qui l'avait accablé. Il sentait les herbages qui repoussaient après l'hiver, et la caresse du vent printanier sur son visage. Il entendait les oiseaux chanter dans les arbres et sentait la joie du renouveau dans la forêt. Le monde des rois, des chevaliers et des paysans semblait bien peu de chose face à une Ariane se blottissant contre lui, sa jambe droite enroulée sur sa cuisse. Il se redressa sur un coude et la contempla. Elle dormait. Il caressa sa peau, embrassa ses cheveux et elle ouvrit les yeux.

« Je rêvais, lui dit-elle.

— Es-tu toujours heureuse ?

— Espèce d'idiot », répondit-elle. Elle se releva prestement et courut au ruisseau. Il la suivit et la regarda se baigner. « Viens, lui cria-t-elle.

— Elle semble froide.

— Le grand Llaw Gyffes craindrait-il un peu d'eau froide ? Allez, viens. »

Il entra dans l'eau et vint s'asseoir à côté d'elle. « Dieux du ciel ! » s'exclama-t-il. Elle rit et lui aspergea la tête et le torse ; il l'agrippa et tous deux roulèrent sous l'eau.

« Je me rends, cria-t-elle quand ils émergèrent. Promis. »

Il ne répondit rien et l'attira dans ses bras. « Tu aurais dû venir à moi il y a bien longtemps, murmura-t-il.

— Je l'ai fait, Llaw, mais tu n'étais pas prêt. Regretteras-tu ce jour ?

— Jamais.

— Bien. Rhabille-toi maintenant et retourne à tes chevaliers, tous tes chevaliers. »

Son visage s'assombrit. « Je ne peux pas me retrouver face à lui. Si cela arrivait, je pense que je le tuerais.

— Tu es trop fort pour ça. Crois-moi, Llaw. Je pense te connaître mieux que toi-même. »

Il se leva et frissonna. Ariane lui saisit le bras et se mit debout. Sentant son changement d'humeur, elle resta silencieuse et l'accompagna jusqu'au feu. Il se vêtit rapidement et s'apprêtait à retourner à son cheval attaché non loin à la racine d'un hêtre, lorsqu'il se figea et jeta un œil derrière lui ; soudain il sourit. « Consentez-vous à m'accompagner, madame ? »

Elle enfila tunique et pantalon, ramassa ses bottes et son couteau, puis courut le rejoindre.

Il la laissa au village et revint à la caverne. Les chevaliers étaient assis avec Elodan et Lámfhada. Llaw mit pied à terre et attacha son cheval. Personne n'ouvrit la bouche lorsqu'il rejoignit le cercle et lorgna le duc.

« Je m'appelle Llaw Gyffes, fit-il en tendant la main.

— Et moi Roem. Enchanté de faire votre connaissance, lui répondit son interlocuteur, qui lui agrippa fermement la main.

— Le nouvel ordre est maintenant au complet, annonça Lámfhada, le temps est venu de se préparer aux jours sanglants. Nuada porte notre bannière dans tous les villages de la forêt. Morrigan et Agrain cherchent des alliés dans la région de Port Pertia. L'armée royale est sur le point de se mettre en marche. Elle arrivera à notre frontière sud d'ici dix jours ; nous devons être prêts à les recevoir.

— De combien d'hommes disposons-nous ? demanda Roem.

— Environ deux cents pour le moment, mais leur nombre grossit chaque jour. Les dons de Nuada ont rarement été si bien employés.

— Le roi possède dix mille hommes, dit Roem. Deux mille lanciers, six mille fantassins, quinze cents archers et cinq cents éclaireurs habitués à la vie en forêt. Vous ne pourrez jamais les arrêter avec deux cents hommes, ou même mille. »

Elodan leva la main. « L'important n'est pas d'avoir une armée conséquente, mais uniquement que le roi en soit convaincu. Lámfhada affirme qu'il a placé un sortilège sur la forêt que les devins du roi ne pourront percer. Ainsi le roi devra se contenter de savoir que ses cinq cents lanciers ont été massacrés. Je ne pense pas qu'il s'aventurera tout de suite en force dans la forêt. Il enverra d'abord une avant-garde et ensuite avancera au pas. Nous devrons éliminer ces éclaireurs.

— Ça me semble plausible, dit Errin, mais allons-nous mener une guerre de position jusqu'à ce que le roi meure de vieillesse ? Il faudra bien qu'il y ait une bataille décisive.

— C'est exact, et il faudra saisir notre chance lorsqu'elle se présentera, répondit Elodan. Mais d'ici là, étant les plus faibles, il nous faudra mener une guerre d'escarmouches, les frapper où nous pourrons, leur faire croire qu'ils affrontent un ennemi dix fois, vingt fois plus nombreux que ce que nous sommes en réalité. Et pendant ce temps, notre nombre croîtra. »

Llaw prit la parole. « Un autre facteur doit être pris en considération : le ravitaillement. Nous avons pour nous la forêt et les cerfs, et des moutons en grand nombre. Le roi a dix mille hommes, qu'il lui faudra ravitailler par le sud. Nous devons faire passer un groupe d'attaque derrière leurs lignes. Ventre vide est cause de mécontentement.

— C'est moi qui dirigerai ce groupe, dit Roem. C'est mon duché et j'en connais chacune des routes. Donnez-moi cinquante hommes ; nous vivrons des produits de la terre et les forcerons à renvoyer leurs troupes en arrière.

— Vous serez seul, précisa Lámfhada. Nous ne pourrons vous assister.

— Ne craignez rien pour moi, Armurier. Je ne suis pas encore prêt à mourir.

— Très bien, acquiesça Elodan. Choisissez vos cinquante hommes et entraînez-les ; vous avez dix jours.

— Et nous ? demanda Manannan.

— Votre jour approche », répliqua Lámfhada en détournant le regard.

Morrigan était assise sous les étoiles, torturée par des souvenirs vivaces et douloureux. Son amour pour Samildanach semblait relever d'une autre époque, quand le monde était jeune et l'innocence un plaisir. Les six années passées dans la cité des Vyres avaient noyé cette innocence dans le sang, la luxure et la dépravation. Elle ne se rappelait plus le nombre d'hommes et de femmes qui avaient partagé son lit ni ne pouvait voir leurs visages. Tout ce dont elle se souvenait clairement, c'était du goût de l'Ambria et de la vague de puissance que la boisson faisait déferler dans ses membres. Elle avait dit à Manannan que Samildanach s'était lassé d'elle, mais ce n'était pas tout à fait vrai. Devant la multitude de plaisirs qu'offraient les Vyres, ils avaient été entraînés loin l'un de l'autre dans leur quête de sensations nouvelles, de plaisir comme de douleur.

Et voilà que Manannan lui clamait son amour. Mais il ne savait pas... Il aimait une femme qui n'existait plus. Elle grelotta dans le vent nocturne descendu des pics enneigés.

Le général était mort rapidement, son corps se flétrissant à mesure que sa vie coulait en elle. Il ne s'était même pas rendu compte qu'il mourait. Elle avait abandonné le tas d'ossements couverts de peau là où ils étaient tombés. Dans combien de temps aurait-elle besoin de se nourrir à nouveau ? Un jour ? Deux ?

Elle entendait Agrain ronfler près du feu. Quel petit homme détestable ! Elle se promit qu'il serait le prochain. Et ensuite qui ? Manannan ? Llaw Gyffes ? Ou tout simplement un naïf inconnu, comme cet homme au genou blessé ?

La vie était-elle si plaisante qu'elle ne pouvait se résoudre à la quitter ?

Elle connaissait la réponse. Bien sûr qu'elle l'était. Voir et entendre, respirer et ressentir... Comment quelqu'un pouvait-il accepter de mourir ?

« Tu n'arrives pas à dormir ? » s'enquerra Agrain. Il se redressa et fit courir ses doigts sur son cuir chevelu. « Satanées puces, grogna-t-il. Impossible de s'en débarrasser. »

— Si tu essayais de te laver de temps à autre ?

— Qu'est-ce que tu fais ? demanda-t-il.

— Je pense.

— Ne dors-tu donc jamais ? Comment fais-tu pour conserver tes forces ?

— Je les tire de la compagnie des hommes, Agrain. Curieusement, je me sens plutôt faible ces derniers temps. »

Il lui sourit. « C'est bien la première fois que je te vois plaisanter, Morrigan. Peut-être commences-tu à m'apprécier. Pourquoi ne pas tout reprendre au début ? Viens me rejoindre ; je vais te donner un peu de force.

— Attention, Agrain. Je risquerais de te prendre au mot. »

Il bâilla et se leva. Elle se retourna tandis qu'il se soulageait contre un arbre. « Qui sommes-nous censés voir ? demanda-t-il.

— Leur chef, un certain Bucklar. Tu devrais bien l'aimer, Agrain ; il a bâti son royaume comme tu as bâti le tien, par le meurtre et le sang. C'est sûrement pour ça qu'Elodan a jugé que tu étais l'homme idéal pour m'accompagner. Tu penses que Bucklar va envoyer des hommes renforcer l'armée de Llaw ?

— Ça dépend. S'il se sent menacé par le roi, alors oui, il en enverra. S'il se sent en sécurité, il attendra... et si les autres chefs forestiers envoient des hommes, il attaquera leurs territoires pour étendre son pouvoir.

— Alors il est doublement important qu'il nous aide. Car sans lui, les autres chefs forestiers se déroberont aussi.

— Exact, *lady*. » Il enfila ses chausses.

« Je croyais que tu me désirais, lui lança Morrigan, qui se leva et s'approcha de lui à grands pas.

— C'est vrai, répondit Agrain, le sourire aux lèvres. Mais tu n'as pas dit "s'il te plaît". L'aube va poindre ; il faut se remettre en route. »

*
**

Samildanach s'avança vers le cercueil et considéra le visage de son vieil ami. Sa colère s'était dissipée, et il était conscient du vide terrible qu'il éprouvait au fond de lui. Il savait qu'il avait aimé Cairbre comme un frère, mais il y avait si longtemps de cela, avant la croisade, avant les Vyres, avant l'aube de cette ère nouvelle. Il chercha trace de cet amour mais ne trouva rien. Il ne voyait qu'une pâle dépouille aux bras croisés sur une cuirasse écarlate.

Les autres chevaliers encerclèrent le cercueil, observant le corps, et Samildanach scruta leur visage un à un. Tous affichaient la même expression. Un frisson parcourut le Seigneur Chevalier.

« Nous savons tous, déclara Samildanach, pourquoi notre frère est mort. Il avait cessé de prodiguer à son corps la nourriture que celui-ci lui réclamait ; il était devenu physiquement faible. J'ignore pourquoi Cairbre a agi de la sorte, mais que cela nous serve à tous de leçon. Notre croisade est sanctifiée. Nous devons restaurer la civilisation et la puissance de la Gabala, et lui faire connaître les merveilles des Vyres. » Ses mots sonnaient creux, et se répercutèrent contre les hautes voûtes du tombeau. Il revit Manannan entrer à cheval dans le champ clos, resplendissant dans son armure d'argent.

Ils avaient été amis...

Amis ? Les notions d'amitié, d'amour et de fraternité traversèrent son esprit telles de minces volutes de fumée, si proches et si intangibles à la fois.

« Tout va bien, Samildanach ? demanda Edrin.

— Oui. Je sens que je devrais dire quelques mots pour notre... ami. Mais je n'en trouve aucun.

— Couvrons-le et partons, intervint Bersis. Ce lieu est froid et inhospitalier.

— Oui, murmura Samildanach. Couvrez-le. » Il tourna les talons et remonta l'escalier. Plus grand que les chevaliers par la taille, il était large d'épaules et mince de hanches, et ses mouvements, même en armure, étaient souples et assurés. Il mena les chevaliers dans la chambre haute et tous s'assirent autour de la table de chêne ovale.

« Le temps est venu, dit Samildanach, de jauger la force de l'ennemi. L'enfant sorcier a placé autour de la forêt une barrière qu'il est temps de briser. Donnez-moi vos forces, mes amis. »

Les chevaliers inclinèrent la tête et Samildanach sentit leur pouvoir pénétrer son corps. Il se mit debout et s'éloigna de la table, puis il leva les bras au ciel et invoqua le Rouge. Sa main droite tomba tel un couperet et déchira l'air comme un voile de soie. Une brise fraîche s'engouffra dans la salle en sifflant. Samildanach écarta davantage le voile et contempla la forêt Océane nimbée de nuit, puis il enjamba l'ouverture et scella le passage derrière lui. Il se retrouva dans une clairière proche d'un ruisseau tumultueux. En silence, il se fraya un chemin vers la cime de la plus proche colline et scruta le paysage éclairé par la lune. À moins de deux kilomètres au nord se dressait le village de Llaw Gyffes. Samildanach s'assit sur l'herbe en tailleur et ferma les yeux. Son esprit s'élança vers les cieux nocturnes. Il se représenta les armures d'argent des chevaliers de la Gabala et sentit leur magie l'attirer. Il se trouva en train de planer près d'une caverne. À l'intérieur, un feu menaçait de s'éteindre et il distingua sept silhouettes endormies, identifiant parmi elles le duc de Mactha ainsi que Manannan ; il ne connaissait pas les autres. Il quitta les lieux et s'éleva à nouveau. Cette fois, la magie l'emmena bien plus à l'ouest, dans une longue salle où se tenait une silhouette étincelante entourée de dizaines de guerriers. Le chevalier faisait aux hommes le récit des gloires passées et de grands héros. Sa voix était irrésistible et Samildanach pouvait voir les Couleurs s'épanouir à travers toute la salle.

Celui-ci représentait un danger...

Il reprit son essor et voyagea au nord et à l'est. Là, dans une trouée d'arbres, il trouva Morrigan ainsi qu'un gueux aussi laid que courtaud qui rebuta Samildanach. Était-ce donc ça l'ennemi ? songea-t-il. Était-ce cette sorte d'homme qui arborait maintenant l'argent ? La colère l'envahit. Ses yeux spectraux se tournèrent vers Morrigan, dont la beauté, au clair de lune, dépassait l'entendement. Il sourit quand elle adressa quelques remarques caustiques au paysan. Comment pouvait-elle rester parmi ces hors-la-loi de basse extraction ?

Durant quelque temps, Samildanach arpenta la forêt, cherchant les signes de l'armée rebelle. Nulle part il ne trouva d'indice témoignant d'un large rassemblement. Mais il n'avait pas le temps de fouiller la forêt tout entière et retourna à la caverne. Il plana devant l'entrée et se concentra sur l'adolescent blond qui dormait près de trois statues de chien d'or.

« Viens à moi, susurra-t-il. Lève-toi et viens à moi. »

Lámfhada s'agita et se retourna. Un halo lumineux l'enveloppa et son esprit s'éleva au-dessus de son corps. Il cligna des yeux et aperçut Samildanach. Le chevalier recula sous la lumière lunaire ; Lámfhada le suivit et ils se retrouvèrent à planer loin au-dessus des arbres

« Comment êtes-vous arrivé jusqu'ici ? demanda l'adolescent.

— Comment comptais-tu m'en empêcher ? répliqua Samildanach. Petit insensé ! Ton heure est venue. »

Soudain, la silhouette de Samildanach enfla jusqu'à écraser un Lámfhada terrifié. Des griffes jaillirent des doigts du chevalier et s'abattirent vers la poitrine du garçon. Ce dernier se projeta en arrière et tenta de se réfugier dans l'Or, mais son esprit était trop rempli d'effroi et l'Or lui échappa. Il tenta de s'enfuir : la main gigantesque de Samildanach l'agrippa et l'attira de plus en plus près de l'énorme visage.

« Je m'attendais au moins à livrer bataille, mon enfant, lui dit le chevalier.

— Mais tu vas en avoir une, fit tout à coup une voix derrière lui. »

Samildanach se retourna : une silhouette familière flottait à ses côtés. « Ollathair ! Quelle plaisante surprise !

— Pas pour moi. Relâche l'enfant.

— Pourquoi le ferais-je ? Un homme mort ne peut me faire de mal.

— Certes. Mais un homme bien vivant se tient près de ton corps, un couteau sur ta gorge. »

La silhouette s'estompa et Samildanach sourit. « Eh bien, mon garçon, il semble que tu doives vivre... pour l'instant. » Il libéra Lámfhada et partit comme l'éclair.

Samildanach rouvrit les yeux et roula sur la droite en dégainant sa dague. Il n'y avait personne aux alentours, mais près de son corps, on pouvait voir des empreintes encore fraîches.

« Tu aurais dû me tuer, Ollathair, de même que je t'ai tué. » Il ouvrit le voile de la nuit et retourna dans la chambre haute.

Une fois assis à la table, il réveilla les chevaliers.

Il décrivit brièvement ce qu'il avait vu ; puis il se tourna vers Edrin et Bersis. « Je ne vois aucune menace réelle pour l'armée du roi, expliqua-t-il, mais il y a deux personnes dont il faut s'occuper immédiatement. Edrin, toi et Bersis irez à Port Pertia. Là, vous présenterez le sceau royal au commandant. Bersis prendra la tête d'une compagnie de cinq cents hommes et mènera une attaque sur la citadelle au-dessus du Pont de Chaînes. Morrigan s'y trouvera ; je ne veux pas qu'on lui fasse de mal ; en revanche, celui qui l'accompagne est une offense à la nature. Tuez-le. Toi, Edrin, tu prendras cinquante hommes et tu traverseras la forêt vers l'ouest. Trouve un village niché au pied des deux plus hauts pics. Là, tu entendras parler d'un de ces nouveaux chevaliers. C'est un conteur de grand pouvoir et, si on lui en laisse le temps, il pourrait lever une armée contre nous. Supprime-le. Par tous les moyens. Tu m'as compris ?

— Je ne faillirai pas, Samildanach. Il mourra, sois-en assuré. »

Lámfhada observa le chevalier rouge disparaître à l'horizon. « Ruad, murmura l'adolescent, êtes-vous encore là ?

— Il ne l'a jamais été, fit une voix dans sa tête. Réintègre ton corps. Je te rejoindrai dans peu de temps. »

Lámfhada obéit ; puis il se leva, couvrit ses épaules d'une couverture et, en silence, laissa derrière lui les chevaliers endormis. Une fois dehors, il s'assit sur un rocher et scruta les environs. Après quelques minutes, il aperçut une haute silhouette remonter le chemin pierreux. Vêtu d'une longue robe bleue décolorée et de sandales de cuir usées, l'homme était vieux et complètement chauve ; une barbe blanche et fourchue lui tombait sur la poitrine, et il s'aidait d'un bâton dans son ascension. Le nouvel arrivant s'arrêta devant Lámfhada.

« Je suis le Dagda, dit-il, tu es né sous de bons auspices.

— Merci de votre aide. Pourquoi vous être fait passer pour Ruad ? »

Le Dagda haussa les épaules. « C'était un artifice nécessaire pour insinuer la peur dans l'esprit de Samildanach. De plus, continua le vieil homme en s'asseyant au côté du garçon, je connaissais Ruad Rofhessa et je pense que ma supercherie lui aurait plu. Comment vas-tu, Lámfhada ? »

L'Armurier haussa les épaules. « Je fais de mon mieux, et ne peux guère faire davantage. Je regrette que Ruad ne soit plus là pour me guider.

— C'est tout à fait compréhensible, mais un homme est plus fort quand il est seul. Souviens-t'en. Tu as les chevaliers, et je pense que la Source est avec toi. Même ainsi, tu vas devoir endurer beaucoup de souffrance, c'est certain.

— Je sais tout cela. Quand j'ai découvert l'Or, j'ai contemplé tout ce qui pouvait être, tout ce qui devait être, tout ce qui pourrait être. Mais je n'ai pu discerner tout ce qui *sera*. Des hommes bons vont mourir, cela aussi je le sais.

— Bons ou pas, tous les hommes meurent, dit le Dagda. Et je sais ce que tu as vu. J'étais avec toi.

— Alors c'était vous la présence que j'ai sentie ? J'espérais que c'était Ruad.

— Ne sois pas déçu. Je t'attends depuis très longtemps. (Le Dagda gloussa.) Cent quarante-deux ans pour être précis ! Cela te semble-t-il long, mon enfant ? Je vois que oui. Enfin, nous y sommes maintenant, et tu as tant à apprendre.

— Que voulez-vous dire en affirmant que vous m'attendiez ?

— Toi, ou quelqu'un dans ton genre. Ruad te l'aurait dit, s'il avait vécu. Tu parcours l'Or, Lámfhada, c'est rare. Toutes les Couleurs sont soumises à l'Or, et la grande harmonie fait que, lorsque les Couleurs sont menacées, l'Or brille. Le Rouge s'étend sur tout le royaume, mais ses utilisateurs ne comprennent pas l'harmonie. Ils cherchent à rendre le Rouge prééminent, mais aucune Couleur n'existe par elle-même. Si le Rouge venait à l'emporter, les autres couleurs pâliraient et s'estomperaient. Le Rouge ne peut exister seul. Ainsi, ceux qui cherchent à le faire prévaloir détruisent en réalité toute magie. Et sans magie, le monde n'aurait qu'une seule couleur : le Gris, gris de la pierre tombale, gris des cendres. Tu comprends ?

— Non, répondit Lámfhada. Rares sont ceux à pouvoir utiliser la magie. Quelles seraient les conséquences sur le monde si elle cessait d'exister ? Les arbres continueraient à pousser, les fleurs à éclore et les enfants à naître.

— Non, tu te trompes. Toute vie est magie, et chaque homme la ressent. Ils assistent au spectacle de l'aube et sont remplis d'un sentiment de merveilleux. C'est de la magie. Vois le regard de la mère tenant son premier-né lorsqu'elle lui coupe le cordon ombilical. Elle comprend la magie. À cet instant, durant cette précieuse seconde, elle comprend. Mais lorsque l'harmonie est rompue, comme c'est maintenant le cas dans le royaume, et que la magie est en péril, il n'y a que cynisme et désespoir, et les émotions les plus brutales de l'homme refont surface. Non, mon ami, le monde a autant besoin de magie que d'air et d'eau.

— Qui êtes-vous, Dagda ? Qu'êtes-vous ? demanda Lámfhada. Êtes-vous une sorte de dieu ? »

Le vieil homme secoua la tête. « Je suis un humain. Ni plus ni moins. Il y a longtemps de cela, j'étais aux yeux du monde un être puissant. Mais j'ai renoncé à cette vie et à ses richesses, car j'aspirai à connaître tous les secrets du monde. Je suis venu dans cette forêt et y ai rencontré un homme, qui avait attendu ma venue durant quatre-vingt-sept ans. C'était le Dagda. Même si son histoire était différente de la mienne, comme la tienne le sera aussi, nous étions semblables. Nous étions les maillons d'une chaîne qui a commencé le jour où l'homme s'est dressé pour la première fois sur ses jambes, et qui se terminera quand les étoiles tomberont et que le soleil s'éteindra... et peut-être même pas. »

Lámfhada avait la bouche sèche et souhaitait qu'on le libère de cet étrange vieillard. Comme s'il sentait son angoisse, le Dagda plaça une main osseuse sur son épaule.

« Nous, lui et moi, toi et moi, sommes des enchanteurs. Nous observons les Couleurs et les chérissons. Nous parcourons la terre et maintenons l'équilibre. Là où tout n'est que guerre, peste et mort, nous nous évertuons à aider le Blanc, le Vert ou le Bleu. Où tout est paix et tranquillité, nous renforçons le Rouge et le Noir. Mais la plupart du temps nous gardons le Jaune, car comme tu le sais maintenant, Lámfhada, le Jaune n'est autre que l'Or travesti. Et c'est l'Or qui soutient les autres Couleurs.

— Pourquoi tout le monde ne le sait-il pas ? lui demanda Lámfhada.

— C'était le cas jadis, mon garçon. Grâce à ce savoir, les hommes se sont pris pour des dieux, s'attirant ainsi toutes sortes de calamités. De nos jours il ne survit que dans le folklore et les légendes. Les adorateurs du soleil font écho à ce mystère ; ils adorent la sphère d'Or qui nourrit la terre. Penses-y. Tout ce qui pousse, vit et respire dépend du soleil. Il en est de même avec les Couleurs. Le Jaune est né de l'innocence et des rires des enfants, alimenté par leur sens de l'émerveillement. À son tour, il nourrit les autres. Mais désormais la vérité s'est transformée en mystère, car c'est plus sûr ainsi. C'est moi qui gardais ce mystère. Dorénavant c'est toi qui t'en chargeras.

— Qu'exigez-vous de moi ?

— Moi ? rien. J'ai accompli ma tâche, tout comme le gardien avant moi s'en est acquitté. Il était le Dagda... maintenant, tu es le Dagda.

— Mais je ne le souhaite pas !

— Pas plus que moi. C'est une tâche solitaire, Lámfhada. Et pourtant totalement satisfaisante. Tu le découvriras aussi.

— Et si je meurs ? Le monde va-t-il cesser d'exister ? Je n'y crois pas.

— Si tu meurs, un autre sera choisi. Tu n'es qu'un maillon parmi d'autres. Mais tu ne vas pas mourir tout de suite. Tu n'as vu ta propre mort dans aucun des futurs, seulement celle de tes chevaliers. Je le sais, car moi aussi j'ai observé les futurs. Je vais te laisser maintenant... il te faut du temps pour réfléchir.

— Quand reviendrez-vous pour connaître ma réponse ? »

Le vieil homme sourit. « Je ne reviendrai pas. J'ai accompli tout ce que j'avais à faire. Je vais à présent me trouver un endroit tranquille. J'observerai les étoiles, mourrai en paix et rejoindrai les Couleurs. » Le Dagda se mit debout et regarda Lámfhada dans les yeux. « Tu as changé, jeune homme, depuis que je t'ai vu sur cette colline, il y a six ans de cela, alors que tu regardais les chevaliers de la Gabala partir vers un destin qu'ils ne méritaient pas. Et tu vas changer plus encore durant les longues années de solitude qui t'attendent. Compte les jours, les mois et les ans. Un jour enfin tu seras face à un novice, et tu verras ce que je vois. Adieu.

— Je ne veux pas. Vous ne pouvez pas me faire ça ! » protesta Lámfhada, qui se leva brusquement.

Mais le vieil homme l'ignora. Il avait déjà entendu ces mots auparavant. Cent quarante-deux ans, trois mois et huit jours auparavant, il les avait prononcés.

Chapitre 19

Agrain tira sur les rênes de son cheval au sommet du monticule et contempla, ébahi, le Pont de Chaînes qui enjambait l'abîme. La construction était constituée d'énormes anneaux de fer reliés par des tiges. Des planches de bois étaient fixées à l'ensemble. La structure ballottante partait de la pente nord de la colline boisée et s'étirait sur près de quatre cents mètres jusqu'à un promontoire rocheux au pied d'une herse.

« Comment l'ont-ils construit ? demanda Agrain tandis que Morrigan arrivait à sa hauteur.

— Par magie, affirment certains, mais mon père m'a expliqué qu'ils ont d'abord édifié un simple pont de corde, puis qu'ils l'ont consolidé progressivement. Il m'a dit aussi qu'ils avaient mis sept ans pour l'achever. »

Agrain tourna son attention vers la citadelle. Elle était taillée dans le flanc de la montagne et surplombait le gouffre tel un croc géant. D'après ce qu'il pouvait voir, la forteresse était inaccessible depuis le sud et l'ouest ; seul le pont fragile la reliait à la forêt. La citadelle était fortifiée au nord et dressait ostensiblement deux tours carrées au-dessus de la herse. Agrain ne distinguait sur les remparts aucune sentinelle et pas plus de mouvement.

« L'idée d'aller à cheval sur ce pont ne m'enchante guère, dit-il. Je n'ai jamais aimé les hauteurs.

— Il résistera à ton poids, ne t'inquiète pas », répliqua-t-elle en talonnant sa monture. Ensemble, ils descendirent la colline et firent halte face au pont. Morrigan ôta son heaume et le posa sur le pommeau de sa selle.

« Es-tu prêt, seigneur de la forêt ? » lui demanda-t-elle, sourire aux lèvres.

Agrain était blême, la mâchoire serrée. Il ne répondit pas et éperonna son destrier. Quand son cheval s'engagea sur la passerelle, il abaissa la visière de son heaume et ferma les yeux. Morrigan le suivit. Elle longea la structure sur la droite et regarda par-dessus les anneaux de fer. Le précipice était si profond qu'elle ne pouvait que deviner le torrent courant sur les rochers en contrebas.

Elle tourna son attention vers Agrain qui, assis raide comme une statue, ne regardait ni à droite ni à gauche. Les sabots des chevaux résonnaient tels de lents battements de tambour sur les planches de bois.

« On apprécie le paysage, Agrain ? » cria-t-elle, mais il n'y eut aucune réponse. Elle sourit et partit au galop vers la herse. Le pont oscilla dangereusement quand elle dépassa Agrain. Arrivée au portail, elle fit volte-face et attendit que son compagnon termine sa lente progression. Une fois sur la terre ferme, Agrain glissa de sa selle et s'assit à côté de l'entrée. Il enleva son heaume et épongea la sueur de son front.

« Vous n'avez pas l'air bien, monseigneur », dit-elle.

Il marmonna une réponse aussi courte que brutale. Morrigan éclata de rire.

« Mon cher Agrain, comment peux-tu employer un tel langage devant une dame ? Un chevalier de la Gabala se doit de rester courtois. On entre ? »

Agrain se remit debout et mena son cheval à travers le portail. Comme ils passaient sous la herse, il s'arrêta et leva la tête. « Complètement rouillée, dit-il. Quelle sorte d'imbécile laisserait ses défenses tomber dans un tel état de délabrement ?

— Je l'ignore, répondit-elle gentiment. Peut-être que notre homme est un paysan. Il ne comprend probablement pas les voies de la chevalerie. Tu pourras les lui apprendre, Agrain. »

Son regard était glacé quand il s'approcha d'elle. « Tu sembles vouloir me mettre en colère, chienne. Ce n'est pas très sage.

— Je t'ai offensé ? Oh, j'en suis navrée, cher Agrain. Peut-être devrions-nous nous embrasser et redevenir amis.

— Plutôt baiser le cul de mon cheval, rétorqua-t-il d'un ton sec.

— Tu as visiblement plus d'expérience que moi en la matière, mais je plains ton cheval. » Elle donna des rênes et entra dans la citadelle au trot. Rien ne bougeait ; la forteresse semblait déserte.

Elle mena sa monture vers le donjon et fit halte devant les marches qui montaient vers les doubles portes. Agrain la rejoignit.

« Il n'y a personne ici, dit-il. Qu'est ce qui a bien pu se passer ?

— Ils sont à l'intérieur, lui répondit-elle.

— Comment le sais-tu ? »

Morrigan secoua la tête et mit pied à terre, se demandant comment il réagirait si elle lui avouait qu'elle pouvait sentir leur sang, chaud et plein de promesses. Elle gravit les marches et frappa la porte de son poing ganté de fer.

« Bucklar, cria-t-elle, vous avez des visiteurs. »

Le battant gauche s'ouvrit en grinçant sur ses gonds. « N'entre pas, lui dit Agrain, qui tira son épée longue au clair. Je n'aime pas ça du tout.

— Alors reste dehors », lui conseilla-t-elle. Elle entra dans la fraîcheur des murs et sourit à la femme qui se tenait là, arc tendu et flèche pointée vers son visage. « N'ayez pas peur de moi, dit-elle. Je suis venue porteuse d'un message de Llaw Gyffes. » Derrière la femme se tenaient plusieurs enfants, dont un brandissait une dague courbe. Des ombres bougèrent à droite et à gauche, et Morrigan tourna la tête. Il y avait bien vingt femmes dans le vestibule, effrayées, aux gestes tendus et pleins d'espoir. Agrain entra, sourit et rengaina sa lame.

« Merveilleux ! déclara-t-il. Nous avons chevauché des jours durant pour tomber sur une forteresse gardée par des femmes et des enfants. Combien vont vouloir se joindre à l'armée de Llaw d'après toi ?

— Qui êtes-vous ? » demanda la femme à l'arc, ramenant la corde et abaissant son arme. Morrigan nota que la flèche était toujours encochée et qu'elle pouvait partir à tout instant.

« Je m'appelle Morrigan. Le singe en armure, c'est Agrain. Nous cherchons Bucklar. L'armée du roi est sur le point de nous attaquer plus au sud, et nous espérions que Bucklar pourrait envoyer quelques hommes pour nous épauler.

— Non, dit la femme, il n'en fera rien. Il ne peut pas. Nous sommes déjà en état de siège. Un détachement a envahi la forêt depuis Port Pertia et rasé deux villages. Mon mari et presque tous les hommes sont partis à leur poursuite.

— Quel stratège ! s'écria Agrain. Laisser sa base arrière sans défense. Allez, viens, Morrigan, partons d'ici.

— Pars si tu le veux, répondit Morrigan. Moi, j'en ai assez de dormir à même le sol avec les fourmis qui grimpent dans mon armure. J'ai l'intention de rester ici pour la nuit et de prendre un bain. »

Agrain s'approcha d'elle. « Je ne suis peut-être pas chevalier de naissance, Morrigan, mais je ne suis pas non plus né idiot. Ce n'est pas une place forte, mais un tombeau. Il n'y a qu'un seul moyen de sortir, par ce pont. Si l'ennemi arrive avant Bucklar, tout le monde se fera massacrer. Ça vaut vraiment un bain ?

— Tu t'inquiètes trop, lui dit-elle.

— Tes insultes sont plus faciles à supporter que ta stupidité, rétorqua-t-il et, tournant les talons, il quitta le vestibule et remonta en selle. Il remit sur son crâne le heaume qui pendait au pommeau. Cette mission n'était qu'une perte de temps, songea-t-il en franchissant la herse. Quatre jours passés en compagnie d'une harpie, et tout ça pour rien.

Sa gorge se noua quand son cheval s'engagea sur la passerelle qui oscillait doucement, et il se força à regarder droit devant. Les planches sous son cheval grinçaient et gémissaient, les chaînes à droite et à gauche crissaient. Une fois en sécurité de l'autre côté, il dirigea son étalon blanc vers le sommet de la colline boisée et se retourna pour jeter un coup d'œil à la forteresse. Morrigan avait raison, il le savait. C'était un gueux et, pire, un voleur et un meurtrier. Comme il devait sembler grotesque à ses yeux et à ceux des autres patriciens. Il y eut du mouvement sur la colline opposée et il vit sortir de la futaie un jeune garçon, un petit chien gris à ses côtés. *En voilà un bel âge*, pensa Agrain, qui se remémora ses jeunes années, quand il jouait avec les chiens du maître, quand les étés étaient éternels et dorés, et que les hivers luisaient d'une magie glaciale. Il sourit et pensa à cette enfant à la chevelure d'or qu'il avait sauvée de la neige. Il serait agréable de la voir grandir à Cithaeron, de la voir jouer, chanter et danser. Pourquoi perdre son temps avec cette satanée guerre ? Les paroles de Morrigan le frappèrent de plein fouet.

« Et le singe en armure, c'est Agrain... »

Un mois plus tôt, il l'aurait tuée pour moins, sans un regret.

Soudain, le garçon descendit la colline en trombe et se précipita sur le pont, le chien courant à ses côtés.

Agrain se retourna sur sa selle. Sur la route, trente soldats marchaient en rang par deux vers la citadelle.

Agrain ricana. « Bon bain, Morrigan, ma douce », murmura-t-il. Il pouvait apercevoir des mouvements sur les murs de la forteresse ; plusieurs femmes se regroupaient dans les tours de garde, équipées d'arcs et de carquois. Les soldats marchèrent jusqu'au pont puis s'arrêtèrent. Ils défirent leurs paquetages, les posèrent sur le bas-côté et délièrent les petits boucliers ronds qui y étaient fixés. Puis l'officier rassembla ses hommes et donna ses instructions.

« Je serais curieux de voir comment tu vas te sortir de ce pétrin, Morrigan », chuchota-t-il.

Les soldats se précipitèrent sur le pont et coururent en avant, protégés par leurs boucliers. Agrain se rendit compte que les quelques archères sur les remparts ne les arrêteraient pas. La lumière du soleil se refléta sur l'armure d'argent de Morrigan quand elle s'avança, l'épée brandie, à la vue de tous.

« Au moins a-t-elle du courage », admit Agrain

En la voyant, les soldats ralentirent leur charge. Les flèches frappaient les boucliers ou rebondissaient sur les plastrons et les casques. Un homme s'écroula, un trait fiché dans la cuisse. Mais les autres poursuivirent leur course.

Morrigan s'élança à leur rencontre. Son épée longue coupa à travers le bois d'un bouclier et trancha la moitié du bras. Le guerrier hurla, se jeta hors de portée de la silhouette d'argent, trébucha et tomba devant ses compagnons. Plusieurs hommes butèrent contre lui et la charge faiblit. L'épée de Morrigan se leva et s'abattit dans la mêlée, tranchant armures, chairs et os. Plusieurs lames rebondirent sur sa propre armure, mais aucune n'atteignit son corps. Elle tua cinq hommes avant que les assaillants puissent recouvrer leur sang-froid. Petit à petit, cependant, Morrigan fut repoussée en arrière, vers le portail où ils pourraient l'encercler et la vaincre.

Agrain décida d'assister au spectacle jusqu'à ce qu'elle soit terrassée. Il entendit un bruit de sabots. Sur la route, un cavalier avançait... un cavalier en armure cramoisie. Les yeux d'Agrain s'étrécirent.

« Pauvre Morrigan », pensa-t-il. Il était sur le point de s'éloigner quand une série d'images lui traversèrent l'esprit : l'enfant sur la colline ; Morrigan dans son armure d'argent, son cheval blanc derrière le portail, et maintenant le chevalier rouge. Les paroles du Dagda le cinglèrent comme autant de lames de rasoir.

« Lui aussi mourra au printemps. Je vois un cheval, un cheval blanc, et un cavalier en armure d'argent. Un enfant sur une colline. Les démons se rassemblent, et une grande tempête descend sur la forêt. Mais Agrain ne la verra pas. »

Son heure était donc venue. Ce cavalier allait le tuer.

Ne sois pas idiot, se rassura-t-il. Tu es hors de danger. Le Dagda a tort. Pars et échappe à ton destin.

Mais il se souvint alors de Manannan et du serment qu'il avait fait prêter à tous les chevaliers.

« Soyez tous maudits ! » s'écria Agrain. Il frappa la croupe de sa monture et dévala la colline. L'étalon se rua sur le pont et fila comme l'éclair vers les soldats ébahis. L'épée d'Agrain s'abattit sur le premier qui se présenta à sa portée, puis il se retrouva au milieu du groupe, fauchant de droite et de gauche. Morrigan, un filet de sang coulant d'une blessure à sa tempe, là où son heaume avait été arraché, se fraya un chemin dans la mêlée, son épée brandie à deux mains. Dans un espace si confiné, les soldats étaient dans l'incapacité de répliquer de peur de blesser leurs compagnons. Mais rien ne gênait Agrain et Morrigan. La lame d'Agrain transperça le heaume de l'officier et répandit sa cervelle sur les planches de bois.

« En arrière ! » cria l'un des soldats, et ils s'enfuirent. Agrain sauta de selle et regarda autour de lui. Vingt hommes d'armes gisaient à terre. Trois étaient encore vivants mais saignaient abondamment ; il les acheva.

« Nous sommes morts », dit Morrigan d'une voix froide et monocorde. Agrain jeta un coup d'œil en arrière et aperçut le chevalier rouge avancer lentement sur le Pont de Chaînes, une épée noire dans sa main gantée.

« Parle pour toi, répliqua l'ancien hors-la-loi. Je n'ai jamais rencontré homme que je ne pourrais tuer. » Morrigan ne dit rien mais battit en retraite, son épée tombant de sa main. Le chevalier rouge avançait avec une pesanteur terrifiante, son étalon mort vivant martelait le sol d'un pas lourd. Agrain vint à sa rencontre et arrêta sa monture devant le chevalier.

Un ricanement métallique s'échappa du heaume rouge. « Il faut plus qu'une armure pour faire un guerrier, chevalier, dit la voix. Tu vas mourir lentement pour cette effronterie... Je vais te tailler en pièces.

— Décidément, vous ne pouvez pas vous empêcher de plastronner, siffla Agrain. Maintenant que j'ai entendu tes fanfaronnades, ordure, voyons comment tu te défends ! » Il éperonna son étalon et envoya un méchant coup d'estoc en direction du heaume écarlate, mais le chevalier rouge se pencha et l'épée d'Agrain siffla au-dessus de lui sans causer de dégâts. Le gorgerin d'Agrain subit un terrible choc. Sa vision se troubla et il tenta d'abattre sa lame sur la silhouette écarlate, mais à nouveau la sombre lame frappa l'armure de la Gabala. Sa spallière fut arrachée, puis son heaume fut touché et sa visière vola au loin. Le cheval d'Agrain se cabra, sauvant celui-ci d'un coup qui lui aurait perforé l'œil. La monture recula et Agrain inspira violemment. Le chevalier rouge avança et à cet instant Agrain comprit que sa fin était venue. Il ne parvenait pas à porter le moindre coup à son adversaire.

Le chevalier rouge éclata de rire. « Quel triste jour pour la Gabala ! Tu es réellement le pire chevalier de toute l'histoire. J'espère qu'il y en a d'autres meilleurs que toi. Et maintenant, misérable, il est temps de t'envoyer en enfer. »

Agrain ne dit rien, mais quand le chevalier écarlate s'approcha, il sauta hors de ses étriers et plongea sur lui. C'était la seule attaque à laquelle Bersis ne s'était pas attendu. Rapide comme l'éclair, le chevalier rouge enfonça sa lame dans l'épaule d'Agrain, sectionnant la clavicule et transperçant les poumons. Agrain ignora la douleur, se cramponna au chevalier rouge de ses puissants bras, puis le jeta à bas de son cheval. Ils atterrirent contre les anneaux qui soutenaient le pont et se balancèrent un instant. Le visage d'Agrain était collé au heaume du chevalier rouge, et l'ancien bandit pouvait lire la peur dans les yeux de son adversaire.

« Tu ne dis plus rien, maintenant, haleine de porc ? cracha-t-il, du sang lui coulant sur la barbe. Tu voulais m'envoyer en enfer, hein ? Eh bien, tu vas pouvoir m'y accompagner.

— Non ! » cria Bersis. Mais Agrain, rassemblant ses dernières forces, entraîna avec lui son adversaire pardessus bord, et tous deux basculèrent dans le vide.

Morrigan se précipita vers l'abîme et regarda en bas. Les silhouettes rouge et argent étaient toujours figées dans leur étreinte mortelle, mais à cette hauteur ils ressemblaient à des jouets d'enfant étincelant sous le soleil. Ils diminuèrent de plus en plus jusqu'à ce qu'ils s'écrasent en contrebas sur les rochers acérés.

Au moment de l'impact, Morrigan détourna les yeux. L'étalon mort vivant s'écroula sur les planches. Ses chairs se décomposèrent et une immonde puanteur monta aux narines de Morrigan.

À l'extrémité du pont, les soldats se rassemblaient pour lancer un nouvel assaut. Soudain une corne résonna et la colline fourmilla de forestiers qui chargèrent la troupe stupéfaite. Morrigan n'assista pas au massacre ; elle s'approcha du gouffre et considéra les minuscules silhouettes tout au fond.

« Tu étais un homme, Agrain », dit-elle.

*
**

Sheera regardait le duc de Mactha conduire ses cinquante cavaliers hors du village. Dix jours durant, elle les avait regardés s'exercer, ou s'était jointe à d'autres troupes pour s'entraîner à l'arc ou à l'épée. Elle n'avait quasiment pas vu Errin, et commençait à perdre patience. Elle avait quitté la sécurité de Cithaeron pour venger la mort de sa sœur, mais maintenant elle se sentait inutile et, pis, rejetée. Sheera avait vu Llaw Gyffes arpenter les collines en compagnie d'Ariane, mais Errin n'était venu la voir que deux fois : la première pour s'assurer qu'elle était bien installée dans sa cabane rudimentaire, et la deuxième quand elle s'était égratigné le bras au cours d'un exercice un peu trop passionné à l'épée longue.

« Pourquoi cherches-tu sans cesse à te mettre en danger ? lui avait-il demandé en examinant sa blessure superficielle.

— Quelle drôle de question. Ne fais-je pas moi aussi partie de l'armée de Llaw ?

— Tu es une femme, déclara-t-il, comme si cela répondait à la question.

— Morrigan n'est-elle pas aussi une femme ? Et Ariane ?

— C'est différent. Morrigan est... étrange. Ariane a grandi dans la forêt. De toute façon, je n'ai pas mon mot à dire sur ce que font les autres.

— Tu n'as pas ton mot à dire sur moi non plus, tonna-t-elle. Le seul lien qui nous unit, c'est que tu as tué ma sœur. »

Désormais il l'évitait complètement. C'était exaspérant. Plusieurs forestiers l'avaient approchée, mais elle les avait tous envoyés promener avec moult injures. Elle avait demandé au duc de Mactha si elle pouvait prendre part aux attaques contre les convois de ravitaillement, mais il l'avait poliment éconduite. Il était descendu de cheval et avait posé les mains sur ses épaules.

« Je vais vous faire une confidence, murmura-t-il. Aucun de nous ne reviendra. Il n'y a aucun espoir que nous puissions longtemps leur échapper. La plupart de mes hommes le comprennent. Je ne désire pas vous voir... en danger, Sheera. Il est déjà assez difficile d'avoir dû prendre part au... procès de votre sœur. Vous comprenez ?

— Vous partez pour mourir.

— Je le crois, mais je ferai tout pour retarder ce jour funeste. »

Il était parti, tout comme Llaw, Elodan et Manannan. L'armée royale avait atteint la lisière sud et la plupart des chevaliers s'en étaient allés préparer les défenses et les hommes. Déjà le bruit courait qu'Elodan avait tendu une embuscade aux éclaireurs du roi et les avait anéantis au cours d'une escarmouche. De Llaw et Manannan, pas un mot.

Sheera rejoignit un groupe de femmes pour le repas de midi composé de venaison et de fruits secs, puis elle prit son arc et son carquois et s'en alla errer dans les collines. C'est elle qui la première aperçut Morrigan remonter un sentier de chasse à cheval, suivie de nombreux guerriers. Elle courut à leur rencontre.

« Où est Agrain ? demanda-t-elle à la cavalière d'argent.

— Mort », répondit Morrigan, qui talonna son cheval et poursuivit son chemin.

Sheera se joignit à la colonne qui serpentait le long du chemin jusqu'au village. Il y avait plus de deux cent cinquante hommes, et elle apprit bientôt qu'ils venaient d'une citadelle située plus au nord ; ils avaient déjà livré une bataille et mis en déroute des troupes de Port Pertia. Ils avaient prêté serment à Llaw Gyffes. Il semblait que Morrigan et Agrain avaient sauvé nombre de leurs femmes et enfants, en échange de quoi leur chef, Bucklar, avait promis d'aider la rébellion.

Sheera s'assit parmi les hommes de la citadelle tandis que Bucklar, Errin et Lámfhada discutaient stratégie dans la grotte. Vers le crépuscule, le chef de la forteresse, guerrier de haute stature aux cheveux grisonnants et à la barbe tressée en trois pointes, mena ses hommes vers le sud.

Sheera saisit son arc et se joignit à eux.

*
**

Nuada fut réveillé par le chant des oiseaux. Il ouvrit les yeux et vit l'aube poindre au-dessus des montagnes, le ciel saturé de couleurs, bannières roses flottant sur l'azur immaculé et blancs nuages fuyant devant le soleil comme des moutons devant un lion d'or.

La tête de Kartia reposait contre son épaule, son bras barrant sa poitrine. Il se blottit au fond des couvertures et goûta la chaleur de son corps.

Ça, c'était de la satisfaction. Ça, c'était de la joie.

Loin de la ligne de front, à une éternité des massacres et des carnages, Nuada était en paix. Kartia marmonna quelque chose dans son sommeil et la main du poète glissa sur ses hanches. Elle ouvrit les yeux.

« Déjà l'aube ? soupira-t-elle.

— C'est une belle journée », lui dit-il. « Un jour princier. » Il l'attira à lui et l'embrassa tendrement.

Pendant une heure ils firent l'amour, sans hâte, puis laissèrent un agréable silence s'installer. Finalement,

Nuada s'étira et se redressa. Le feu s'était éteint et Brion était introuvable. D'habitude, à cette heure-là, il était en train de faire griller de la viande de lapin, de pigeon ou d'agneau pour leur petit-déjeuner. Nuada se leva et se dirigea vers la cascade. Il pataugea jusqu'à se retrouver sous la chute d'eau ; elle était fraîche et merveilleusement vivifiante.

Le soleil nimbait le bassin de lumière au pied de la cascade et des arcs-en-ciel dansaient à travers le rideau liquide. Le paradis n'était sûrement pas plus beau, songea Nuada en s'essuyant avec sa chemise. Kartia grimpa sur un rocher en surplomb et plongea dans le bassin. Nuada l'envia de savoir nager ; voilà quelque chose qu'il lui faudrait apprendre. Alors qu'il s'asseyait et la regardait glisser dans l'eau, ses pensées s'envolèrent vers sa mission. Jusque-là, ils avaient visité une douzaine de villages, et chaque fois ses mots avaient inspiré les gens. Plus de trois cents hommes s'étaient voués à leur cause, mais il en aurait fallu plus. Beaucoup plus.

Il avait dû parler à plus de deux mille guerriers, réfléchit-il, jetant un regard sur l'armure qui gisait sur une couverture sous un pin majestueux.

Le chevalier sans épée. Le remords l'envahit. Non parce qu'il ne se battait pas, mais parce qu'il était heureux de ne pas se battre. Il avait l'impression d'être un hypocrite.

Allez rejoindre Llaw, vous tous, jeunes gens... mais pas moi. Non, moi je suis un poète, voyez-vous. Je me contente de vous remplir le crâne de gloire, mais j'oublie de parler des asticots, des vers et de la douleur.

Il avait essayé de dépeindre la guerre comme une cause sainte : le bien contre le mal, la lumière contre les ténèbres. Mais ici, dans la forêt, tout n'était que nuances.

« Nuada ! Nuada ! » appela Brion. Nuada se redressa et vit le robuste forestier blond courir dans sa direction.

« Que se passe-t-il ? demanda-t-il, descendant de son rocher pour accueillir l'homme.

— Les hommes du roi ont encerclé le village. Ils ont réuni tous les villageois dans la grande salle.

— Du calme. Raconte-moi tout.

— Je suis retourné au village un peu avant l'aube. Je n'arrivais pas à attraper de gibier, et je me suis dit qu'ils accepteraient sûrement de nous donner un petit quelque chose. En m'approchant, j'ai vu leurs chevaux, alors je me suis caché. Ils ont réuni Ramath et son peuple. Je ne sais pas ce qu'ils mijotent, mais il faut qu'on s'en aille d'ici, nous sommes trop proches.

— Pourquoi tant de peur ? Nous avons des chevaux, nous pouvons leur échapper.

— Un chevalier rouge les accompagne, et ils utilisent la magie noire. Tu l'as souvent répété, ils sont maléfiques. Nous devons fuir.

— Un chevalier rouge ? Ici ? Pourquoi ?

— Je ne sais pas, dit Brion. Je vais seller les chevaux. »

Kartia nagea jusqu'à la rive et sortit de l'eau. « Qu'y a-t-il pour déjeuner, messire chevalier ? demanda-t-elle.

— Rien, je le crains. Il nous faut partir. Le village de Ramath a été attaqué ce matin ; l'endroit n'est plus sûr.

— Pauvre Ramath, dit-elle. Je l'aimais bien.

— Moi aussi. Rassemble tes affaires. »

Ils réunirent leurs paquetages qu'ils attachèrent à leurs selles. Nuada enfila son armure et Brion l'aida à la boucler.

Un homme s'avança dans la clairière. Brion dégaina sa dague en un éclair.

« Ramath ! le salua Nuada, souriant. Tu as pu t'échapper ! Bien joué. »

Le nouvel arrivant était grand et maigre, vêtu de grandes peaux noires et tannées. Il s'approcha de Nuada et s'inclina.

« Je ne me suis pas échappé, messire ; ils m'ont laissé partir. » Ramath, la gorge nouée, détourna le regard. « C'est vous qu'ils veulent. Je dois m'en retourner avec vous dans l'heure car sinon mon peuple mourra. Le chevalier rouge, messire Edrin, a promis que nous serions libres au moment où vous vous rendriez.

— Tu ne peux pas faire ça ! s'exclama Kartia. Ils te tueront. » Elle se retourna vers Ramath. « Comment oses-tu venir ici et demander une telle chose ? Comment oses-tu ? »

Nuada l'écarta. « Comment... comment peux-tu être sûr qu'il tiendra parole, Ramath ? demanda-t-il.

— Je ne suis sûr de rien, messire. Mais que puis-je faire d'autre ? »

Nuada avait la bouche sèche. Il détacha une gourde de sa selle et but de longues gorgées. « J'ai une mission, tu vois, dit-il finalement. Je dois lever une armée pour combattre ces... êtres maléfiques. Tu comprends ? Je ne peux... » Sa voix s'affaiblit et il se tut devant le regard désespéré de Ramath.

« J'ai trois fils, messire. Ils ont tous moins de cinq ans. Ils sont assis avec leur mère et attendent que des poignards leur tranchent la gorge. »

Nuada se détourna. « Ne l'écoute pas, l'implora Kartia. Je t'en supplie Nuada. Pense à nous. Pense... »

Nuada se pencha, souleva son heaume et le tendit à Brion. « Garde-le. Je n'en aurai pas besoin. Ramène Kartia à Llaw et aux autres. Dis-leur que je suis désolé ; je n'ai pas la force de refuser. »

Kartia s'accrocha à son bras. « Ils vont te tuer, dit-elle, les joues ruisselantes de larmes. Pour l'amour du ciel, ils vont te tuer ! »

Il l'entraîna à l'écart et sa vision se brouilla quand il l'embrassa. « Je t'aime, dit-il, et je pense que le bonheur de ce matin était un présent. Un ultime présent. Jamais je n'avais vu une aube pareille à celle-là. »

Il l'attira à lui. « Je ne sais trop quoi dire... Il n'y a pas de mots, Kartia.

— Laisse-moi t'accompagner. Je t'en prie.

— Non. Va avec Brion. Je me sentirai... plus fort si je suis seul. »

Il se dirigea vers son cheval et se mit en selle. Puis, après avoir pris une violente inspiration, il éperonna sa monture. Kartia s'élança vers lui, mais Brion la retint alors que Nuada quittait la clairière sans oser se retourner. Ramath marcha silencieusement à côté de lui jusqu'à la dernière colline ; il leva alors le bras et effleura la main de Nuada.

« Je ne pourrai jamais assez vous remercier », dit le chef.

Nuada sourit mais sa bouche était trop sèche pour parler et il tremblait. Comme il approchait du village, des soldats armés de lance l'encerclèrent.

On lui ordonna de mettre pied à terre, il s'exécuta ; ses membres tremblaient de peur et il trébucha. Les villageois accoururent en masse pour le voir et s'alignèrent le long de la voie. Il scruta leurs visages et puisa de l'énergie dans leur sympathie. Une dernière représentation, Nuada, se dit-il. Tu en auras la force, j'en suis sûr.

On le conduisit au-delà de la grande salle où, la nuit précédente, ses récits d'héroïsme et de courage avaient subjugué les villageois. Que n'aurait-il pas donné, à cet instant, pour voir Llaw Gyffes et les autres chevaliers dévaler la colline dans un tonnerre de sabots pour le sauver. Il en ferait une chanson !

Ils l'emmenèrent à un arbre mort dans une clairière. Là attendait Edrin, le chevalier rouge.

« Ainsi donc le conteur est de retour, dit-il. Où sont votre épée, messire chevalier, et votre heaume ?

— Je ne porte pas d'épée, répondit Nuada.

— Je vous en prêterai une. Ainsi, au moins, vous pourrez défendre votre vie. »

Nuada secoua la tête. « Non. Si j'en venais à vous tuer, ces gens en subiraient les conséquences. Vous avez passé un accord : moi contre eux. Honorez votre parole. » Il lut la colère dans les yeux du chevalier et sut qu'il avait gagné. Car si son adversaire l'avait tué au combat, tous les villages auraient très vite appris que ceux de la Gabala étaient plus faibles que les chevaliers rouges du roi. Il sourit. « Et maintenant, messire ?

— Si vous êtes trop pleutre pour vous battre, alors vous mourrez en scélérat. »

Des hommes d'armes cernèrent Nuada, défirent son armure et l'en débarrassèrent. Puis il fut conduit à l'arbre, ses bras écartelés contre l'écorce rugueuse. Deux soldats vinrent avec de longs clous et des marteaux. Nuada grinça des dents quand ils placèrent les pointes acérées contre ses poignets. Les marteaux s'abattirent. Le sang gicla à mesure que les pointes d'acier pénétraient la chair, les tendons et les os pour mordre dans le tronc. Nuada s'affaissa... les clous lui déchirèrent les bras. Il gémit et tenta de redresser la tête.

Le chevalier rouge prit un arc et un carquois qu'il tendit à Ramath.

« Tire le premier, dit-il. Prouve ta loyauté envers le roi. »

Le chef cligna des yeux. « Je... je ne peux...

— Obéissez ! cria Nuada. Ou tout cela aura été vain. Ils me tueront de toute façon ; ce n'est pas vous qui allez me tuer, ce sont eux. Faites-le. Je vous pardonne. »

Ramath prit l'arc et encocha une flèche. Il tira et relâcha prestement la corde, sa flèche perfora la poitrine de Nuada. Un à un, tous les hommes du village durent s'avancer et décocher un trait dans le corps sans vie cloué à l'arbre.

À la fin, quand les flèches furent toutes épuisées, le chevalier rouge retourna à son destrier. Les soldats reculèrent et quittèrent les lieux. Ramath s'élança et se mit à retirer les flèches du corps de Nuada tout en pleurant.

« Je suis désolé, désolé », répétait-il à voix basse, sans cesse.

À cet instant, Lámfhada arriva en esprit. Ayant quitté la grotte pour explorer le nord, il avait été attiré ici par un irrésistible flux émotionnel. Il plana au-dessus du corps de Nuada et vit ses terribles blessures.

Il se souvint du cerf et plongea ses mains d'Or dans le cadavre pour y déverser sa magie. Les plaies se refermèrent, mais il ne trouva aucune vie.

Ramath et les autres, incapables de discerner Lámfhada, virent les blessures se refermer et s'éloignèrent de l'arbre en titubant.

Conscient de l'inutilité de la chose, Lámfhada refusa pourtant de s'arrêter. Un flot grandissant de puissance s'écoula dans le cadavre et, à travers lui, dans le pommier mort. Les branches tremblèrent et des bourgeons poussèrent instantanément sur chaque rameau et brindille, s'épanouissant en fleurs blanches et roses qui tombèrent comme neige.

Lámfhada finit par se rendre à l'évidence : Nuada Main d'Argent était mort. L'Armurier s'éleva au-dessus de la scène et retourna, éperdu, à la caverne.

Ramath s'avança alors et se pencha pour ramasser les fleurs du pommier. Il se tourna vers son peuple.

« Il a dit que c'était une guerre sainte. Et vous avez tous vu ce signe des cieux. Nous allons envoyer un messager dans tous les villages. Nuada aura son armée. Par tous les dieux, je le jure ! »

Chapitre 20

Les éclaireurs du roi gravirent au pas de charge la colline sous une volée de flèches. Ils continuèrent cependant d'avancer et les archers embusqués durent battre en retraite. Elodan attendit que les éclaireurs franchissent la lisière, porta un cor à ses lèvres et en tira une seule note.

De nombreux guerriers perchés dans les arbres se laissèrent tomber de leur cachette, brandissant épées et couteaux. Elodan tira son épée puis conduisit son étalon jusqu'au centre de la mêlée, tailladant et tuant. Les éclaireurs reculèrent et dévalèrent la colline.

Llaw Gyffes, Manannan et une vingtaine de cavaliers armés sortirent au galop des bois situés en face. Les éclaireurs se dispersèrent devant eux mais nombreux furent rattrapés tandis qu'ils s'enfuyaient à pied le long de la vallée.

Manannan éperonna son destrier et, dans un furieux galop, chevaucha au milieu des hommes en fuite. Devant lui, le porte-étendard brandissait la bannière du roi, un corbeau sur champ azur. Le Chevalier Déchu le tua d'un coup d'épée, s'empara du flambeau et le brandit bien haut afin que tous les défenseurs puissent le voir.

Un grondement de sabots emplit l'air et Manannan fit volte-face. Cinq cents lanciers du roi entraient à cheval dans la vallée. Le Chevalier Déchu coupa à gauche, vers les arbres. Plusieurs lanciers filèrent dans sa direction. Lorsqu'il eut gagné la lisère, il lança la bannière à un rebelle qui attendait là et s'en retourna pour affronter ses assaillants, au nombre de cinq. Manannan leva son épée et les chargea. Il esquiva une lance et jeta le cavalier à bas de sa monture. Une deuxième lance rebondit sur sa cuirasse et son épée fendit les côtes de son adversaire. Il fut alors au milieu d'eux. Incapables d'utiliser efficacement leurs longues lances, les assaillants les laissèrent tomber et tirèrent leurs épées. Ce fut inutile. Manannan les tailla en pièces, sa lame d'argent traversant mailles et armures. Le dernier lancier tenta de s'échapper lorsqu'une flèche tirée depuis le sous-bois vint se ficher dans le flanc de son cheval alors qu'il faisait demi-tour. La bête s'écroula, jetant son cavalier au sol ; l'homme se redressa mais un trait l'atteignit à la cuisse. Des rebelles surgirent des fourrés pour l'achever. Manannan se pencha sur le pommeau de sa selle et regarda les lanciers fondre dans la vallée. Llaw Gyffes et les autres cavaliers cédèrent devant eux et montèrent se réfugier dans les massifs de pins qui cernaient les collines.

Elodan vint s'arrêter à hauteur de Manannan. « Tu penses qu'ils vont nous poursuivre ?

— Pas s'ils ont une once de bon sens. Ils ne peuvent pas savoir combien nous sommes, et des lanciers seraient aussi efficaces ici que des épées en bois. Avons-nous perdu beaucoup d'hommes ?

— Environ une douzaine. Gwydion s'occupe des blessés. Tu as vu Morrigan ?

— Non, je croyais qu'elle était avec toi.

— Elle poursuivait quelques éclaireurs à l'ouest, répondit Elodan. Tu devrais peut-être aller la retrouver. »

Manannan acquiesça. Il chevaucha quelque temps, guettant d'éventuels traînards encore embusqués dans la futaie. Soudain, il entendit un cri terrifiant et dégaina son épée. L'étalon rechigna à entrer dans la clairière d'où provenait le cri, mais il lui flatta l'encolure et lui parla calmement. Le cheval avança de quelques pas, puis s'arrêta à nouveau. Manannan mit pied à terre et attacha sa monture. Il écarta les buissons et vit Morrigan accroupie au-dessus d'un homme qui se débattait ; elle avait les dents fichées dans sa gorge. Tandis que Manannan regardait, le corps de l'homme commença à se flétrir.

Frappé d'horreur, le Chevalier Déchu fixa Morrigan qui se redressait en essuyant le sang de sa bouche. Elle se retourna lentement.

« Manannan !

— Retire cette armure, siffla-t-il, immédiatement !

— Attends ! le supplia-t-elle. Laisse-moi t'expliquer.

— Ce que j'ai vu explique tout. Retire cette armure, Morrigan, ou je te tue.

— Tu t'en sens capable ? cracha-t-elle. J'ai la force des Vyres.

— Je *sais* que j'en suis capable, et tu le sais aussi. Retire cette armure. *Maintenant*. Tu déshonores tout ce qu'elle représente. »

Durant un instant il pensa que Morrigan allait l'attaquer, mais elle lâcha son épée et commença à déboucler sa cuirasse d'argent. Il attendit en silence jusqu'à ce qu'elle se tienne devant lui, vêtue d'une simple tunique bleue et de chausses grises. « Et maintenant ? demanda-t-elle.

— Maintenant va-t'en. Quitte la forêt. Si jamais je te revois, tu es morte. Hors de ma vue. »

— Ce n'est pas ma faute, cria-t-elle, Je n'ai pas choisi d'être ce que je suis ! » Il ne répondit pas ; elle s'approcha. « Manannan, ne me rejette pas.

— Si tu es encore là dans une minute, je décolle ton ignoble tête de tes épaules. Hors d'ici ! » hurla-t-il. Sa fureur la fit reculer et elle s'enfuit de la clairière alors que Manannan s'effondrait dans l'herbe, les mains tremblantes. Elodan le trouva dans cet état.

Le Chevalier Déchu lui rapporta l'incident et Elodan soupira. « En un sens, Manannan, elle avait raison. Morrigan n'avait pas choisi d'être un vampire ; elle y a été contrainte. Mais elle devait partir. Peux-tu m'aider à enlever mon heaume ? » Manannan plaça ses mains sur le casque et, d'une torsion sur le collet, le détacha. « Merci, mon ami. Je me sens plus que jamais inutile dans cette armure. Tu sais, livré à moi-même, je serais incapable de retirer ma cuirasse.

— Tu commences à bien te battre, lui dit Manannan. C'est une bénédiction. »

Elodan leva sa main gauche et la contempla. « Elle commence à m'obéir, mais je n'aimerais pas croiser quelqu'un d'habile. » Le Seigneur Chevalier lança un regard à l'armure de Morrigan. « Je suppose qu'il va falloir choisir un autre chevalier. » Manannan secoua la tête. Il s'approcha à grands pas de l'endroit où gisait la cuirasse, s'en saisit et revint vers Elodan. À l'extérieur, le métal brillait comme de l'argent poli, mais l'intérieur était rongé par la rouille. Manannan banda ses muscles et en empoigna les extrémités ; la cuirasse cassa net et s'effrita entre ses mains.

Il la jeta de côté. « L'armure reflète son porteur, dit-il.

— Mais alors pourquoi a-t-elle été choisie ? » demanda Elodan.

Manannan haussa les épaules. « Je l'ignore, mais nous avons perdu Agrain, et maintenant Morrigan. Qui sera le prochain, je me le demande.

— Nuada est mort, aussi, murmura Elodan. Lámfhada m'a rendu visite en rêve la nuit dernière. Le poète était cloué à un arbre ; il a donné sa vie pour sauver un village. »

Manannan resta silencieux et se mit péniblement debout. « Viens, dit-il. La journée n'est pas encore terminée. » Il souleva le heaume d'Elodan et s'apprêtait à le placer sur la tête du Seigneur Chevalier. Les yeux d'Elodan se remplirent de tristesse :

« Cela doit te peiner, Manannan, de voir les hommes qui sont devenus chevaliers de la Gabala : un manchot incapable de s'habiller tout seul, un voleur, un cuisinier, un forgeron et un Nomade incapable de comprendre le concept de chevalerie.

— Tu ne peux même pas imaginer ma fierté, Elodan. Tu n'en as pas idée. »

*
**

Le roi jeta son gobelet incrusté de pierreries au visage du général, qui ne fit rien pour l'éviter. Le projectile l'atteignit au front, entaillant la peau, mais il resta au garde-à-vous tandis qu'un filet de sang coulait le long de sa joue.

« Espèce d'imbécile ! tonna le roi. Incapable ! Si vous demeurez responsable de l'approvisionnement, mes troupes mourront de faim. Combien de convois nous sont parvenus ces six derniers jours ? Combien ?

— Un seul, messire, répondit l'homme.

— Un seul. On vous a confié cinq cents lanciers ; vous avez battu toute la campagne. Et pour quel résultat ?

— Aucun, messire. Nous avons capturé un de leurs éclaireurs. Il nous a dit que le duc de Mactha dirigeait les opérations. Il a révélé leur cachette sous la torture. Mais le duc était déjà loin quand nous sommes arrivés.

— Qui ? siffla le roi. Qui était loin ?

— Le du... le traître dénommé Roem, sire.

— Hors de ma vue, et allez faire votre rapport à Kar-schen. Vous n'êtes plus général ; vous prendrez la tête de la prochaine *turma* dans la forêt.

— Oui, sire. Merci bien, sire », dit l'homme. Il s'inclina et battit en retraite vers l'entrée de la tente tandis que le roi se penchait vers Samildanach, qui se tenait près du trône.

« Comment analysez-vous la situation, Seigneur Chevalier ?

— L'ancien duc est un valeureux adversaire. Ses attaques sont rapides comme l'éclair et bien planifiées. Il a incendié une douzaine de convois et n'a sans doute perdu qu'une demi-douzaine hommes. Il connaît le terrain. Mais les soulèvements à Furbolg m'inquiètent bien davantage.

— Les soulèvements ? Quelques émeutes tout au plus. Mes troupes s'en sont occupées, répliqua le roi.

— De toute manière, le gros de l'armée est avec nous, messire. En cas de révolte...

— Une révolte ? Pourquoi y aurait-il une révolte ? Le peuple m'aime. N'est-ce pas, Okessa ? »

Le nouveau duc de Mactha inclina sa tête chauve. « Parfaitement, sire. Mais le Seigneur Chevalier a raison de s'inquiéter, il subsistera toujours des éléments cupides ou envieux.

— Que suggérez-vous, Samildanach ?

— Je pense que vous devriez retourner à Furbolg, sire, avec un millier de lanciers. Cela mettrait probablement un terme aux problèmes.

— Mais je veux que Llaw Gyffes et ses rebelles soient châtiés.

— Ils le seront, sire. Malgré leurs défenses inspirées, il apparaît maintenant qu'ils ne sont pas suffisamment nombreux pour arrêter une invasion violente et soudaine. Dans deux jours, les lanciers avanceront sur la droite et la gauche, à trois kilomètres de distance, et convergeront vers le centre. Au même moment, je conduirai le gros de l'armée dans la forêt. L'ennemi sera forcé de battre en retraite.

— Et je serai là pour le voir, déclara le roi.

— Sire, poursuivit Samildanach. Ce ne sera que le premier mouvement. Ils ne se laisseront pas anéantir sans répliquer. La rébellion sera écrasée, mais il faudra des semaines pour les rattraper tous, et je crains que les incessantes poursuites à travers la forêt vous fassent périr d'ennui.

— Fort bien, Samildanach. Je m'en tiendrai à vos conseils. Mais il ne faut pas que Llaw Gyffes meure ; il doit être conduit à Furbolg, ainsi que les autres chevaliers félons, pour comparaître en jugement et être exécuté.

— Ce sera fait, sire.

— Que prévoyez-vous pour le traître Roem ?

— Nous enverrons un convoi depuis Mactha, mais cette fois, des lanciers à moins de deux kilomètres de distance, postés dans toutes les directions, viendront renforcer l'escorte. Je prendrai part au convoi. Roem n'en réchappera pas.

— Envoyez-moi sa tête. Je la ferai ficher sur une lance au-dessus des portes de la cité.

— Ce sera fait, sire. »

*
**

Épée brandie à deux mains, l'ancien duc tenait à distance les soldats qui l'encerclaient. Un guerrier se précipita en avant, mais le duc dévia son coup d'estoc et lui trancha net le cou. Deux kilomètres à l'ouest, la fumée du convoi en flammes s'élevait tel un cobra géant. Roem sourit. Autour de lui gisaient les corps de ses hommes ; ils avaient bien combattu, mais étaient inférieurs en nombre et en puissance. Seul Roem, dans son armure d'argent, avait pu endurer les nombreux coups.

« Allez, venez, mes héros. Qui est le prochain candidat au chant du cygne ?

— Je crains que ce ne soit vous, fit Samildanach en pénétrant dans le cercle. Souhaitez-vous déposer les armes ?

— Et vous ? répliqua Roem.

— Je ne pense pas. Le roi a réclamé votre tête, et je me suis engagé à la lui porter. Je suis homme à tenir ses promesses.

— Vraiment ? N'aviez-vous pas un jour promis d'aider les pauvres et les nécessiteux ?

— Assez parlé, Roem. Défendez-vous. »

Le duc de Mactha était une fine lame, mais jamais auparavant il n'avait affronté un guerrier de la trempe de Samildanach. Avec un désespoir grandissant, il repoussa les attaques enragées du chevalier rouge, mais à mesure qu'il faiblissait, il sentait la force de son adversaire augmenter en puissance. La lame sombre sifflait et tranchait toujours plus vite. Roem tenta de contre-attaquer mais ses bottes semblaient fades et maladroites face au maître contre lequel il luttait. Un coup puissant emporta sa spallière et pulvérisa sa clavicule ; puis le heaume fut touché ; l'épée ricocha et lui entailla l'épaule. Le coup suivant défit son casque et Roem recula. Samildanach ne le suivit pas.

« Retirez-le s'il vous gêne », l'invita Samildanach.

Roem ficha son épée dans l'herbe et se débarrassa du heaume abîmé.

« Vous êtes un combattant remarquable, Samildanach. Je n'en connais qu'un seul qui vous surpasse. »

Samildanach ricana. « Si vous avez combattu un homme meilleur que moi, Roem, comment pouvez-vous être encore de ce monde ?

— Je me suis seulement entraîné avec lui. Il vous tuera, Samildanach.

— Et le nom de ce parangon ?

— Manannan. »

Le sourire s'évanouit du visage de Samildanach. « L'aube du jour qui verra Manannan me battre n'est pas encore née, et je n'ai jamais été aussi rapide et aussi fort. Vous cherchez à me perturber, Roem. N'ai-je pas raison ?

— Vous lisez facilement en moi, répliqua Roem dans un sourire. Mais j'aimerais tant pouvoir être là quand il vous forcera à embrasser l'herbe sous sa botte.

— Hélas, vous ne le verrez pas ! » siffla Samildanach, qui bondit en avant. L'épée de Roem se leva, trop lentement. La lame sombre s'abattit sur son cou et sa tête roula au sol.

Samildanach rengaina son épée et tourna le dos au cadavre.

« Veillez à ce que la tête parvienne au roi, ordonna-t-il. Il devrait être à mi-chemin de Mactha. »

Durant cinq jours une tempête balaya la forêt, gonflant rivières et ruisseaux, rendant chemins et sentiers impraticables, les collines impossibles à gravir. Les combats devinrent sporadiques et l'armée fut contrainte d'arrêter sur les deux fronts son avancée. Au centre, sous l'impulsion de Samildanach et d'Okessa, l'infanterie progressait lentement.

Le sixième jour, le temps s'éclaircit, le soleil darda de ses rayons l'océan de boue qui devait tenir lieu de champ de bataille. Samildanach décida d'attendre un jour de plus que le sol se stabilise et chevaucha jusqu'à Mactha pour faire son rapport au roi.

Dans les collines, Manannan et Elodan répartissaient leurs forces sur les flancs est et ouest, là où les ailes ne rencontraient que peu de résistance. Lámfhada parvint au camp à midi.

« Ils disposent de deux mille hommes sur chaque côté, dit-il à Manannan. Si nous restons ici, nous serons pris au piège ; les mâchoires se refermeront pour nous rabattre sur les fantassins. Nous devons nous replier.

— Je suis d'accord, fit Elodan. Nous ne pouvons leur permettre de nous contraindre à une bataille rangée, leur nombre nous balaierait.

— Je comprends, intervint Manannan. Mais l'idée d'une retraite ne me plaît pas, et ce n'est pas une affaire d'orgueil. La plupart des hommes ici présents le sont par choix. S'ils pensent que nous perdons, ils fuiront rejoindre leurs foyers. Chaque pas en arrière amenuisera notre armée.

— Il y a du vrai dans ces paroles, acquiesça Errin, qui s'approcha en compagnie d'Ubadaï. Nous avons déjà perdu quelques-uns des guerriers de Bucklar. Profitant de l'accalmie, vingt hommes sont rentrés chez eux la nuit dernière. »

Elodan secoua la tête. « Vous nous dites que nous ne pouvons battre en retraite, et cependant Lámfhada affirme que nous sommes sur le point d'être encerclés et submergés. Ça ne nous laisse pas beaucoup de choix. Nous ne pouvons attaquer. Nous n'avons ni la discipline ni les stratégies nécessaires. Tels que nous sommes, nous ne pouvons que combattre. Toute suggestion serait la bienvenue, Manannan. »

Manannan hocha la tête. « Je pense qu'une petite victoire nous servirait bien à ce stade. Puis-je suggérer que nous changions nos positions et frappions leur aile gauche ? Tant que la boue est profonde, leur cavalerie sera restreinte, ce qui devrait donner à notre infanterie un avantage certain. Mais il subsiste un danger. Leurs fantassins n'auraient plus aucune opposition. Ils pourraient marcher sur la forêt et mettre à sac tous nos villages jusqu'aux montagnes.

— C'est vrai, remarqua Elodan. Et les hommes déserteraient par centaines. Ils y seraient obligés pour sauver leurs familles.

— L'ennemi est à court de nourriture, intervint Errin. Ils ne peuvent s'aventurer trop loin, car ils auraient besoin de ravitaillement. Ils ne peuvent vivre de la terre comme nous le faisons. Nous avons disséminé les troupeaux plus au nord, et il n'y a aucune récolte pour l'instant.

— La nourriture ne va plus constituer un gros problème pour eux, répliqua Lámfhada. Le duc de Mactha a été tué par Samildanach, ainsi que tous ses hommes. »

Errin jura. Les autres ne dirent rien. Finalement, Manannan reprit la parole. « Je ne pense pas qu'ils lanceront une attaque d'envergure aujourd'hui ; ils attendront que la boue sèche. Il me semble que nous n'avons qu'une seule solution : les attaquer. Frapper leur campement. Mais c'est une aventure risquée, et nos pertes seront lourdes.

— Je ne suis pas un militaire, Manannan, intervint Errin, mais j'ai une idée, même si elle est probablement idiote.

— Parle, Errin », l'invita Manannan.

Ils écoutèrent en silence Errin exposer les grandes lignes de son plan. Ubadaï, qui s'était tenu tranquille tout au long de la réunion, se leva et partit.

*
**

Au crépuscule, Okessa quitta sa tente, souleva sa longue robe pourpre afin d'éviter que la boue ne la souille et se dirigea vers la colline au centre du campement. De là, il pouvait voir les lignes ordonnées des tentes et les feux de camp régulièrement espacés, les longues tables à tréteaux autour desquelles se réunissaient les hommes pour recevoir leur maigre pitance, les lignes de piquets qui formaient avec les tentes un angle droit ainsi que les fosses d'aisances creusées sous le vent. Demain verrait la fin des rebelles et le début du rêve d'Okessa. Il était déjà duc de Mactha et avait l'oreille du roi. Bientôt l'armée de la Gabala marcherait sur les terres voisines, déferlerait jusqu'à la mer... et jusqu'aux richesses de Cithaeron. Il tardait à Okessa que le roi le nomme satrape d'un royaume lointain, c'est-à-dire presque un roi à lui tout seul. Ses deux acolytes le rejoignirent au sommet de la colline, menant une chèvre blanche. Ils la hissèrent sur l'autel rudimentaire et Okessa lui trancha la gorge, puis l'éventra et lui arracha foie et viscères. Il lâcha la carcasse et apporta le foie à un acolyte qui tenait un flambeau. L'organe était malade et piqueté de taches noires. Okessa sentit sa gorge se nouer et se tourna vers l'acolyte. « Amenez-m'en une autre, ordonna-t-il. Sur-le-champ. »

L'homme opina, tendit la torche à son maître et dévala la colline en courant, glissant dans la boue.

« Quel est l'oracle du roi, monseigneur ? » s'enquit le second acolyte en s'approchant de son maître. Les yeux pâles d'Okessa se rivèrent sur l'homme.

« Je n'ai pas immolé la chèvre pour le roi, mentit Okessa, mais pour l'ennemi. » Il montra le foie sanglant à l'acolyte et celui-ci sourit à pleines dents.

« Demain sera un grand jour, messire.

— Oui, confirma Okessa. » Il laissa tomber le foie au sol et s'aventura au bord de la colline. En contrebas, les soldats se pressaient autour des feux de camp. Une troupe de lanciers arrivait de l'ouest, lentement, presque avec lassitude. « Descends voir cet officier, appela Okessa. Et dis-lui de venir me faire son rapport directement. » L'acolyte s'inclina et se fraya un chemin au bas de la colline, jusqu'aux cavaliers.

La troupe pénétra dans le campement. Quelques hommes mirent pied à terre et rassemblèrent des torches ; d'autres s'approchèrent des lignes de piquets, où étaient attachés plus de cinq cents chevaux. Okessa observa, incrédule, trois d'entre eux tirer leurs épées et abattre les sentinelles. Des flammes jaillirent de plusieurs tentes à l'ouest, alimentées par le vent. Soudain le campement sombra dans le tumulte tandis que les hommes abandonnaient les feux de camp pour courir jusqu'à leur tente et sauver leurs biens. La brise du ponant s'empara des flammes et les propagea de tente en tente. Un cri fusa de l'est, et Okessa se retourna pour constater que les chevaux fuyaient à grand fracas vers la forêt, poursuivis par une douzaine de cavaliers... non, pas poursuivis mais conduits ! Le centre du campement n'était que chaos. Okessa pouvait voir dans la lueur des feux le scintillement des épées et les hommes qui tombaient.

Puis il vit la troupe quitter le campement dans un tonnerre de sabots. Sa propre tente s'embrasa et il descendit en courant la colline, mais sa botte dérapa dans la boue et il roula tête la première, glissant et tourbillonnant comme une toupie, jusqu'au bas de la pente. Sa robe était ruinée. Il jura à voix haute et se remit débout, puis rentra au camp à grandes enjambées pour voir sa tente en proie aux flammes, ses livres et parchemins détruits.

Un officier passa en toute hâte et Okessa lui saisit le bras, mais l'homme se libéra d'un geste et continua son chemin. D'épaisses fumées serpentaient autour de lui et des larmes lui montèrent aux yeux alors qu'il reculait devant cet enfer, toussant et crachant. À l'est, des hommes abattaient leurs tentes pour tenter d'enrayer l'avancée de l'incendie. Au moment où ils semblaient y parvenir, un formidable craquement de tonnerre roula dans les cieux et la pluie s'abattit violemment, soufflant torches et feux de camp. Les tentes incendiées sifflèrent et crépitèrent mais ne furent pas de taille à lutter face au déluge ; en quelques minutes le camp fut plongé dans les ténèbres.

Okessa sentit monter la colère, sans pouvoir la déverser sur personne. La tempête dura plus de deux heures. Quand, enfin, la lune émergea des nuages, Okessa, trempé et crasseux, localisa le général Karschen. Il ordonna que les sentinelles de nuit soient mises à mort et le capitaine de la garde flagellé.

À l'aube, il assista aux exécutions, sans qu'elles lui apportent aucun réconfort.

Comment avaient-ils pu ?

Il avait vu la destinée du roi.

*
**

À Mactha, le roi Ahak était de bien meilleure humeur. Les salles supérieures étaient chauffées, la nourriture abondante et la soirée pleine d'enivrantes promesses. Il n'avait nul besoin de se nourrir, mais qu'était le besoin face au plaisir ? Prendre une femme, s'en servir comme les dieux l'ont voulu, la remplir d'une vie nouvelle pour ensuite la lui ôter afin de s'en épancher. Jamais il n'avait cru une telle jouissance possible.

Il se souvenait encore du jour où Samildanach était venu à lui porteur du présent d'Ambria. Cela avait été incroyable. Et la première fois qu'il avait absorbé la vie d'un autre être vivant... c'était réellement indescriptible. Maintenant il avait tout. Immortalité. Pouvoir. Il serait roi à jamais. Éternel. Il goûta la saveur de ces mots sur le bout de sa langue. Il alla flâner du côté de la fenêtre et regarda la cour en contrebas. Où diable était donc passé son serviteur ? Il aurait déjà dû trouver une fille.

Il se versa un gobelet de vin fort qu'il vida d'un trait. Il y avait eu un temps où le vin semblait comme un nectar des dieux. Mais c'était avant l'Ambria, avant les plaisirs des Vyres. Maintenant il ne servait plus qu'à le mettre en appétit.

On frappa légèrement à la porte. « Entrez ! » dit le roi.

La porte s'ouvrit et Mahan, son serviteur, entra et s'inclina. « Monseigneur, si vous le désirez, il y a là une villageoise qui souhaiterait jouir du plaisir de votre compagnie.

— Amène-la », répondit Ahak, qui ramena son manteau pourpre sur ses épaules et se dressa de toute sa hauteur.

Mahan s'écarta et fit entrer la femme. Elle était grande et fine mais sa poitrine était plantureuse et ses lèvres délicieusement ourlées.

Quand Ahak s'approcha et lui prit la main, elle détourna le regard et baissa les yeux.

« Ne soyez pas timide, ma chère, lui dit Ahak. C'est un bonheur pour moi de rencontrer mes sujets et d'écouter leurs doléances. Cela m'aide dans ce rôle si ingrat et solitaire. » Il lui souleva le menton et fut récompensé par un léger sourire. Après avoir congédié Mahan, il mena la femme à la fenêtre. « Désirez-vous boire quelque chose ?

— Ce qu'il vous plaira, monseigneur. » Sa voix était douce et suave et attisait en lui les feux de la passion ; mais il les calma et savoura pleinement l'instant. Il s'avança, lui saisit la main et la porta à ses lèvres. Il l'attira à lui, le bras droit autour de la taille.

« Feriez-vous n'importe quoi pour votre roi ? murmura-t-il.

— Oui, monseigneur. »

Il libéra sa main et laissa courir ses doigts le long de son corps, pressa ses seins, caressa son ventre. « Tu sais ce que je désire ?

— Oui, monseigneur », répondit-elle en desserrant les liens de sa robe. Quand il l'écarta de ses épaules, la robe tomba au sol et elle l'enjamba. Il la mena au lit, défit sa cape et se dévêtit.

Il la dévisagea un instant.

« Tu n'as pas idée des plaisirs qui t'attendent, murmura-t-il en se glissant à ses côtés.

— Je crois que si, monseigneur », répondit Morrigan.

*
**

Samildanach descendit de cheval et le mena aux écuries. Il gravit ensuite les marches et ouvrit la porte de la grande salle. Mahan vint l'accueillir.

« Où est le roi ? demanda le chevalier rouge.

— Dans la haute chambre à coucher du duc, monseigneur. Il est avec une femme.

— J'attendrai, fit Samildanach. Apporte-moi du vin.

— Bien, monseigneur. Il se peut que cela prenne plus de temps que d'habitude ; la femme est d'une beauté rare et exquise. » Mahan sourit.

« Exquise ? Ici, à Mactha ? Voilà qui est surprenant.

— Oui, monseigneur. Je pense que le roi a rarement eu autant de chance. Je l'ai trouvée devant le château ; elle attendait là, sur le bord de la route.

— Décris-la, demanda Samildanach.

— Grande, avec de splendides cheveux blonds. Elle est jeune, et pourtant on y voit déjà des mèches d'argent...

— Grands dieux ! » s'écria Samildanach en tirant sa lame. Il vola dans l'escalier et grimpa les marches quatre à quatre. Il atteignit le couloir supérieur, courut à la porte de la chambre mais la trouva fermée à clef. Prenant son élan, il fracassa la serrure de bronze d'un coup de pied et la porte s'ouvrit brutalement. Samildanach bondit à l'intérieur...

Le cadavre hideusement flétri du roi gisait sur le lit. Morrigan était assise sur le sol, nue, ses pieds baignant dans le sang coulant des profondes blessures qu'elle portait aux poignets.

Samildanach lâcha son épée et marcha vers elle. « Pourquoi ? » murmura-t-il.

Ses yeux tentèrent de se concentrer. « *Pourquoi ?* Tu ne vois donc pas ce que... ce que nous sommes devenus ? Oh, Samildanach ! Nous corrompons tout ce que nous... touchons. » Elle s'affaissa et il la rattrapa, la ramenant contre lui. « Je t'aimais, dit-elle, plus que la vie elle-même. Et à présent... je ne sais même plus ce que cela signifie.

— Ne parle plus. Laisse-moi panser tes poignets ; on peut te sauver la vie.

— Il n'y a rien à sauver. Je suis morte dans la cité des Vyres, quand je suis devenue un de ces morts vivants... comme toi, mon amour.

— Tu ne comprends pas, nous allons construire une nouvelle Gabala... une nouvelle...

— Te souviens-tu m'avoir aimée ?

— Je m'en souviens.

— Pas dans la Vyre... mais avant. Dans le jardin, la nuit où tu es parti. Tu t'en souviens ?

— Oui, c'était une autre époque.

— Qu'est-il advenu de ce jeune et preux chevalier ?

— Il est toujours là, Morrigan. Il... Morrigan ? *Morrigan !* » Il l'étendit doucement sur le sol et lui ferma les paupières.

Chapitre 21

Il fallut deux jours pleins à l'armée royale pour se préparer à la marche, l'infanterie disposée en phalange partant en avant le long de la vallée, les boucliers dessinant quatre grands carrés.

Manannan, Elodan et les autres chevaliers postèrent leurs montures au nord de l'armée en mouvement. Leur mine était sombre. Llaw avait envoyé des éclaireurs à l'est et à l'ouest afin d'évaluer la puissance de la cavalerie ennemie et le premier rapport ne tarda pas. Près de deux mille cavaliers avançaient à l'ouest. De l'est, pas un mot.

« Il faut reculer, dit Manannan. Nous n'avons pas assez d'hommes pour rompre ces formations. »

À contrecœur, Llaw approuva.

Un forestier surgit des arbres, le visage écarlate, les yeux brillant d'excitation.

« Llaw ! Llaw ! cria-t-il. Les lanciers ont été écrasés !

— Quoi ? Qu'est-ce que tu racontes ?

— Il y a cinq mille rebelles, menés par un certain Ramath. Ils ont massacré les lanciers et se dirigent maintenant par ici.

— Ramath ? Je n'ai jamais entendu parler de lui.

— Toute la forêt au nord vibre de rumeurs. On parle d'un miracle... quelque chose à propos de Nuada et de l'arbre de vie. Je ne comprends rien à tout cela mais ils sont ici !

— Où ? » demanda Manannan. L'homme se tourna et désigna les collines orientales, où des hommes en armes sortaient des bois pour se déverser sur la pente, en direction de l'ennemi.

« Bon sang ! s'écria Elodan. Ils vont se faire tailler en pièces !

— Sonnez l'ordre de marche ! ordonna Llaw. Nous allons les frapper sur tous les flancs à la fois.

— S'ils tiennent leur formation, ils nous repousseront comme une digue repousse la crue, dit Manannan.

— Alors prions qu'ils ne tiennent pas, répliqua Llaw. En avant ! » Il éperonna son étalon, imité par les autres chevaliers, et par quelque quatre-vingts cavaliers placés à l'arrière, vêtus d'armures prises à l'ennemi.

Du centre du premier carré, Okessa vit les assaillants et blêmit ; il y en avait des milliers. « En arrière, en arrière ! » cria-t-il, et le carré chancela. Les soldats, percevant la panique dans la voix du duc, avec l'effet conjugué des cris sauvages de la horde de rebelles, brisèrent les rangs et se replièrent en hurlant au fond de la vallée. Deux autres phalanges se scindèrent mais la troisième, sous le commandement du général Karschen, tint bon.

Okessa poussa sa monture vers la sécurité des plaines, semant les soldats en fuite. Il était presque sorti d'affaire lorsqu'une silhouette élancée bondit à flanc d'une colline et tira une flèche. Le trait atteignit le cheval au poitrail et la bête trébucha, envoyant son cavalier voler par-dessus elle. Il heurta durement le sol, roula et se redressa sur ses genoux pour constater que son assaillant était une femme. Il tâtonna sa ceinture en criant : « J'ai de l'argent, cria-t-il. Prenez tout.

— Tu as surtout tué ma sœur », lui répondit Sheera, qui encocha une autre flèche. Okessa se releva et s'enfuit par où il était venu. La flèche se planta à gauche de sa colonne vertébrale et lui transperça le cœur.

Sheera retourna en courant dans les collines, mais aucun des soldats ne lui donna la chasse ; ils étaient bien trop concernés par leur propre fuite. Kar-schen sauva l'honneur de l'armée royale en réussissant à battre en retraite hors de la vallée. Des centaines de soldats en débâcle, se retournant, virent la courageuse résistance de l'arrière-garde du général et, reprenant courage, le rejoignirent. Lorsque le crépuscule laissa place aux ténèbres, l'armée comptait de très lourdes pertes mais demeurait intacte.

Samildanach et les chevaliers rouges arrivèrent aux environs de minuit et Kar-schen fit son rapport.

« Je ne pouvais faire grand-chose, dit le vieux et massif général. Le duc a paniqué, et les hommes l'ont suivi dans sa fuite. Mais nous avons toujours une armée, et deux mille lances nous ont rejoints. Si nous attaquons demain, je crois que nous pouvons les mettre en déroute.

— Je ne pense pas que ce sera nécessaire, répondit Samildanach. Vous avez bien agi, général ; fort bien agi. Je veillerai à ce que le roi vous récompense.

— Sa Majesté se porte-t-elle bien ?

— Oui, elle se repose à Mactha. »

À l'aube, Samildanach pénétra dans la vallée, arrêta son cheval et planta une bannière blanche dans le sol. Puis il attendit. Une heure plus tard, un chevalier en armure d'argent avança vers lui au petit galop.

« Bienvenue, Manannan. Comment vas-tu ?

— Je ne souhaite pas discuter avec toi, démon. Donne-moi ton message.

— Nous étions amis autrefois, dit Samildanach.

— C'était un autre homme. Parle ou je rebrousse chemin.

— Très bien. J'ai une offre à vous faire. Demain, nous pouvons revenir dans la vallée et engager nos troupes une fois de plus. Des centaines de vies seront perdues, voire des milliers. Pourquoi ne pas régler cela comme des chevaliers ? En duel ?

— Pourquoi nous battrions-nous ? demanda Manannan. Qu'as-tu à offrir ?

— Si tu gagnes, l'armée royale rentrera à Furbolg et la forêt Océane sera sauve. Si je gagne, tu disperseras tes troupes et livreras Llaw Gyffes.

— Pas question, répondit Manannan. S'il faut parler de capitulation, alors livre-nous Ahak.

— Très bien. Pas de capitulation... disperse seulement ton armée.

— Comment puis-je être sûr que tu respecteras ta part du marché ?

— Je te donne ma parole de chevalier, répondit Samildanach, réprimant sa colère.

— Autrefois, j'aurai affronté l'enfer avec une telle promesse. Mais plus maintenant, Samildanach. Ta parole a moins de valeur que de la merde de porc. Non. Je pense que nous tenterons plutôt la bataille.

— Tu serais donc le Seigneur Chevalier, Manannan ? Ou l'Armurier ? Étrange... j'ai cru entendre dire que c'était Elodan, le manchot, et le gamin, Lámfhada. Cours les rejoindre et expose-leur mon offre. Vois ce qu'ils ont à dire. »

Manannan à son tour sentit au fond de son âme la froide morsure de la colère. Il prit une lente et profonde inspiration. « Tu as raison, bien sûr. Ce sera fait. Et si ton défi est accepté, je te rencontrerai ici à l'aube. Crois-moi, Samildanach, je te battrai. J'en fais serment.

— Assez de menaces dans le vide. Rapporte mes paroles à tes maîtres. J'attendrai ici leur réponse. »

Manannan revint à l'endroit où l'attendaient les autres chevaliers et Lámfhada, assis autour d'un feu. Ramath, Bucklar et les autres chefs étaient à côté.

Manannan résuma la proposition de Samildanach et précisa immédiatement qu'il y était opposé.

Lámfhada se leva. « Nous ne devons pas écarter cette offre à la légère. Comme l'affirme Samildanach, elle pourrait sauver plusieurs centaines de vies. Es-tu en mesure de le battre, Manannan ?

— Je le pense, oui. Mais je ne puis en être certain.

— Considérons un autre détail, intervint Elodan. Si le chevalier rouge perd et manque à sa parole, il ne fera que renforcer notre cause. S'il gagne, nous pouvons nous disperser pour nous reformer plus tard.

— Je pense que nous oublions un facteur important, avança doucement Errin. Nous sommes les chevaliers de la Gabala. Nous ne pouvons refuser un tel défi et prétendre conserver nos titres. Samildanach le sait bien. Si nous refusons, on nous accusera d'imposture, et la mort de Nuada ainsi que celle des autres auront été inutiles. Quel que soit le risque encouru, nous devons accepter et nous en remettre à Manannan. »

Elodan acquiesça. « Merci, Errin. Tu as raison, bien sûr. Peu importe que Samildanach soit sincère ou non. Je doute qu'il le soit, mais il faut l'affronter. Y consens-tu, Lámfhada ?

— Oui. Retourne le voir, Manannan. Dis-lui que le combat aura lieu demain. »

Manannan soupira et secoua la tête. « Comme vous voulez », dit-il. Il monta sur son étalon et retourna vers la vallée et Samildanach.

« Demain, deux heures après l'aube, déclara le Chevalier Déchu.

— Ainsi donc le défi est accepté ?

— Oui. Je serai là.

— Toi, Manannan ? dit Samildanach avec un large sourire. Mais ce n'est pas ainsi que cela doit se passer. Je suivrai les règles de la Gabala. Je suis le Seigneur

Chevalier du Rouge ; j'affronterai donc le Seigneur Chevalier de la Gabala.

— Quelle est cette fourberie ? s'emporta Manannan. Elodan est infirme, et tu le sais bien.

— Loin de moi l'idée de critiquer le choix de votre chef. Mais tu connais les lois de l'épée : mon défi doit être relevé par un combattant de rang égal au mien. Naturellement, si tu souhaites me voir retirer mon défi, je considérerai ta requête.

— Et tu la refuseras ?

— Bien sûr. J'ai proposé un défi : il a été accepté. Il serait indigne de votre part de revenir dessus.

— Comment quelqu'un comme toi peut-il utiliser le mot *indigne* ? Tu es une créature des ténèbres, un serviteur des démons. Tu as tourné le dos à tout ce qui est saint et honnête.

— Épargne-moi tes sermons, Manannan... Retourne dans ta demeure boueuse et dis à Elodan que je le rencontrerai ici même deux heures après l'aube. »

Lámfhada s'assit à l'écart des autres chevaliers, contemplant les étoiles, sentant le souffle du vent nocturne. En contrebas, dans une clairière abritée, Elodan se préparait au combat ; lui aussi était seul, agenouillé en prière. Le cœur de Lámfhada était lourd, et ses pensées emplies de mauvais pressentiments. Ils avaient été piégés et devaient maintenant en subir les conséquences. Elodan avait accueilli la nouvelle avec sérénité ; il s'était redressé et avait calmé l'éclat de colère de Manannan en levant la main.

« Assez, mon ami. Une telle démonstration de rage ne sied guère à un chevalier. Samildanach a parfaitement raison, je serai là pour l'affronter. »

Lámfhada entendit le bruissement des ailes des chauves-souris qui décrivaient des cercles dans le ciel nocturne, en quête d'insectes. Il frissonna et resserra sa cape sur ses épaules. L'automne précédent, il était encore un esclave qui désespérait de faire voler un oiseau de métal. Désormais il était l'Armurier et le Dagda, le gardien des Couleurs. C'en était trop ; cette nuit-là, il se sentit terriblement jeune.

Une lueur chatoyante apparut, d'où émergea une silhouette brillante qui se tint devant lui. Lámfhada se releva et regarda cette vision prendre consistance, ne sachant s'il devait fuir ou parler. Alors que le visage se matérialisait, Lámfhada eut un mouvement de recul ; il tenta de fuir mais une poigne puissante lui saisit le bras.

« Ne fuis pas, mon enfant, lui dit Samildanach. Je désire seulement te parler.

— Que désirez-vous ?

— Le jour où j'ai failli t'attraper et que mes mains se sont resserrées autour de toi, j'ai aperçu de nombreuses choses. J'ai vu un cerf mourant redevenir jeune et vigoureux. Tu as un pouvoir immense. As-tu déjà envisagé ses nombreux usages ?

— Je ne mettrai pas ce pouvoir à ton service, créature des ténèbres.

— Pas à mon service, imbécile, mais au sien ! dit Samildanach en désignant la clairière, où Elodan priait. Songes-y. »

Il fit un pas en arrière et disparut.

Lámfhada demeura un long moment assis, intrigué par les paroles du chevalier rouge. Pourquoi chercherait-il à aider Elodan ? Qu'y gagnerait-il ? Lámfhada ferma les yeux et chercha les Couleurs. Il s'éleva rapidement vers l'Or, plana au-dessus de la forêt puis vint flotter juste derrière le chevalier agenouillé. Il leva les mains, qu'il emplit par sa seule volonté de la toute-puissance de l'Or, et les plongea d'un coup dans le dos d'Elodan. Le chevalier se raidit et gémit. Lámfhada pouvait sentir la chaleur de ses mains se déverser dans le corps. Soudain, Elodan se cambra et leva son bras droit ; il se mit à tirer sur le morceau de cuir qui recouvrait son moignon, et l'arracha de son bras. La peau du moignon était rose et contusionnée, secouée de vagues et de convulsions. Elodan cria et s'écroula de côté, évanoui. Lámfhada continua pourtant de déverser son énergie en lui et le moignon du chevalier gonfla comme une balle, forma une paume d'où naquirent des embryons d'articulations, des ébauches de doigts. Finalement, Lámfhada se retira. Elodan s'agita et se mit à genoux. Il fixa sa nouvelle main droite, la touchant timidement de l'autre.

« Je rêve, marmonna-t-il. Grands dieux des cieux, je dois être en train de rêver ! »

Lámfhada réintégra son corps et se leva péniblement alors que l'aube teintait les montagnes. Il se rendit auprès d'Elodan et trouva le chevalier à genoux, pleurant comme un enfant.

Puis le jeune Dagda partit à la recherche de Gwydion du côté de l'hôpital de campagne, derrière les lignes de front. Il trouva le vieil homme qui se reposait à flanc de colline, sous le ciel étoilé, et vint s'asseoir à ses côtés pour lui résumer tout ce qui était arrivé depuis l'apparition du chevalier ennemi, Samildanach. Gwydion posa sa main sur l'épaule du jeune homme. « Ça te surprend ? lui demanda-t-il.

— Bien sûr. Cet homme est malfaisant.

— Oui, admit Gwydion, il est malfaisant. Qu'est-ce que tu en conclus ?

— Je ne sais pas, Gwydion. C'est pourquoi je suis venu te voir. Cet acte cacherait-il quelque obscur dessein ? Ai-je eu tort de me plier à sa requête pour guérir la main d'Elodan ? »

Durant quelques instants le vieil homme demeura silencieux, observant une étoile lointaine. Il caressa sa barbe blanche et désigna du doigt la silhouette d'un loup sur une colline qui se découpait contre le disque lunaire. « Et lui, est-il mauvais ? demanda-t-il.

— Le loup ? Non, c'est un animal ; il tue pour survivre.

— Qu'est-ce qui rend un homme mauvais ?

— Ses actes, répondit Lámfhada. La cruauté, la cupidité, l'envie, tout ce qui révèle le fond du cœur d'un homme. Samildanach est un assassin et un buveur d'âmes. Ses actes traduisent sa nature maléfique.

— Tout cela est vrai, concéda Gwydion. Et toi, es-tu mauvais ?

— Je ne le pense pas. Je cherche seulement à me défendre.

— Mais es-tu *capable* d'actes mauvais ? N'as-tu pas dit un jour, à la mort de Ruad, que ton unique souhait serait d'être en mesure de brandir une épée pour tuer tous les hommes du roi ?

— Chaque homme est en mesure de faire le mal, Gwydion. Nous avons tous des désirs auxquels il nous faut résister.

— C'est exactement cela, mon garçon, expliqua Gwydion. J'ai parlé avec Manannan de son voyage dans la Vyre ; on lui a donné une boisson qu'ils appellent Ambria. Bien qu'il n'ait passé que peu de jours là-bas, la boisson a fait son œuvre. Elle érode et détruit la perception du bien et du mal. D'après ce que j'en comprends, elle encourage le culte de soi. Ce qui est agréable devient légitime, ce que l'on désire devient nécessité. Comprends-tu ? Manannan a vécu cela sans s'en rendre compte, jusqu'à ce que Morrigan le sauve. Ne te fais pas d'illusions, Lámfhada ; si Morrigan ne l'avait pas prévenu, à l'heure actuelle Manannan chevaucherait aux côtés de Samildanach.

— Que cherches-tu à me dire ? Que Samildanach n'est pas mauvais ?

— Non, bien sûr. À nos yeux, et à ceux de toute personne civilisée, c'est un démon. Mais à ses yeux, il est toujours Samildanach, Seigneur Chevalier de la Gabala, agissant dans l'intérêt du royaume. Il demeure chevalier ; il conservera toujours des reliques de son passé.

— D'après toi, il y a donc encore un peu de bien en lui ?

— Prends l'exemple d'Agrain ; un tueur, violeur et voleur. Toutefois, un fond de bien demeurait en lui et Nuada l'a trouvé. Les hommes ne sont pas entièrement blanc ou noir. La plupart n'agissent en fin de compte que dans leur propre intérêt, et c'est sur ce terrain que prolifèrent iniquité et injustice. La plupart d'entre nous sommes heureusement capables de nous juger nous-mêmes ainsi que nos actes. Nous témoignons d'un sens moral qui se dresse tel un rempart entre nous et l'injustice. Pour commettre un acte répréhensible, il nous faut d'abord franchir ce mur. Dans le cas de Samildanach et des autres, l'Ambria a détruit ce rempart et en a effacé tout fondement. Davantage qu'autre chose, ils sont victimes du mal. »

Lámfhada se tut. Une brise fraîche souffla sur la colline et il grelotta. Finalement, il reprit : « Si Samildanach croit que tout ce qu'il désire est bon pour le royaume, comment peut-il aider Elodan, qui doit être un traître à ses yeux ?

— Je ne saurais répondre à cette question, et ne puis qu'espérer. Samildanach était le meilleur des hommes, juste et droit, noble de cœur et d'esprit. Quelle que soit l'époque où il aurait vécu, on l'aurait compté parmi les plus grands chevaliers. J'ai peine à croire que même les sombres pouvoirs de l'Ambria aient pu complètement anéantir un homme de sa valeur. Venir en aide à Elodan est un acte bon. J'espère que cela signifie qu'au fond de lui, Samildanach recherche le mur afin de le reconstruire.

— Alors peut-être ne combattra-t-il pas Elodan.

— Il combattra, dit Gwydion tristement. Avec tout le talent et la force qu'il pourra rassembler.

— Et Elodan mourra, dit Lámfhada.

— Ne m'as-tu pas dit avoir vu l'avenir, Lámfhada ? Assurément tu connais déjà l'issue du duel.

— Si seulement c'était aussi simple, Gwydion. Quand je parcours l'Or, je vois tous les futurs. Lequel sera le bon ?

— Tu n'en as vu aucun où Elodan était vainqueur ?

— Non, mais je n'en ai vu aucun où je lui rendais sa main.

— Et maintenant, ne souhaites-tu pas parcourir l'Or ?

— Non, je ne peux... je ne veux pas. Je verrai demain.

— Aujourd'hui », rectifia Gwydion, pointant du doigt les veines rouges de l'aube au-delà des montagnes.

*
**

Samildanach attendit que les autres chevaliers rouges pénètrent dans la tente. Edrin, Cantaray, Joanin, Keristae et Bodarch s'assirent en cercle autour de lui.

« On t'amène une fille, Samildanach, lui annonça Keristae. Elle est jeune et pleine de vie.

— Et elle le restera, déclara le Seigneur Chevalier. Je n'ai aucunement besoin de nourriture.

— Sauf votre respect, monseigneur, intervint Edrin, je pense que vous avez tort.

— Vous pensez que j'ai besoin d'une quelconque assistance pour tuer un infirme ?

— Non pas, Samildanach. Mais... vous vous comportez étrangement. Je vois des similarités entre vos actes et ceux de notre frère Cairbre. Nous craignons pour vous.

— Vous serez tous avec moi, répliqua Samildanach. Je porterai la force de vos âmes. »

Joanin se pencha en avant. « Vous sentez-vous bien ? Vous semblez... mal à l'aise depuis votre visite au roi.

— Mal à l'aise ? En effet, vous avez raison, Joanin. Je pense que nous devrions tous retourner chez les Vyres. Dès qu'Elodan ne sera plus et que les rebelles auront été mis en déroute, nous rentrerons chez nous. Mais à présent, j'ai besoin de toute votre force pour le combat à venir. »

Les chevaliers s'inclinèrent et Samildanach sentit leurs âmes se fondre en lui. Autrefois, la transfusion l'aurait rempli de sensations ; maintenant, il n'éprouvait plus que l'âpreté du pouvoir.

Il se redressa et gagna l'entrée de la tente. Le soleil se levait. Il se retourna pour observer les silhouettes immobiles et silencieuses : dorénavant, leurs vies ne dépendaient plus que de son habileté.

Au cœur de la vallée, Elodan était assis avec Llaw, Errin, Ubadaï et Manannan. Lámfhada vint les rejoindre.

« Je te remercie pour ce miracle, lui dit Elodan. Même si je meurs aujourd'hui, ce sera en homme entier.

— Je suis ravi pour toi, lui répondit Lámfhada, mal à l'aise. J'espère que c'était la bonne chose à faire.

— Pourquoi ne le serait-ce pas ? demanda Manannan. Cela nous donne un peu d'espoir dans ce combat contre le démon. » Lámfhada ouvrit la bouche pour parler, mais aucun mot ne voulut sortir.

« Dis-nous, Manannan, demanda Llaw, que fait Samildanach à cet instant ?

— Il se prépare, comme nous nous préparons ; et il entrera dans la lice en tant qu'un. » Il regarda les visages autour de lui et vit qu'ils n'avaient pas saisi ses paroles. « C'est un rituel mystique. Tous ses chevaliers lui confient leurs âmes, leurs forces et leurs croyances :

l'essence même de leur personne. S'il meurt, ils mourront tous avec lui.

— Et cela le rend plus fort ? demanda Llaw.

— Assurément.

— Ne devrions-nous pas faire de même ? proposa Errin.

— Vous ne sauriez pas comment vous y prendre, et je ne dispose pas d'années devant moi pour vous l'enseigner », répondit Manannan.

Lámfhada se mit debout. « Je peux y contribuer, dit-il doucement. Je peux me joindre à toi. Mais les risques sont très grands.

— Fais-le, lui dit Manannan.

— Non ! s'écria Elodan. C'est un fardeau que je ne veux pas assumer. Risquer ma propre mort est une chose, mais savoir que vous pourriez tous mourir ? Non, je refuse.

— Je ne suis pas très courageux, intervint Errin, mais la cause excède la vie de cinq hommes. Si nous pouvons te donner de la force, laisse-nous t'aider. »

Elodan les observa les uns après les autres. « Seulement si vous êtes tous d'accord, dit-il, posant finalement son regard sur Ubadaï. Parle, mon ami. Tu ne dis jamais rien pendant nos réunions. Et pourtant, quand Errin a mené ses troupes dans le camp ennemi, tu as insisté pour l'accompagner. Tu ne fuis jamais le danger. Tes conseils seront les bienvenus. »

Ubadaï sourit. « Si moi dire non, ça être non ?

— Exact » répondit Elodan.

Le Nomade se tourna vers Errin. « Vous désirer ça ?

— Oui.

— Toi aussi ? » demanda Ubadaï à Llaw.

Le guerrier haussa les épaules. « Je ne sais quel surplus de force je peux apporter, mais oui, je suis partant.

— Tout ça fou, dit le Nomade, mais moi fou aussi. Fou de rage. Nous tuer fils de chienne ensemble. »

Lámfhada s'avança au centre du cercle et s'assit. « Je veux que vous joigniez tous vos mains, dit-il, puis fermez les yeux et représentez-vous Elodan dans vos esprits. » L'esprit de Lámfhada s'éleva hors de son corps ; il engloba le cercle d'une brillante sphère d'Or et passa de Manannan à Llaw, puis Errin et finalement à Ubadaï.

Elodan sentit le flux de puissance qui provenait du Chevalier Déchu comme une vague de confiance frisant l'arrogance. La force d'un homme qui n'a jamais trouvé son égal au combat coula en lui. Mais il dépassa cette sensation, car il avait déjà été battu et savait que son salut résidait dans la connaissance du désespoir. L'âme de Llaw vint ensuite, et avec elle l'extraordinaire endurance de l'homme ordinaire, né sans biens ni privilèges mais possédant la faculté de résister aux nombreux tourments de cette époque sanguinaire. Llaw était semblable au chêne, profondément enraciné et endurant. Suivit Errin. La noblesse d'esprit et le courage de surmonter ses propres peurs coulèrent avec lui. Enfin vint le Nomade Ubadaï, farouchement loyal à son maître adoré, et prêt à donner sa vie pour le protéger.

Elodan ouvrit les yeux et fixa Lámfhada. « Tu as réussi, Armurier, lui dit-il. Je te remercie. » Les autres chevaliers étaient étendus dans l'herbe et respiraient à peine.

Elodan se releva et dit : « Il est temps, je crois.

— Que la Source de Toute Vie soit avec toi, Elodan », lui dit Lámfhada.

Elodan avança vers son étalon et se mit en selle. Samildanach attendait et, derrière lui, l'armée royale se déployait dans la vallée.

Le Seigneur Chevalier de la Gabala talonna sa monture et descendit la colline.

Samildanach observa le Seigneur Chevalier de la Gabala trotter dans sa direction. Il s'était préparé au combat, mais n'avait pas anticipé le terrible choc de voir sa propre armure portée par un autre homme. Pire, il eut l'impression de se découvrir lui-même partant au combat. Il se remémora la fierté éprouvée quand pour la première fois il avait coiffé le heaume d'argent.

Des images fusèrent dans son esprit : Morrigan dans le jardin, puis mourante sur le dallage de la chambre royale, Cairbre lui enseignant les divers aspects du devoir et de l'honneur, Cairbre dans son cercueil blafard, Manannan commentant le code de chevalerie, Manannan le traitant de démon.

Quelque part au plus profond de son être une chaîne se brisa, et il secoua la tête, refoulant les souvenirs.

Ollathair, ce bon Ollathair, souriant devant un oiseau doré s'élançant avec succès vers le soleil ; Ollathair s'écroulant au sol, la dague de Samildanach plantée dans le ventre.

Arrêtez ! Laissez-moi tranquille !

Elodan mit pied à terre et fit quelques pas sur sa gauche, puis il tira son épée du fourreau et la plongea dans la terre. De la forêt alentour sortirent alors les hommes armés de la rébellion. En silence, il descendirent s'asseoir face à l'armée du roi. Samildanach enjamba le pommeau de sa selle et se laissa glisser au sol.

Tue-le, pensa-t-il. Retourne chez les Vyres. Là-bas, ils soigneront les affres de ton esprit.

La voix de la fillette conduite dans sa chambre la première fois qu'il avait dû se nourrir lui revint en mémoire : « *S'il vous plaît, ne me faites pas de mal ! Pitié !* »

« Êtes-vous prêt ? demanda Elodan.

— Oui, répondit Samildanach, je suis prêt. » Maintenant, c'était la voix de Morrigan qui emplissait son esprit.

« Tu ne vois donc pas ce que... nous sommes devenus ? Oh, Samildanach ! Nous corrompons tout ce que nous... touchons. Je t'aimais plus que la vie elle-même. Et à présent... je ne sais même plus ce que cela signifie.

– Ne parle plus. Laisse-moi panser tes poignets ; on peut te sauver la vie.

– Il n'y a rien à sauver. Je suis morte dans la cité des Vyres, quand je suis devenue un de ces morts vivants... comme toi, mon amour. »

« Que vous arrive-t-il ? Tirez votre épée », dit Elodan.

La lame sombre siffla dans l'air et Elodan la bloqua, de justesse, et le combat commença. Il se battait pour sa vie contre le plus grand escrimeur qu'il ait jamais connu. Cairbre était plus que doué, mais les talents de Samildanach étaient époustouflants. Rapidité, équilibre, réflexes éclairs déjouaient toutes les attaques d'Elodan. La lame sombre frappa sa cuirasse, brisant une charnière et sectionnant les sangles de cuir bordées de bronze. L'armure s'affaissa. Elodan évita un coup latéral, porta une vive estocade à l'épaule de Samildanach et arracha une plate écarlate. Samildanach recula, chancelant.

Qu'est-il advenu de ce jeune et preux chevalier ? murmura Morrigan depuis les tréfonds de son âme.

La lame sombre cingla, mais Elodan la para aisément, contre-attaqua et déchiqueta une tassette, qu'il envoya voler dans l'herbe. Samildanach répliqua par une riposte foudroyante et fendit le heaume d'Elodan. Des nuées d'étoiles jaillirent devant les yeux du Seigneur Chevalier et sa vue se brouilla. Il se jeta en arrière et, davantage par chance que par adresse, bloqua un coup qui aurait envoyé rouler sa tête. Samildanach s'avança pour asséner le coup de grâce... et se figea.

« S'il vous plaît ! Ne me faites pas de mal ! » fit la voix de l'enfant depuis les tréfonds de sa mémoire.

« Laissez-moi tranquille ! » hurla Samildanach.

Elodan chancela et prit une profonde et violente inspiration. Sa vue s'éclaircit, et il vit que son adversaire fixait le ciel : « Laissez-moi tranquille !

— Samildanach ! »

Le chevalier rouge se retourna. « Je vais te tuer », cria-t-il, et à nouveau le combat fit rage. Elodan repoussa les plus frénétiques assauts, alignant les contre-attaques de l'armure écarlate. Une grande fente apparut au centre de la cuirasse de Samildanach et sa visière fut emportée. Mais toujours il attaquait. Un deuxième coup fit pivoter le heaume d'Elodan et lui masqua partiellement la vue. Samildanach s'élança, brandissant sa grande épée à deux mains ; Elodan s'abaissa prestement et l'épée lui siffla au-dessus de la tête. Déséquilibré pour la première fois, Samildanach se retrouva au sol. Elodan lâcha promptement son épée et se débarrassa du heaume. Tête nue, il ramassa sa lame tandis que Samildanach se relevait.

« Tu n'es pas moi, cria Samildanach, et tu ne pourras jamais l'être ! »

— Pour rien au monde je ne le voudrais, répondit Elodan, le regard plongé dans les yeux hagards du chevalier rouge.

— Aucun d'entre nous n'est ce qu'il aurait voulu être, s'exclama Samildanach. Il est temps pour toi de mourir. » Son épée s'abattit avec une force terrible et Elodan se jeta à genoux, levant son épée au-dessus de sa tête pour bloquer l'assaut meurtrier. Les deux épées s'entrechoquèrent, et la lame d'argent d'Elodan se brisa net trente bons centimètres au-dessus de la garde.

Samildanach leva son épée, ses yeux brillaient du feu de la victoire.

Qu'est-il advenu de ce jeune et preux chevalier ?

Le Chevalier Démon se figea et Elodan plongea promptement son tronçon d'épée dans la faille de l'armure du chevalier écarlate, l'enfonçant profondément dans sa poitrine. Le sang gicla de la blessure et inonda les mains d'Elodan. Samildanach tituba, mais la lame sombre s'éleva à nouveau au-dessus de la tête découverte d'Elodan.

Elle s'abattit dans un éclair... pour s'arrêter à quelques centimètres seulement du cou d'Elodan. L'acier frappa légèrement son épaule droite puis vint toucher délicatement l'épaule gauche. Samildanach tomba à genoux. Au plus profond de son être, tout n'était que chaos, et il pouvait sentir les âmes de ses chevaliers lutter pour se libérer de son corps moribond. Mais il les retint jusqu'au bout.

Elodan s'approcha de lui. « Pourquoi m'avoir épargné ? demanda-t-il. Pourquoi ?

— *Qu'est-il advenu de ce jeune et preux chevalier ?*

— Je suis mort... il y a... bien longtemps », murmura Samildanach, et il s'écroula dans les bras d'Elodan. Le Seigneur Chevalier étendit le corps sur l'herbe et se releva sous les acclamations des rebelles.

Un homme d'âge mûr et bien bâti sortit des rangs de l'armée royale et s'avança. Il s'arrêta devant Elodan et s'inclina.

« Mon nom est Kar-schen. La guerre est finie, messire chevalier. Nous nous soumettons, mes régiments et moi, à votre cause.

— Je n'ai pas de cause, lui répondit Elodan. Je suis le Seigneur Chevalier de la Gabala.

— Heureux de vous revoir ! » le salua Kar-schen.

Épilogue

Llaw Gyffes refusa l'occasion de marcher sur Furbolg pour s'emparer de la couronne et Kar-schen retourna dans la cité et au Trône d'ébène. Errin et Ubadaï délaissèrent leurs armures et regagnèrent le domaine d'Errin. Kar-schen donna à Errin le duché de Mactha et le nouveau duc demanda à Sheera d'être sa duchesse. Elle considéra sa requête quatre mois durant, puis ils se marièrent dans le temple de Furbolg, au dernier jour d'automne.

Ariane et Llaw s'unirent au cours d'une cérémonie toute simple où furent conviés Bucklar, Ramath ainsi que les autres chefs rebelles ; après quoi ils voyagèrent loin dans les montagnes pour fonder un foyer, là où l'air était pur, l'eau claire et les étoiles proches.

Lámfhada renonça à son rôle d'Armurier et devint le Dagda, gardien des Couleurs. Il arpenta la forêt Océane comme guérisseur et devin, et attendit quatre-vingt-quatorze années, onze mois et trois jours avant de passer le manteau à un jeune homme stupéfait qui n'en voulait pas.

Elodan et Manannan traversèrent le portail noir pour porter secours aux Nomades emportés par les Vyres.

Ils ne revinrent jamais.

Remerciements

Comme d'habitude, un grand merci reconnaissant
à mon « éditrice-guide » Liza Reeves ;
à Jean Maund, pour la préparation de copie,
et à Stella Graham, Tom Taylor,
et Edith Graham pour les relectures.

Enfin à Val, le havre de paix
dans la mer parfois agitée de la vie.

7972

Composition PCA à Rezé
Achevé d'imprimer en France (La Flèche)
par CPI - Brodard et Taupin
le 15 novembre 2009. 55032
Dépôt légal novembre 2009. EAN 9782290340905
1er dépôt légal dans la collection : mars 2006
Éditions J'ai lu
87, quai Panhard-et-Levassor, 75013 Paris
Diffusion France et étranger : Flammarion